W0058662

Das Buch

Sergeant Orloff Holden und seine Justifiers sind ein eingeschworenes Team. Ihre Spezialität ist die Installation von TransMatt-Portalen überall in der Galaxis. Umso überraschter sind sie, als sie plötzlich Babysitter für die Raumbarke eines Botschafters spielen sollen. Doch kaum sind sie auf dem fremden Planeten angekommen, fangen die Probleme erst an – denn sowohl die Bewohner als auch der Botschafter verfolgen ganz eigene, verdächtige Pläne. Hochbrisante Pläne, die das politische Gleichgewicht der Galaxis tief erschüttern könnten. Und je länger Sergeant Holden auf dem Planeten aushält, umso dringender stellt sich ihm die Frage: Wer wird diesen Planeten überhaupt wieder lebend verlassen?

Die Autorin

Susan Schwartz, 1961 in München geboren, hat bereits für *Das Schwarze Auge* und *Perry Rhodan* geschrieben und zahlreiche Fantasy- und Science-Fiction-Romane veröffentlicht. Sie lebt und arbeitet in Markt Rettenbach.

Der Herausgeber

Markus Heitz, 1971 in Homburg geboren, ist einer der erfolgreichsten deutschen Autoren. Zahlreiche seiner Bücher standen monatelang auf allen Bestsellerlisten. Mit dem Roman »Collector« hat er das Tor in das JUSTIFIERS-Universum geöffnet.

Der Umschlagillustrator

Oliver Scholl, geboren 1964 in Stuttgart, ist Production Designer in Hollywood und hat an vielen großen Science-Fiction-Filmen wie *Independence Day*, *Godzilla*, *Time Machine* und *Jumper* mitgearbeitet.

Mehr Informationen unter:
www.justifiers.de
www.justifiers-romane.de

SUSAN SCHWARTZ

UNUSUAL SUSPECTS

Roman

Mit einer Kurzgeschichte von
Markus Heitz

WILHELM HEYNE VERLAG
MÜNCHEN

ist ein Rollenspiel-Universum
von Markus Heitz

MIX
Papier aus verantwor-
tungsvollen Quellen
FSC® C014496
www.fsc.org

Verlagsgruppe Random House FSC-DEU-0100
Das für dieses Buch verwendete FSC®-zertifizierte Papier
Holmen Book Cream liefert Holmen Paper, Hallstavik, Schweden.

Originalausgabe 04/2013
Redaktion: Catherine Beck
Copyright © 2013 für den vorliegenden Roman
by Markus Heitz und Susan Schwartz
Copyright © 2013 dieser Ausgabe
by Wilhelm Heyne Verlag, München,
in der Verlagsgruppe Random House GmbH
Printed in Germany 2013
Umschlagillustration: Oliver Scholl
Umschlaggestaltung: Nele Schütz Design, München
Satz: Christine Roithner Verlagsservice, Breitenaich
Druck und Bindung: GGP Media GmbH, Pößneck

ISBN: 978-3-453-31408-5

@HeyneFantasySF
www.heyne-magische-bestseller.de

JUSTIFIERS®

MISSION REPORT

3486729-SX-891

Sicherheitsfreigabe: Unter Verschluss. Zugang nur mit besonderer
Ausnahmegenehmigung, Freigabe nur durch Autorisierung durch P.O.
Aufgabe: Diplomatische Mission & Untersuchung von Todesfällen
auf Noxus 1
System: Delta Cygni
Planet: Noxus 1
Zeit der Mission: 20/09/3042–4/10/3042
Autorin: Susan Schwartz

SUSAN SCHWARTZ

UNUSUAL SUSPECTS

Dramatis Personae

Sebastian Zoldan – Ein »Regierungssprecher«

Orloff Holden – Leitender Offizier, Schiffskommandant
Levia Magath – Missions-Sonderbeauftragte
Ella Hayden – Erster Offizier, Pilotin
Chuck Marron – HSP, Zweiter Offizier, Navigator
Laury Perry – Bordärztin, Biologin, Biochemikerin
Centurion – Stier-Beta, Sicherheitschef, Leiter
  Bodeneinsatztruppe
Pandor – Bär-Beta, Stellvertreter Centurions, Waffen
Aries – Widder-Beta, Leitender Ingenieur
Amrit – Wolf-Beta, Geologie, Geophysik
Sowie drei Menschen und drei Betas, Techniker und
  Bodentruppe

(Diplomatenschiff)
Tullius D. Tritus – Mediator, Spezialist für First Contact
Arva Mojèr – Assistentin
Hugh Korben – Protokollar
Marco Sennen – Pilot, Navigator
Franka Garrett – Co-Pilotin
Vier weitere in diversen Disziplinen ausgebildete
  menschliche Besatzungsmitglieder

Prolog

Sobald der Mann im fünften Stockwerk angekommen war und die Tür öffnete, eilte der ihn verfolgende Straßenlärm an ihm vorbei ins Zimmer. Besoffene torkelten grölend draußen umher und machten zotige Bemerkungen über die Nachtgeschöpfe, die nicht minder derb antworteten. Lichter der Nacht blitzten und blinkten durch das geöffnete Fenster im Treppenhaus herein. Es gab einen Lift, aber der funktionierte schon lange nicht mehr. Das störte den Mann nicht weiter – er musste sich ohnehin fit halten. Er betrachtete Aufenthalte in solchen Gegenden vor allem als Milieustudie; aus der Distanz, versteht sich.

Technischer Fortschritt? Nicht hier. In diesen Straßen war die Zeit seit Jahrhunderten stehen geblieben. Umrahmt von den gigantischen Türmen der Konzerne, fand sich der Slum wie am Grund einer sehr tiefen Schlucht. Die meisten Arbeiter mussten hier unten vom ersten bis zum letzten Atemzug ihr Dasein fristen, in dem Bewusstsein, niemals den fruchtbaren Boden eines Kolonieplaneten betreten zu dürfen. So blieb ihnen nur das Amüsement nach der Arbeit, nicht minder schäbig und heruntergekommen als sie, aber wenigstens im Schein bunter Lichter. So kämpften die Einwohner der alten Bezirke ununterbrochen ums Überleben, wie eine Läusekolonie auf dem Kopf eines Menschen, dem die Haare ausfielen.

Immer wieder versuchte ein neuer OB dieser oder jener GlobalCity bei Amtsantritt, diese »unanständigen« Gebiete »zu säubern«, schien manchmal sogar auf einen Vertreter der Gewerkschaften hören zu wollen. Aber nur einen oder zwei Tage lang, bis der oder die OB sich eingearbeitet hatte und wusste, wie die Dinge lagen. Bis ihm oder ihr also klar wurde, dass die Erde, euphemistisch »Hort« genannt, ein derart verrottendes Schlammloch war, dass es unmöglich war, jemals wieder eine Änderung herbeiführen zu können. Nicht die Landesregierungen hatten das Sagen, sondern die Konzerne, die Pacht oder Miete zahlten; selbst die regierungseigenen Kons machten da keinen Unterschied. Und so zeigte sich immer wieder, dass die Slums hier unten auf oder gar unter dem verseuchten Bodensatz durchaus von Bedeutung waren und dass Arbeiter mit Privilegien nur aufmüpfig würden. Also beließ man sie im Elend.

Nützlich war es für die »Höheren«, dass man in den schäbigen Hotels gegen Barzahlung keine ID vorweisen musste und dass sowieso niemand hier Fragen stellte. So konnte man nämlich Geschäfte abwickeln, deren Bedeutung tatsächlich so groß war wie die jener Verträge, die in mächtigen Konferenzräumen in einem Kilometer Höhe und darüber geschlossen wurden, aber keineswegs über einen gewissen Kreis hinaus bekannt werden durften.

Und man konnte Aufträge an gewisse Personen erteilen, die über den Umweg hier unten große Veränderungen herbeiführen sollten.

Diese Abwicklungen fanden unauffällig mitten unter all dem Abschaum statt, der hier arbeitete, wohnte und auf den ausgewiesenen Amüsierzeilen ein wenig armseliges Vergnügen suchte, für ein paar C, die man gerade noch zusammenkratzen konnte. Zwischen den »normalen« Arbeitern und den zur Zwangsarbeit Verurteilten, die ebenfalls hier wohnten, bestand dabei kaum ein Unterschied. Höchstens der, dass bei dem Verurteilten bei Widerstand oder gar Flucht unter Umständen ein Fuß weggesprengt wurde oder der Kopf explodierte.

So mancher versuchte auszubrechen und sein bescheidenes Auskommen an einem der Spieltische zu vermehren, an denen außer der Bank nie jemand gewann. Die Leute wussten es und versuchten es trotzdem. Es war das Einzige, was ihnen in ihrer täglichen Verzweiflung noch blieb.

Der Mann hatte die Tür leise geöffnet, und die Stille kam ihm mit Wucht entgegen und schmetterte den aufdringlich hereinschwappenden Straßenlärm nieder.

Aber noch etwas anderes brachte die Stille mit. Der Mann hatte ein Gespür dafür. Eine Veränderung der Luftzusammensetzung, die er vor Verlassen des Zimmers in seine Erinnerung aufgenommen hatte – gesammelter Mief aus Schweiß und Schmutz von Jahrzehnten, Schimmelflecken, Zahnreinigungsmitteln, aufgestaute Ablagerungen in rostigen Rohren.

Und da war noch mehr: ein Hauch von Aftershave. Eine Eitelkeit, die er sich niemals gestattete, obwohl er feine Gerüche liebte und sich gerade hier nach ihnen sehnte. Er war schließlich privilegiert aufgewachsen.

Dazu erweckte *diese* ganz bestimmte Stille Misstrauen, in der jemand den Atem anhielt und in Lauerstellung wartete. Es erzeugte eine Spannung, die sich auf die Luftbewegung übertrug und zu einer Veränderung im Tanz der Moleküle führte, die elektrisierend wirkte – die Härchen auf seinem Unterarm stellten sich auf.

Die Jalousien waren heruntergelassen, sodass nur eine Ahnung von Licht durch die winzigen Schlitze schlüpfen konnte, die gerade ein paar schemenhafte Schattenrisse aus der Finsternis stanzte. Die Augen des Mannes gewöhnten sich schnell an das düstere Zwielicht – er konnte vage Konturen in der Nähe des Fensters ausmachen und erkannte sofort, dass nicht mehr alles so am Platz stand, wie er es verlassen hatte.

Pech gehabt! Ein Fehler, der mir nie unterläuft.

Er würde seine kostbare Ware doch nicht unbeaufsichtigt hier verstecken; nein, er trug sie selbstverständlich bei sich. Man wusste ja nie, wie schnell man verschwinden musste, und dann noch Koffer packen ... das wäre wohl kaum möglich.

Der andere hatte das wahrscheinlich auch angenommen, war aber trotzdem auf Nummer sicher gegangen. Und in der Eile, weil der Zimmergast wohl zu früh zurückgekehrt war, hatte er nicht mehr alles an seinen Platz stellen können.

Ja, es war ein Mann. Es war nicht nur das Aftershave, es war die Art, *wie* die Spannung in der Luft erzeugt wurde. Weibliche Attentäter hatten eine ganz andere Wirkung, sie fügten sich in das Ambiente ein, schmiegten sich an, zierlich und biegsam. Ihre Anwesenheit bekam man zumeist erst durch ihren Angriff mit. Aber Frauen schickte man normalerweise nicht an einen solchen Ort, nur wegen einer kleinen Filmaufzeichnung. Dafür waren sie zu teuer und vor allem zu auffällig. Sie wurden zumeist als Assassinen eingesetzt, die Zielpersonen schnell und diskret aus dem Weg räumten.

Der Lauernde hier war ein Athlet, kraftvoll und wahrscheinlich schnell. Ein Profi. Jemand, der so lange in diesem Geschäft tätig war wie der Zimmergast, konnte das spüren. Solche Dinge gingen einem in Fleisch und Blut über, genauso wie das sekundenschnelle Erfassen der Situation.

Alles, was bisher seit dem Öffnen der Tür geschehen war, hatte nicht mehr als zwei Sekunden in Anspruch genommen, obwohl er sich genug Zeit zum Nachdenken und Erspüren genommen hatte.

Falls der andere gut war, schätzte er den Ankömmling ebenso professionell ein wie sich selbst.

Dennoch hatte er ein schlechtes Timing – oder war er dem Zimmergast etwa voraus gewesen und hatte gewusst, dass er ergebnislos zurückkehren würde, sodass er sich des Films bemächtigen könnte?

Der Zimmergast hatte den Kontaktmann tatsächlich nicht getroffen und war zum Hotel gegangen, um von seinem Zimmer aus über geheime Kanäle nachzufragen, was geschehen war und wie weiter verfahren werden sollte.

Dem Mann kam ein hässlicher Gedanke. War *er selbst* gelinkt und zur Zielscheibe geworden, weil sich die Umstände geändert hatten?

Das kam vor. Häufig sogar, denn in diesen Intrigenspielen wurden »Sonderbeauftragte« oft zwischen den Fronten zerrieben, verraten und preisgegeben, auch wenn sie gute Arbeit leisteten. Aber das Geschäft ging immer vor, und wenn ein Bauernopfer gebracht werden musste, um ein Geheimnis zu bewahren ...

Tja, man konnte sich auf niemanden verlassen und auf keine Loyalität berufen. Trotzdem war dieser Job in seiner

Selbstständigkeit immer noch besser, als Gardeur zu sein, oder gar ein … unvorstellbarer Gedanke … *Justifier*. Innerlich spuckte er aus. Wie sich sein Bruder dazu herablassen konnte … er würde es nie verstehen.

Zurück zur Sache. Eine verschwendete Sekunde unnützer Gedanken, aber was machte das schon aus. Der Lauernde hatte ganz offensichtlich nicht den Auftrag, ihn sofort kaltzumachen, sonst hätte er längst angegriffen. Er wartete also auf eine Aktion – sollte er ruhig noch ein wenig länger warten, das zerrte an den Nerven und machte ungeduldig. Verleitete zu Fehlern. Vor allem half es dem Lauernden nicht dabei, seinen Gegner einzuschätzen.

Also gut – er stand nach wie vor auf der Türschwelle. Noch hatte er die Chance, sich zurückzuziehen und zu verschwinden. Andererseits wurde dadurch das Geschäft gefährdet, denn der Kollege würde ihm von nun an auf den Fersen bleiben. Wenn er nicht unmittelbar versuchte, ihn zu verfolgen und zu stellen, um ihm den Film abzunehmen.

Ein bisschen verärgert war er schon. Die schickten nur einen einzigen Mann gegen ihn! Und das bei seinem Ruf, nach fünfzehn erfolgreichen Jahren! Er hätte mindestens eine Fünferbrigade erwartet. Und dann – wie stillos war es denn, in einem schäbigen Hotelzimmer zu lauern? Eine Frechheit! Missachtung!

Der Zimmergast trat ein und schloss mit einer fließenden Bewegung die Tür hinter sich. Ein Griff zum Lichtschalter erzielte natürlich keine Wirkung, der Stromkreis war unterbrochen worden. Er zuckte die Achseln. Kein Problem, ob mit oder ohne Licht, gleich würde der andere sein blaues Wunder erleben.

Er würde den Kopf des Attentäters an dessen Auftraggeber senden, als eindeutige Botschaft. Sollte er nicht herausfinden, wer die Auftraggeber waren, schickte er eben an alle ein Teil. Irgendeiner würde schon etwas damit anzufangen wissen.

Nun fiel kein Licht mehr durch den Türschlitz, was umso besser war. Er konnte den Sehsinn weitgehend zurückschalten und sich auf seine anderen Sinne konzentrieren – Gehör, Nase, Empathic.

Wie lange müsste er wohl so verharren, bis der andere die Geduld verlor und angriff?

Verkürzen wir das.

Langsam bewegte er sich durch den Raum und rief sich die Möblierung ins Gedächtnis. Wo würde sich der Unbekannte wohl verstecken?

Lauschend verhielt er. Wo spürte er mehr Wärme? Mit einer kurzen Handbewegung schnappte das Stiletto auf. Schuss- und Stichwaffen waren in den GlobalCitys strengstens verboten. Aber wen sollte das interessieren? Wer wollte es kontrollieren, wenn sich schon kaum CityTroopers hier heruntertrauten?

Und da kam er auch schon, hatte wahrscheinlich das leise Klicken des Metalls gehört und die Provokation angenommen. Er raste aus der Finsternis links von ihm heran, mit einem Sprung, der einem Tiger zur Ehre gereicht hätte.

Der Angegriffene wich beinahe im selben Moment zur Seite und hörte das Zischen einer Stichwaffe, wahrscheinlich ähnlich der seinen, die ergebnislos die Luft zerschnitt, wo er sich gerade noch befunden hatte.

Noch im Sprung merkte der Angreifer, dass er das Ziel

verfehlt hatte, und warf sich gleichzeitig herum. Eine schnelle Bewegung, und er setzte den Ansturm fort.

Der Angegriffene konnte haarscharf ausweichen, doch es fehlten diesmal nur ein paar Millimeter. Zeit, zum Gegenangriff überzugehen. Aus der Ausweichbewegung wurde Offensive. Gespreizte Finger landeten auf dem schmuddeligen Holzplastikboden, stemmten den Körper hoch. Der Gast schleuderte seine Beine empor und traf den Gegner mit einem gezielten Tritt in die Leiste.

Der reagierte ebenso schnell und wandelte den Tritt um, drehte sich im Fall und riss seinerseits ein Bein hoch. Ein nagelverstärkter Schuh landete in der Magengrube des Zimmergasts, der sich gerade auf den Gegner stürzen wollte, und er sackte ächzend zusammen. Doch seine Körperbeherrschung war perfekt – trotz der Schmerzen tauchte er unter dem folgenden, mit der Stichwaffe geführten Hieb hindurch und setzte nun seinerseits das Stiletto ein.

Sein Gegner ahnte den Hieb und riss den Arm zur Abwehr hoch. Auch ihm entrang sich nun ein kurzer Laut, als das Stiletto durch Stoff und Haut schnitt und einen feinen Schnitt im Unterarm hinterließ.

Sie zogen sich für den Augenblick voneinander zurück, um die Lage neu einzuschätzen.

Sie waren also beide Profis – und Menschen. Auf natürliche Weise geborene und getrimmte Kampfmaschinen, nicht gepimpt durch Genveränderungen, Drogen oder das Leben auf Planeten mit extremen Bedingungen.

Solche wie sie wurden nur *ganz oben* eingesetzt, weil nur sie sich unauffällig in diesen hohen Gefilden bewegen konnten, eben wie unter ihresgleichen. Und meistens waren sie das auch, oder nur ein paar Stufen darunter geboren, und durch besondere, niemals öffentlich werdende Auswahlverfahren in spezielle *Schulen* geschickt worden.

Vielleicht hätte der Zimmergast den Film doch vorher ansehen sollen, denn offenbar ging es da um sehr viel mehr, als ihm erzählt worden war. Normalerweise missbrauchte er das Vertrauen seiner Auftraggeber nicht, und es war ihm ohnehin lieber, nicht zu viel zu wissen. Er erledigte seinen Auftrag, fertig. Die Hintergründe und Begleitumstände gingen ihn nichts an – sonst fing man am Ende nur an nachzudenken, so wie der eine oder andere Kollege, und das bekam weder der Reputation noch der Gesundheit.

Doch heute ... heute bereute er seine bedingungslose Neutralität.

Er konnte im schwachen Lichtschein erkennen, dass der andere ihm gegenüber in Kampfhaltung verharrte. In der linken Hand blitzte bei einer kurzen Bewegung das Messer auf.

Keine Schusswaffe. Es sollte also lautlos und sauber abgehen. Falls es überhaupt geplant gewesen war, ihn zu töten.

Er selbst besaß auch keine Schusswaffe. Er war ein Nahkämpfer, der sich unbemerkt an die ahnungslose Beute heranschlich und im geeigneten Moment zuschlug. Diskret und schnell. Sicher, es gab nahezu geräuschlose Strahler, doch die waren eher für den groben Einsatz geeignet. Mit einer Schusswaffe konnte sehr viel schiefgehen, es sei denn, man warf gleich eine Granate oder Kleinstbombe hinterher. Aber zu der Sorte gehörten sie offensichtlich beide nicht.

»Worum geht es hier?«, fragte er leise.

»Was kümmert's dich?«, gab der andere zurück. Seine Stimme klang genauso farblos wie die des Zimmergasts.

»Offenbar werde ich gelinkt, und du genauso. Wir beide sind zu gut für das hier.«

»Hm.«

»Wer schickt dich?«

»Gib mir den Film, und ich hau ab. Du verschwindest in die andere Richtung und behauptest, die Übergabe wie geplant durchgeführt zu haben. Deal?«

»Weißt du denn, was drauf ist?«

»Nein. Mir auch egal.«

»Wieso dann der Deal?«

»Berufsehre.«

Da war was dran. Er vermied es im Allgemeinen auch, Kolleginnen und Kollegen zu töten. Sie gingen alle nur ihrem Broterwerb nach, und manchmal war es nicht schlecht, gegenseitig in der Schuld zu stehen. Das hatte sogar schon so weit geführt, dass sie sich gegenseitig unterstützten, obwohl sie sonst strikte Einzelkämpfer waren.

Vor allem – was hatten sie denn sonst schon an Achtung oder Ethos? Für ihre Auftraggeber waren sie nicht mehr als ein Automat, der nach Programmierung handelte. Die wollten nichts weiter mit ihren Attentätern zu tun haben, weil das unangenehme Folgen haben könnte. Emotionale Anteilnahme, Erpressbarkeit ... was auch immer.

Es hatte schon Situationen gegeben, da war er auf solche Deals eingegangen.

Doch heute ... Irgendetwas stimmte hier ganz und gar nicht, angefangen damit, dass er den Kontaktmann verpasst hatte. Am besten, er wurde den Film gleich los, per Transmission, und vernichtete dann das Original. Soweit ihm bekannt war, gab es nur diesen einen Chip.

Dem anderen konnte er den Film nicht geben, das stand

außer Frage. Als Antwort setzte er daher zu einem neuen Angriff an, und nun ließ er auch das zweite Stiletto hervorschnappen.

»Das heißt wohl *abgelehnt*«, knurrte der andere und zeigte, dass auch er noch ein paar Überraschungen auf Lager hatte.

Der Zimmergast konnte seinen Angriff gerade noch rechtzeitig bremsen und sich zur Seite werfen, als ihm in schnellen Abständen drei Wurfsterne entgegenflogen. Er setzte die Beinschere ein und brachte den anderen zu Fall, dann packte er die Arme und wollte sie verdrehen, kassierte dafür aber einen Kniestoß. Die beiden verklammerten sich ineinander und rollten über den Boden. Mit Schlägen und Tritten versuchten sie sich gegenseitig niederzuringen, um endlich zustechen zu können.

So kniete schließlich einer über dem anderen und kämpfte darum, das Messer in dessen Kehle zu stoßen. Der Gegner jedoch hielt seinen Arm fest und stemmte sich dagegen. Ein ungewisses Kräfteringen, bis es dem Angegriffenen gelang, seine unterlegene Position so zu verändern, dass er den Mann über sich mit einem Ruck zur Seite schleudern konnte. Gleichzeitig schlug er den Waffenarm mit einer Hand zur Seite und knallte die andere Faust kraftvoll in den Solarplexus.

Das knockte einen ungeübten Kämpfer normalerweise aus, aber der Angreifer hatte die stahlhart trainierten Brustmuskeln angespannt, und so löste der Schlag nicht mehr als ein Ächzen aus.

Der Verteidiger konnte nicht nachsetzen, denn schon im nächsten Moment wurde er mit Arm- und Beineinsatz zu Boden geworfen, kaum dass er bis auf die Knie gekommen war. Er rollte sich herum und schlug die Beine um den Gegner, erwischte ihn jedoch zu tief, sodass der sich aus der Fixierung herauswinden konnte. Sie sprangen beide auf, und es folgte ein rasend schneller Schlagabtausch, mit und ohne Messer.

Inzwischen bluteten beide, doch abgesehen von keuchenden Lauten blieb es völlig still in dem Zimmer. Bisher war noch nicht einmal sonderlich viel zu Bruch gegangen – sie bewegten sich kaum von der Stelle. Man musste ja niemanden unnötig aufmerksam machen.

Je länger das Ganze dauerte, desto erbitterter kämpften sie. Mehr und mehr geriet es zu einer Verzweiflungsschlacht ums nackte Überleben. Sie waren beide gleich stark und an einem Punkt angekommen, an dem sie keine Chance mehr auf eine friedliche Einigung hatten. Nur einer von ihnen konnte diesen Raum lebend verlassen.

Die Vorgehensweise wurde immer härter und brutaler, von Eleganz keine Spur mehr. Ein Ellbogen schlug auf einen Nasenrücken und zertrümmerte ihn, eine Faust schlug mindestens fünf Zähne aus einem Mund, Schuhabsätze landeten in Weichteilen, Messerspitzen bohrten sich in zuckendes Fleisch.

Und dann, abrupt, war es vorbei. Während der Tag anbrach, es draußen langsam heller wurde und sich der Morgenschein schüchtern durch die Jalousienritze hereintastete, stand ein dunkler Schattenriss auf, während der andere reglos am Boden liegen blieb. Ein zarter Lichtstrahl spiegelte sich in den weit offenen, blicklosen Augen.

Der Überlebende taumelte, einen Datenchip in der Hand, zum Tisch und legte ihn in die passende Mulde eines unscheinbaren kleinen Behälters, der die ganze Zeit dort bereitgestanden hatte. Eine blutige Fingerkuppe berührte eine Sensortaste, und ein Signal blinkte auf. Auf der Anzeige erschien *Transmission*.

Nachdem die Meldung *Upload erfolgreich* kam, entfernte der Mann den Chip, zertrümmerte ihn regelrecht. Dabei merkte er, dass ihm das heftige Schmerzen bereitete. Er sah an sich hinab, und bei der Bewegung blinkte im Lichtstrahl kurz der Griff einer Stichwaffe auf, die bis zum Anschlag in seinem Bauch steckte.

Bis dahin hatte er sie überhaupt nicht bemerkt.

Doch nun, da er die Verwundung spürte, ging es auch schon mit ihm zu Ende, beschleunigt durch seine heftigen Bewegungen. Das Messer bahnte sich seinen Weg durch das Fleisch und zerschnitt Lungengewebe und einen bedeutenden, Blut pumpenden Muskel.

Scheiße, dachte er.

Blut stürzte in einem Schwall aus seinem Mund, und er sank sterbend zu Boden. Seine Beine zuckten noch ein- oder zweimal, dann kam er zur Ruhe.

Von all dem unberührt, raste die Botschaft auf geheimen Frequenzen an ihr Ziel. Der Empfänger der Nachricht reagierte sofort. Er gab einen bestimmten Code an eine bestimmte Adresse, dazu folgende Botschaft: *Es muss gehandelt werden.*

1

1. Juni 3042 Erdzeit, 8:30 h
System: Sol
Planet: Erde
Ort: Globale Speichereinheit Europa

Dem Tod begegnete Orloff Holden seit fünf Jahren nur noch im Traum, und wenn es mal wieder so weit war, begrüßte er ihn mittlerweile wie einen guten alten Bekannten.

Er machte sich nichts vor, die Geister der Vergangenheit ließen sich nicht so einfach verdrängen. Also nahm er sie an.

Inzwischen.

»So geht es nicht weiter«, hatte Carmelie gesagt, bevor sie ging. »Du bist ein Meister der Verdrängung. Und auch deine angebliche Annahme ist nur zum Schein passiert. Stell dich dem, was geschehen ist!«

»Ich will mich dem nicht stellen«, hatte er erwidert. »Ich will das nicht noch einmal alles durchmachen müssen.«

»Du hast dir nichts vorzuwerfen.«

»Und was ist mit den Toten?«

»Die hat es immer gegeben. Was ist diesmal anders?«

Darauf hatte Orloff keine Antwort gewusst. Oder vielmehr hatte er sie gewusst, aber nicht geben wollen.

Nachdem Carmelie gegangen war, begann der immer wiederkehrende Traum. Orloff weigerte sich, ihn als Albtraum zu bezeichnen. Er verdrängte, ignorierte, wich den Bildern aus, die sich genau wie ein Film stets wiederholten, ohne Variation.

Dabei musste sein Unterbewusstsein ihn nicht auf seine Schuld hinweisen, das wusste er auch so. Falls er allerdings hoffte, dass die Bilder aufgrund ihrer Wiederholung irgendwann einmal verblassen würden, war das ein Trugschluss.

Angenehmer wurde es erst, als der Tod in seinem Traum persönlich vorbeikam. Er zeigte sich nicht wie in der Realität als Schreckensfigur mit grausamem, blutigem Gesicht, sondern war von angenehmem Äußeren, wie ein väterlicher Freund.

»Wir müssen reden«, eröffnete er jede Begegnung.

»Das können wir ja unterwegs, während du mich mitnimmst«, erwiderte Orloff jedes Mal.

»Für dich ist es noch nicht so weit.«

»Dann haben wir auch nichts zu bereden.«

Aber der Tod blieb, sie unterhielten sich irgendwann doch, und es gelang ihm stets, Orloff zu Antworten zu verleiten. Es war immer noch besser, als den Traum weiter durchleben zu müssen. Bewusst, also aus eigener Willenskraft daraus zu erwachen, war Orloff noch nie gelungen. Der Traum hatte seine Routine, er endete niemals vor dem letzten Bild, er ließ Orloff niemals früher gehen.

Also unterhielt sich Orloff mit dem Tod, weil er ihn sowieso nicht loswurde und weil der Traum dadurch nicht etwa angehalten wurde, sondern im Hintergrund bis zum Ende weiterlief. Sie redeten über Allgemeines, über frühere Begebenheiten aus Orloffs Leben, über seine Sicht der Dinge und der Welt.

»Wird es dir nicht irgendwann langweilig?«, fragte er einmal. Die Themen variierten nicht sonderlich, und ein guter Erzähler war Orloff erst recht nicht.

»Ich langweile mich nie«, antwortete der Tod.

»Warum kommst du immer wieder zu mir, wenn du mich gar nicht holst?«

»Ab und zu unterhalte ich mich einfach nur.«

Mit der Zeit dann verblasste der Traum, der Tod ebenfalls, und Orloff erwachte. Wunderte sich jedes Mal über sein verkorkstes Unterbewusstsein, das ihm einen freundlichen Tod bescherte. Was wollte es ihm damit vermitteln? Dass er sich zutiefst den Tod herbeisehnte, aber nicht bereit war, den letzten Schritt zu gehen?

Nein, das kam für ihn nicht infrage. Was geschehen war, war geschehen, er musste damit leben. Damit fertigwerden. Er war nicht wie sein Vater. Er musste seine Schuld abtragen, irgendwann. Deshalb hatte er Carmelie auch nicht zurückgehalten, sie sollte da nicht mit hineingezogen werden. Es funktionierte einfach nicht, fürs Zusammenleben war er nicht geschaffen. Endete doch alles nur in einer Katastrophe.

Immerhin hatten ihre letzten Worte ihm so weit zu denken gegeben, dass er teilweise sein Leben änderte und versuchte, ein ganz normaler Mensch zu sein, der regelmäßig jeden Morgen aufstand, die Hygiene erledigte, sein Frühstück einnahm und dann den Tag begann.

So wie heute.

Als er das Schlafzimmer Richtung Küche verließ, spürte er sofort, dass er nicht mehr allein war. Trübes Morgenlicht fiel durch die halb geschlossenen Läden herein und verbreitete schummrige Helligkeit, die das eher schäbige Ambiente mit Weichzeichnern verschönerte und geradezu romantisierte. Eine Kulisse, wie sie in den täglich mehrmals fortgesetzten 3DCube-Serien gezeigt wurde. Eine fremde, skurrile Welt, wie ein Zoo vor tausend Jahren, der exotische Tiere zeigte.

Orloff Holden ließ die Gürtelschließe los und fuhr sich laut gähnend durch die fingerlangen Haare. Fingerlang – ein gewisser Luxus, den er sich jetzt leistete und der Distanz schaffte zu seinem früheren Beruf. Er könnte auch rückenlange Haare und einen verwilderten Bart tragen, wie ein Straßenköter aussehen, aber das brachte er denn doch nicht über sich.

Er betrat vom Flur aus die Küche.

Der Angreifer kam hinter der Tür hervor – wie einfallsreich. Orloff hatte sich darauf eingestellt, weil seiner Erfahrung nach kaum jemand, der einem anderen in dessen eigenem Haus auflauerte, originell war. Daher war er längst in der Abwehr und gewann ein paar Zehntelsekunden Vorsprung. Mit der linken Hand ließ er den Angreifer in seinen schwungvoll ausholenden Arm hineinlaufen, mit der Rechten zog er mit einem Ruck den noch nicht geschlossenen Gürtel schnalzend aus den Schlaufen. Der Angreifer versuchte sein Versagen durch Schnelligkeit und Kraft wettzumachen, indem er Orloffs Arm packte, doch der hatte damit gerechnet, entschlüpfte dem Griff und verdrehte nunmehr den Arm seines Gegners, schneller, als der reagieren konnte. Der hinterrücks Angreifende war somit der Gefoppte; er musste loslassen, und in diesem Moment schwang Orloff den Gürtel, der sich gezielt um den Hals des Unbekannten schlang. Blitzschnell riss er an der Schließe, und während der Eindringling das Gleichgewicht verlor und nach vorn stolperte, war Orloff auch schon hinter ihm, drehte ihm den Arm auf den Rücken und drückte ihn mit dem Knie im Nierenbecken nieder. Mit der freien Hand zog er den verschlungenen Gürtel stramm.

Der Jüngere keuchte und stemmte sich gegen den Druck, und Orloff spürte, wie seine Muskeln anschwollen. Er war stark, aber Orloff hatte ihn fest im Griff, brauchte nur ein wenig am Arm zu ziehen, bis das Schultergelenk bedenklich knirschte und der Mann gegen seinen Willen aufstöhnte und in der Gegenwehr nachließ.

»Hör schon auf, Karl, du kannst ihn nicht überwinden«, erklang eine Stimme hinter dem Nahrungsaufbereitermodul, die Orloff nur allzu bekannt war. Er würde sie nie vergessen, in Jahrzehnten nicht. Und er war absolut nicht erfreut.

Er hätte es sich denken können. »Hohlkopf«, zischte er dem deutlich jüngeren Mann zu, der unter ihm ächzte. »Hast wohl gedacht, einen alten Mann um seine Rente bringen zu können, was?«

»Ich ... hätte ... dich ... kalt ... gemacht, wenn ... ich ... gedurft hätte ...«, röchelte der andere.

»Na aber sicher doch«, brummte Orloff nicht im Geringsten beeindruckt und riss erneut am Gürtel.

Der Angreifer namens Karl keuchte panisch auf.

»Komm zur Ruhe, alter Freund, du hast deine Genugtuung gehabt. Und der Schnösel vielleicht seine Lektion gelernt. Ich hatte ihn gewarnt, so einen Unsinn zu unterlassen, aber er hat natürlich nicht auf mich gehört.« Aus dem Augenwinkel sah Orloff eine hochgewachsene, hagere Gestalt aus der Deckung kommen und am Fenster vorbeigehen.

Er holte sich seinen Gürtel zurück und beförderte den Jüngeren mit einem Tritt zu Boden. »Hast du nichts Besseres als den aufzubieten?«, fragte er.

»Nein, deswegen bin ich ja hier.«

»Ich bin im Ruhestand, wie du weißt.« Orloff musterte den Hageren, als der ins Licht trat. Er hatte akkurat geschnittene braune Haare und ein schmales Gesicht mit blassblauen Augen, die niemals von einer düsteren Wolke getrübt wurden. Sein maßgeschneiderter Anzug war völlig faltenfrei und durch sorgfältig eingearbeitetes Nanogewebe schmutzabweisend. Er hatte wahrscheinlich mehr gekostet, als Orloff jemals in einem Jahr verdient hatte. Der gelackte Kerl passte in diese Umgebung wie ein Hai in die Wüste.

»Hast du wenigstens Kaffee gemacht?«, fragte er seinen ungebetenen Gast.

»Bin gerade dabei.«

Es war natürlich kein echter Kaffee, nur irgendein Derivat, aber er war schwarz und duftete täuschend ähnlich nach etwas, das einmal irgendwo aus dem Boden gewachsen und in der Sonne gereift sein könnte.

»Ich konnte nicht früher damit anfangen, sonst hätte der Duft alles verraten«, fuhr der ungeladene Besucher fort, während er dem Zubereiter Anweisungen gab. Dann deutete er darauf. »Immerhin, dieses Gerät hier ist fortschrittlich; ich hätte einen Kessel über einem Lagerfeuer erwartet.«

Orloff beobachtete den jungen Gardeur, Leibwächter oder was auch immer, der sich langsam aufrichtete und vorsichtig auf Distanz ging. Sah gar nicht mal so übel aus, der

Bursche, und wenn er nicht von sich selbst derart eingenommen gewesen wäre, hätte er sicher einen Punkt erzielen können. »Trotzdem hat euch euer *Duft* verraten«, sagte er verächtlich. »Nach *Sauberkeit* und *Reinlichkeit* und *edlen Stoffen.*«

Der Besucher wies mit dem Kinn zur Eingangstür. »Warte draußen, Karl. Wir haben hier einiges zu bereden.«

»Aber ich sollte ...«

»Ich sagte: *Warte draußen.*« Die vorher neutrale, eher zuvorkommende Stimme nahm einen scharfen Ton an, der den jungen Mann veranlasste, sich augenblicklich zu trollen. So recht schien er nicht zu begreifen, was hier vor sich ging.

Orloff konnte es ihm nicht verdenken, denn ihm erging es ganz ähnlich. Er nahm den Becher mit dampfendem Inhalt in Empfang, ging durch den Türbogen nach nebenan ins Wohnzimmer und ließ sich in einen Sessel fallen. »Was willst du hier, Sebastian?«, rief er in die Küche.

Er hatte sich gewünscht, den Namen nie mehr von Angesicht zu Angesicht aussprechen zu müssen. Aber manchmal hörte das Universum die Wünsche nicht oder vergaß, sie zu erfüllen.

Sebastian Zoldan wurde als »Regierungssprecher« der GS I Europa bezeichnet. Was immer das auch bedeuten mochte. Jedenfalls war er *ganz oben* und gehörte vermutlich zu den mächtigsten und wenigen Männern dieses Planeten, die zwar offiziell den einen oder anderen Konzern vertraten, je nach Auftragsart, aber insgeheim die Kons manipulierten, wie es ihnen gerade gefiel. Oder vielmehr, wie es ihrer oder »der« Regierung oder auch einem Regierungskonsortium gefiel, wer immer das auch genau sein mochte. Orloff hatte da noch nie durchgeblickt. Normale Bürger wie er kannten zumeist sowieso nur das Gesicht der derzeit amtierenden Bürgermeister ihrer jeweiligen GlobalCity. Orloff hatte nie herausgefunden, welche Seite Zoldan wirklich vertrat und für wen genau er arbeitete. Das machte den Mann ziemlich unberechenbar und gefährlich – wie sehr, hatte er schon am eigenen Leib erfahren. Selbst *Terran Transmatt Specialities* legte sich nicht mit ihm an. Orloff war einmal Augenzeuge bei einer Auseinandersetzung mit einem Vertreter des Kons gewesen, die ihm zeigte, dass er selbst zwar draußen in der Wildnis abgebrüht war und vor nichts Angst hatte, auf *diesem* Parkett aber schnell aufs Glatteis geraten würde und keinerlei Überlebenschance hätte. In Anlehnung an vergangene Zeiten wäre Zoldan wahrscheinlich der Chef einer sehr geheimen staatlichen Geheimbehörde gewesen, die alle Fäden in der Hand hielt und ohne die nichts geschah.

»Ich brauche deine Hilfe.«

»Quatsch. Es gibt garantiert ein Dutzend jüngere Aktive zur Auswahl, wenn inzwischen nicht mehr. Alle sind besser und fitter als ich.«

»Bis auf Karl.«

»Ich hatte das Überraschungsmoment auf meiner Seite.«

»*Er* hätte es haben müssen.«

Zoldan kam mit einem ebenfalls dampfenden Becher in der Hand herein und sah sich scheinbar neugierig um. »So lebst du also.«

»Tja. Eigener Herd ist Goldes wert.« Orloff wies um sich. Er dachte gar nicht daran, Zoldan einen Platz anzubieten. »Die Früchte meiner jahrzehntelangen Arbeit. Purer Luxus.«

»Ein schäbiges Haus in einer schäbigen Gegend, auf einem

Niveau, das man nur ... unzivilisiert und barbarisch im vollen Retro-Look nennen kann.«

»Das Leben ist kein Zuckerschlecken, Baby. Ach, ich vergaß – du isst ja *nur* Zucker.« Orloff trank in Seelenruhe, doch sein Blick ruhte lauernd auf dem Regierungssprecher.

»Du hast nicht einmal eine automatische Tür, keine automatischen Fenster ...«

»Nope, hier wird alles mit der Hand erledigt. Gutes, ehrliches Gefühl, kann ich dir sagen. Das wenigstens hat sich in meinem Leben nicht geändert, ich bin *Handwerker* geblieben. Und die Nachbarschaft ist gar nicht mal so übel. Wir daddeln ein bisschen, gehen zwei Blocks weiter einen saufen, holen uns Abfuhren von einsamen Damen ...«

»Hör *auf* damit!« Zum ersten Mal klang eine Emotion in Zoldans Stimme auf. »Dieses Leben ist unwürdig!«

»Es ist ein ehrliches Leben«, erwiderte Orloff ungerührt. »Und seit wann kümmert dich das? Du warst es doch, der mich hierher getrieben und dann vergessen hat. Oder hast du mich etwa in den vergangenen fünf Jahren ein einziges Mal besucht oder dich auch nur per Anruf erkundigt, wie es mir geht? Für jemanden, für den ich mehr als mein halbes Leben lang den Arsch hingehalten habe, ist das ein Armutszeugnis. Und ich gehe sogar noch weiter: Du bist immer noch dasselbe Arschloch.«

»Und du immer noch das arrogante Großmaul, das sich trotz Gossencharakter für was Besseres hält.«

Sie starrten sich an. Nur zwei Meter trennten sie voneinander, aber die Distanz hätte nicht größer sein können. Orloff wäre sogar zu einer Versöhnung bereit gewesen – wenn es denn ein echter Besuch gewesen wäre und der Auftritt nicht den üblichen Anlass gehabt hätte: Sebastian schnippte mit dem Finger, und Orloff sprang. So lief es immer zwischen ihnen. Die vergangenen fünf Jahre waren ein Geschenk gewesen, doch nicht auf Dauer, dessen war er sich bewusst gewesen. Der ehemalige Justifier war nicht einmal sicher, ob er nach dem Tod endgültige Ruhe und Freiheit bekommen hätte. Sebastian würde sicher einen Weg finden, ihn zurückzuholen oder ihn zu klonen und seine vorher gespeicherten Bewusstseinsinhalte in den neuen Körper zu übertragen.

»Ich kann nur dir vertrauen«, sagte Zoldan schließlich. »Das weißt du, Orloff.«

Und auf meine Loyalität bauen, dachte Orloff wütend, *weil ich einfach nicht über meinen Schatten springen kann.*

Wie oft schon hatte er sich selbst überzeugen wollen, dass es zu Loyalität keine Veranlassung gab. Aber er war eben so, da konnte er nichts machen.

»Lass mich in Ruhe, Sebastian.«

»Wie kann dir das Leben hier gefallen?« Zoldan machte eine ausholende Geste.

»Es ist das, was ich mir leisten kann.«

»Abgesehen von den Schulden, die du hast ...«

»Ja, aber nicht selbst verursacht. Wie auch immer. Es mag merkwürdig klingen, aber ich fühle mich wohl in dieser Rolle. Vor allem«, Orloff deutete fuchtelnd auf das Fenster, »will ich nicht mehr *da* raus. Ich habe alles gesehen! Und zu viel da draußen verloren.«

Zoldan schwieg eine Weile. Dann fragte er: »Und wo ist Carmelie?«

»Weg«, schnarrte Orloff. »Was glaubst du denn? Denkst du, jemand will auf Dauer *dieses* Leben mit mir teilen? Sie hat alles versucht, aber es ging einfach nicht. Als Hauptgrund nannte sie übrigens dich«, fügte er zynisch hinzu. »Sie sagte, sie könne die ewige Ungewissheit nicht ertragen, dass du eines Tages auftauchst und mich zurückholst. Das könne sie nicht noch einmal verkraften, hat sie gesagt. Je älter ich werde, desto mehr steigt das Risiko, dass ich nicht mehr zurückkomme.« Orloff stellte den leeren Becher ab und stand auf. »Und jetzt *bist* du hier, o Überraschung.«

»Wegen Carmelie hatte ich ein bisschen Angst.«

»Quatsch. Du hast vor nichts Angst, nicht mal vor dir, während selbst dein Spiegelbild vor dir schaudert. Und du wusstest, dass Carmelie nicht hier ist, sonst hättest du Karl nicht diese Show abziehen lassen.«

»Also schön, ich denke, wir haben uns ausgesprochen.«

»Findest du?«

»Hölle, ja. Ich glaube, das war die längste Unterhaltung, die wir je geführt haben. Ich habe dir Kaffee gemacht, ich war sehr geduldig und freundlich, das kannst du nicht leugnen.«

»Das will ich dir in meinem eigenen Haus auch raten.«

»Das dir unter dem Hintern weggepfändet werden könnte …«

Orloffs Augen wurden schmal. »*Wag* es nicht, mir zu drohen«, sagte er sehr leise.

»Schon gut.« Zoldan hob beschwichtigend die Hände. »Ein kleiner Ausrutscher, reine Gewohnheit. Das ist mein Job.«

»Dir muss ja der Arsch auf Grundeis gehen, wenn du so zurückhaltend bist.« Orloff grinste plötzlich.

Zoldan runzelte erneut missbilligend die Stirn. In seinen Gefilden benutzte man keine solchen Kraftausdrücke. Tja, das kam davon, wenn man sich mit Bodensatz abgab.

»Warum hast du eigentlich nicht einen deiner Lakaien geschickt, statt dir selbst die glänzenden Schühchen zu ruinieren?«

»Weil du nicht mitgegangen wärst.«

»Das tu ich auch jetzt nicht.«

»Orloff … das war keine Bitte.«

»Weiß ich. Mir egal. Erschieß mich doch. Denkst du, das macht mir etwas aus? Ich gehöre längst ins Grab, aber Selbstmord lehne ich nun einmal ab.«

In Zoldans Augen trat ein Glitzern. »Dann müsste ein Risikoauftrag dir doch Spaß machen. Jede Menge Chancen, getötet zu werden. Sei ehrlich, Orloff!« Er breitete die Arme aus. »*Das* füllt dich voll und ganz aus? Du bist kein bisschen neugierig, welche Aufgabe ich an dich herantragen möchte, die ich keinem anderen zutraue?«

Zugegeben, ein bisschen reizte es ihn schon. Aber nur wegen der alten Zeiten. Und da hatte es leider nicht nur den Lockruf des Abenteuers bedeutet, sondern auch viele negative Konsequenzen gehabt.

»Komm mit und hör dir an, was ich zu sagen habe«, fuhr Zoldan fort.

»Ohne dass ich eine Wahl habe?«

»Du könntest davon profitieren, vielleicht Carmelie zurückgewinnen. Ich bin sicher, sie liebt dich immer noch und wartet nur darauf, dass du ihr endlich Sicherheit bieten kannst.«

»Wie denn, wenn sie ständig befürchten muss, dass du wieder auftauchst?«

»Werde ich nicht. Irgendwann bist du wirklich zu alt.«

Orloff verzog das Gesicht. Zoldan widerte ihn an, mehr denn je. »Ich komme gleich wieder.« Er ging ins Schlafzimmer, holte seine heiß geliebte Glückslederjacke und noch ein paar nützliche Dinge, von denen er sich nie trennte, zog den Gürtel durch die Schlaufen und schloss ihn. Dann ging er zu Zoldan, der bereits beim offenen Eingang wartete. Draußen stand Karl mit missmutigem Gesicht. Anscheinend war auch er nicht begeistert davon, dass Orloff mitkam. Das stimmte den ehemaligen Justifier fast heiter.

Die Besprechung fand in einem neutralen Konferenzraum in einem Mietblock in Sankt Petersburg statt. Das Gebäude war Regierungseigentum, hier konnte grundsätzlich jeder stunden- oder sogar tageweise Büros und Konferenzräume buchen. Spezielle Abschirmungen sorgten dafür, dass niemand von außen mithörte. Auch die Kons nutzten diese neutralen Plattformen gern, schon allein, um niemanden zu nah an ihre Verwaltung herankommen zu lassen.

Es gab keine Namensregistrierungen, keine Ablichtung, nur Reservierungen auf eine Nummer. Die Überwachungskameras verpixelten bei der Bildausgabe oder waren gar nicht im Einsatz. Das einzige Zugeständnis war der Scanner; hier verstand sich striktes Waffenverbot von selbst. Und daran hielten sich auch alle, um die Diskretion und Neutralität nicht zu gefährden. Deshalb wurden die Mietsblöcke auch gern als »Schweizer« bezeichnet. Die wenigsten wussten, warum.

Nur ein einziger Mann erwartete sie, und Karl musste wiederum draußen bleiben. Inzwischen schien er ganz froh darüber zu sein und betrachtete Orloff eher mitleidig.

Der Mann, der bereits anwesend war, mochte etwa Mitte dreißig sein, also jünger als Zoldan und bedeutend jünger als Orloff, der in diesem Jahr achtundvierzig werden wollte. Ein

Alter, in dem man normalerweise noch fit, wenn nicht gar auf dem Höhepunkt der körperlichen Verfassung war – es sei denn, man war ein hundertprozentiger Mensch und Justifier. Die meisten in diesem Alter waren tot, Krüppel oder vollkommen ausgelaugt. Orloff war nichts davon, obwohl er mit allerhand Narben angeben konnte und sich im Ruhestand befand.

Der Mann war hochgewachsen und schlank wie Zoldan, feingliedrig und mit einem Gesicht, das nie zu viel Sonne, Staub oder stürmisches Wetter erlebt hatte. Erst recht hatte seinen gepflegten weichen Händen niemals jemand körperliche Arbeit zugemutet. Sein Anzug saß perfekt und dürfte annähernd so teuer gewesen sein wie Zoldans. Seine Haare waren blond, aber nicht nur als Geschenk der Natur, und er trug einen schweren Siegelring am rechten Ringfinger.

»Ah, Sie haben ihn mitgebracht, Zoldan!«, sagte der Mann und trat scheinbar erfreut lächelnd und mit ausgestreckter Hand auf Orloff zu. »Orloff Holden, es ist mir eine Ehre! Sie sind eine Legende, wenn ich das so sagen darf. Selbst in höchsten Kreisen kennt man Ihren Namen.«

»Kann ich mir denken«, brummte Orloff, war aber höflich genug, die Hand des anderen kurz zu drücken. Er war ein gutes Stück kleiner als Zoldan und der Blonde, aber sehr viel breiter in den Schultern und muskulöser. Außerdem waren seine Hände schwer, kräftig und schwielig, auch nach fünf Jahren noch. Er trainierte nach wie vor, damit sich seine Muskeln nicht schlagartig in Fett umwandelten und er wie ein unförmiger Kloß daherkam. Wie erwartet war der Griff des Schönlings eher schlaff, und beim Zudrücken schmerzte der protzige Ring sicher zwischen den Fingern. »Freut mich ebenfalls, Sir ...?«

Der Mann zuckte nur ein wenig zusammen, seine Beherrschung war gut. »Nennen Sie mich *Senator*, mein Freund«, sagte er mit perfekt weißem Lächeln. »Keine Namen, wir wollen nichts unnötig aufbauschen.«

Senator, so, so. Was auch immer das bedeuten mochte, denn dass es in Europa, von wo der Mann zweifellos stammte, einen Senat gab, war Orloff neu. Er kümmerte sich allerdings auch kaum um Politik, die schließlich nur eine Farce war. Die Kons beherrschten alles.

Na schön, abgesehen von Zoldan. Oder? – Nein, er wollte es nicht wissen.

»Gut, Senator.« *Namen sind Schall und Rauch, Bezeichnungen auch. Ist doch egal, was er ist.* Orloff nickte und ging zielstrebig auf die große cremeweiße Sofagruppe in der Mitte des Raums zu. Eine Wand wurde komplett von der Fensterfront beherrscht – wobei der Blick nach draußen nun wirklich nicht lohnte –, die übrigen Wände waren mit grauem Metall verkleidet. Ein Arbeitstisch mit großem Sensorfeld, großem Arbeitssessel auf der einen und zwei schmalen Besucherstühlen auf der anderen Seite, marmorweißer Boden und die Sitzgruppe in der Mitte, die den Raum völlig beherrschte.

Ohne dass er ihm angeboten worden wäre, nahm Orloff Platz, griff nach einem Glas und einer Flasche Fruchtsaft – *echter* Fruchtsaft von einem gewissen kleinen Planeten, der ihm durchaus etwas sagte – und goss sich ein. Sollte er Rückschlüsse ziehen können? Er wusste, welchem Kon der Planet gehörte.

Zoldan und der Senator folgten ihm; der Senator blieb allerdings stehen, während sich Zoldan setzte. Aha. Hatte er Angst, angegriffen zu werden, oder was sollte diese Stehaktion?

»Ich muss wohl nicht betonen«, begann der Senator, »dass diese Unterhaltung strikter Geheimhaltung unterliegt und nichts davon nach außen dringen darf.«

»Abgesehen von den Leuten, die eingeweiht werden müssen«, versetzte Orloff.

»Dafür gibt es ein gesondertes Briefing. Wir ziehen Sie hier ins Vertrauen, und ich hoffe, Sie können es rechtfertigen.«

Prächtig, prächtig. Orloff entschloss sich, nichts dazu zu sagen, diese großzügige Geste konnte er sich jetzt erlauben. Früher hätte er sich jegliche Erwiderung *verkneifen* müssen, aber nun, da er es nicht mehr musste, wollte er gar nicht mehr provozieren. Also zuckte er lediglich die Achseln und trank sein Glas leer. Schmeckte gut. Mehr davon.

»Nun, was möchten Sie wissen?«, stellte er die erwünschte Frage, da er sah, wie sehr der Senator darauf brannte, ihn zu sezieren.

»Ein wenig über Sie.«

Na also. »Was soll's da geben, das Sie nicht schon längst wissen? Steht doch alles in meiner Akte.«

»Ja, einiges davon hat mich neugierig gemacht.« Der Senator trat näher. »Haben Sie nicht einen Bruder?«

Orloff griff in seine Brusttasche und zog ein Rillo hervor – aus echtem Tabak, versteht sich, von besagter kleiner Welt, die auch diesen köstlichen Fruchtsaft herstellte. Der wahre Luxus. Es kümmerte ihn nicht, dass er Schmuggelware präsentierte, die ihm ein Freund mitgebracht hatte. Schließlich hatte der ihm noch einen Gefallen geschuldet. Sollten sie ihn doch verhaften! Das war immer noch besser, als nochmals da raus zu müssen. Er zog einmal heftig daran, und das Ende entzündete sich. Gierig sog er den Rauch in seine Lungen und fühlte, wie sich gleich darauf in seinem Gehirn eine angenehme, watteweiche Leere ausbreitete, die seine Sinne streichelte und sie friedlich stimmte. Sein persönliches Nirwana, in dem ihm keiner etwas anhaben konnte.

»Wenn ich einen Bruder hätte, stünde es in meinen Akten«, antwortete er schließlich. »Sie wissen demnach also mehr über mich als ich. Also, was soll diese Frage?«

»Nun, es geht das Gerücht, dass sich Ihr Bruder von der Familie losgesagt und einen neuen Namen angenommen hat.«

»Und warum hätte er sich wohl losgesagt und einen neuen Namen zugelegt?«

»Möglicherweise empfand er den Skandal um Ihren Vater als Schande?«

Die Wirkung des ersten Zugs war vergangen, aber Orloff ließ sich Zeit mit dem zweiten, denn was er jetzt zu sagen hatte, musste in aller Schärfe deutlich gemacht werden.

Er beugte sich vor und brauchte keinen Spiegel, um zu wissen, welches gefährliche Glitzern in seinen schmal gewordenen hellgrauen Augen lag. Carmelie hatte es ihm einmal auf einer Aufnahme gezeigt und ihm gesagt, so möge sie ihn überhaupt nicht. Also war genau *das* jetzt angebracht. Aus seiner Miene war jeder Ausdruck gewichen, denn sein Gegenüber sollte sich auf das Glitzern in seinen Augen konzentrieren.

»Mein Vater«, sagte er mit leiser, beherrschter Stimme, »war das Opfer einer Intrige, genauer gesagt: das Bauernopfer. Gerade weil er ein aufrechter und unbestechlicher Mann gewesen ist, war er als Einziger geeignet, der Öffentlichkeit zum Fraß vorgeworfen zu werden. Er hat alles gegeben, und er hätte auf alles verzichtet, wenn es gefordert worden wäre. Aber ihm seine Integrität zu nehmen ... das hat ihm das Herz gebrochen und ihn sein Leben gekostet. Ihr wart das, die Regierung, und euer Scheiß-Kon; gemeinsame Sache habt ihr gemacht und meinen Vater in den Tod getrieben. Also *wagen* Sie es ja nicht, ihn in diesem Zusammenhang zu erwähnen.«

Vor allem, weil die Angelegenheit Jahrzehnte zurücklag und *endlich* einmal beendet gehörte!

»Das ist ein schwerer Vorwurf«, entrüstete sich der Senator, allerdings ohne ihm in die Augen zu schauen, »und wer soll *die* Regierung und *der* Kon sein?«

»Sagen Sie es mir! Sie wissen ja über die Angelegenheit Bescheid und haben sie auf dem Tablett präsentiert. Erklären *Sie* mir, was das zu bedeuten hat und wo ich darin vorkomme! Wenn es einen solchen Bruder geben soll und wenn der seinen Namen so geändert hat, dass nicht einmal Sie ihn finden, dann sollten Sie ihn auch in Ruhe lassen. Und mich dazu! Mehr habe ich dazu nicht zu sagen.«

Er lehnte sich zurück und nahm den zweiten tiefen Zug. *Knickediknacks*, das tat gut. Es hatte eine Zeit gegeben, da hatte er getrunken, gleich nachdem er in den Ruhestand gegangen war. Doch das hatte alles nur noch schlimmer gemacht, vor allem, da er ein neues Leben mit Carmelie planen wollte. So ein Rillo war viel besser fürs Wohlbefinden, und das Beste dabei: Sein Verstand blieb klar. Nach Carmelies Auszug hatte er damit angefangen und kam seither ganz gut zurecht.

Die meisten Justifiers hatten eine Vergangenheit, die keinen Eingang in ihre Akten fand; darum gab es auch immer genügend Zuwachs, mehr oder minder freiwillig. Wie vor über tausend Jahren in der Fremdenlegion. Keine Fragen, kein Nachhaken. Man löschte seine vorherige Identität und fing neu an. Viele, die Justifiers wurden und keine dafür gezüchteten Betas waren, hatten schon Erfahrung im Kämpfen und Töten, sie waren desillusioniert und bereit, ihr Leben für einen lächerlichen Lohn zu riskieren – weil sie dafür *da draußen* waren und wenigstens den trügerischen Anschein von Freiheit und Selbstbestimmung hatten, und das auf dem Pfad der Legalität. Meistens zumindest.

Bei Orloff war das anders gewesen. Nach dem Skandal hatte man ihn in Sippenhaft genommen und ihm nahegelegt, den militärischen Dienst zu quittieren. Aber weil er jung, ehrgeizig und gut war, ein Krieger durch und durch, der sich kein bescheidenes Leben hinter einem würfelförmigen Arbeitstisch in einem Büro von der Größe einer Hutschachtel vorstellen konnte, blieb ihm nur noch eine Möglichkeit, genau wie alle anderen: zu den Justifiers zu gehen. Doch er ließ seine Vergangenheit *nicht* löschen. Er *wollte*, dass man sich an seine Familie erinnerte, und eines Tages würde er den Namen seines Vaters auch reinwaschen.

Zumindest hatte er sich das damals vorgenommen. Allerdings war ihm das bis heute nicht gelungen, und das würde es wahrscheinlich auch nie, da machte er sich inzwischen nichts mehr vor. Obwohl er unmittelbar beteiligt gewesen war, hatte er sich damit ausgesöhnt; aber von anderer Seite vergessen wurde der Fall trotz der langen Zeit nicht, wie er gerade erfuhr.

»Worum geht es Ihnen denn nun genau?«, fragte er ruhig, nachdem der Senator auf seinen letzten Ausbruch hin geschwiegen hatte.

»Nun, ich muss alle Gegebenheiten eines künftigen Mitarbeiters berücksichtigen«, antwortete der Senator, »vor allem der private Hintergrund ist bei einer derart heiklen ...«

»Moment«, unterbrach Orloff. »Sie scheinen hier einem Irrtum zu unterliegen. Das ist kein Bewerbungsgespräch. Also ersparen Sie uns jede weitere Zeitverschwendung mit diesem Personal-Psycho-Quatsch. Fehlt ja nur noch der Fragebogen – lächerlich.«

Der Senator wirkte irritiert. »Aber Sie wollen für uns arbeiten?«

»Wer sagt, dass ich das will?« Orloff stieß einen trockenen Laut aus und nahm einen weiteren tiefen Zug. »Da springe ich doch lieber in einen ausbrechenden Vulkan.«

»Orloff, nun hör schon auf.« Sebastian Zoldan hob beschwichtigend die Hände. »Und auch Sie, Senator, sollten sich bitte mäßigen. Ihr Misstrauen in Ehren, aber *Oberleutnant* Orloff Holden ist über jeden Zweifel erhaben. Ich habe ihn eben aus dem Grund reaktiviert, weil er für diese knifflige Mission der beste Mann ist. Genau wie sein Team.«

»Mein Team auch noch?« Das brachte Orloff erneut auf das, was ihn am meisten beschäftigte. »Ich frage dich noch einmal, Sebastian: Wie kannst du mich reaktivieren, nachdem *ich* den Dienst quittiert habe?«

»Einmal Militär, immer Militär. Einmal Justifier, immer Justifier. Doppeltes Pech.« Zoldan grinste dazu auch noch. Er fand das wohl höchst belustigend.

»Wichser.« Orloff war nicht sicher, ob er es gesagt oder gedacht hatte. Spielte keine Rolle.

Der linke Wangenmuskel im Gesicht des Senators zuckte. Er war äußerst verärgert, beherrschte sich aber vorbildlich, ganz seiner Position entsprechend. Er *war* ein Politiker, aber auf welcher Stufe der Hierarchie stand er wohl? Mehr und mehr kam Orloff zu dem Schluss, dass er ziemlich weit oben angesiedelt sein musste. Vielleicht noch über Sebastian? Das wäre gar nicht so einfach. Was diese Sache tatsächlich ziemlich brisant machte. So langsam erwachte Interesse in ihm.

»Wollen wir jetzt zum eigentlichen Grund deines Hierseins kommen?«, fragte Zoldan.

»Nur zu gern.« Orloff sah den Regierungssprecher durchbohrend an. »Ihr steckt in einer Schweinerei titanischen Ausmaßes, und keiner soll davon erfahren, richtig?«

Der Senator presste die Lippen fest zusammen und wandte sich ab. Es brauchte nicht mehr viel, und er verlor seine nonchalante Haltung. Orloff konnte es nur recht sein, denn eines stand fest: Er würde nun zwar einiges erfahren, aber ganz gewiss nicht die Wahrheit. Allerdings konnte im Affekt doch das eine oder andere ungewollt herausrutschen.

»Tja«, sagte Zoldan jedoch unverblümt. »Du hast's erfasst. Die Sache ist so heikel, dass wir keinen Aktiven ranlassen können. Andererseits benötigen wir hundertprozentige Profis. Dich und dein Team.«

»Wracks?«

»Überlebende, Orloff. Wie viele Einsätze habt ihr gemeinsam gefahren – zehn?«

»Als ob du das nicht wüsstest. Zwanzig«, knurrte Orloff. Natürlich waren es in Wirklichkeit mehr Einsätze für ihn gewesen, aber nicht in dieser Zusammensetzung. Und das war das Einmalige daran, Zoldan hatte das sehr gut erkannt.

»Zwanzig, Herr Senator«, wiederholte Zoldan und nickte dem hochgewachsenen Mann zu, der ihm einigermaßen Aufmerksamkeit schenkte, indem er sich ihm halb zuwandte. »Ein Team in gleicher Besetzung.«

»Von denen, die übrig sind«, warf Orloff ein und fing sich einen eiskalten Speerblick ein, der ihn nicht im Mindesten beeindruckte.

Zoldan fuhr fort, als habe es keine Unterbrechung gegeben. »Und es waren keine Spaziergänge, sondern gewaltige Herausforderungen. Sie sind jedes Mal rausgekommen.«

Fast, dachte Orloff, ohne es diesmal laut auszusprechen. Er wollte es nicht auf die Spitze treiben.

»Dennoch möchte ich meine Bedenken hinsichtlich des Alters wiederholen«, wandte der Senator ein.

»*Eben*, genau das ist es ja!«, rief Zoldan. »Holdens Truppe blickt auf die Erfahrung von zwanzig gemeinsamen Einsätzen zurück. Diese Justifiers sind ein eingespieltes Team und haben mehr mitgemacht als alle Mitarbeiter zusammen, die Sie und ich befehligen. Es gibt keine Herausforderung, der sie sich nicht stellen mussten. Egal, was kommt, sie *wissen*, was zu tun ist. *Die da,* über die wir nun reden wollen, wussten es nicht.«

Er ging zu dem Arbeitstisch und berührte eine Sensortaste. Orloff fragte sich, ob er sich darauf wohl ein Spiegelei braten könnte, bei so vielen leuchtenden Feldern, die aussahen wie sein Zubereiter zu Hause. Allein dieser Tisch kostete mehr als sein Haus samt Inventar. Und dabei war er nur eine ganz alltägliche Büroeinrichtung. Der klaffende Abgrund zwischen ihm und den beiden Männern wurde zum bodenlosen Loch.

Ein 3DCube baute sich auf.

»Sieh dir das an, Orloff!«

2

Blende auf.

Ein Fremdplanet eröffnete sich dem Betrachter in einem kleinen Ausschnitt. Unbesiedelte Landschaft. Ein kurzer Schwenk zeigte einen Wald, dann verharrte das Auge der Kamerasonde auf einer sich hoch auftürmenden Felsformation aus riesigen Einzelbrocken, die vielleicht einst von einer Moräne hierher geschoben worden war.

Eine Stimme aus dem Off erklang.

»Check. Aufnahme läuft?«

»Ja, Aufnahme läuft.« Die zweite Stimme klang sehr nahe.

Ein Gesicht schob sich vor die Optik. Ein junger Mann, das Gesicht weitgehend umhüllt von einem Helm in Tarnfarben mit hochgeklapptem Visier. Die Luft war demnach für Menschen atembar. Der junge Mann grinste und hob den Daumen.

»Hallo, ihr da draußen«, sagte er fröhlich. »Ich bin Jake Ellis, und das ist mein erster Einsatz als Justifier. Ich bin natürlich *Leutnant* Ellis, um genau zu sein. So viel Zeit muss sein. Und bei meinem Ersteinsatz führt es mich gleich hierher ... wow. Ich kann nur wiederholen: wow! Kaum ist dieser Planet entdeckt, sehen wir uns schon hier um, um zu checken, was für unseren Auftraggeber alles verwendbar sein könnte. Ich meine, das ist ziemlich aufregend, und ...«

»Was machst du da, Grünschnabel?«, erklang eine schnarrende Stimme. »Du sollst die Sonde auf Position bringen, nicht hier den Schauspieler geben.«

»Ich teste das Ding«, gab der Leutnant zurück. »Ist sein erster Einsatz, genau wie bei mir. Soll ja nichts schiefgehen.«

Gelächter erklang von außerhalb des Sichtbereichs, und einige gutmütige Bemerkungen über Dilettanten, Amateure und dergleichen. Aber sie ließen dem Neuling seinen Spaß, es ging anscheinend nicht um jede Minute.

»Also, wer immer das hier auch sieht: Es ist so was wie ein First Contact. Na ja, nicht ganz – bisher haben wir noch kein intelligentes Leben vorgefunden, aber der Planet bietet alle Voraussetzungen dafür. Es gibt jede Menge Flora, und auch die Fauna ist nicht zu verachten. Wir haben in der Woche, seit wir hier sind, schon in unserem Umfeld einige Arten klassifiziert, aber es gibt laut den Vitalspürern noch bedeutend mehr ... vielfach mehr. Wir haben das Camp in einer Schlucht aufgeschlagen, die vielversprechende Erze enthält, eine Menge Bodenproben entnommen und sind dabei, sie zu analysieren. Da wir nicht wissen, ob noch *gewisse Freunde* hier sind, haben wir uns bisher bedeckt gehalten, aber die Aufnahmen von einer der Sonden über dem Gebiet hier haben uns rausgelockt. Ach ja, apropos Ortung. Ich aktiviere jetzt mal die Sensoren. Aufgepasst ...«

Seine Hand näherte sich der Sonde und unternahm etwas außerhalb des Sichtbereichs. Gleich darauf fuhren links und rechts am Bildausschnitt schmale Anzeigeleisten hoch, die Auskunft über die Luftzusammensetzung, Temperatur, Luftfeuchtigkeit und dergleichen gaben. Außerdem die Abstandsmessung zu den Felsen und dazu die Namen der Teammitglieder. Rot bedeutete, sie waren im Kom zugeschaltet, aber inaktiv, Grün bedeutete, sie sagten gerade etwas via Kom. Entweder nur untereinander oder über den allgemeinen Kanal, den die Sonde ebenfalls empfangen und aufzeichnen konnte.

»Check: Mikro – o.k. Stimmerkennung – o.k. Kom – o.k. Bild – o.k. Aufzeichnung – o.k. Flugaggregat – o.k.« Leutnant Ellis grinste breit. »Siehst gut aus, Baby! Dann mal los – und wehe, du betonst meine Pickel!« Er drehte sich um, und die Kamera folgte ihm, ungefähr eine Kopflänge über ihm. Sie stellte auf Weitwinkel und erfasste nun auch weitere Teammitglieder am Rand des Bilds, die sich wie Ellis auf den Weg zu der Felsformation machten.

»Sir, ich habe da etwas entdeckt!«, erscholl es von den Felsen her. Der Name *Sgt. Canar* wurde eingeblendet. »Da ist tatsächlich eine Höhle!«

»Warum sollte das auch nicht der Fall sein, nachdem wir sie geortet *und* gescannt haben?« Dieselbe schnarrende Stimme wie zuvor. Die blinkende Anzeige wies sie als Leutnant Don Rodrigo aus, den Teamleiter der Mission.

»Nun, Sir, oberflächlich gescannt, mehr als dunkle Schichten haben wir nicht erkennen können. Und vor Ort ist diese Höhle nicht leicht zu finden – mir nicht ganz verständlich, wie wir sie überhaupt aufspüren konnten.«

»Weil wir auf Strukturveränderungen geachtet und den Hohlraum da unten als dickes schwarzes Loch ausgemacht haben.« Eine weibliche Stimme, die genervt klang und als Leutnant Lucy Stang ausgewiesen wurde.

»Schau mal in die Kamera, Lucy!«, bat Leutnant Ellis und winkte ihr. »Bitte lächeln! Heute bist du der Star! Tu es für all deine Fans!«

Eine junge Frau, ebenfalls kaum kenntlich unter dem Helm, blickte grimmig herüber. »Leck mich, Jake«, sagte sie und zeigte eine obszöne Geste.

»Ähm ... ich glaube, das schneiden wir nachher raus«, murmelte Ellis und kicherte verlegen zur Kamera. »Oder kannst du das gleich rauslöschen? Gibt's da 'ne Taste *Erase?*« Er fummelte an der Sonde herum und zog eine enttäuschte Miene. »Tja, geschützt vor Manipulation. Nun, ich habe Lucy gewarnt.«

Die Kamerasonde folgte Ellis im gleichen Abstand. Die Truppe, bestehend aus vier Menschen und zwei kleinwüchsigen Betas – Otter und Fuchs –, bewegte sich in Zugvogelformation mit jeweils drei Metern Abstand und zwei Meter versetzt durch das felsige Gelände.

Die Landschaft erschien der früheren Erde nicht unähnlich, hauptsächlich herrschten beim Bewuchs intensive Grün- und Gelbtöne vor, die Felsen waren braun und grau. Auch die Temperaturangabe und Luftzusammensetzung unterschied sich nicht wesentlich, die Luftfeuchtigkeit lag bei 65 Prozent. Die Schwerkraft entsprach 0,8g.

»Es ist ziemlich idyllisch hier«, stellte Leutnant Ellis für die Aufzeichnung fest. »Es gibt nur einen riesigen Kontinent, der auf einem smaragdgrünen, warmen Meer schwimmt, mit ausgedehnten Sandstränden und schroffen Felsküsten. Im Meer haben wir gewaltige Lebensformen von bis zu dreihundert Metern Länge gemessen. Die Größe des Planeten entspricht der Erde zu etwa eins Komma drei. Sollten wir keine lohnenswerten Erze finden – was ich nicht glaube –, sollte

Noxus 1 als Urlaubsparadies eingetragen werden. Hier lässt sich eine Menge draus machen.«

»Eine wahre Goldgrube«, erklang eine Stimme am rechten Bildausschnitt. Otter-Beta Dumbar. »Der Kon, der den Planeten als Erster einträgt, hat die Gewinnerkarte gezogen.«

»Und das ist unser Problem«, erklärte Ellis. »Wir wissen nicht, ob wir das Wettrennen gewonnen haben. Aber wir werden es bald erfahren, das TransMatt-Portal sollte heute noch einsatzbereit sein.«

»Hört auf zu quatschen«, fuhr die Stimme Rodrigos dazwischen. »Nähern uns Zielgebiet.«

Die Felsformation türmte sich nunmehr gebirgsartig vor ihnen auf. Die Aufnahmen bis hierher hatten den Weg als leicht gangbar gezeigt, ungestört von eventuell existierender Fauna. Am Himmel war gelegentlich ein großes Flugwesen zu sehen, das hoch oben entlangzog, doch nichts in der Nähe. Geräusche wurden nur von den Justifiers auf ihrem Weg erzeugt.

Leutnant Stang kam ins Blickfeld. »Ich finde es merkwürdig, dass wir überhaupt keinen Tieren begegnen.«

»Sind wir nicht froh darüber?«, fragte Ellis.

»Mit dir rede ich nicht, Jake«, sagte sie unverblümt. »Sir, wir haben bisher keine tagaktiven Räuber entdeckt. Den Aufzeichnungen nach sind wir die Ersten, die diesen Planeten betreten. Normalerweise dürften die Tiere keinerlei Scheu zeigen, weil wir ihnen unbekannt sind und sie nicht wissen, was sie mit uns anfangen sollen. Sie wären demnach neugierig. Und trotzdem habe ich nichts in der Ortung, das größer wäre als eine Maus.«

»Schlussfolgerung?«, fragte Rodrigo.

»Die Tiere meiden entweder uns oder dieses Gebiet.«

»Waffen in Bereitschaft.«

»Zu Befehl.«

Sie nahmen die Gewehre und Blaster von den Schultern, entsicherten sie und legten sie über den Arm, deutlich erkennbar, sofort in Anschlag zu gehen.

Ein Beta kam nun ins Sichtfeld, sein Kopf ähnelte dem eines Marderhunds, sein Körper war biegsam und geschmeidig. Der Name Sgt. Canar wurde eingeblendet, der vorausgeschickte Späher.

»Das ist 'ne härtere Nuss, Sir. Ich bin ein Stück weit hineingegangen, doch es wird bald stockfinster. Ich habe eine Sonde reingeschickt, und die ist schon nach wenigen Metern verreckt. Die Ortung zeigt nur Schneefall. Irgendetwas *ist* da drin.«

»Möglicherweise eine Energiequelle.«

»Das ist auch meine Vermutung.«

»Natürlichen oder künstlichen Ursprungs?«

»Unmöglich von hier aus festzustellen. Und da gibt es, soweit ich auf den ersten Metern anmessen und mit bloßem Auge erkennen konnte, Metall, Sir. Allerdings unbekannter Zusammensetzung, mein kleines Analysegerät ist damit überfordert. Aber es gibt eine Menge Adern, wir brauchen uns fürs Schiffslabor nur zu bedienen.«

»Das könnte unser großes Los sein, Sir«, platzte es aufgeregt aus Ellis heraus.

»Wir werden sehen, Ellis. Dann schauen wir uns das mal an. Helme auf, Visier geschlossen, Lampen an, Waffen bereit.« Rodrigo befahl Canar, Dumbar und Ellis, ihn zu begleiten, die anderen sollten draußen Wache halten.

»Wo ist diese bescheuerte Höhle?«, fragte Rodrigo, während er Canar folgte.

»Ich sagte bereits, sie ist nicht einfach zu finden. Aber meine Nase lässt mich nicht im Stich.« Er tippte gegen den kleinen schwarzen Knubbel in seinem Tiergesicht.

»Deswegen habe ich euch kleine Betas mitgenommen – weil ihr überall hineinkriechen könnt«, brummte der Leitende Offizier.

»Dafür sind wir Ihnen ewig dankbar, Sir.« Dumbars Stimme troff vor Ironie.

»Ich habe nichts in meiner Ortung, was auf eine Öffnung hinweist«, meldete Ellis.

Die Kamerasonde zeigte ein geschlossenes Felsengebiet mit wenigen Vorsprüngen, aber keinerlei Einbuchtungen oder gar Höhlen. Sträucher mit großen fleischigen Blättern verdeckten teilweise die Sicht auf das Gestein.

Die zur Wache abgestellten Justifiers folgten ihnen auf Abstand und sicherten vor allem nach hinten. »Merke«, sagte Stang, »wenn etwas derart ruhig und friedlich aussieht, kann was nicht stimmen.«

»Es gibt keine harmlosen Planeten?«, fragte Ellis.

»Doch, aber dorthin schickt man uns nicht.«

»Aber wir sind doch zum ersten M...«

»Still, Ellis!«, befahl Rodrigo. »Canar hat den Eingang wiedergefunden.«

Endlich wurde er deutlich erkenntlich. Es war eine geschickte optische Täuschung – zwei Felsen verschoben hintereinander, und dazwischen ein schmaler Höhleneingang. Nicht einmal von der Seite war der Eingang erkennbar, weil einige Felskanten vorstanden. Er war so schmal und lag so tief drin, dass es keinen verräterischen Schatten gab. Die

Sonde flog mehrmals darüber, doch erst als Canar die Hand scheinbar ins Nichts streckte, schälte sich ein schmaler Engpass heraus.

Nacheinander betraten sie die Höhle. Ellis ging, von der Sonde begleitet, als Letzter. Schon nach wenigen Schritten erwartete sie absolute Finsternis, wie Canar angekündigt hatte. Die Lampen erhellten streifenweise einen schmalen, schroffen Gang.

»Dieser Gang ist nicht durch Wasserströmung entstanden«, konstatierte Dumbar. »Möglicherweise ist er schon so alt wie die Welt.«

Die Anzeige der Lufttemperatur ging abrupt um drei Grad zurück. Abgesehen vom verhaltenen Atem und den leise scharrenden Schritten der Männer war es völlig still. Licht gab es nur dort, wohin das Streulicht der Lampen fiel. Die Felsen zeigten sich schroff, ab und zu blitzte eine Metallader auf, die Farbe variierte zwischen grünlich und bronzefarben.

Die Wände rückten nach etwa hundert Metern näher. Ein Ende des leicht gewundenen Gangs war nicht ersichtlich, bisher hatte es keine Abzweigung gegeben.

Die Anzeigen an den Bildrändern begannen zu flackern und fielen schließlich ganz aus. Die Sonde schwankte deutlich in der Höhe, die Bilder wurden zusehends unschärfer, begleitet von Störungen.

»Das wird zu unübersichtlich, ich nehme die Kamera besser zu mir.« Leutnant Ellis griff nach der Sonde, löste das Aufnahmegerät vom Flugaggregat und schickte es zurück. Er befestigte die Kamera an der rechten Seite seines Helms. Es war nun, als würde der Betrachter direkt durch seine Augen sehen. Nach einigen Einstellungen wurde die Aufnahmequalität wieder besser. Die automatische, durch Laserpeilung gesteuerte Nachtsicht wurde aktiviert, die sich immer dann einschaltete, wenn der Aufnahmebereich außerhalb des Lichtkegels geriet, mit nur geringer Zeitverzögerung.

Das grünlich schimmernde Bild zeigte den Felsgang noch verzerrter, und vor allem reichte es nicht weit – höchstens vier oder fünf Meter, danach wurde es unscharf und grobkörnig.

»Mit Verlaub, Sir«, erklang Dumbars Stimme erneut, »aber da hat man uns ja mal wieder die ältesten aller alten Geräte gegeben. Abgesehen von den Lampen funktioniert hier nichts.«

»Leider sind auch die Anzeigen in der Kamera ausgefallen«, fügte Ellis hinzu. »Und die Aufnahmen haben mehr als bescheidene Qualität, dabei ist dieses Gerät nicht vom Schrottplatz.«

Die Ursache für die Störungen wurde nicht so schnell gefunden. Der Gang schien sich endlos in das Felsgebirge hineinzuschlängeln, bei geringem Höhenunterschied.

»Ich geh mal voraus«, erklärte Canar und kam am Bildausschnitt vorbei, bevor er in der Finsternis außerhalb des Erfassungsbereichs verschwand.

»Das erinnert an einen dieser unsäglichen Horrorschinken auf dem Amateurkanal«, flüsterte Ellis ins Mikro. »Die ähneln sich alle. Typen gehen mit einer Handkamera in irgendwas Dunkles, einen Keller oder eine Höhle, manchmal auch einen Wald. Nacheinander fallen die Geräte aus, sie trennen sich, und alles endet in einem Blutbad. Das Böse siegt immer.«

»Um Horror zu erleben, brauche ich nur auf die gute alte

Erde zu gehen«, erklang Dumbars Stimme. »Solch eine schauerliche Hässlichkeit findet man auf keinem Planeten sonst.«

»Und ich muss nur meinen Kontostand betrachten«, brummte Rodrigo. Via Kom fragte er: »Canar, wie weit sind Sie voraus?«

Keine Antwort.

Der Leitende Offizier wiederholte die Frage und erhielt Knacksen und Rauschen als Rückmeldung.

»Soll ich mal nachsehen, Sir?«, fragte Dumbar.

»Entfernen Sie sich nicht weiter als zwanzig Meter von uns, und versuchen Sie, Kontakt zu Canar zu bekommen.«

»Bin unterwegs.«

Ellis flüsterte wieder. »Was hab ich gesagt? Man braucht gar kein Drehbuch ...«

Knistern und Knacksen unterbrach ihn, und kurz darauf meldete sich Dumbar. »Kontakt hergestellt, Sir! Ich schalte auf Verstärker um, dann müsste es klappen.«

Im Anschluss erklang tatsächlich Canars Stimme, weit entfernt und gedämpft und von Störgeräuschen sowie Unterbrechungen begleitet.

»... endet, Sir. Bin in einer riesigen Halle rausgekommen. ... zu sagen. Geräte funktionieren nicht, und ich befürchte, der Funk wird auch gleich ... ist etwas ... aus wie ein ... könnte ... sein?«

Dann brach der Kontakt abrupt ab.

»Canar, kommen Sie sofort zurück!«, befahl Rodrigo. »Wir sehen uns das gemeinsam an. Dumbar, können Sie uns hören?«

»Noch«, kam die Antwort rauschend. »Soll ... zurückkommen?«

Die Kamera wackelte plötzlich stark, als Leutnant Ellis zusammenfuhr. Ein merkwürdiges Geräusch war zu hören gewesen, es hatte geklungen wie ein schriller Schrei.

»Geben Sie Canar Bescheid, er muss sofort umkehren!«

»Verstanden, Sir. Der Gang macht gleich eine Biegung, ich ... entgegen.«

»Nein, Dumbar, Sie schließen zu uns auf ... Dumbar!«

Dann flackerten die Lampen und fielen kurz darauf ganz aus.

Für ein paar Sekunden waren nur Atemgeräusche zu hören. Die Kamera hatte automatisch auf Nachtsicht umgestellt. Ellis schwenkte herum, und Rodrigo wurde erfasst. Seine Augen glitzerten weißlich im Peilverstärker.

»Aktivieren Sie die Nachtsicht im Visier«, sagte der Leitende.

»Sofort.«

Rodrigo schlug auf seinem Pad herum. »Der Funk ist komplett ausgefallen, genau wie die Lampen.« Nur noch die Restlichtpeilung für die Nachtsicht funktionierte, sonst wäre es komplett finster gewesen. Der Scheinwerfer der Kamera war ebenfalls ausgefallen.

»Unheimlich ist das schon, Sir«, bemerkte Ellis.

»Nur wenn man ein Grünschnabel ist wie Sie. Ich erlebe das nicht zum ersten Mal. Und wozu haben wir Nachtsicht?« Rodrigo nickte in Richtung Gang. »Bleiben Sie dicht bei mir. Wir laufen jetzt los, um Dumbar einzuholen.«

Die Kamerasicht fing an zu wackeln, als Ellis loslief, glich aber schnell durch den Antischockeffekt aus und stabilisierte sich.

»War das ein Schrei, Sir?«

»Wir werden es herausfinden. Bis dahin sind alle Spekulationen müßig. Fakten interessieren uns, Ellis, keine Horrorgeschichten.«

Für etwa fünfzehn Sekunden schwiegen sie, dann sagte Ellis: »Wir müssten Sergeant Dumbar längst eingeholt haben, Sir.«

»Ist mir auch aufgefallen.«

»Sollten wir rufen?«

»Wo soll er sein, Ellis? Es gibt keine Abzweigungen. Er wird zu Canar aufgeschlossen haben, seiner letzten Meldung gemäß.«

Abrupt blieb Ellis stehen und schwenkte herum. Sein Kommandant verharrte ungeduldig.

»Was soll das? Sofort weiter!«

»Da war etwas, Sir.«

»Da war nichts.«

Ellis griff nach der Kamera.

Ein Rauschen und Knistern, dann war das Bild wieder da. Nachtsicht, keine Lampen. Rodrigo stand vor Ellis, der die Kamera wieder befestigt hatte. Trotz des Visiers und der von Störungen begleiteten grobkörnigen Bildqualität war die Anspannung in seinem Gesicht deutlich zu erkennen.

»Meldung Leutnant Rodrigo, Einsatzleiter der Justifiers auf Noxus 1. Abgesehen von der Kamera und unserer Nachtsichtschaltung sind alle Geräte ausgefallen, einschließlich des Funks. Wir sind nicht mehr weit von der Stelle entfernt, an der sich die Beta-Sergeants Dumbar und Canar aufhalten müssen, die sich seit dem Funkausfall nicht mehr gemeldet haben. Vorher hatten wir so etwas wie einen Schrei gehört, was Dumbar veranlasste, zu Canar aufzuschließen.

Leutnant Ellis hat unterwegs angenommen, eine fremde Bewegung ausgemacht zu haben, obwohl das bei diesem engen und niedrigen Gang unmöglich erscheint. Ich habe ihm zuerst nicht geglaubt. Wir haben die Aufzeichnung der letzten fünf Minuten in Zeitlupe durchgesehen, und da *ist* etwas. Es ist nur eine sehr kurze Bildstörung, als ob sich etwas sehr Dunkles hindurchbewegt, und zwar *zwischen* uns beiden. Leider können wir nicht auf die NIR-Ortung zurückgreifen. Möglicherweise war es nur eine Reflexion, hervorgerufen durch die kcamerainterne Laserlichtpeilung im NIR-Bereich. Ab jetzt gilt jedenfalls höchste Alarmbereitschaft. Ein Funkkontakt zu den Wachen draußen ist wie gesagt nicht möglich, wir sind für den Moment auf uns gestellt. Wir gehen also jetzt zu dieser Halle und hoffen dort, die beiden Betas mit Erklärungen vorzufinden.«

Nach dieser Ansprache drehte er sich um, und Ellis folgte ihm, das Gewehr bereit. Regelmäßig sicherte er nach allen Seiten und schwenkte die Waffe.

Dann verbreiterte sich der Gang tatsächlich zu einer Halle. Ellis stellte die Peilung auf höchste Leistung, und eine große Halle schälte sich bruchstückhaft aus der Finsternis hervor, wo der Laserstrahl auftraf.

»Es ist kalt«, flüsterte Ellis. »Unnatürlich kalt ... ich schätze, die Temperatur ist nicht weit vom Gefrierpunkt entfernt. Hier muss etwas sein ... das vielleicht im Zusammenhang mit meiner Beobachtung steht ...«

»Dumbar! Canar!« Rodrigo wanderte auf und ab, kam dabei immer wieder in den Sichtbereich der Kamera.

»Das gibt es doch nicht«, wisperte Ellis. »Sie *müssen* hier sein ...«

Das Echo von Rodrigos Rufen hallte wider, doch keine Antwort erfolgte.

»Sir, wir sollten zurückgehen«, schlug Ellis vor.

»Stimme zu«, knurrte der Leitende. »Und dann kehren wir mit Verstärkung, und zwar personeller und technischer Art, hierher zurück. Notfalls sprenge ich das Dach von dieser verdammten Höhle weg, um herauszufinden, was hier los ist – und wo meine beiden Betas abgeblieben sind.«

»Sir, da ...«

Ein Geräusch wie von einem Schlag, und das Bild wurde dunkel.

Übergangslos war wieder ein Bild da, allerdings war kaum etwas erkennbar. Ellis rannte, und seine Bewegungen waren so unregelmäßig, dass nicht einmal der AntiShock ausgleichen konnte. Er schrie unzusammenhängende Worte, die nicht verständlich waren. Klar war nur, dass sich der Mann in Panik befand.

Das Bild wechselte abrupt zur Tagsicht, als das Ende der Höhle in den Aufnahmebereich kam. Ellis stürzte schreiend hinaus ins Freie, die Kamera wurde so durchgeschüttelt, dass nur noch ein wirres Durcheinander an Grün, Grau und Ocker erkennbar war.

Dann jedoch blieb der Justifier abrupt stehen und schwenkte die Kamera durch Körperdrehung.

»Seht ihr das?«, keuchte er abgehackt ins Mikro. »Ihr da draußen, wer auch immer jemals diese Aufnahmen sehen wird – *erkennt* ihr das?«

Die als Wache zurückgebliebenen Justifiers lagen am Boden. Hier hatte ein Blutbad stattgefunden, und die Leichen waren regelrecht in Stücke gerissen worden. Die Bildleisten aktivierten sich wieder und gaben nüchterne Informationen preis – über den Zustand der Leichen, um wen es sich handelte, wie hoch die verbliebene Körpertemperatur war und desgleichen mehr.

Ellis öffnete den Funkkanal und schrie: »Basis! Basis, hört ihr mich? Kommt sofort her, hier ist etwas Entsetzliches passiert, alle sind ...«

Da raste ein dunkler Schatten vor der Linse vorbei.

Blende aus.

3

»Schöner Abenteuerfilm«, konstatierte Orloff. Er hatte sich das eigentlich nicht ansehen wollen, doch ihm war nichts anderes übrig geblieben. Zoldan kannte ihn besser als jeder andere und hatte ihn jetzt am Haken. Er *war* neugierig trotz seines ganz, ganz miesen Gefühls. Aber dass Justifiers *einfach so* dahingemetzelt wurden, weckte sein Solidaritätsgefühl und das Verlangen, die Hintergründe aufzudecken. »Und jetzt erklär mir bitte, was ich damit zu tun haben soll, Sebastian.«

»Das kannst du dir doch denken, Orloff. Du sollst herausfinden, was da passiert ist.«

»Warum fragt ihr nicht den Typen, der da rausgerannt ist? Oder, falls er nicht sowieso identisch ist, denjenigen, der den Film sichergestellt und hierhergebracht hat?«

»Das ist nicht so einfach. Es sei denn, du wüsstest einen Weg, wie wir Tote befragen können. So wir überhaupt Leichen haben, was nicht der Fall ist.«

»Also bitte, Sebastian!« Orloff löschte das Rillo, von dem er etwa die Hälfte geraucht hatte, und verstaute es behutsam in einer kleinen Metallröhre. »Selbst für einen drittklassigen Krimi ist das zu abgedroschen. Schickt einen Aufklärer hin, und dann hat es sich! Einen Tatort untersuchen kann jeder Rob, dazu brauchst du keinen Justifier im Ruhestand, der nichts, aber auch gar nichts von einem *Detektiv* in sich hat!« Die Exekutive nannte er nicht, die hatten von diesen Dingen sowieso keine Ahnung. Die polizeilichen Behörden waren korrupt, angefangen vom Azubi bis zum hochdekorierten Exekutiv-Präsidenten. Mit unbedeutenden Verdächtigen wurde kurzer Prozess gemacht, um Gerichts- und Unterbringungskosten zu sparen, und die Großen wurden durch ihren Status geschützt. Wen also sollte man verhaften? Folglich kümmerte man sich lieber um Schutzgelder, bevor ein anderer auf die Idee kam.

»Ich habe Ihnen gesagt, was ich von Ihrer Idee halte.« Der Senator wies auf Orloff. »Er und ich sind uns ausnahmsweise einmal einig.«

»Wie mich das freut, Sir«, lobte Orloff mit gebleckten Zähnen.

»Es ist eine *Mission*, Orloff«, erwiderte der Regierungssprecher ruhig. »Genau das Richtige für die Justifiers. Die Sache ist hochbrisant, das hast du selbst leicht erkannt. Wir können sie nicht einfach irgendwelchen Gardeuren anvertrauen, weil eine Menge Leute auf die eine oder andere Weise darin verstrickt sind, und wir haben keine Ahnung, wer. Aber du und deine Leute, ihr seid niemandem mehr zugehörig, habt keinen Vertrag mit der Verpflichtung zur Loyalität gegenüber einem Konzern.«

»Außer dir gegenüber, mein *Freund*«, bemerkte Orloff bitter, denn er wusste, was jetzt kam.

»Nur du«, sagte Zoldan prompt. »Deine Leute gehen mit, weil sie *dir* gegenüber loyal sind. Aber jedem anderen gegenüber seid ihr neutral, also werdet ihr eure Arbeit verrichten, wie sie sich gehört.«

Orloff stand auf und ging zum Fenster. Eine hässliche Wüste aus Glas, Metall und Transformbeton breitete sich bis zum Horizont aus. Die Luft war gelblich-dunstig, vergiftet von allem Möglichen, was ungeniert in die Atmosphäre geblasen wurde. So richtig hell wurde es nicht, einen »strahlenden Tag« mit klarem blauen Himmel und einer gelb leuchtenden, unverhüllten Sonne und scharfen Schattenrissen auf dem Erdboden gab es nur noch in Filmschmonzetten. Dieser Planet war zur Requisite eines alten, staubigen Kellerarchivs verkommen.

»Ich wünschte, du würdest deine Schulden anders einfordern«, murmelte er mit belegter Stimme.

»Wie könntest du sie denn sonst begleichen, Orloff?«, gab der Mann, der sein Leben *und* das Carmelies in seiner Hand hatte, zurück. »Du besitzt doch nichts, nur das Nötigste zum Leben.«

»Meine Leute ... sie haben ein Anrecht darauf, in Ruhe gelassen zu werden. Sie haben mehr geleistet als jeder andere, ohne jemals einen Dank dafür zu erhalten. Nach dem, was damals auf Zan Tao Prime geschehen ist, war es einfach genug.«

Er zuckte die Achseln und drehte sich zu seinen Gesprächspartnern um. »Du kannst mich beauftragen, ich habe sowieso keine Wahl. Du schnipst mit dem Finger, und ich muss springen. Aber mein Team solltest du aus Aktiven zusammenstellen, da gibt es sicher einige Geeignete, die nicht ganz so grün hinter den Ohren sind wie dieser Ellis. Ich nehme an, du würdest sogar Freiwillige kriegen, mit meinem Legendenbonus. Diese Scherzbolde haben mir nicht umsonst den Beinamen ›der Unsterbliche‹ verliehen.« Er grinste schief und freudlos. »Aber wahrscheinlich hat man das längst vergessen, es sind ja schon fünf Jahre vergangen.«

»Niemand hat dich vergessen, nicht bei den Justifiers«, erwiderte Zoldan, und es klang bedauernd. »Ja, wir könnten Freiwillige finden, die den Ritt mit dir wagen wollen.«

»Vor allem welche, die keine Abtrünnigen sind«, fügte der Senator süffisant hinzu. »Holden hat recht, Zoldan, und das wissen Sie. Wir können doch bei dieser Mission keine geflohenen Betas einsetzen, und ...«

»Senator, darüber haben wir schon lang und breit diskutiert«, unterbrach Zoldan ungeduldig. »Die Betas hatten ihre Gründe, den Dienst auf ihre Weise zu quittieren. Sie hatten formell um Entlassung gebeten, diese aber nicht erhalten. Ich habe dafür gesorgt, dass sie auch ohne Rückkauf gehen konnten und nicht verfolgt werden.« Er sah Orloff funkelnd an. »Das *war* eine Menge Dank!«

Orloff erwiderte den Blick finster. »Und jetzt willst du wie üblich meine Gegenleistung dafür. Du wirst eine Ablehnung nicht zulassen, nicht wahr?«

»Ganz recht. Wie du vorhin gesagt hast, dies ist kein Bewerbungsgespräch. Du und deine Leute, ihr seid mit sofortiger Wirkung wieder im Dienst. Ich brauche dazu nicht einmal besondere Befugnisse. Ein Aktenvermerk, ein kleiner Sensordruck, und aus Rot wird Grün.«

»Scheiß drauf, Sebastian!« Orloff hatte es satt. Was auch immer Zoldan vorhatte, es konnte nichts Gutes sein – ganz und gar nichts Gutes. Und sie würden wie immer den Kopf für ihn hinhalten. Und am Ende die Verladenen sein, wenn es schiefging, was nicht selten der Fall gewesen war. Wie eben zuletzt auf Zan Tao Prime. Er brauchte gar nicht so großzügig zu tun – es hatte in Zoldans eigenem Interesse gelegen, dass Holden und sein Team von der Bildfläche verschwanden. Nicht alle von ihnen waren dem Tod auf Zan Tao Prime entronnen, und das beschäftigte Orloff noch heute, weil er sich schuldig fühlte. Und Zoldan hatte wie immer die Lorbeeren kassiert, wohingegen die Justifiers, die sie ihm ermöglicht hatten, als Verbrecher abgestempelt wurden, als Massenmörder, obwohl sie die Bombe nicht gezündet hatten, sondern alle bis auf die eine entschärft hatten. Aber die Wahrheit, wie es überhaupt dazu gekommen war, durfte nie ans Licht kommen. Holden und sein Team hatten zähneknirschend den Pakt mit dem Teufel geschlossen, was blieb ihnen schon übrig. Zoldan hatte sie erpresst, und jetzt tat er es wieder. Er würde sich nie ändern ...

»Schick mich ruhig ins Gefängnis. Das kann auch nicht schlechter sein als das Loch, in dem ich wohne«, zischte er.

»Hör dir doch erst mal an, was eure Mission sein wird.« Zoldan schlug einen versöhnlichen Tonfall an. Das wurde langsam unheimlich. »Und damit ihr nicht das Gefühl habt, Schulden begleichen zu müssen, erhaltet ihr von mir sogar ein lukratives Angebot. Ein Jahresgehalt plus Gefahrenzulage plus Erfolgsbeteiligung ...«

»Wie viel?«

»Ein Prozent.«

»*Was?* Seit wann hast du eine Bettellizenz? Zehn!«

»Wir feilschen hier nicht!«, warf der Senator empört ein.

»Doch, tun wir«, versetzte Holden. »Um das Leben meiner Leute, Sie Sesselfurzer. Oder Sie gehen selbst an die Front.« Er warf ihm einen Blick zu, dem der Senator unangenehm berührt auswich. »*Wollen* Sie das?«

»Fünf«, sagte Zoldan.

»Plus vierhundert Prozent Gefahrenzulage.«

»Dreihundert.«

»Okay.« Holden wusste, dass er nicht mehr erreichen konnte. Das Angebot an sich war auch so phänomenal, Zoldan musste demnach extrem verzweifelt sein. Justifiers galten schließlich als Aussatz, als Frontschweine, als Kanonenfutter. Sie waren angesehen wie Abwasserkanalreiniger. Kein Wunder, viele von ihnen waren entflohene Verurteilte, verkrachte Existenzen und eben Betas, nur zu diesem Zweck gezüchtet. Sie galten nicht mal als Menschen, sondern besaßen nur Halbmenschenstatus mit beschränkten Rechten. Verbrauchsmaterial, auf das jeder herabsah, obwohl sie alle jedes Mal ihr Leben riskierten und den Boden bereiteten, damit Schlappschwänze wie der Senator auf weichen Daunen schlafen konnten. Sie waren unentbehrlich, aber etwas mit ihnen zu tun haben wollte niemand. Die modernen Parias in einem System, das den alten Kasten im archaischen Indien gar nicht so unähnlich war.

Und nun dieses Angebot nach einigen Drohungen und Erpressungen. Je nachdem, worum es bei diesen Schürfrechten ging, konnten fünf Prozent noch Millionen entsprechen. Sie hätten unter Umständen alle ausgesorgt, zumindest aber für eine Weile ihren Lebensstandard verbessert. Entweder ging Zoldan davon aus, dass sie bis auf den letzten Mann bei dem Einsatz draufgingen, oder er hatte doch so etwas wie ein Gewissen entwickelt. Orloff entschloss sich, darüber nicht weiter nachzudenken.

»Das heißt, ihr seid euch einig?« Der Senator war verblüfft. Dies war wohl ein Parkett, das er nicht kannte, der Boden war nicht so sauber geschliffen und glanzversiegelt. Seine feinen Schuhe spürten jede kleine Unebenheit als Hindernis.

»Waren wir doch von Anfang an«, brummte Orloff. »Als ob Ihr Freund mir oder meinen Leuten jemals eine Wahl lassen würde. Immerhin zeigt er mal ein wenig Anstand und hält uns einen Köder vor die Nase.«

»Ich brauche euch motiviert«, sagte Zoldan, ohne mit der Wimper zu zucken. »Du hast den Film gesehen.«

»Allerdings. Und herzlich wenig von dem, was geschehen ist. Erzähl mir mal, wie der Film in euren Besitz gekommen ist.«

»Wir erhielten ihn per Transmission.«

Der Senator zuckte zusammen, als Orloffs Faust krachend auf dem Glastisch landete. Die Gläser und Flaschen sprangen hoch und stießen klirrend aneinander. »Schluss mit den Spielchen!«, donnerte er. »Raus damit, Sebastian! Wie ist der Film hierher auf die Erde gelangt?«

»Das braucht dich nicht zu interessieren.«

»Ich diskutiere nicht darüber, mein alter Freund. Die Sache stinkt! Ist dieser Film überhaupt echt? Oder will der Konkurrent euch vera... übers Ohr hauen?«

Zoldan und der Senator wechselten einen Blick.

»Also gut«, sagte der Regierungssprecher. Und Orloff *wusste*, dass er jetzt eine halbe Antwort bekommen würde, die ein wenig an der Oberfläche kratzte, aber mehr auch nicht.

»Eine Rettungskapsel kam durch das bereits aktivierte TransMatt-Portal mit einem einzigen Überlebenden an Bord, der den Film bei sich trug. Er schickte ein Signal an seinen Auftraggeber, das ich abgefangen habe, und wir wollten den Überlebenden unmittelbar in Empfang nehmen, doch er hatte sich bereits auf unerklärliche Weise abgesetzt. Ich habe eine Suche eingeleitet, und dann erhielt ich nach einiger Zeit zu meiner Überraschung eine Transmission, die den Film enthielt, ohne weiteren Kommentar. Da die Nachricht über eine Labyrinthschleife ging, bevor sie bei mir landete, konnte selbst ich nicht zurückverfolgen, von woher sie kam. Ende der Geschichte.«

Orloff musterte die beiden Männer misstrauisch. Diese Geschichte ergab keinen Sinn, und dass sie wie die offene Kloake einer Zehnmillionenstadt zum Himmel stank, brauchte er für sich nicht zu wiederholen. Nichts passte zusammen, nichts war stimmig. Aber er kannte Zoldan gut genug, um zu wissen, dass er keine weitere Antwort mehr erhalten würde. Weder ein weiterer Wutausbruch, noch kühl vorgebrachte kluge Argumente könnten daran etwas ändern. Das Wettrennen der Konzerne war noch nicht vorbei. Die beiden Männer hier waren in Zeitnot und mussten schnell handeln, um den Vorteil über die Kenntnis des Films ausnutzen zu können. Und noch dazu mit aller Diskretion und deshalb mit einer Truppe, die als deaktiviert galt und seit fünf Jahren nicht mehr zusammen irgendwo gesehen worden war.

Er sollte sich nicht darauf einlassen, es ganz schnell vergessen. Aufstehen und gehen. Jetzt, in dieser Sekunde. Scheiß drauf, was Zoldan dann mit ihm machte.

»Damit kommen wir zum spannendsten Punkt«, sagte er stattdessen. »Wohin genau geht es denn überhaupt? Oder erfahren wir das erst, wenn wir nach dem TransMatt aufwachen?«

»Ihr werdet kein Portal benutzen, sondern springen.«

»Was? Wieso ...«

»Der Mann, den ihr begleiten werdet, lehnt die TransMatt-Technologie ab.«

»Wie viele Interimsprünge hat er schon hinter sich? Über hundert? Nur so kann ich mir seinen Geisteszustand erklären.«

Zoldan rieb sich die Stirn und seufzte. »Also gut. Das Portal dort funktioniert nicht mehr. Oder nicht richtig. Keine Ahnung. Wir wollen und können kein Risiko eingehen, dass ihr alle als Leichenhaufen ankommt, noch bevor die Mission losgegangen ist. Natürlich wäre ein Blindsprung möglich, aber du weißt, die Größe für den Durchgang ist begrenzt – undenkbar für einen Diplomaten. Den kannst du nicht in ein winziges Justifier-Shuttle zwängen.«

»Schon besser«, brummte Orloff. »Ist es weit?«

»Geht so.« Zoldan aktivierte einen weiteren Holowürfel, auf dem zuerst das heimatliche Sonnensystem gezeigt wurde, das in einem stetig wachsenden Ausschnitt schrumpfte und verschwand, während ein Sternbild angepeilt wurde. Orloff erkannte es sofort, es war unverkennbar der Schwan. In rasender Fahrt steuerte er ein Sonnensystem in etwa zwanzig Lichtjahren Entfernung an, eigentlich ein Katzensprung. Das System wurde von einem orangeroten Riesen der Klasse M beherrscht, der achtzehn Planeten besaß, davon drei in der habitablen Zone, der Rest teilte sich auf in Gasriesen, die meisten mit Ringen, und weiter draußen dahintrudelnden öden Steinklumpen. Der mittlere der drei bewohnbaren Planeten wurde als »Noxus 1« angezeigt, er besaß zwei Trabanten. Das System wurde als »Delta Cygni« bezeichnet.

Orloff deutete auf die Warnanzeigen am linken Bildausschnitt. »Das ist doch Sperrgebiet ...«

»Genau.«

»Warum ist es Sperrgebiet?«

»Senator?« Zoldan nickte auffordernd in Richtung des namenlosen Mannes.

»Das hat mehrere Gründe«, gab der Senator zögernd Auskunft. »Zum einen ist die rechtliche Lage bezüglich der Schürfrechte noch nicht geklärt ...«

»... was zumindest mit dem Film übereinstimmt«, äußerte Orloff dazwischen.

»Zum anderen lebt dort eine einheimische intelligente Spezies.«

»Was? Zum Zeitpunkt des Films war das nicht bekannt!«

»Nun ... was Sie gesehen haben, war eine modifizierte Ausgabe«, antwortete der Senator vorsichtig.

Orloff runzelte die Stirn. »Es war also noch mehr drauf.«

Zoldan nickte. »Eine Huckepack-Datei. Eine Nachricht.«

»Die besagt, dass die Einwohner euch die Schürfrechte nicht geben wollen«, vermutete Orloff.

»Sie haben es anhand einiger einfacher Symbolbilder etwas drastischer ausgedrückt, doch die Antwort lautet: Ja.«

»Die verfügen also über Hightech?«

»Wir nehmen an, dass sie jemanden in der Basis dazu gebracht haben, die Datei draufzupacken. In einem für uns lesbaren Format. Aber trotzdem fremd genug, um deutlich zu machen, dass wir es nicht mit Gleichgesinnten zu tun haben. Dann ließen sie wohl die Rettungskapsel durch das Portal, bevor sie es unbrauchbar gemacht oder zerstört haben.«

»Klingt plausibel«, unterbrach Orloff. »Haben die das Massaker verursacht?«

»Das wissen wir nicht, aber es ist anzunehmen.«

»Wer sind die?«

»Wir befinden uns im Anfangsstadium der diplomatischen Beziehungen«, sagte der Senator vorsichtig. »Das ist ein weiterer Punkt in Ihrer Mission.«

»Und was gibt es nun dort so Fulminantes, dass wir es haben wollen und dafür diese Leute herausfordern – ganz diplomatisch natürlich?«

»Das ist nicht Bestandteil Ihrer Mission.«

Orloff stand kurz davor, endgültig die Geduld zu verlieren. Wobei er das eigentlich gelernt haben sollte nach über zwanzig Jahren als Justifier. Sie wurden nie richtig aufgeklärt, man teilte stets gerade so das Allernötigste mit. Das kostete oft unnötige Opfer, aber die Konzerne interessierte das kaum. Ein Menschenleben war billiger als ein Rob, und was die Betas betraf, so kosteten sie zwar angeblich ein paar Millionen in der Herstellung, aber sie wurden trotzdem in Massen und am Fließband produziert, und der Nachschub riss nie ab. Von Fehlinvestition konnte man also kaum sprechen, aber von entbehrlicher »Ware«, wenn man ungeniert das Leben der Betas riskierte.

Er bezähmte sich. Jetzt noch ausfallend zu werden, war kontraproduktiv und würde der Mission schaden. Er brauchte so viele Informationen wie möglich, also sollte er seinen Gegner – ja, so sah er seine Auftraggeber an – nicht unnötig provozieren.

Insofern behielt er auch für sich, dass bei der Filmaufnahme etwas herausgeschnitten war, das zu einer auffälligen Lücke führte. Vor der Transmission schon oder erst für diese Vorführung?

Zu neunzig Prozent Letzteres. Man hatte wohl gehofft, Orloff würde es nicht bemerken, doch es war stümperhafte Arbeit. Als Canar meldete, dass er etwas gefunden habe, hatte es viele Störungen und Ausfälle gegeben. Ein Ausfall passte allerdings nicht hinein, das hatte Orloff sehr wohl herausgehört. Etwas war absichtlich später gelöscht worden. Canar hatte mit an Sicherheit grenzender Wahrscheinlichkeit *genannt*, was er entdeckt hatte. Und genau das sollte Orloff nicht erfahren. Warum nur?

Das musste er herausfinden, sobald sie auf Noxus 1 waren. Oder vielleicht bot sich auf dem Hinflug eine Gelegenheit. *Verdammt, ich bin schon mittendrin. Ich hasse dich, Sebastian.* Es war tatsächlich ... anregend, wieder etwas zu tun zu bekommen, obwohl er recht zufrieden gewesen war mit seinem Ruhestand. Doch so schnell konnte er wieder angefixt werden. *Wie ein Hündchen, das darauf wartet, dass sein Herrchen das Stöckchen wirft.* Für diesen Gedanken hasste er sich selbst.

»Na schön, beenden wir das Vorgeplänkel. Ich bitte um Aufklärung, was genau unsere Mission sein soll.«

Zoldan hob eine Braue, sein Mundwinkel zuckte kurz.

Hattest du gedacht, ich würde mir jetzt eine Blöße geben?, dachte Orloff. *Arschloch.*

Der frühere Orloff hätte das getan. Aber die Jahre hatten ihn reifen lassen, und er war es ... ja, durchaus müde geworden, gegen unzerstörbare Wände anzustürmen. Vielleicht hatte er auch resigniert.

Zudem durfte man nicht vergessen, dass Zoldan ein sehr gutes Angebot gemacht hatte. Orloff würde nicht vergessen, ihn nach der Rückkehr daran zu erinnern. Und sollte Zoldan über ein plötzlich schwaches Gedächtnis verfügen, so würde Orloff Mittel und Wege finden, einmal *ihm* zu drohen.

Dies drückte er mit einem ganz *bestimmten* Blick aus, und nach dem, was er in Zoldans Augen als Antwort las, hatte der verstanden. Nun gab es für beide kein Zurück mehr.

»Eure Mission besteht darin, ein diplomatisches Kurierschiff zu begleiten und aufzuklären, was bei der Höhle geschehen ist. Die eventuell noch vorhandenen sterblichen Überreste zu bergen und zur Autopsie mitzubringen.«

»Haltet ihr das für eine gute Idee?«, konnte sich Orloff nicht verkneifen zu fragen. »Abgesehen davon, dass es eine Beleidigung ist, uns als *Kindermädchen* einzuteilen – die erste Mission dorthin ist bis auf einen einzigen Überlebenden, der inzwischen offenbar ebenfalls verschieden ist, gescheitert. Auch die Basis hat es anscheinend erwischt, da ich nichts von euch darüber gehört habe. Die Fremden haben eine deutliche Botschaft an uns geschickt, dass sie in Ruhe gelassen werden wollen. Das haben sie mit ziemlichem Aufwand betrieben, was zeigt, wie ernst es ihnen ist. Was versprecht ihr euch für einen Erfolg bei der Kontaktaufnahme?«

»Wir werden ihnen ein Angebot machen, das sie nicht ablehnen können«, antwortete der Senator, und Orloff hatte das Gefühl, das schon einmal gehört zu haben, er konnte sich nur nicht mehr erinnern, wann und wo. *Ironiemodus aus*, dachte er.

»Wenn ihr euch da mal nicht täuscht«, wandte er kritisch ein.

»Oh, unterschätzen Sie den Mediator nicht, den wir dorthin schicken.« Der Senator zeigte ein Lächeln, bei dem es Orloff kalt den Rücken hinunterlief. »Und die Sonderbeauftragte, die Ihre Mission leiten wird, ist ebenfalls Profi.«

Orloff blinzelte. »Wie bitte? Das Kommando habe ich! Etwas anderes kommt überhaupt nicht infrage!«

»Gewiss leiten Sie Ihr Team.« Der Senator lächelte noch immer. »Doch Levia Magath ist die Mittlerstelle zwischen

Ihnen und unserem Mediator. Sie werden mir deshalb noch dankbar sein.«

Orloff merkte sich den Namen. »Und was bekomme ich für eine Schrottkarre? Mit Kurbelantrieb, oder müssen wir in die Pedale treten?«

»Lassen Sie sich überraschen. Es wird Ihnen gefallen.«

Orloff betrachtete seine Fingerkuppen. Welche sollte er anritzen, um den Vertrag mit seinem Blut zu unterschreiben?

»Also schön. Dieses eine Mal noch. Aber dann, nach der vollumfänglichen Auszahlung an alle, sind wir quitt, Sebastian, verstanden? Ein für alle Mal.«

»In Ordnung«, sagte Zoldan. »Das ist nur fair.«

Das Gespräch war schließlich beendet. Alle weiteren Instruktionen würde Orloff unterwegs erfahren, während er sein Team einsammelte. Das hatte er sich ausbedungen, und Zoldan war nur allzu einverstanden gewesen.

Beim Hinausgehen nahm ihn der Senator beiseite. »Was hat er gegen Sie in der Hand?«

»Das Übliche«, antwortete Orloff achselzuckend. »Wettschulden, Frauen, uneheliche Kinder ... suchen Sie es sich aus, irgendetwas davon wird zutreffen.« Er musterte den Maßanzug mit kühlem Blick. »Falls Sie einen Rat wollen, wie Sie da rauskommen, ich habe keinen – ich bin hier und mache mit, oder? Aber grämen Sie sich nicht. Sie sind nur einer unter Tausenden. Von Anbeginn hat Zoldan geheime Akten angelegt und Informationen über einfach jeden gesammelt, der nicht gerade Straßenkehrer ist, und seine Notizbücher sind ein ganzes System wert. Nur werden Sie da nie herankommen. Er steckt zu tief drin, und jeder mit ihm.

Fällt er, fällt alles – das verspreche ich Ihnen.« Er wollte gehen, dann fügte er hinzu: »Hat er Sie erst einmal am Haken, lässt er Sie nie wieder los.« Er nickte bekräftigend und setzte den Weg fort.

Die Miene des Senators war blass und besorgt, aber dabei konnte Orloff ihm nicht helfen, und das erfreute ihn.

Schon beim Abflug hatte er den Mann vergessen; er wusste, dass er ihn nie wiedersehen würde. Aber Zoldan – den würde er wiedersehen, o ja, und abrechnen. Auf den C genau. *Zum letzten Mal.*

4

Orloff erhielt ein unbegrenztes Ticket, vollumfänglichen Zutritt zu den TransMatt-Portalen und noch weitere Vollmachten, um sich ungehindert bewegen zu können. Sein Ziel hieß *Station O-3-X2*, eine Raumwerft, wo er sich mit seiner Truppe spätestens am 20. September einzufinden hatte. Diese Station befand sich Richtung Schwan in der Nähe eines zu Tau Ceti Prime gehörenden, eher unbedeutenden Systems, wo eine menschliche Siedlersekte wie im neunzehnten irdischen Jahrhundert lebte. Sie hatten absolut originäre Frische zu ihrem Credo erhoben. Sie benutzten Technik in bescheidenem Maße für die Landwirtschaft und waren ansonsten mit den Händen fleißig. Sie waren nicht in der Gewerkschaft organisiert, lehnten Luxus ab und beschwerten sich nie. Das funktionierte für den Kon, der seine Lieferungen ohne Scherereien bekam. Die kleine Welt war sehr fruchtbar und lieferte jede Menge echte, nahezu unbehandelte, dadurch teure Erzeugnisse. Begehrt waren vor allem Tees und Kaffeespezialitäten. Und sie stellten jene Rillos her, wie Orloff sie schätzte, aber das musste nicht jeder wissen.

Die Raumwerft selbst gehörte zu keinem Kon, sondern verwaltete sich selbst als Privatfirma und zahlte lediglich einen prozentualen Obolus an Tau Ceti Prime für die Stationierung.

Zoldan legte also wirklich enormen Wert auf »Neutralität«, angefangen beim Startpunkt der Mission. Orloff war gespannt darauf, was er auf der Station vorfinden würde.

Aber zunächst einmal musste er seine Leute zusammentrommeln.

Die meisten würde er auf der Erde finden – und glücklicherweise befand sich darunter der Wichtigste; sein ehemaliger und nun wieder eingesetzter Stellvertreter.

Orloff hatte keine Vorstellung, ob der Mann darüber entzückt sein würde. Zwischen »wie habe ich darauf gewartet« und »dafür bring ich dich um« war alles möglich. Fünf Jahre waren eine lange Zeit, die jeden veränderte. Und nicht nur die Ereignisse, die vorher stattgefunden hatten – es ging um das Danach. Ob man es schaffte, sich in ein »normales« Leben zu fügen.

Sein Weg führte nach GS III Asien, an den Rand der GlobalCity Ulan Bator. Dort gab es ein Rekrutierungs- und Ausbildungslager der Twilight Industries, jenem Kon der freien Betas. Wahrscheinlich einer der am meisten verhassten Konzerne, wenngleich sie sich alle redliche Mühe gaben, bei dem Wettrennen um Unbeliebtheit den Platz 1 zu erringen. Aber freie Betas – das war eine andere Kategorie. Und dennoch erhielten sie nicht wenige Aufträge …

Orloff hatte sich angekündigt und auch gleich sein Ansinnen mitgeteilt, mit wem er sprechen wollte. Der negative Bescheid hatte ihn nicht weiter interessiert, er war lediglich höflich gewesen. Für ihn gab es keine verschlossenen Türen, und wenn sein Gegenüber noch so überzeugt davon sein mochte.

Um den Taxigleiter nicht zu gefährden, da er ihn für den Rückweg brauchte, ließ er ihn außerhalb des Geländes landen; auf dem offiziell dafür vorgesehenen Bereich hätte es unangenehm werden können. Orloff hätte sich nicht gewundert, wenn man den Gleiter noch während der Landung ohne weitere Formalitäten gesprengt hätte. Betas waren schließlich nicht dumm – sie recherchierten seinen Namen, wenn sie ihn nicht sowieso kannten, und seine »Beziehung« zu Sebastian Zoldan war leicht herauszufinden. Orloff mochte sich als Justifier verdient gemacht haben, allein der Name Zoldan jedoch löste bei den meisten Eingeweihten die automatischen Waffensysteme aus.

Also machte sich Orloff zu Fuß auf den Weg zum Haupttor; ein wenig Bewegung konnte ohnehin nicht schaden. Schließlich ging es bald in den Einsatz. Er joggte deutlich sichtbar auf der Straße heran und wartete auf Warnschüsse, eine Patrouille oder auch eine Fernzündergranate – doch es kam nichts dergleichen. Alles blieb ruhig, bis er vor der Kamera am Eingang stand.

Artig stellte er sich vor die Optik, nannte seinen Namen und sein Begehr und fügte hinzu, dass er einen Termin habe. Er erhielt keine Antwort, und zunächst blieb alles still. Orloff übte sich in Geduld.

Nach einer Weile kam jemand heraus. Ein ziemlich großer Beta mit selbst unter der Uniform hervorprangenden Muskeln, schwarz glänzender Haut und mächtigen Hörnern auf dem halb menschlichen Schädel. In seinen großen Ohren prangten mächtige Goldringe, teilweise durch Kettenglieder miteinander verbunden. Um den Hals trug er eine schwere goldene Panzerkette mit einem Medaillon und breite goldene Armbänder.

»Centurion!«, rief Orloff erfreut. Mit dieser Wendung hätte er am wenigsten gerechnet.

»Du hast vielleicht Nerven, Weißkäse«, sagte der Stier-Beta wenig förmlich und ließ ihn ein.

Orloff sah sich interessiert um, während Centurion ihn durch das Lager führte. Jede Menge Betas, die für ihre Form trainierten oder eingewiesen wurden.

»So viele Freie? Und so jung?«

»Hm.«

Centurion gab keine Antwort, und Orloff hatte auch keine erwartet. Natürlich waren sie nicht alle »echte« Freie, aber sie hatten es bis hierher geschafft, und wenn sie die Ausbildung überlebten, würden sie mit den entsprechenden Papieren ausgestattet sein. Und die Auftraggeber fragten ohnehin selten nach, denn *Twilight Industries* übernahm vorwiegend die gefährlichsten Aufträge. Sie boten praktisch das Beta-Gegenstück zu *Capella Mining*, die hauptsächlich Menschen beschäftigten; und wo selbst *Capella Mining* zögerte, griff *Twilight Industries* zu.

Sie betraten das Hauptgebäude, einen hässlichen Kasten mit nur dreißig Stockwerken, und Centurion führte den Oberleutnant nach einem kurzen Schweben aufwärts im Antigravschacht in eine Art Büro, das neben einem Arbeitstisch auch Fitnessgeräte aufwies. Durch das automatisch verdunkelte Fenster fiel ohnehin trübes Licht eines von ewigem Dunst verschleierten Himmelssterns herein.

»Nett hast du's hier«, stellte Orloff fest, während er zu der kleinen Sitzgruppe ging und sich niederließ. »Und du siehst prächtig aus.«

»Was willst du hier?« Der Stier-Beta stellte ihm einen mit

Kaffeederivat gefüllten Becher hin und setzte sich ihm gegenüber.

»Wollte sehen, wie es dir geht.«

»Red keinen Quatsch. Das hat dich fünf Jahre lang nicht interessiert.«

Orloff presste die Lippen zusammen. »Doch«, sagte er leise.

Centurion musterte ihn schweigend mit großen feuchten, dunklen Augen. Das sollte nicht täuschen. In ihnen konnte sich schnell ein rotes Feuer entzünden.

»Warum habt ihr mich reingelassen?«, fragte Orloff.

Centurion zuckte die mächtigen Schultern. »Ich hab ihnen gesagt, du wärst die Munition nicht wert.«

Orloff lächelte.

»Und sie ermöglichen niemandem einen leichten Tod, der ihn sucht, das solltest du wissen, alter Mann.«

»Selber alter Mann«, gab Orloff zurück. »Und bist du etwa aus anderem Grund hier?«

»Ich will so weit weg von Sebastian sein wie möglich.« Centurion schnaubte aus den Nüstern. »Wie mir scheint, kann das nicht auf Dauer gelingen.«

»Wem sagst du das.« Orloff seufzte, dann trank er. »Hast du ... dich gut erholt?«

»Du meinst wegen der Albträume? Ich ignoriere sie, genau wie du. Wird es jetzt schlimmer?«

Orloff nickte. »Ich befürchte es. Sebastian geht der Arsch auf Grundeis.«

»Und deshalb kommt er zu dir.«

»Scheint so, als ob ich sein letzter Rettungsanker wäre.«

»Fuck.«

»Er hat ein gutes Angebot gemacht.« Orloff berichtete

stichpunktartig, worum es ging und was in Aussicht stand. Mehr, das wusste Centurion, deswegen stellte er keine weiteren Fragen, würde es im Briefing geben, sobald sie unterwegs waren.

Ein Glimmen trat in Centurions Augen. »Verlockend. Aber du weißt, dass ich hier nicht weg kann? Ich habe einen Vertrag.«

»Ich kann mit Papieren wedeln, die deinen Vertrag schlagen. Schätze, das habt ihr euch von Anfang an gedacht, weswegen ihr mich nicht gleich in die Luft gesprengt habt. Dann würde Sebastian nämlich persönlich kommen und hier erst mal aufräumen, bevor er dich mitnimmt.«

Der Stier-Beta stand auf und ging unruhig auf und ab. »Ich will … meine eigene Entscheidung treffen können, Boss.«

»Ich auch. Und Sebastian sagt uns, wie sie auszufallen hat.« Orloff stand ebenfalls auf. »Vergiss nicht, dein Status ist nur halb legal. Darauf ist Sebastian mehrmals herumgeritten.«

»Er ist so ein Arschloch.«

»Du weißt, niemand kann ihm entkommen, den er erst in den Klauen hat. Und derzeit besinnt er sich gern auf gute alte Kontakte.«

»Weil wir alt sind, hält er uns für leicht entbehrlich. Er glaubt nicht, dass auch nur einer von uns zurückkehren wird.«

»Das denke ich auch. Wir werden ihn daher eines Besseren belehren, wie wir es immer getan haben. Er soll zahlen. Diesmal *wird* er zahlen.« Orloff trat nah an seinen Stellvertreter heran, der ihn um mehr als Haupteslänge überragte und ihn mit einem Fingerschnippen quer durch den Raum schleudern könnte. »Wir müssen diese Sache endlich beenden, Centurion!«, flüsterte er eindringlich. »Und die Mission stinkt gewaltig. Ich will wissen, was da läuft! Vielleicht ist das die Gelegenheit, uns von Sebastian zu befreien.«

»Stimmt schon«, brummte Centurion im tiefsten Bass, der aus seiner mächtigen Brust herausrollte. »Wir leben doch alle auf einem Pulverfass und haben uns die Freiheit schöngeredet. Wir wussten, dass das eines Tages passieren musste und der Dreckskerl uns wieder benutzen wird.«

»Immerhin hat er uns fünf Jahre in Ruhe gelassen.«

»Ja, bis wir *fast* im Ruhestand sind, zu alt für alles. Ich gebe dir recht, die Sache stinkt noch mehr als alle anderen Missionen. Wer ist noch dabei?«

»Alle«, antwortete Orloff. »Wenn du und ich sie überreden können und wir nicht vorher erschossen werden.«

Das war ja einfach, dachte der Oberleutnant, als er mit dem Stier-Beta zusammen das Gelände verließ und zum Gleiter zurückkehrte, der sie zum nächsten Ziel bringen sollte.

Aber genau aus dem Grund war er ja auch als Erstes zu seinem Stellvertreter gegangen. Egal, wie sich Centurion gab – seine Loyalität war unverbrüchlich, daran konnten auch die letzten fünf Jahre nichts ändern. Dafür hatten sie in den vergangenen zwanzig Jahren zu viel gemeinsam durchgestanden. Und vielleicht freute sich der Stier-Beta sogar auf die Abwechslung von seinem Dasein als Ausbilder, das ihn auf der Erde festhielt.

Und, da war sich Orloff selbst gegenüber ehrlich, mit Centurion an seiner Seite würde er die anderen leichter »überreden«, was auch »bei Widerstand kurzerhand mitschleifen« genannt werden konnte.

»Wer ist der Nächste?«, fragte Centurion unterwegs. Genau wie Orloff auch war er nicht nach Hause gegangen, um zu packen. Sie würden alles auf der Station erhalten, Privates durften sie sowieso nicht mitnehmen.

»Die«, antwortete Orloff. »Wir holen Ella – die wichtigste Person in unserer Einheit.«

»Ausgerechnet«, stöhnte Centurion, und sein aus dem Kragen heraussthendes Nackenfell sträubte sich.

Ella Hayden war der Erste Offizier und Pilotin; war Orloff abwesend, hatte sie das Kommando an Bord. Centurion war der Stellvertreter im Einsatz, in den die Pilotin so gut wie nie mitging – schließlich trug sie die Verantwortung für das Shuttle, das die Truppe heil nach Hause bringen musste.

Wahrscheinlich gab es niemanden im ganzen Universum, der, hatte er sie erst einmal kennengelernt, nicht vor ihr Angst gehabt hätte. Ein Scherzbold hatte mal gemeint, dass man eigentlich nur Ella gegen die Collectors zu schicken bräuchte, dann wären die mit Sicherheit keine Gefahr mehr. Die Idee war aber von niemandem aufgegriffen worden, nachdem der Spaßvogel wegen seines ausgerenkten Kiefers danach einige Wochen Schwierigkeiten mit dem Essen und Trinken hatte.

Irgendjemand hatte sie mal als »Wilde Hilde« bezeichnet (er hatte irgendwie herausgefunden, dass ihre Eltern sie einst so genannt hatten), und das war ihm ebenfalls nicht gut bekommen.

Ella war Ex-Militär, sie war wegen Insubordination und mehrfachen Verprügelns eines Vorgesetzten unehrenhaft entlassen worden. Da sie nicht wusste, wohin sonst mit ihrer Energie, war sie zu den Justifiers gegangen. Sie war die Jüngste in der Truppe, weil sie bereits mit 16 beim

Militär angefangen hatte und nur zwei Jahre später rausgeflogen war. Orloff hatte sie einmal gefragt, ob sie nicht beim Bodeneinsatz dabei sein wollte, aber Ellas große Liebe galt dem All und dem Metallklumpen. Sie war hochbegabt, was die Führung eines Schiffs betraf, konnte, obwohl sie kein Jump war, jede noch so kleine Störung empathisch erfassen, und wusste, wo die Techniker suchen mussten. Sie beherrschte halsbrecherische Manöver mit geschlossenen Augen und hatte nie eine Bruchlandung durch einen persönlichen Fehler erlitten. Und wenn das Shuttle doch einmal durch äußere Umstände vom Himmel fiel, brachte sie es so zu Boden, dass alle überlebten.

Und jetzt arbeitete Leutnant Ella Hayden in der GS II Nordamerika in einer Fabrikation, die Antriebe entwickelte. Musste sehr spannend sein. Andererseits redete sie ja gern mit Maschinen.

Orloff machte sich nicht die Mühe, sich in der Fabrik anzumelden. Es war besser, Ella auf dem Heimweg abzupassen.

»Gibt es da Familien mit kleinen Kindern im Umkreis?«, wollte Centurion wissen. »Vielleicht sollten wir die Gegend erst mal evakuieren.«

»Ach was, so schlimm wird es nicht«, erwiderte Orloff, aber allzu überzeugt klang er nicht.

Sie postierten sich in der Nähe des Tors. Es gab zwar eine unterirdische Rohrbahn, aber so wie sie Ella kannten, würde sie zu Fuß nach Hause gehen, bevorzugt durch das verrufenste, heruntergekommenste und gefährlichste Getto. Das wäre so *ihre* Art der sportlichen Fitness.

Und tatsächlich, nach dem Feierabendsignal kam sie auch schon heraus, in ihren abgewetzten, ausgebeulten Lederklamotten und schweren Stiefeln, die sie schon früher stets in der Freizeit getragen hatte. Wer nun einen Schrank von Frau erwartet hätte aufgrund ihres Rufs, sah sich überrascht. Ella Hayden war gerade mal mittelgroß und recht schlank, keineswegs muskulös. Aber in ihr ruhte eine ganz besondere, sehnige Kraft, angetrieben von ihrer ständig brodelnden Energie, die sie kaum je stillsitzen ließ. Sie trug die blonden Haare wie gewohnt militärisch kurz und hatte eine dicke, täuschend echt aussehende Zigarre im Mundwinkel, die sie gerade anrauchte. Aus den Ärmelenden und am Hals lugten die Tätowierungen heraus, die ihren halben Körper bedeckten. Zumeist verschlungene Symbole, deren Bedeutung nur sie kannte.

Leutnant Hayden blieb stehen, als Orloff und Centurion ihr entgegentraten. Sie stieß einen Fluch aus, den der abgebrühte Orloff niemals wiedergegeben hätte; sie war eine wandelnde Sammlung derber Kraftausdrücke, die sie gern und reichlich mit rauchiger Stimme von sich gab.

»Was macht ihr zwei Spaßvögel denn hier?«, fügte sie hinzu.

»Es gibt da eine Mission«, antwortete Orloff ohne Umschweife und sah zu, dass er dicht bei Centurion blieb. Ella war nicht gerade bekannt für ihre Geduld.

»Klar, weshalb wärt ihr sonst gekommen? Danke, dass ihr an mich gedacht habt.«

»Wie jetzt?« Centurion schnaubte verblüfft. »Du willst mit?«

»Was denn sonst? Ich langweile mich schon seit vier Jahren, zehn Monaten, dreizehn Tagen und acht Stunden zu Tode. Aber von irgendwas muss ein alleinstehendes Mädel wie ich schließlich leben.« Sie boxte dem Stier-Beta kräftig gegen den Arm. »Und keiner von euch hat sich je gemeldet, ihr Wichser! Habt mich keine Sekunde vermisst!«

Centurion, der einiges einstecken konnte, rieb sich den Arm. »Nicht, wenn ich dein Punchingball bin.«

»Bist du eine Schokoladenkuh geworden, Süßer?« Ella lachte so schallend, dass das Warnsignal einer Fenstersicherung in der Nähe losging, sich aber rasch wieder beruhigte. Sie wandte sich Orloff zu. »Was ist mit Carmelie?«

»Es geht ihr gut.«

Sie verdrehte die Augen. »Himmel noch mal, du hast sie gehen lassen?«

»War besser für sie.«

»Tja, scheint so, wenn du wieder in den Einsatz gehst. Wie viele habt ihr schon beisammen?«

Orloff deutete auf sie drei.

»Dann lasst uns mal losziehen, bevor ich Urgroßmutter geworden bin. Nicht, dass ich es je zur Mutter gebracht hätte.«

Allmählich machte sich Orloff Gedanken, ob die anderen auch schon darauf warteten, dass er endlich bei ihnen auf kreuzte.

Während sie zu einem Gleiterstand gingen, verharrte Ella plötzlich und drehte lauschend den Kopf. Dann zog sie die Brauen zusammen.

»Was soll der Scheiß, Sir? Wieso werden wir überwacht?«

Orloff und Centurion waren sofort alarmiert. Darauf hatten sie überhaupt nicht geachtet. Fünf Jahre Ruhestand verweichlichten eben doch. Sie blieben stehen und taten, als hätten sie etwas verloren.

»Wo?«, fragte Orloff knapp.

»Auf zwanzig Uhr, etwa zehn Meter.«

Hinter ihnen. Wahrscheinlich im Schutz der Mauern. Orloff hatte keinen Grund, an Haydens Gespür zu zweifeln, sie hörte ja noch Nanoflöhe husten. Aber was hatte das zu bedeuten? Wollte Zoldan wissen, ob er der Aufgabe, sein Team zusammenzuführen, gewachsen war?

Nein.

Die Konkurrenz. Sie wissen es bereits.

»Wie machen wir's?«, flüsterte der Stier-Beta, während er sein rechtes Kopfhorn polierte.

»Hastig um die Ecke, um das Ding anzulocken, und du wirfst mich hoch, damit ich es mir schnappen kann«, schlug Ella vor. »Oder hat einer von euch 'ne Waffe dabei?«

»Nein.«

»Ein Steinwurf ist zu riskant, könnte danebengehen, und das Ding könnte entkommen. Ich muss es also fangen. Es fliegt nicht sehr hoch, vielleicht vier oder fünf Meter, kein Antigravschlitten, sondern konventionell.«

»So machen wir's«, stimmte Orloff zu, und im selben Moment rannten sie schon los, hasteten um die nächste Ecke in die Dunkelheit und verbargen sich dort.

Nicht lange danach sah Orloff tatsächlich einen Spion um die Ecke schweben. Nicht größer als eine Fliege, doch da sie darauf eingestellt waren, entging der Winzling ihnen nicht. Aber vermutlich wäre es ihnen auch so irgendwann aufgefallen, denn nicht mal Mücken fühlten sich hier unten wohl. Zu trocken, und was es an Pfützen gab, war zu vergiftet.

Satelliten konnten nicht eingesetzt werden, da die Kons es nicht zuließen, möglicherweise ausgespäht zu werden. Also musste auf die gute alte direkte Überwachung zurückgegriffen werden. Das war der Vorteil der Erde für »nicht ganz astreine Personen«: Kons und Regierungen hatten solche Angst, ausspioniert zu werden, dass nahezu jeder Illegale durch die Netze schlüpfen konnte. Er fand zumeist auch Arbeit, denn wer lebte schon freiwillig hier unten? Wer sich nicht bei den Privilegierten einschmuggeln wollte, was nahezu unmöglich war, fand am Bodensatz unten so gut wie überall Arbeit, wenn er nicht anspruchsvoll, aber gesund war und zupacken konnte.

Ella und Centurion verständigten sich durch Handzeichen.

Gleich darauf flog die Pilotin durch die Luft, streckte die Hand aus und schloss sie zielsicher um die Sonde. Gut abfedernd landete sie wieder.

Der winzige Spion surrte in ihrer Hand, es klang geradezu empört, doch Ella hatte ihn mit wenigen Griffen außer Kraft gesetzt, holte eine Pinzette für Mikroarbeit aus ihrer Tasche und zog den Speicherchip. Ella hatte immer einen gewissen Vorrat an Werkzeug dabei. Sie setzte eine Lupe ans Auge, um den Winzling näher in Augenschein zu nehmen.

»Der Herstellerindex wurde entfernt, und das Gerät selbst sieht aus wie Dutzende andere, ein einfaches Teil.« Ella nahm den Spion auseinander. »Tut mir leid, Sir, ich kann nicht feststellen, wer uns das Ding auf den Hals geschickt hat.«

»Wir müssen die anderen warnen«, sagte Centurion.

»Ich gebe Zoldan Bescheid«, erwiderte Orloff. »Das ist sein Ressort.«

»Er wird die anderen damit verjagen«, warnte Ella. »Die wollen von dir aufgesucht und beauftragt werden, so wie ich. Wir gehen mit *dir*, nicht mit dem Sklavenschinder.« Sie fügte einen Kraftausdruck hinzu, wie sie fast jeden Satz beendete. Und begann. Und dazwischen füllte.

»Das weiß er. Er wird diskret sein.«

»Und eben das missfällt mir noch mehr als alles andere«, brummte Centurion. »Sebastian vermag so viel, wieso braucht er uns abgehalfterte Ruheständler?«

»*Weil wir die Besten sind, yeahyeah*«, sang Ella gut gelaunt.

»Willst du eigentlich nicht wissen, worum es geht?«, fragte Centurion unterwegs.

»Nö, ich erfahre ja alles im Briefing unterwegs, und ich will mich nicht vorher aufregen müssen. Am Ende will ich dann nicht mehr mitmachen.«

Über solche Dinge dachte Ella gewohnheitsmäßig nicht nach. Für sie zählte, dass es wieder in den Einsatz ging und sie ein Schiff fliegen durfte. Wie hatte Orloff nur je daran zweifeln können?

Als Nächstes stand Laury Perry auf der Liste – die Medizinerin, Biologin und Biochemikerin. Sie fanden sie in einem Labor irgendwo in der GS Asien, nachdem die ersten bekannten Adressen kein Ergebnis brachten. Laury war eine hübsche, große und elegante Frau mit einer Leidenschaft für Modeschmuck und Haarstyling. Man konnte sich gar nicht so recht vorstellen, wie sie im weißen Kittel herumlief, dicke Gummihandschuhe trug und stinkende Flüssigkeiten miteinander zum Reagieren brachte. Aber sie tat es. Niemand konnte sich so sehr an Schimmelpilzen, Sporen und Amöben ergötzen wie sie.

»Was ist mit deinen Haaren passiert?«, brach es aus Ella hervor, noch bevor die Begrüßung stattfand.

Orloff war es gelungen, Laury wenigstens zu einem kurzen Plausch für einen »Veteranentreff« in einem Café im Verwaltungsgebäude zu überreden und sie damit aus dem Labor zu locken, in dem ohnehin gerade irgendeine aufwendige Reinigungsprozedur durchgeführt werden musste, weil etwas schiefgegangen war.

Laury fuhr sich durch die schulterlangen knallgelben Haare und lächelte. Ihr Gesicht war schmal, die Hautfarbe wie Porzellan und ihre Augen von glasklarem Grün. »Ein Experiment«, antwortete sie, was niemanden überraschte. »Ich finde es gar nicht mal so schlecht.« Sie rührte mit dem Strohhalm in ihrem Mischgetränk, dessen Inhalt Orloff nicht kennen wollte, weil er viel zu grellbunt war, und saugte zufrieden daran. »Also, was gibt's?«

»Bist du zufrieden mit deinem Leben?«, fragte Ella, bevor Orloff etwas sagen konnte.

Centurion hielt sich sowieso zurück.

»Ja«, antwortete Laury. »Sehr sogar. Man nennt mich inzwischen *die Giftmischerin*, ist das nicht toll? Habe schon in einigen Mordfällen zur Aufklärung beitragen können.«

»Hurra«, sagte Ella und warf unsichtbares Konfetti in die Luft, während sie gleichzeitig provokant gähnte. »Was für ein aufregendes Leben, könnte ich doch nur mit dir tauschen.«

Laurys glatte Stirn – sie war Anfang vierzig, sah aber mindestens zehn Jahre jünger aus – legte sich in Falten. Düster starrte sie Orloff an. »O nein ...«

»O doch«, murmelte Orloff. »Es ist mal wieder so weit, Laury. Und wir zählen auf dich.«

»Es gibt hunderttausend Knochenbrecher da draußen.« Sie wies Richtung Fenster. »Die vor allem auf dem neuesten

Stand der medizinischen Technik sind. Meine Position ist so leicht zu besetzen ...«

»Aber wir vertrauen *dir*. Bei dieser Mission muss sich jeder hundertprozentig auf den anderen verlassen können. Und es kann nun mal niemand jemanden wieder so gut zusammenflicken wie du, und das ganz ohne Technik. Du hast schon Wunder vollbracht.«

»Ja, ja.« Laury verdrehte die Augen. »Ich bin nicht mehr das naive Mädchen von damals, das sein Praktikum im Einsatz machte. Komm mir bloß nicht damit. Mikroben, das ist nun meine wahre Leidenschaft, diese winzig kleinen, süßen ...«

»Ach was, dir geht es doch nur um immer raffiniertere Stinkbomben!«, unterbrach Ella und winkte ab. »Als Nächstes sind deine Haare grün ...«

»Das war vor zwei Monaten. Bis ich das wieder draußen hatte, waren sie zwischendrin Rosa.«

»Wieso trägst du keine Haube wie alle anderen?«

»Weil ich es spannend finde.« Die Wissenschaftlerin kicherte.

Orloff fragte sich, ob sie mit den Jahren nicht ein paar Dämpfe zu viel eingeatmet hatte. »Es geht nicht ohne dich«, wiederholte er.

»Ich will aber nicht.«

Ella stupste ihren Arm an, und Laury zuckte zusammen. »Zier dich nicht. Ist ein echt gutes Angebot!«

»Interessiert mich nicht. Ich fühle mich hier absolut wohl und zu Hause.«

Orloff sagte es ihr trotzdem, worum es ging, mit ein wenig mehr Details, als er bisher Ella und Centurion offenbart hatte. Allerdings verschwieg er weiterhin wohlweislich die

»Kindermädchenmission«, um die es eigentlich ging. Nach wie vor gingen die anderen davon aus, dass *sie* die Untersuchung durchführten und den First Contact herstellten. Orloff machte sie nicht darauf aufmerksam, dass diese Vorstellung ein wenig naiv war.

Die Medizinerin hob eine Braue. »Kriegen wir den Film zu sehen?«

»Ich hoffe es. Ansonsten erzähle ich es euch unterwegs. Du kennst das, Laury.«

»Fremdintelligenz, sagst du?«

»So hat es Sebastian behauptet.«

»Ach, verdammt.« Laury stieß einen tiefen Seufzer aus. »Wenn ich eine Forschungsarbeit über den First Contact veröffentliche, könnte ich den Sternenpulitzer gewinnen.«

Orloff nickte mit weisem, gewinnendem Lächeln. Das hatte er immer noch drauf, das wusste er. Unentbehrlich in seinem Job, um ein Team Draufgänger anzuführen, die weder Tod noch Dämonen fürchteten.

»Na, dann werde ich mal meine Sachen packen und kündigen.«

»Packen brauchst du nicht, wir bekommen wie immer alles gestellt, und kündigen kannst du von unterwegs. Wir müssen gleich weiter, noch eine Menge Leute einsammeln.«

»Aber ich bin nicht vorbereitet«, protestierte Laury, was die anderen nicht im Mindesten interessierte. Sie zahlten und nahmen sie in die Mitte, damit sie nicht auf dumme Gedanken kam.

»Wir sind die glorreichen Zwanzig!«, rief Ella beim Hinausgehen.

»*Vierzehn*«, schnaubte Centurion, und Ellas Gesichtszüge entgleisten für einen Moment.

»Scheiße, ja«, sagte sie betroffen. »Verdammt. Ich verdränge es immer. Um nicht davon zu träumen.«

»Wie wir alle«, sagte Laury. »Ich könnte uns einen schönen Vergessenscocktail mixen.«

»Nicht für mich«, sagte Orloff und dachte an Carmelie. Sie durfte er niemals vergessen.

Pandor, ein Beta, so groß und gewaltig wie ein archaischer Zodiac-Bär, arbeitete in einer Waffenfabrik. Er musste nicht überredet werden, mitzukommen, denn er verzweifelte an diesem unwürdigen »Sklavendasein«, was nicht einmal der Unwahrheit entsprach. Sein Nacken war gebeugt, die Augen stumpf und glanzlos; man hatte ihn ziemlich gebrochen. Aber Ellas Flüche, als sie sich mit dem Vorarbeiter auseinandersetzte, der Pandor nicht so einfach gehen lassen wollte, belebten ihn augenblicklich, und seine lefzenartigen Mundwinkel verzogen sich zu einem schwachen Lächeln. Weder Orloff noch Centurion mischten sich in den Disput ein, sondern beobachteten ihn vergnügt. Als der Vorarbeiter sie vom Werkschutz entfernen lassen wollte, kam Ella richtig in Fahrt. Sie lachte begeistert und ließ einen weiteren Satz an Kraftausdrücken vom Stapel, während sie ihre überaus schnellen Arme und Beine einsetzte. Der Werkschutz fand sich schneller am Boden wieder, als er überhaupt ihre Worte begreifen konnte, und Ella nahm den Vorarbeiter in den Schwitzkasten.

»Hilf mir doch mal einer«, jammerte er, und die gesamte Halle lachte.

Kurz darauf durfte Pandor gehen, natürlich ohne Lohnauszahlung, aber das störte ihn nicht weiter. Der Bären-Beta sah Orloff zaghaft an, suchte eine Bestätigung, dass er doch noch etwas wert war und zu anderem fähig, als nur irgendwelche öligen, schmierigen Teile am Fließband zusammenzufügen.

»Alter Fellsack«, sagte Centurion und stieß ihn in die Seite.

Pandor war sein Stellvertreter an den Waffen, ein echter Spezialist. Das würde der Stier-Beta bald wieder aus ihm hervorholen. Seine Kraft war nur verschüttet, nicht verloren.

Aries, den stolzen Widder-Beta, fanden sie in einer Firma für Bauwesen. Als ehemaliger Leitender Ingenieur verfügte er über allerhand Fachkenntnisse und wurde als Berater eingesetzt, aber keineswegs geachtet. Ihm hätte ein Managerposten in der Chefetage zugestanden, doch stattdessen hatte er eine winzige Kammer im Keller und bekam die Arbeit zugeteilt, die er per Computer zu erledigen hatte. Persönlich mit ihm zu tun haben wollte niemand; sonst hätte man ja zugeben müssen, dass Betas über mindestens ebensolche Intelligenz wie die Menschen verfügten. Der Widderköpfige war gedemütigt, aber keineswegs gebrochen, dafür waren seine Hörner zu sehr ausgeprägt. Er ging sofort mit.

Ein paar Tage später fanden sie Amrit, die Wolf-Beta, die sie regelrecht aus der Gosse zogen. Sie war Geologin und Spezialistin für Geophysik, aber niemand wollte ihre Dienste in Anspruch nehmen. Weil sie kein Geld verdiente, wurde sie obdachlos und musste auf der Straße leben. Da arbeitete sie dann schließlich, brachte ein wenig Ordnung in das Chaos, sorgte für Waffenfrieden, kümmerte sich um Jugendliche, half in der Suppenküche mit und dergleichen mehr. Im Gegenzug erhielt sie Nahrung und Unterkunft.

Und jede Menge Achtung. Amrit wollte nicht mit, weil sie das Gefühl hatte, »ihre Straße« im Stich zu lassen. Sie tat etwas Sinnvolles, und zum ersten Mal fühlte sie sich außerhalb der Justifiers der Gesellschaft zugehörig. Na schön, ganz unten, aber das machte ihr nichts aus, sie war es gewohnt, im Dreck zu schürfen.

Orloff lockte mit den Mineralien und Erzen, die in Aussicht standen, und einem unberührten Planeten. Und der Prämie. Die anderen machten ihr deutlich, dass sie sie mitschleppen würden, ob gefesselt oder nicht. Alle oder keiner. Amrit war wütend und sprach von Entführung. Lange Zeit redete sie kein einziges Wort mit ihnen, doch sie fügte sich.

Chuck Marron, der Zweite Offizier und Navigator, war seinerzeit in seine Heimatwelt zurückgekehrt, denn er war ein HSP und hatte auf der Erde kaum bessere Karten als die Betas – daher hatte er sich irgendwie eine Schiffspassage verschafft und war abgehauen. Man sollte also meinen, dass er in seiner Heimat gut aufgehoben war und taub gegenüber einem solchen Angebot. Aber er war nun einmal mit Leib und Seele Navigator.

Orloff hatte ihm eine Nachricht geschickt, dass er gebraucht würde, und ihm die Koordinaten der Station gegeben. Als echter Navigator würde Chuck nirgendwo lieber unterwegs sein als im Weltraum, weswegen Orloff überzeugt war, dass er hier ganz gewiss keine Überzeugungsarbeit leisten musste. Hoffentlich irrte er sich nicht, denn er würde keine Zeit haben, Chuck aufzusuchen und zu der Station zu schleppen.

Nun fehlten noch sechs – drei Menschen und drei Betas, überall verstreut, Techniker und Bodentruppe, Allroundtalente, die Leute fürs Grobe. Auch sie waren verlässlich und routiniert, mussten nur erst mal gefunden werden.

Die meisten Justifiers-Truppen waren viel kleiner als Orloffs, und hier lag der einzige Vorteil, wenn man für Sebastian Zoldan arbeitete: Der wusste, dass man eine gewisse Anzahl Leute auf einem fremden Planeten brauchte, um schnell und effizient zu sein und Ausfälle auffangen zu können. Ihm war es gleich, wie viele Orloff mitnahm, zumindest früher war es so gewesen, denn es gab immer nur eine pauschale Ausschüttung, und die musste durch die Überlebenden geteilt werden. Andere Justifiers versuchten daher, mit so wenig Personal wie möglich auszukommen, nicht aber Orloff. Irgendwie hatten sie es geschafft, sich durch geschickte Platzverteilung in die engen Shuttles zu pressen, ohne durchzudrehen. Und sie hatten für einige Zeit auch den meisten Erfolg gebracht. Es waren zwar nicht immer alle auf jedem Einsatz dabei gewesen – aber diesmal würde er alle brauchen, das war Orloff klar. Und schließlich gab es keine Pauschale, sondern einen großen Topf.

Das zog, und dazu die Aussicht auf ein Abenteuer. Es war so und blieb auch so: Einmal Justifier, immer Justifier. Wie sollten sie sich nach so vielen Jahren in ein gediegenes Leben einfügen können? Noch dazu, wenn sie zu einer sozial geächteten Minderheit gehörten – und womöglich, wie die Betas, nicht mal »echte Menschen« waren?

Vor allem der Erstkontakt war es, der die Neugier in allen weckte. Es gab ja so gewisse »Checklisten« unter den Justifiers, auf denen je nach Mission abgehakt wurde, was noch fehlte. Das »Aliens«-Kästchen blieb zumeist leer, und es wäre eine Sensation, wenn ausgerechnet das »Rentnerteam«

seine Liste vervollständigen könnte – das war nämlich das Einzige, was noch fehlte. Man begegnete schließlich nicht jeden Tag einer fremden Intelligenz, die noch dazu über *ordentlich* Köpfchen verfügen musste, wenn das mit der Huckepack-Nachricht stimmte. In wenigen Tagen das Verhalten und die Sprache von für sie völlig fremden Wesen zu studieren und sich ihrer Mittel zu bedienen, um eine eindeutige Warnung auszusprechen – das verdiente Aufmerksamkeit. Denn das Einzige, was die Fremdwesen gewiss nicht auf die Schnelle begriffen hatten, war: Sagte man den Menschen, sie sollten sich irgendwo raushalten, gingen sie erst recht hinein.

5

Station O-3-X2 sah aus wie ein Spinnennetz. Im Zentrum befand sich ein Pentagondodekaeder, vón dem aus strahlenförmig fünf Verbindungsröhren abgingen, die zu Docks führten, und von diesen wiederum zu fünf weiteren Docks, und noch eine dritte Reihe. Alle Docks einer Reihe waren wiederum miteinander verbunden.

Die im Bau befindlichen Schiffe wurden je nach Größe in der inneren oder den äußeren Reihen gefertigt.

In der Nähe leuchtete wie ein Fanal eine gelborange Sonne, zu der jener kleine Planet gehörte, den Orloff Holden bisher nur dem Namen nach gekannt hatte. Ein skurriles Gefühl, ihn nun wirklich vor sich zu sehen, und vergrößert in einem Holowürfel. Er hatte keine Zeit, dorthin zu fliegen und sich umzusehen, deshalb ließ er sich Bilder und Daten übermitteln. Schön da. Orloff könnte sich vorstellen, dort einmal Urlaub zu machen. Allerdings – obwohl er in den vergangenen fünf Jahren auf niedrigstem technischen Niveau gelebt hatte – diese Dampfmaschinentechnik dort unten war ihm *zu* wenig. Und die wie eine Sekte aufgebaute

Gesellschaft war ihm unheimlich. Also weiter nur Produkte von dort beziehen und besser auf Abstand bleiben.

Die Station allerdings faszinierte ihn. Er hatte schon einige Raumwerften, Umschlags- und Forschungsstationen gesehen, doch diese hier toppte alles. Kein Wunder, dass sie von vielen Kons in Anspruch genommen wurde. Die Betreiber mussten einen Haufen Moos machen, wenn sie so ein aufwendiges Ding bauen konnten. Wahrscheinlich hatten sie ganz klein innen angefangen und nach und nach angebaut; eine vorsichtige Taktik, die aufgegangen war.

Wie es wohl wäre, für eine Privatfirma zu arbeiten? Ob sie wirklich so unabhängig war, wie sie sich gab, oder nicht doch auch von den Megakons abhängig?

»Boss, was für ein Shuttle werden wir hier kriegen?«, flüsterte Centurion ihm zu. »Das sieht aus wie die Superluxusklasse mit Stern.«

Orloff nickte. Wahrscheinlich waren sie die ersten Justifiers, die diese Station betraten – betreten *durften*.

Auch die anderen flüsterten aufgeregt miteinander, während sie in einer Rohrkapsel zu ihrem Ziel im Dodekaeder gebracht wurden. Die zentrale Verwaltungseinheit war sehr viel größer, als sie zunächst im Vergleich zu den Docks gewirkt hatte. Sie war nicht etwa nur eine Konstruktionsplattform, sondern eine richtige Raumstation, man konnte es nicht anders sagen – eine künstliche Welt, im Schwarz des Alls verankert. Hier kamen Reisende, Händler, Arbeiter, Auftraggeber und Auftragnehmer zusammen, Konstrukteure, Vermittler und wer sonst noch alles. Neben den vielen Büros, Labors und Einzelfertigungsanlagen gab es auch Freizeitzentren mit hydroponischen Gärten, Unterkünften und Amüsements. Alles war großzügig angelegt und erweckte nicht den Eindruck von Platznot und Funktionalität.

Staunend stieg die Truppe aus; so etwas hatten sie denn doch noch nicht live gesehen. Sie hatten sich nicht einmal vorstellen können, dass es so etwas geben könnte.

»Allein das war's schon wert«, bemerkte Ella und nickte anerkennend. »Meine Herren, hier möchte ich gern mal pokern, da lohnt sich das bestimmt.«

»Sind wir hier richtig?« Ein gedrungener Mann, nicht größer als eins sechzig, aber mit überbreiten Schultern, kam auf sie zu, begleitet von einem weiteren Mann und einer Frau.

»Chuck!«, rief Orloff. »Ihr seid vor uns eingetroffen?«

»Yessir, aber erst vor wenigen Stunden. Wir haben uns gut abgesprochen, wie es scheint.« Der HSP grinste breit. Alles an ihm war breit, fast quadratisch, und dennoch bewegte er sich nicht plump, sondern eher mit verhaltenen Kräften. Die an die irdischen Verhältnisse angepasste Schwerkraft der Station hätte ihm bei zu starkem Abstoßen größere Sprünge erlaubt, und das wollte er vermeiden. Chuck war daran gewöhnt und hatte in den letzten fünf Jahren wohl nicht verlernt, sich angepasst zu bewegen.

Ein blasser, schmaler Mann, dem das Wort »Protokoll« geradezu auf die Stirn geschrieben stand, kam auf sie zu.

»Orloff Holden?«

»*Oberleutnant* Orloff Holden«, korrigierte er stirnrunzelnd. »Und das hier ist Leutnant Ella Hayden, mein XO, Leutnant Chuck M...«

Er wurde unterbrochen. »Entschuldigung, Sir, man hatte mir nur gesagt, dass ich Sie abzuholen hätte. Der Hintergrund ist mir nicht bekannt, ich erhielt lediglich eine Liste mit Namen.« Der Empfangsbeauftragte ließ den Blick schweifen, seine Lippen bewegten sich leicht. Er zählte sie ab, und da die Zahl wohl mit seiner Liste übereinstimmte, gab er sich damit zufrieden. Der Rest interessierte ihn nicht.

»Bitte mir zu folgen, ich weise Ihnen Ihre Quartiere zu. Sie werden heute zu einem Dinner geladen ...«

»Ich dachte, wir haben es eilig?«, unterbrach Ella.

Der Protokollar sah sie indigniert an. »Folgen Sie mir bitte«, wiederholte er und ging einfach los. Es musste ihn viel Mühe kosten, sich mit diesem *Pöbel* abgeben zu müssen. Er reagierte auch nicht, als hinter ihm getuschelt und gekichert wurde.

Orloff hätte sich gern daran beteiligt. Er fand es zur Einstimmung gut, wenn sich seine Leute wie im Urlaub fühlten, das hob die Stimmung und Motivation. Doch das würde sich bald ändern. Und er machte sich bereits eine Menge Gedanken, für welchen Kon sie wohl arbeiteten und ob sie das jemals erfuhren. Und wer die Konkurrenz war.

»Haltung, Leute!«, befahl er. »Wir sind hier in offizieller Mission, nicht auf einer Sauftour. Zeigen wir, wer die Justifiers sind.«

Sofort wurde es still, und er hörte am Scharren, wie sie Aufstellung bezogen.

Dass sie sich überhaupt hier einzufinden hatten, konnte nur an dem Diplomaten liegen, der wohl einen gewissen Standard verlangte. Was mochte das für ein Mediator sein, wenn ein solcher Tanz veranstaltet wurde? Es hätte ja auch ein Rendezvous im All geben können.

Neben Orloff stampfte Centurion, der alles aufmerksam beobachtete. Die meisten Leute blieben stehen oder wichen weiträumig aus. Kein Wunder, so viele Betas auf einer von

Menschen für Menschen betriebenen Station, das musste auffallen. So mancher mochte eine prächtige Stierchimäre mit schwarz glänzender Haut und elfenbeinfarben schimmernden Hörnern noch nie leibhaftig gesehen haben. Manche gruselten sich, andere ekelten sich, die meisten aber starrten fasziniert auf die Ansammlung der verschiedenen Chimären, die in militärischer Ordnung gesammelt einem schmächtigen Mann folgten.

Gewiss fragten sich alle, was *diese Leute* hier zu suchen hatten. Das fragte sich Orloff auch. Allmählich wunderte er sich, was mit Sebastian Zoldan passiert sein mochte. Bisher hatten sie immer darum streiten müssen, dass wenigstens der niedrigste Standard eingehalten wurde.

Er kratzte sich den Dreitagebart, den er sich irgendwann hatte wachsen lassen und dann dabei geblieben war. Auch die Haare hatte er nicht gekürzt. Die anderen scherten sich ebenfalls keinen Deut um die Gepflogenheiten oder Vorschriften. Das war diesmal ihr Vorteil. Keiner von ihnen *musste* das tun. Dafür waren sie zu alt geworden; sie hatten in den vergangenen fünf Jahren gelernt, auch ohne Missionen zu überleben. Zum ersten Mal hatte sich Zoldan in eine für ihn ausweglose Situation manövriert.

Oder es ist alles eines seiner Intrigenspiele, die niemand je durchschauen kann, ermahnte ihn eine innere Stimme. *Begeh nicht den Fehler, ihn zu unterschätzen, nur weil ihr beide älter geworden seid. Du hast ihn fünf Jahre nicht mehr gesehen. Genug Zeit, um noch mieser zu werden.*

Sie erhielten einen gesamten Trakt zugewiesen, in dem alle Zimmer nebeneinander lagen und gleichermaßen von einem Wohnraum abgingen, der nur durch eine einzige Tür betreten werden konnte.

Orloff warf einen kurzen Blick in sein Zimmer und fand vor, was er erwartet hatte. Kleidung, Schuhe und Anweisungen durch einen automatisch hochgefahrenen 3DCube. Er konnte Ellas Wutschrei bis zu sich hören, obwohl ihr Zimmer dem seinen gegenüberlag.

In aller Ruhe wartete er ab, bis er die erregten Diskussionen aus dem Zentralraum hörte, dann ging er hinaus. Sie standen alle mit den Monturen in Händen da und wandten sich ihm wütend zu. Orloff lehnte sich gegen den Türrahmen und hielt einen Chip zwischen Zeige- und Mittelfinger hoch. »Zoldans Befehle«, sagte er. »Ihr zieht das an, sonst werdet ihr aus der Luftschleuse geworfen.«

»Ist das ein Versprechen?«, rief Amrit mit gebleckten Zähnen.

»*Mit* Raumanzug. Langer, qualvoller Tod.«

»Boss, das darfst du uns nicht antun! Wir können so was nicht anziehen, da sehen wir ja aus wie ...«

»Eine Truppe professioneller Justifiers in offizieller Mission von höchster Stelle«, unterbrach Orloff. »In einer halben Stunde seid ihr fertig.« Er drehte sich um und verschwand in seinem Raum.

Eine halbe Stunde später waren alle versammelt. Die Uniformen saßen perfekt auf Maß, und alles andere wäre auch schäbig gewesen. Schließlich wusste man noch die kleinste Belanglosigkeit über sie.

»So schlimm ist es doch gar nicht«, grinste Orloff.

Es waren keine Tarnanzüge, keine Raumanzüge, keine Überall-Kombis, wie sie es gewohnt waren, mit rauen oder unangenehmen Stoffen, sondern Galauniformen in strahlendem Weiß mit Epauletten, Dienstgrad, goldenen Knöpfen, glänzenden Halbschuhen und Mützen, perfekt zum Salutieren. Gerade richtig für eine Parade.

»Wozu dieser Affenzirkus, Sir?«, wollte Pandor wissen. Es ging ihm schon besser, aber es würde eine Weile brauchen, bis er sein Selbstvertrauen endgültig wiedergefunden hatte.

»Wir werden einen Diplomaten zu unserem Ziel begleiten.«

In der nachfolgenden Stille hätte man den Biss einer Spinne in einen Fliegenleib hören können.

»Das ... das ist nicht wahr«, stammelte Laury.

»Ihr seid jetzt hier und werdet damit leben. Ich wünsche keine Diskussion darüber, außerdem verspäten wir uns. Und das macht keinen guten Eindruck.« Orloff nahm Haltung an. »Stillgestanden!«

Sie gehorchten augenblicklich, selbst nach fünf Jahren Pause waren sie immer noch gedrillt. In ihren Gesichtern arbeitete es, aber sie waren Profis, sie wussten, wann es besser war, zu schweigen. Sie wussten vor allem, wie unangenehm Orloff werden konnte, wenn sie keine Disziplin zeigten. Sie standen ihm nahe, sie durften ihn duzen, aber er war und blieb der Anführer, der die Truppe beisammenhielt und eine Einheit aus ihr machte. So hatten sie die Einsätze überlebt und eine bessere Quote erzielt als die meisten Truppen zusammen.

In diesem Moment erklang der Summer am Eingang, und Orloff nickte ihnen zu. »Keine Sorge, Freunde, ihr werdet noch früh genug durch den Schlamm kriechen, Sumpffieber und Brechdurchfall bekommen und von Mücken gemartert werden. Also genießt jetzt diesen einzigartigen Moment in eurem Leben, der nie wiederkehren wird.«

Ella ließ eine ihrer berüchtigten Fluchsammlungen vom Stapel.

»So wie wir«, brummte Chuck. »Kommt mir so vor, als würden wir zu unserem eigenen Leichenbegängnis gehen.«

»Auch das ist dann ein einmaliges Erlebnis«, erwiderte Orloff, öffnete die Tür und ging an dem verdutzten Protokollar, der sie abholen sollte, vorbei nach draußen. Ihm auf dem Fuße folgten in Formation seine Justifiers.

Sie durchquerten eine Art Halle, von der aus verschiedene Freizeitbereiche, aber auch Konferenzräume und Shops erreicht werden konnten. Nun zogen sie erst recht Aufmerksamkeit auf sich, denn Betas in *solchen* Uniformen ... einige Militärangehörige zischten missbilligend und äußerten sich abfällig, doch die Augen der Justifiers blieben geradeaus gerichtet, die Mienen ausdruckslos.

Und Orloff merkte es genau – sie fingen an, Gefallen an dem Outfit zu finden.

Der Empfangsbeauftragte, der sich bis jetzt nicht vorgestellt hatte und auch ansonsten kein Wort mit ihnen wechselte, wenn es nicht unbedingt erforderlich war, führte sie zu einem Restaurantbereich, und die zahlreichen Gerüche, die ihnen entgegenwehten, zeigten Orloff, dass es hier *frische* Gerichte und nicht nur mit Geschmacksverstärkern aufgepeppte Hydropampe aus der Tube gab. Er war sicher, dass sich seine Leute nun endgültig mit den Uniformen versöhnten, denn wie es aussah, würden sie feudal speisen. Bis jetzt ließ sich die Mission gut an, aber in einer Hinsicht musste Orloff Pandor zustimmen – es hatte etwas ziemlich Morbides an sich. Vielleicht waren sie ja auch schon alle tot und wurden als Helden an die Göttertafel geladen.

Vor einem Raum blieb der dünne Mann stehen. »Ihr Gastgeber erwartet Sie hinter dieser Tür. Ich darf mich empfehlen.« Und weg war er.

Orloff betätigte den Öffner, und die Tür glitt leise summend zur Seite. Ein großer Raum, fast schon Saal, öffnete sich vor ihnen, ausgestattet mit Möbeln im antiken Stil, frischen Blumen, großen Spiegeln und Gemälden an der Wand. Es gab keine Tafel, sondern zwei Tische – einen kleineren und einen größeren, etwas an den Rand versetzt.

Ein Mann eilte ihnen entgegen, der an jedem anderen Ort sofort zum Lachen gereizt hätte. Er war aufgeschossen und schmal und in einen schimmernden Seidenanzug gehüllt, seine Haut war von vornehmer Blässe, und seine Bewegungen konnte man nur tänzelnd nennen. Er trug seine mehr als schulterlangen dunkelblonden Haare zu einem Pferdeschwanz gebunden, und die wasserblauen Augen huschten unruhig wie ein Wiesel durch den Raum, damit er nur ja nichts verpasste.

»Willkommen!«, rief er und zeigte eine angedeutete Verbeugung. »Der Mediator erwartet Sie bereits. Sie sind Oberleutnant Orloff Holden«, er nickte Orloff zu, und dann blickte er sich suchend um. »Wo ist Ihr Erster Offizier?«

»Hier«, erklang Ellas Stimme, und sie drängelte sich nach vorn. Ausgerechnet sie musste an die diplomatische Tafel. Aber so war es nun einmal in der Hierarchie, auch wenn die Justifiers untereinander nahezu gleichgestellt waren. Das galt jedoch nicht für Außenstehende. An und für sich hätte Centurion ebenso zu den Auserwählten gehört, und wahrscheinlich hätte Orloff es auch durchsetzen können. Doch er wusste, dass er seinem Stellvertreter im Einsatz keinen Gefallen damit erweisen würde, deswegen beließ er es dabei.

»Trefflich«, sagte der Mann und lächelte gut einstudiert. »Ich darf mich vorstellen: Mein Name ist Hugh Korben, ich bin der offizielle Protokollar des Mediators. Ich bin dafür zuständig, dass der Ablauf gut organisiert ist, und zeichne alles auf.«

»Auch das hier?«, fragte Centurion dazwischen.

Korbens Miene zeigte keine Veränderung. Wahrscheinlich übergab er sich innerlich gerade, weil er einem Beta antworten musste, doch er war perfekt geschult. »Nein, Sergeant Centurion, nur im Falle des Einsatzes oder einer Besprechung. Diese Zusammenkunft ist ein zwangloses Kennenlernen, denn schließlich werden wir gemeinsam einen weiten Weg zurücklegen.«

Er wies zu dem großen Tisch. »Bitte, wählen Sie dort einen Platz aus. Der Pilot und Navigator Kapitän Marco Sennen ist bereits eingetroffen sowie die Co-Pilotin Franka Garretti. Machen Sie sich bekannt, und genießen Sie das Dinner. Oberleutnant Holden, Leutnant Hayden, folgen Sie mir bitte.«

Aha, Pilot und XO des Diplomatenschiffs durften nicht mit an den Cheftisch. Orloff vermerkte das.

Am großen Tisch saßen bereits sechs Personen; mehr stellte die Besatzung wohl nicht dar. Beim Weitergehen beobachtete Orloff das Zusammentreffen der beiden Mannschaften und konnte auf die Schnelle nichts Besonderes feststellen. Entspannte Atmosphäre – diplomatisches Parkett. Seine Leute benahmen sich vorbildlich. Und die anderen wohl ebenso.

»Du hältst dich zurück, verstanden?«, warnte er seine XO. Ella grinste und setzte zu einer obszönen Geste an, doch dann beschränkte sie sich auf ein Augenzwinkern.

Sie waren zu zweit; die Leute, die sie am Tisch erwarteten, waren zu dritt. Ein kleiner, feister Mann mit Haiaugen und sehr teuren Klamotten, die auf bescheiden getrimmt waren. Von ihm könnte Zoldan etwas in Sachen Kleidung lernen.

An seiner linken Seite saß eine junge, sehr hübsche Frau, perfekt gestylt bis ins Lächeln hinein. Lange blonde Haare, mittelgroß und schlank, lange purpurfarbene Nägel, Lippen in derselben Farbe geschminkt. Sie entblößte ebenmäßige weiße Zähne. Große blaue Augen, die vertrauensvoll blickten.

Rechts von ihm saß Levia Magath.

Alle drei erhoben sich, als Orloff und Ella eintrafen. Der Protokollar stellte sie vor, und der Fette lächelte mit rosigen Wangen.

»Ich bin entzückt«, sagte er. »Mein Name ist Tullius D. Tritus, Mediator, Spezialist für First Contact.« Er wies nach links. »Darf ich Ihnen meine unentbehrliche Assistentin Arva Mojèr vorstellen? Wann immer Sie Fragen oder eine Bitte haben, sie wird sich darum kümmern. Sie ist Ihre direkte Ansprechpartnerin in allen Belangen, die nicht unsere Mission betreffen.«

Damit wies er nach rechts. »Levia Magath, die Sonderbeauftragte dieser Mission. Sie wird alles überwachen – auch meine Arbeit. Glauben Sie also nicht, ich hätte sie Ihnen auf den Hals geschickt. Das kam von höchster Stelle und erfreut mich nicht mehr als Sie.«

Das war kein Witz. Falls überhaupt möglich, glitzerten die blaugrauen Schweinsaugen des Mediators noch kälter als zuvor.

Levia Magath schien das nicht im Geringsten zu stören, sie blieb völlig reglos. Sie schien daran gewöhnt zu sein, von jedem gehasst zu werden.

Arva Mojèr streckte ihnen die Hand entgegen. »Sehr erfreut«, zwitscherte sie mit überschäumend guter Laune. »Ich freue mich *so sehr* auf unsere Zusammenarbeit!«

Orloff drückte ihre Hand kurz. »Sie haben wohl noch nie mit Justifiers zusammengearbeitet«, erwiderte er freundlich.

»Noch nie!«, strahlte sie. Ihre Miene entgleiste kurz, als Ella ihre Hand packte.

Orloff konnte nur hoffen, dass sie ihr nicht gleich ein paar Fingerknochen brach.

»Na dann, viel Spaß«, grinste die Pilotin und bewegte den Mundwinkel, als habe sie eine Zigarre darin. Ohne weitere Formalitäten ließ sie sich auf den Stuhl fallen, der in ihrer Nähe stand.

Hugh Korben hatte sich bereits gesetzt, er schien an nichts Anteil zu nehmen.

Levia Magath reichte keine Hand, und Orloff hätte nie daran gedacht, ihr seine anzubieten, so steif und straff stand sie da, die Arme auf dem Rücken verschränkt.

Sie *musste* genetisch verändert sein. So tiefschwarz und glatt wie poliertes Ebenholz konnte menschliche Haut auf natürliche Weise gar nicht werden. Sie war sehr groß, dürfte gut eins fünfundneunzig sein, und so schlank und grazil wie eine Gazelle. Sie trug die pechschwarzen Haare streng zu einem Zopf zusammengebunden, der ihr bis auf die Hüfte fiel. Der einzige Farbfleck in ihrem Gesicht bildeten die recht roten, dabei ungeschminkten Lippen. Ihre Augen waren groß und so schwarz wie das All da draußen vor dem Holofenster und fast genauso gleichgültig und kalt.

Noch nie hatte sich Orloff in der Nähe einer Frau so unwohl gefühlt. War das überhaupt ein Mensch? Natürlich hatte er seine Hausaufgaben gemacht und war sich anhand der kargen Informationen, die es über sie gab, ganz und gar nicht sicher. Vielleicht war sie eine Chimäre ganz neuer Art, ein Experiment, das zum ersten Mal geglückt war. Und er spürte, wie etwas Undefinierbares von ihr ausströmte, das ihm die Nackenhaare aufstellte. Die Gerüchte könnten demnach stimmen.

Levia Magath nickte kurz und setzte sich dann hin. Der Mediator wies einladend auf einen Stuhl.

»Bitte, Oberleutnant, nehmen Sie Platz, sonst müssen wir beide im Stehen essen.«

Er kam der Aufforderung nach, und nur wenige Sekunden später stand der Appetizer auf dem Tisch, und es wurde eingeschenkt.

»Gestatten Sie mir eine Frage«, begann Orloff die Unterhaltung, während er es sich schmecken ließ.

»Oh, Sie werden mindestens ein Dutzend Fragen, wenn nicht mehr haben«, sagte Tritus leutselig. »Und Ihre erste Frage lautet: Was hat das hier zu bedeuten?« Er setzte einen Fluch hintendran und zwinkerte Ella zu, die ihn überrascht anlächelte.

Die Suppe wurde serviert. Orloff hatte keine Ahnung, was er da aß, und niemand sagte es ihm. Doch es schmeckte alles köstlich, also genoss er es einfach.

»Yessir«, antwortete er. »Diese Frage stellen wir uns alle.«

»Ah, das Symbol der Justifiers«, stellte Tritus vergnügt fest. »Alle sind gleich und ein Team.«

Orloff nahm sich vor, seine Worte ab jetzt sehr sorgfältig zu wählen und sein bestes Pokerface aufzusetzen.

»Sie wollen uns also auf Ihrem Spezialgebiet kennenlernen, um unsere Reaktionen zu testen«, vermutete er.

Der Mediator nahm die Gabel für den nächsten Gang, die Vorspeise, etwas mit Früchten und Fleisch und Honig. Verfeinert war sie mit Gewürzen, die Orloffs Geschmackssinn vollends verwirrten, aber auch sehr glücklich machten.

»Trefflich, mein Bester«, lobte er. »Ich wusste, wir würden uns verstehen.«

»Schließlich legen wir unser Leben in Ihre Hände«, fügte der Protokollar hinzu und wirkte auf einmal nervös, als er sah, was Ella mit ihrem Fleisch veranstaltete.

Die Assistentin beugte sich vor. »Und außerdem kommen wir dabei in den Genuss eines exquisiten Dinners, das wollen wir uns doch alle nicht entgehen lassen.«

»Sie bezahlen nicht selbst?«

»Wo denken Sie hin?« Tritus lachte noch lauter. »Ich wäre ein schlechter Mittler, wenn ich das nicht fertigbrächte.« Er wies auf sich. »Ich habe diese nette kleine Zusammenkunft aus zwei Gründen organisiert, und beide sind eigennützig. Erster Grund: Ich lasse mir kein gutes Essen entgehen, das ich gratis ergattern kann. Meine Erfolge sehen Sie mir an, aber glauben Sie mir, es ist gar nicht so einfach, dieses Gewicht zu erreichen und auch zu halten. Das übrigens eine bedeutende Rolle für meine Arbeit spielt.«

»Wie vielen Aliens sind Sie denn schon begegnet?«, warf Ella ein.

Der Mediator zwinkerte, ohne zu antworten. Er hob zwei fette Finger. »Zweiter Grund: Wir müssen uns alle kennenlernen und einschätzen. Das klappt am besten auf neutralem Boden und in entspannter Atmosphäre. Ich will wissen, mit wem ich es zu tun habe – wie mein Protokollar so treff-lich bemerkt hat: Mein Leben liegt in Ihren Händen.«

»Und Sie haben gar kein Problem mit unserem niedrigen Status und in Gesellschaft von Betas?« Orloff bemühte sich, seiner Stimme keinen zu lauernden Klang zu geben.

»Ich bitte Sie. Was wäre ich für ein Mediator, wenn ich Vorurteile und Rassismus pflegen würde? Für mich sind alle gleich, *nach* mir, selbstverständlich, und Politik, abgese-hen von einem Fremdkontakt, interessiert mich überhaupt nicht.«

»Für welchen Kon arbeiten Sie?«

Tritus hob den Zeigefinger und ließ ihn wackeln, wäh-rend er dazu schnalzte. »Tsk, tsk, mein lieber Kommandant, das enttäuscht mich jetzt. Sie können es doch besser.«

Orloff hob gereizt eine Braue. »Arbeiten Sie für *einen* Kon?«

»Schon besser. In unserem aktuellen Fall haben Sie und ich denselben Auftraggeber, und der Rest ist momentan nicht von Belang. Haben Sie den Film gesehen?«

»Ja. Welche Fassung davon kennen Sie?«

»Ich habe eine dabei, wir werden sie nach Aufbruch vor-führen. Mal sehen, inwieweit wir unsere Informationen er-gänzen müssen.«

Orloff richtete den Blick auf Levia Magath. »Und welche Fähigkeiten haben Sie? Warum wurden Sie uns als orga-nische Überwachungseinheit vor die Nase gesetzt?«

»Da müssen Sie Ihren Auftraggeber fragen«, antwortete sie mit kühler Altstimme. Jeder andere Klang hätte auch gar nicht zu ihr gepasst. Sie hatte das Essen bisher kaum ange-rührt, saß steif aufrecht und beobachtete vermutlich alles, wie ein Aufzeichnungsgerät.

Orloff interessierte eigentlich nur eine Antwort, doch die Frage dazu wagte er nicht zu stellen, noch nicht.

»Mit anderen Worten, das geht mich einen feuchten Kehricht an«, sagte er stattdessen.

Sie blinzelte und wirkte irritiert. »Was bedeutet das?«

Wo stammte sie her, dass sie den Ausspruch nicht kannte? Sie sprach das TerraStandard zwar akzentfrei, doch auf der Erde hatten sich durchaus noch eigene Dialekte erhalten.

Tritus winkte ab. »Miss Magath ist reichlich spröde. Ich habe keine Ahnung, in welchem Kloster sie bis jetzt gelebt hat. Wahrscheinlich eine Einzelzelle in Australien, ha, ha.«

Ella stieß Orloff in die Seite, der verblüfft war über diese unverblümte Beleidigung, die seiner Ansicht nach einem *Diplomaten ohne Vorurteile* nicht zustand. Dann erkannte er, dass diese Strategie ebenfalls zu Tritus' Arbeitsweise gehörte, andere zu sezieren, um sie anschließend nach seinen Wünschen manipulieren zu können. Und Levia Magath wirkte derart außerirdisch, dass er bei ihr schon mal für den Erstkontakt üben konnte.

Magath zeigte sich nicht nur humorlos, sondern auch unverändert gelassen. Es war klar erkennbar, dass sie diesen Scherz auf ihre Kosten nicht verstanden hatte. Oder er interessierte sie nicht.

Ab und zu hatte Orloff mit seltsamen Wesen zu tun gehabt, doch diese Aufpasserin schoss den Vogel ab. Was hatte sich Sebastian da nur wieder einfallen lassen? Glaubte er, dass mit ihr ein Erstkontakt besser gelingen könnte?

»Sie fliegen bei uns an Bord mit?«, stellte er eine unverfänglichere Frage.

»Darum möchte ich doch bitten!«, rief Tritus. Er tätschelte Magaths Arm. »Nichts für ungut, meine Liebe, aber ich umgebe mich lieber mit lebensfroher weiblicher Gesellschaft wie der von Arva als mit Ihnen. Das entspannt mich besser und stimmt mich ein. Ich bin sehr sensibel, ein Profi und Perfektionist.«

»Das ist völlig in Ordnung«, versetzte Magath. »Ich werde mich bei den Justifiers wohlfühlen. Sie sind skurril, so wie ich.« Sie richtete den Blick auf Orloff. »Ich weiß, welche Wirkung ich auf andere habe. Doch ich kann es nicht ändern, so ist es nun einmal. Centurion könnte sich die Hörner abschneiden und wäre immer noch ein Stier-Beta. Auf seine Weise ist jeder von uns einzigartig, wie auch ich.«

Orloff nickte. Das klang schon besser.

»Prost!«, sagte Ella und hielt ihr Glas in Magaths Richtung. »Scheint ja doch ein Herz in dieser nachtschwarzen Hülle zu schlagen. Wenn Sie versprechen, mir niemals in meine Arbeit hineinzupfuschen, können wir die besten Freundinnen werden.«

Magath hielt ungelenk ihr Glas hoch. »Dann auf gute Zusammenarbeit.« Sie stellte ab, ohne zu trinken.

O ihr Götter der Fäulnis und Verderbnis, wo bin ich da reingeraten, dachte Orloff.

6

Tritus übte nach Beendigung des Essens keine höfliche Konversation mehr, sondern setzte seine Gäste kurzerhand vor die Tür. Die Einweisung und Tests sollten morgen beginnen – was auch immer das zu bedeuten hatte –, und sobald alles bereit sei, würden sie aufbrechen.

Der Mediator war durch und durch berechnend, und Orloff war erstaunt, inwiefern ein derart egozentrischer Mann als Vermittler zwischen den Menschen und einem Fremdvolk auftreten sollte. Andererseits, das musste er zugeben, war er ein ausgebuffter Profi. Ein ausgezeichneter Beobachter, der sehr genau zuhörte und sich vermutlich niemals dazu verleiten ließ, emotional beteiligt zu sein – egal woran. Wie er gesagt und es auch gemeint hatte, gab es in seinem Olymp nur ihn, und alle anderen waren entweder Werkzeuge, über die er beliebig verfügte, oder Teil seiner Arbeit.

Die Art, wie er seine Assistentin ansah, empfand Orloff als so abstoßend, dass es ihm den Magen umdrehte. Aber sie konnte anscheinend damit leben. Orloff vermochte sie nicht genau einzuschätzen. Sie wirkte oberflächlich, aber war sie es auch? Oder war sie als rechte Hand »das zweite Paar Augen«, das die Situation einschätzte und den Mediator in seiner Strategie unterstützte?

Der Protokollar, der von Tritus behandelt wurde wie ein Nichts, störte sich ebenso wenig an den Launen seines Arbeitgebers. Er hatte nur eine einzige Sorge, nämlich einen Fehler zu machen und irgendetwas nicht parat zu haben. Den Termin, den Gast, die Notizen. Dadurch stand er ständig unter Strom und war nervös, was er durch aufgesetztes Desinteresse zu kaschieren versuchte.

»Wer ist Magath?«, fragte Ella beim Hinausgehen.

»Wir reden nachher«, antwortete Orloff mit einer Kopfbewegung auf die anderen, die gerade zu ihnen aufschlossen. »Wir müssen uns dringend austauschen.«

Der Rückweg war ihnen überlassen, keine Aufsichtsperson erwartete sie, und sie machten sich auf den Weg zu der großen Halle.

Laury sah sich begeistert um. »Ich wäre dafür, den Abend schön ausklingen zu lassen!«, schlug sie vor.

»Ja, das werden wir«, sagte Orloff, »und zwar in unserem Quartier zur Lagebesprechung. Ich habe mich entschlossen, das Briefing bereits jetzt abzuhalten.«

»Sehr gut, Sir«, pflichtete Centurion bei, wohingegen nicht nur Laury eine enttäuschte Miene zog. Auch Pandor sah traurig zu einem fliegenden Händler, der mit einem schwebenden Handkarren, beladen mit buntem Sammelsurium, marktschreierisch durch die Halle schritt. Vom Pseudorillo bis zur Zieleinrichtung für ein Ferngewehr fand sich nahezu alles.

Orloff konnte sie verstehen. Wann bot sich schon einmal eine solche Gelegenheit? Aber sie sollten besser nicht auffallen. Und vor allem, womit hätten sie bezahlen wollen? Noch hatten sie keinen C in der Tasche.

Sie bewegten sich auf den Unterkunftsbereich zu, als

ihnen der Weg vertreten wurde. Orloff hatte es seit dem Weg zum Restaurant befürchtet. Soldaten und Gardeure.

»Wohin so eilig?«, fragte ein schwerer, blonder Mann. Mit dieser extrem muskulösen Statur und dem jugendlichen Aussehen, das nicht zu seinen um Jahrzehnte älteren Augen passte, hätte er leicht ein Supra sein können. Offiziell gab es natürlich keine »SS« mehr, aber wen kümmerte schon, was im Stillen herumexperimentiert wurde, nachdem Manipulationen jeder Art sowieso alltäglich waren. Genetik, Kybernetik, es gab keinerlei Grenzen mehr, perfekt zu werden. Orloff war sicher, dass es im Bereich des Militärs inzwischen gar keine »natürlichen« Menschen mehr gab. Im Grunde unterschieden sie sich selbst mit nur geringen »Verbesserungen« kaum von den Betas – abgesehen vom Äußeren. Eine Scheinheiligkeit, die Orloff zutiefst zuwider war.

»Was können wir für Sie tun, Sir?«, fragte Orloff höflich. Er hatte keine Ahnung, welchen Rang der andere hatte, er trug nämlich keine Abzeichen an seiner Ausgehuniform. War zwar nicht zulässig, spielte aber keine Rolle. Erst mal höflich bleiben.

»Nicht viel«, antwortete der andere. »Außer, uns aus dem Weg zu gehen.«

»Gern.« Orloff gab den Wink nach hinten, einen Bogen um diejenigen zu schlagen, die ihnen den Weg vertreten hatten. Warnend sah er Ella an, die bereits einen Fluch auf den Lippen hatte, und sie schluckte ihn gehorsam, aber missbilligend hinunter.

Die Soldaten vertraten ihnen erneut den Weg. Inzwischen waren noch ein paar dazugekommen, und die nächsten rückten ebenfalls an. Trotzdem – sie hätten schon eine Hundertschaft sein müssen, um *diese* Truppe aufhalten zu können.

»Können Sie nicht hören?«, fragte der Anführer mit bösartigem Grinsen.

»Wir könnten uns noch ein Arboretum ansehen«, schlug Laury vor. Der Weg lag in genau entgegengesetzter Richtung.

Den feixenden Gesichtern einiger Soldaten war anzusehen, dass sie das als Feigheit betrachteten. Dabei wollte Laury sie nur vor der Schmach bewahren. Aber die elegante Wissenschaftlerin wurde gern unterschätzt.

»Hört zu«, sagte Orloff langsam. »Wir sind auf dem Weg zu unserem Quartier. Morgen reisen wir ab. Eine Minute noch, dann haben wir unsere Unterkunft erreicht, und wir begegnen uns nie wieder.«

»Was habt ihr hier zu suchen?«, fragte ein anderer. Inzwischen sah Orloff auch Frauen in der anwachsenden Menge, die nicht minder grimmig dreinsahen. Was hatten diese Leute für Probleme? Sie waren beim Militär und damit bestens aufgehoben. Die Justifiers nahmen ihnen bestimmt keine Arbeit weg und erst recht keine zusätzlichen Verdienstmöglichkeiten.

»Nichts weiter«, antwortete Orloff. Seine Leute verhielten sich nach wie vor ruhig und eher unbeteiligt. Sie blickten schläfrig herum, und Pandor richtete seine Aufmerksamkeit wieder auf den fliegenden Händler, der gerade mit einem Kunden handelte. Die meisten Besucher hatten sich inzwischen distanziert und suchten sich ihren Weg möglichst weit weg von der Zusammenballung.

»Haben Sie die Frage nicht verstanden?«, bellte der Supra, oder was immer er auch war.

»Im Interesse aller«, entgegnete Orloff ruhig, »gehen wir jetzt. Diese Unterhaltung ist beendet.« Aus dem Augenwinkel sah er, wie sich die Stations-Security am Rand aufbaute. Bisher hatten sie nicht vor einzugreifen. Doch das würde sich schnell ändern, falls es zur Auseinandersetzung kam, und das konnte ihnen allen eine Menge Ärger einbringen. Die Hausregeln waren eindeutig.

»Seid vernünftig«, versuchte Orloff es noch einmal im Guten. »Ihr würdet ansonsten zur Rechenschaft gezogen.«

Ein Dunkelhaariger baute sich vor Pandor auf, der ihn um einen Kopf überragte, sobald er den Hals nach unten bog. »Solche wie du«, zischte er, »sind hier *unerwünscht*.«

Pandor blinzelte. Seine großen braunen Augen blickten fragend. »Solche wie ich?«

Ella verdrehte die Augen. »Dammich, der ist ja völlig daneben«, zischelte sie Orloff zu.

»Besser, er würde es bleiben«, gab er zurück.

»Du hast schon verstanden!«, zischte der Soldat. Der Reihe nach wies er auf die Betas in Orloffs Gruppe. »*Ihr*«, fuhr er fort, »habt hier oben nichts verloren, verstanden?«

»Aber das können wir doch alles in Ruhe regeln«, meinte Chuck und hob die Hände.

»Schnauze, Gnom.«

»Wie bitte?«

»Bist du taub, du unterbelichteter Zwerg?«

»Wir müssen jetzt gehen«, mischte sich Centurion ein, der Zweitgrößte der Gruppe. Allein durch seine gewaltigen Hörner bot er eine beeindruckende Erscheinung. Normalerweise war das Autorität genug. Doch diese Soldaten hier *wollten* Stunk machen.

»Ja, und zwar ohne Umweg über die Luftschleuse!«, sagte eine Soldatin angriffslustig.

Pandor war immer noch nicht aufgewacht. Er legte den Kopf leicht schief. »Aber was stört Sie denn?«, fragte er sanft.

»Du!«, brüllte der Soldat. »Du Missgeburt! Pack dich, scher dich weg, verschwinde! Du und deinesgleichen, ihr seid eine Beleidigung, der letzte Abschaum!«

Pandor wich zurück. »Bitte, ich ... ich hab Ihnen doch nichts getan ... und für mein Aussehen kann ich nichts ...«

»Genug jetzt, Soldat!« Centurion schnaubte laut durch seine Nüstern. »Sie haben Ihre Ansicht hinreichend deutlich gemacht. Wir haben verstanden. Nun lassen Sie uns zu unserem Quartier gehen, wo wir niemanden mehr belästigen werden.«

Orloff war stolz auf ihn.

Einige Soldaten lachten. »Hört sie euch an!«, höhnte der Offizier. »Geben sich zivilisiert und intelligent. Und wie sie schlottern vor Angst!«

Der Dunkelhaarige schubste Pandor. Vielmehr versuchte er es, aber er konnte die hundertfünfzig Kilo Muskelmasse natürlich nicht so einfach bewegen. Doch die Geste sagte genug.

Pandor wich zurück und zog die Schultern hoch. »Ich will hier weg«, murmelte er.

»Jetzt hab ich aber genug!« Nach bewundernswert langer Zeit platzte Ella der Kragen. Sie baute sich vor dem Offizier auf und fuchtelte mit dem Finger vor seinem Gesicht herum. »Hör zu, du aufgeblasener, schweinsgesichtiger, rattenschwänziger, hirnamputierter Wicht!« Im Anschluss äußerte sie einen ihrer besten Flüche, und Orloff sah sich hastig um, ob Kinder in der Nähe waren. Einigen Schaulustigen klappte der Unterkiefer herunter. »Gib sofort den Weg frei, du Daumenlutscher! Oberleutnant Holden und seine Crew – das sind wir – begeben sich jetzt augenblicklich zu ihren Unterkünften, und ihr könnt bleiben, wo eure Mama ...« Was darauf folgte, war nicht schön. Dem Offizier trieb es die Röte ins Gesicht, und die übrigen Soldaten machten sich bereit zum Kampf. Die Situation würde jeden Moment eskalieren.

Da ohnehin kein Weg daran vorbeigeführt hätte, sah Orloff keinen Grund, Ella zu bremsen. Sie hatten alles unternommen, doch wenn es sein musste, würden sie ihre Qualitäten zeigen.

Plötzlich zog der Dunkelhaarige ein Messer. Schuss- und andere schwere Waffen bei sich zu tragen war wie überall verboten, auch den Soldaten, solange sie nicht im Dienst waren. Aber ein Messer konnte man unerkannt mit sich führen.

»Weißt du, was das ist?« Er hielt Pandor das Messer entgegen.

»Kommen Sie mir nicht zu nahe.«

»Was ist, hast du etwa Angst? Feigling! Schwachkopf!«

»Bitte lassen Sie mich in Ruhe.«

In Centurions dunklen Augen entzündete sich ein rotes Licht.

Ellas rechte Hand ballte sich zur Faust.

Die anderen spannten die Muskeln an.

Pandor schien seiner Mimik nach in die Enge getrieben, obwohl diese Halle so groß war. Der Soldat führte ständig Scheinangriffe durch, und der Kodiak-Beta wusste augenscheinlich nicht, wie er dem begegnen sollte. Die demütigenden Jahre hatten ihm offenbar schlimmer zugesetzt als bisher angenommen.

Orloff erkannte, dass alle bereit waren, und gab das Zeichen. Eine winzige Geste nur, ein leichtes Streichen über den Nacken, was völlig unverfänglich schien, aber das Team wusste, was es zu bedeuten hatte. Ohne irgendeine Vorwarnung machte Orloff einen Ausfallschritt und ließ seinen Ellbogen gegen das Kinn des Offiziers krachen. Völlig überrascht ging der Mann zu Boden.

Orloff dachte gar nicht daran, sich mit diesem Muskelberg auf andere Weise auseinanderzusetzen, weil er nahezu chancenlos war. Aber das Kinn war selbst bei verbesserten Menschen zumeist eine vernachlässigte Schwachstelle, und ein spitzer Ellbogen konnte gezielter eingesetzt werden als eine Faust.

Ella war auch schon unterwegs, trat einem Soldaten gegen das Schienbein und donnerte einem anderen ihre Faust auf die Nase. Centurion stürmte mit gesenktem Kopf vor, schwenkte einmal herum und fegte mit seinen Hörnern einen Soldaten einfach zur Seite, während er gleichzeitig einen anderen packte, hochriss und gegen heranstürmende Kameraden schleuderte.

Nach diesen ersten Sekunden hatten sich die Soldaten von der Überraschung erholt und gingen nun ihrerseits zum Angriff über. Wenn Orloff angenommen hatte, dass die Security den Moment gekommen sah, einzugreifen, so sah er sich getäuscht. Das halbe Dutzend bewaffneter Männer und Frauen blieb am Rand stehen und beobachtete in aller Seelenruhe, wie bei dieser Massenschlägerei Lippen aufplatzten, Augenlider anschwollen, Oberkörper zusammenklappten, Gliedmaßen geprellt wurden. Arme und Beine schlugen und traten auf beiden Seiten in rasender Folge, trafen, wurden abgeblockt oder gingen ins Leere. Von Weitem hätte es eine einstudierte Choreografie sein können, doch keuchende Laute, Schmerzensschreie, Taumeln und Stürzen bewiesen, wie ernst es war. Orloff hielt sich ebenso wenig zurück wie seine Leute, sondern ging offensiv vor. Hier galt es nicht zu zaudern. Er war nicht groß und keineswegs »verbessert«, aber er besaß eine Menge Muskelmasse, die ihn zudem nicht in der Schnelligkeit behinderte. So konnte er weder aus dem Weg geschoben werden, noch genügte ein einziger Schlag, um ihn aufzuhalten. Der Offizier hatte sich inzwischen wieder gefangen und ging wütend auf ihn los.

Orloffs einzige Sorge galt Pandor, der immer noch von dem Soldaten mit dem Messer bedroht wurde, doch er hatte keine Chance, an ihn heranzukommen. Vielmehr musste er zusehen, dass der Offizier keine Gelegenheit bekam, seine erhöhte Muskelkraft voll zum Einsatz zu bringen. Also verlegte er sich auf die Defensive und wich den wuchtigen Schlägen aus, die mehrmals knapp an ihm vorbeipfiffen und einen ordentlichen Luftzug hinterließen. Am Kinn des Supras bildete sich ein bläulicher Fleck, was Orloff mit grimmiger Freude feststellte. Allerdings würde er vermutlich anders aussehen, sollte er auch nur einmal von diesen gewaltigen Fäusten getroffen werden.

Der Soldat mit dem Messer starrte auf den Kampf, der um ihn stattfand, und wandte sich dann wieder Pandor zu.

»Jetzt bist du dran«, zischte er und hob das Messer.

Abwehrend hob Pandor die Hände. »Ich möchte Frieden«, stieß er brummend hervor.

Plötzlich war Laury an seiner Seite. »Weg mit dem Messer«, befahl sie. »Oder bringst du nicht den Mut auf, mit blanken Fäusten anzutreten, so wie deine Kumpane?«

Der Soldat starrte sie an, dann richtete er das Messer gegen die Wissenschaftlerin. »Schnauze«, schnarrte er. »Dann fange ich eben mit dir an.« Sein Mund verzerrte sich zu einem hässlichen, von Bosheit geprägten Grinsen. »Dein Gesicht wird dann nicht mehr so hübsch sein, wenn ich mit dir fertig bin ...«

»Huch ...«, machte Laury und hielt sich die Hand gespielt erschrocken vor den Mund. Das lenkte den Soldaten wie beabsichtigt ab – klar, ihr Äußeres ließ nicht darauf schließen, dass sie irgendwelche Kampfkünste beherrschte. Da würde er jetzt etwas lernen. Während er sie anstarrte und zu überlegen schien, wo er mit dem Schneiden anfangen sollte, fuhr ihr rechtes Bein hoch, und sie trat ihm das Messer mühelos aus der Hand. Laury beherrschte auch den Spagat, wenn es erforderlich war, denn sie war äußerst biegsam. Dann sprang sie hoch, drehte sich und versetzte ihm mit der linken Fußkante einen Hieb gegen die Brust – mit solcher Wucht, dass eine Rippe aufknirschte.

Ächzend ging der Soldat in die Knie.

»Arrogantes Pack«, knurrte Laury. »Mal sehen, ob ihr diese Lektion heute lernt.«

Ihre Aktion war nicht unbemerkt geblieben, und auf einmal rückten gleich fünf Soldaten, zwei Frauen und drei Männer, gegen die Wissenschaftlerin vor.

»Könnte eng werden«, murmelte sie. Sie warf einen Blick zu Pandor, der sie wie ein Fels überragte – und sich genauso reglos verhielt. »Ich könnte ein wenig Unterstützung brauchen.«

Keine Antwort. Laury sah sich um; sie hätte sich zurückziehen können, aber sie wollte Pandor nicht allein lassen, der ganz offensichtlich unfähig war, etwas zu seiner Verteidigung zu unternehmen.

»Also gut«, seufzte sie und entschloss sich zum Angriff. Sie stürmte vor; da sie körperlich unterlegen war, musste sie sich hauptsächlich auf die Schnelligkeit und Trittsicherheit ihrer Beine verlassen. Am meisten ärgerte sie, dass sie die schicke Uniform sowie die Frisur ruinieren würde.

Ihr erster, seitwärts ausgeführter Tritt saß, und sie drehte sich um, um einen gegen sie geführten Schlag mit dem Arm abzuwehren und gleichzeitig mit dem anderen Fuß die herankommende Soldatin auszuschalten.

Die Soldatin stieß einen Schrei aus, ihre Hände fuhren hoch zum Gesicht, und Blut sprudelte zwischen den Fingern hervor. Nase getroffen, womöglich gebrochen. Laurys Arm allerdings schmerzte auch von dem Schlag, den sie aufgehalten hatte. Der Rest stürmte jetzt gesammelt vor, kreiste sie ein, und von allen Seiten prasselten Schläge, Tritte und Hiebe über Laury herein. Sie konnte sich etwa fünfzehn Sekunden lang gut halten und sogar austeilen, aber dann bekam sie einen Schlag in den Rücken, der ihr die Luft aus den Lungen trieb, und sie taumelte ächzend nach vorn, direkt in die Faust der Soldatin mit der gebrochenen Nase hinein. Enorm viel Wut lag in diesem Schlag, der Laurys Schläfe traf, und sie hörte Glocken läuten – für einen Moment sah sie alles doppelt. Der zweite Schlag kam von hinten und diesmal in die Nieren. Laury sank auf die Knie und schnappte nach Luft.

»He«, erklang eine Stimme durch das Summen und Brausen in ihren Ohren. »Lasst sie in Ruhe!«

»Halt du dich da raus, Feigling!«

»Aufhören, sage ich!«, wiederholte Pandor.

Na endlich, dachte Laury. *Das wird aber auch Zeit.* Sie duckte sich gerade noch unter einem heransausenden Arm weg, ließ sich auf die Hände fallen, stemmte sich hoch und schwang die Beine. Sie traf, und der Soldat verlor das Gleichgewicht, stieß gegen einen Kumpan, und so bekam Laury für eine oder zwei Sekunden Zeit, um aufzuspringen und in Abwehrhaltung zu gehen. Ihr verschwamm immer noch die Sicht, und sie schüttelte den Kopf und strich die aufgelösten Haare aus der Stirn.

Erneut kam der Soldat mit dem Messer in ihr Blickfeld, und er schien überaus wütend zu sein. Diesmal würde er Ernst machen, auch wenn er dafür ein Verfahren zu erwarten hatte. Laury kannte diesen Blick, sie hatte ihn oft genug gesehen. Er verhieß den Tod.

Da hörte sie einen schweren Schritt. »Weg von ihr«, sagte Pandor, und allmählich fand seine Stimme zu alter Form.

»Misch dich nicht ein!«, fauchte der Soldat.

»Ich werd noch viel mehr machen.« Pandor neigte den Kopf, und Laury riss alarmiert die Arme hoch und presste die Hände an die Ohren.

Pandor öffnete den mit beeindruckenden Zähnen besetzten Rachen – und brüllte den Soldaten an. Der Mann, der unvorbereitet davon eingehüllt wurde, würde in den nächsten Tagen wahrscheinlich nicht mehr viel hören und seine Freunde in der Nähe auch nicht. Pandors Stimme kam der Explosion einer Granate gleich, sie war von einer unglaublichen Gewalt. Er konnte damit sogar Ohrenbluten auslösen. Gleichzeitig schwang er die langen Arme, und zwei, drei Soldaten gingen zu Boden, als er sie wie lästige Insekten beiseite fegte.

Die übrigen Kämpfe brachen ab, als Pandors Stimme durch die Halle donnerte und alle anderen Geräusche verdrängte, und die Soldaten wichen zurück, um die Lage neu einzuschätzen.

»Na endlich!«, dröhnte Centurions Stimme durch das Pfeifen und Klirren in Orloffs Ohren. »Pandor ist zurück!«

Orloff war kurz enttäuscht, denn ihm war es endlich gelungen, den Supra in die Mangel zu nehmen, an dem er jetzt den aufgestauten Frust der vergangenen Tage abreagieren wollte.

Der Offizier allerdings lachte höhnisch und mit blutverschmierten Zähnen. »Das wird euch gar nichts nützen.«

»Was soll das heißen?«, fragte Orloff irritiert. »Was hat das alles zu bedeuten?«

»Unwichtig.«

Orloff packte fester zu und wollte nachhaken, da griff die Security ein – jetzt, da der Kampf ohnehin vorbei war. Die Soldaten sahen schleunigst zu, dass sie wegkamen. Der Offizier nutzte Orloffs Ablenkung, wand sich aus seiner Umklammerung, schlug ihn mit einem letzten Hieb in die Seite nieder und folgte seinen Leuten. Auch die Zuschauer machten sich eilig auf den Weg irgendwohin, und die Halle leerte sich rasend schnell.

»Sie sind alle verhaftet«, ertönte die Stimme des Leiters der Security.

Sie trugen alle Helme mit geschlossenen Halbvisieren, sodass nur noch das Kinn sichtbar war, der Rest aber hinter dem getönten Schirm verborgen lag.

Ella half dem stöhnenden Orloff auf die Beine. »Haltung, Boss«, zischelte sie ihm zu. Ihre Uniform hing in Fetzen, sie hatte ein Veilchen und humpelte leicht, aber sie grinste. Orloff hatte sie gesehen, sie war stets mitten im dichtesten Getümmel gewesen, um sich mit so vielen Gegnern wie möglich gleichzeitig zu beschäftigen. Nachdem sie auch höchst unfeine Tritte und Schläge austeilte, bekam sie es ebenso zurück – keiner der anderen Justifiers sah so übel zugerichtet aus wie sie. Es war also alles wie früher, ganz so, als hätte es die vergangenen fünf Jahre nicht gegeben.

»Weswegen wären wir denn verhaftet, falls das der Fall wäre?« Orloff zeigte Haltung, um ihm deutlich zu machen, mit wem der Leiter zu verhandeln hatte.

Seine Leute stellten sich nach und nach hinter ihm auf, am Schluss die beiden Riesen Centurion und Pandor.

»Wegen Ruhestörung und Angriff gegen das Militär«, antwortete der Mann, auf dessen Namensschild »S.O. Barren« stand.

»Die haben angefangen!«, empörte sich Ella, doch Orloff warf ihr einen warnenden Blick zu.

»Wir haben alles beobachtet, und der Angriff begann eindeutig auf Ihrer Seite. Verstoß gegen das Waffengesetz kommt auch noch hinzu, und ...«

»Augenblick«, unterbrach Orloff, »keiner von uns hat eine Waffe eingesetzt, weil wir keine bei uns tragen. Ein Soldat hat ein Messer gegen eines meiner Teammitglieder gezogen und es bedroht. Ich habe versucht, die Situation friedlich zu klären.«

»... Verstoß gegen die Stationsregeln. Dies hier ist Privatgebiet, Sie haben alle Anordnungen zu befolgen und vor allem einzuhalten. Ich fordere Sie auf, mit uns zu kommen. Wir werden Sie in einem Sicherheitsraum unterbringen, wo Sie die Ruhe der Station nicht mehr gefährden können. Bis spätestens morgen früh haben Sie die Station verlassen.«

Orloff hörte zu, doch sein rechter Wangenmuskel zuckte. »Eine Frage, S.O. Barren. Weshalb haben Sie erst jetzt, nachdem der Kampf vorüber war, eingegriffen?«

»Weil er abwarten wollte, wer siegt«, brummte Chuck. »Ich möchte übrigens Anzeige erstatten wegen Diskriminierung, Rassismus und ...«

»Das steht nicht zur Debatte.«

»Haben Sie eine Ahnung! Hinzu kommt Androhung von Gewalt, oder wie das heißt. Ich finde schon den richtigen Spruch, aber das lassen wir nicht auf uns sitzen!«

»Danke, Chuck«, sagte Orloff mahnend. »*Ich* regle das.«

»Sie regeln hier gar nichts«, schnarrte Barren. »Sie kommen jetzt mit, bis Sie der Station verwiesen werden.«

»Werden wir nicht.« Orloff zog eine Folie hervor und rief den gespeicherten Text ab, den er dem S.O. hinhielt. »Lesen Sie sich das in Ruhe durch.«

Wie beim Knobeln. Stein, Schere, Papier. Orloffs Papier umwickelte gerade den Stein und warf ihn zudem in den Brunnen.

Das Kinn des Security Officers spannte sich an, die nach unten gezogenen Mundwinkel wurden sichtbar.

»Das war mir nicht bekannt«, stieß er mühsam hervor, und der Zorn ließ seine Stimme leicht zittern. »Ich handle für die Sicherheit der Station.«

»Die Person, die Ihnen den Auftrag erteilt hat, hat Ihnen nicht gesagt, wer wir sind?«, hakte Orloff nach. Er musste immer noch an die Bemerkung des Offiziers vorhin denken.

Der S.O. gab ihm die Speicherfolie zurück. »In Ihrem eigenen Interesse muss ich Sie bitten, mit Ihrer Mannschaft auf

Ihr Quartier zu gehen und dort bis zur Abreise zu verbleiben. Sie stören die Ordnung der Station. Und wir wollen weitere Unannehmlichkeiten vermeiden.«

»Das geht uns ganz genauso«, erwiderte Orloff und verzichtete auf den Hinweis, dass sie eben dies versucht hatten und daran gehindert worden waren. Das wusste der S.O. selbst. Aber wenigstens war damit alles wieder in geordneten Bahnen – sie wurden wie Aussatz behandelt, wohin sie auch kamen. Warum sollte das hier anders sein?

Barren deutete einen militärischen Gruß an, wandte sich um und machte sich mit seinen Leuten auf den Weg. Orloff drehte sich ebenfalls um und bedeutete seinen Justifiers, ihm rasch zu folgen.

»Was stimmt hier nicht?« Centurion hatte zu Orloff aufgeholt, der wiederum Ella stützte.

»Alles«, antwortete er. »Ich glaube, wir werden gleich eine Überraschung erleben.«

Und so kam es. In sämtlichen Räumen, einschließlich des Wohnbereichs, herrschte Chaos.

»Was soll die Scheiße?«, fluchte Ella. »Wir sind noch nicht mal unterwegs, und schon geht der Ärger los?«

»Noch dazu, da keiner von uns etwas dabei hat«, bemerkte Laury spöttisch. »Ein bisschen Recherche, und der Depp, der das hier angerichtet hat, hätte sich die Mühe sparen können.«

»Lassen wir uns das gefallen?« Ella stemmte die Hände in die Seiten, während sie sich langsam um sich selbst drehte.

»Müssen wir wohl.« Orloff nickte Laury zu. »Kümmere dich um Ella und wer sonst noch medizinische Versorgung braucht.«

»Ich brauche nichts«, protestierte die XO, gab aber klein-
laut nach, als Laury sie am Arm packte und mit sich zog.

»Ein Gutes hatte es.« Centurion klopfte Pandor auf die
Schulter. »Unser Bär ist wieder da.«

»Mir ist, als würde ich gerade aus einem furchtbaren Albtraum erwachen.« Pandor rieb sich die großen runden Ohren. »Was ist denn passiert? Ich meine, mit mir? Haben die
mich unter Drogen gesetzt?«

»Ich brauche jetzt erst mal was zu trinken.« Chuck ging
zur integrierten Bar, die immerhin noch intakt war. »Was
haben die hier überhaupt gesucht?«

»Keine Ahnung.« Orloff zog den Chip mit Zoldans Anweisungen hervor und betrachtete ihn nachdenklich. Er hatte
ihn mitgenommen, weil er grundsätzlich nirgendwo solche
Dinge herumliegen ließ. »Vielleicht haben sie gehofft, dass
ich den Film dabeihabe.«

»Du glaubst, dass die Soldaten ein Ablenkungsmanöver
waren?«, vermutete Centurion.

»Nein, das Zimmer haben sie wahrscheinlich während
des Essens durchsucht. Anschließend sollten wir aus dem
Weg geschafft werden. Da es auffällig gewesen wäre, wenn
es einen Haufen Leichen gegeben hätte, haben sie es mit
der Provokation versucht.«

»Die liebe Konkurrenz.« Ella und Laury kamen gerade zurück, und die Pilotin konnte sich wieder fast normal bewegen. Laury ging nun reihum und besah sich die Blessuren.

Orloff nickte. »Ganz recht. Sie ziehen gleichauf mit uns,
weil wir die ganze Zeit über beobachtet werden. Einmal
haben wir einen auffälligen Spion entdeckt und ausgeschaltet, aber davon muss es mehr gegeben haben. Nun wollten
sie einen Schritt vorankommen und uns abhängen.«

»Die sind gut.«

»Profis. Ich nehme an, Zoldan hat eine Schwachstelle bei sich im Büro.«

»Sebastian? Aber wie ...«

»Ich kapiere es auch nicht, aber so muss es sein, eine andere Erklärung habe ich nicht. Wir ...« Orloff unterbrach sich, als sich der Bordkanal aktivierte. Ein Anruf von Tullius D. Tritus. Er nahm an.

»Ich bin erleichtert, Sie wohlauf zu sehen«, sagte der feiste Mediator. »Ich habe natürlich von der Auseinandersetzung gehört und bereits Beschwerde bei der Stationsleitung eingelegt.«

»Das ist sehr freundlich, Sir, aber ...«

»Holden, ich habe das nicht für Sie getan, sondern für mich. Ich weiß, dass ihr Justifiers daran gewöhnt seid, aber ich kann so etwas nicht dulden. Sie arbeiten offiziell für mich, und da haben sich alle an die Regeln zu halten. Der Vorteil für Sie ist, dass Sie Diplomatenstatus haben.«

Orloff grinste unwillkürlich. »Hat Spaß gemacht, diese Karte auszuspielen.«

Tritus verzog keine Miene. »Markieren Sie diese Freude im Kalender, Sie werden so schnell keine mehr haben. Schalten Sie auf den öffentlichen Sender um, und sehen Sie sich das an. Ich spiele derweil für unseren Kanal einen Scrambler dazwischen. Dann können wir weiterreden.«

Ella aktivierte den 3DCube, der automatisch auf den Stationssender schaltete, und Orloff erstarrte. An einem Dock im Außenring des »Netzes« zeigten sich dichte Rauchschwaden, an manchen Stellen schien es unter der Glaskuppel zu brennen. Kleine Montageshuttles waren bereits mit Außenreparaturen beschäftigt.

»Es hat eine Explosion gegeben, während Sie in den Kampf verwickelt wurden«, fuhr Tritus fort. »Jemand wollte verhindern, dass wir von hier starten.«

»Haben Sie eine Ahnung, wer?«, fragte Orloff.

»Leider nein. Wie es scheint, sind wir alle mehr oder minder überwacht worden, was auf eine ...«

»... Schwachstelle in Zoldans Apparat schließen lässt, ich weiß. Das ist Zoldans Sache und kümmert mich nicht weiter. Die Frage ist: Haben *wir* Probleme?«

Nun grinste der Mediator doch. »Ich bin ein vorsichtiger und manipulativer Mann, mein Freund. Das muss man sein in meinem Beruf. Selbstverständlich befinden sich unsere Schiffe in einem anderen Dock. Dafür habe ich gesorgt, man weiß ja nie.«

Orloff grinste erleichtert zurück. Der Mann war Profi. »Sehr gut, Sir.«

»Um ehrlich zu sein, hat Levia Magath einen Anteil daran, indem sie sich gleich nach unserer Ankunft um die Verschleierung gekümmert hat. Sie hat einen Passierschein, der buchstäblich *alle* Türen öffnet. So einen habe nicht mal ich, was mir noch weniger gefällt als der Rest an dieser Person. Doch sie scheint nützlich zu sein. Wir werden aber nach all dem unsere Pläne ändern und bereits morgen starten. Unsere Konkurrenz wird natürlich spätestens dann mitbekommen, dass sie versagt hat, aber das wird sie nicht aufhalten. Das heißt, wir müssen ab jetzt immer schneller sein als die.«

»Das kriegen wir hin, Sir.«

»Nennen Sie mich Tullius, wenn ich bitten darf. Wir sind gerade knapp einem Anschlag entgangen, das schweißt zusammen. Außer Ihnen habe ich hier keine Freunde.« Tritus schaltete ab, bevor Orloff etwas dazu sagen konnte.

Orloff wandte sich zu seinen Leuten um, die sich auf den Sitzmöbeln verteilt hatten und ihn erwartungsvoll ansahen. Chuck war der Erste, der lospolterte: »Also, was ist hier los?«

»So genau weiß ich das leider immer noch nicht«, antwortete er.

Ella verzog das Gesicht. »Aber das mit dem Mediator hast du längst gewusst und uns bis zu diesem Treffen im Unklaren gelassen!«

»Ja.« Orloff aktivierte einen Holowürfel, um Zoldans Daten zu zeigen. »Ich sollte euch erst nach Abflug briefen, aber das spielt jetzt keine Rolle mehr. Ich hoffe nur, Tritus hat wirklich eine Kopie des Films dabei, damit wir ihn gründlich analysieren können. Das könnte nämlich eine Mission werden, die nicht weniger heikel ist als unsere letzte, die uns in den vorzeitigen Ruhestand versetzt hat.«

Er zeigte seinem Team das System, das sie anfliegen sollten. »Weil wir so viele Personen sind und sich der Herr Diplomat weigert, mit einer, wie er sich ausdrückte, *Suppenschüssel* zu reisen, müssen wir einen LSP auf unser Konto schreiben. Jemand dabei, dessen Konto schon sehr voll ist?«

Niemand rührte sich. Justifiers bereisten fast das All ausschließlich per TransMatt. Keiner von ihnen dürfte mehr als zwanzig oder dreißig LSP auf dem Konto haben.

Orloff gab jetzt Auskünfte, weswegen sie dorthin flogen, und das war vage genug. Es gab dort etwas von Wert, das der unbekannte Kon und sein ebenfalls unbekannter Konkurrent ausbeuten wollten, aber eine einheimische intelligente Lebensform hatte etwas dagegen.

»Nun, wir sind schon unter schlechteren Umständen mit noch weniger Hintergrund zu einem Schlammklumpen geflogen«, äußerte sich Aries zum ersten Mal, die Arme vor der muskulösen Brust verschränkt. Seine gelblichen Augen mit der länglichen Pupille funkelten. »Fragt sich nur, was für eine Ausrüstung wir bekommen werden.«

»Nach allem, was ich bisher mit Tritus erlebt habe, eine gute«, antwortete Orloff. »Der Kerl will beschützt werden und verlangt dazu das Beste vom Besten. Wollen wir wetten?«

Pandor brummte. »Wäre das erste Mal. Gefällt mir aber.«

»Ich habe eine andere Frage«, meldete sich Amrit zu Wort. »Wer ist Levia Magath?«

Das war eine gute Frage, die offenbar alle, einschließlich den Mediator und seine Crew, interessierte.

»Ein Jump kann sie nicht sein, keine grauen Augen. Ist sie ein Augie?«

Orloff wiegte den Kopf. »Das wäre naheliegend.«

Genverbesserung. Aber das konnte es nicht allein sein.

»Augie-Beta.« Ella schlug sich lachend auf den Schenkel.

Einige lachten mit, aber eher gequält. Man konnte nie wissen. Es war so gut wie alles möglich.

»Ich glaube«, murmelte Pandor, »sie ist ein Brainbug.«

Schlagartig verstummten alle.

»Ich hab da auf einmal so ein Kribbeln gespürt, als ob mich jemand abtasten würde«, fuhr der Kodiak-Beta fort.

Amrit nickte. »Ich auch.«

Eine Psionikerin. Das hätte gerade noch gefehlt. Orloff massierte sich den Nacken. »Ich habe mir ihre Akte besorgt, doch da steht nicht viel drin. Sie ist wohl eine Geheimagentin im Auftrag Zoldans. Vielleicht sogar Assassine, was weiß ich. Es ist alles möglich. Wobei Psionikerin eine naheliegende Lösung wäre, denn es könnte den Erstkontakt erleichtern.«

»Aber warum soll sie uns dann überwachen?«

»Dass wir es nicht vermasseln, natürlich. Und ... dass keiner aus der Reihe tanzt und womöglich für die Konkurrenz arbeitet.«

»Und für wen genau arbeiten wir?«

»Capella Mining.«

Orloff ging zur Bar und holte sich nun auch einen Drink. Er spürte, wie sich Löcher in seinen Rücken hineinfraßen.

»Ich glaube, ich wiederhole mich, aber – was soll der Scheiß?«, erklang Ellas Stimme in seinem Rücken.

Er trank einen Schluck, bevor er sich umdrehte und zu seinem Platz zurückkehrte. »Wir sollen nicht erfahren, wer in Wahrheit dahintersteckt, das dürfte damit klar sein. Capella Mining schürft nicht selbst, sondern handelt grundsätzlich im Auftrag eines großen Kons. Der will in diesem Fall nicht benannt werden, also beauftragt er einen Subunternehmer, der wiederum uns offiziell beauftragt.«

»Und wer der Konkurrent ist, davon haben wir genauso wenig einen Schimmer.«

»So ist es.«

Centurion sagte langsam: »Ich tippe auf *SternenReich* und Sheik al-Mouktar, die sind ja momentan sehr expansiv-aggressiv.«

»Das liegt nahe. Ich bin sogar davon überzeugt.« Orloff nickte. »Die Regierungen stehen seit einiger Zeit miteinander in Konflikt, und wenn dieser Planet so wertvoll ist, wie angenommen wird, könnte das nicht nur wirtschaftliche, sondern auch politische Auswirkungen haben.«

»Dann sollten wir uns auf einen harten Kampf gefasst machen«, sagte Aries. »Die *Goldmacher* sind nicht zimperlich – also noch weniger als *SternenReich*.«

»Und wir wissen nicht«, fügte Pandor hinzu, »für wen der Mediator arbeitet. Er behauptet zwar, Zoldan habe ihn beauftragt, aber warum bekommen wir einen Aufpasser mit, wenn nicht der Verdacht besteht, dass er bestechlich ist? Immerhin will er Magath nicht an Bord bei sich haben.«

»Dann können wir nur hoffen, dass wir nicht zwischen all den Parteien zerrieben werden«, bemerkte Laury trocken. »Ich sollte besser versuchen, mich davonzuschleichen, gleich heute noch. Ich habe ein bisschen Geld gespart und kann mir eine Passage zur Erde kaufen.«

Orloff wusste, dass sie das nie tun würde. Deswegen redete sie ja auch offen darüber. »Ich weiß, dass das alles sehr ungünstige Umstände sind, aber ... sehen wir es so. Morgen verlassen wir das politische Parkett und sind wieder da *draußen*. Und dort bestimmen dann wir.«

»Ja, mit einer Psionikerin an Bord«, spottete Amrit.

»Sie wird sich ins Team fügen oder durch die Luftschleuse gejagt«, sagte Orloff hart. »So weit ins All hinaus reicht Zoldans Arm nicht, und es hat im Einsatz schon ganz andere Verluste gegeben. Tritus wird uns nicht im Weg sein, da er sie ebenso wenig ausstehen kann wie wir. In Bezug auf Magath ist er unser Verbündeter.«

»Die Aufgabe lautet also ...«

»... wir spielen Kindermädchen für einen Diplomaten, dass er heil am Ziel ankommt. Dann macht er seine Arbeit und wir die unsere – wir untersuchen den Vorfall bei dieser Höhle, bergen, was noch an sterblichen Überresten vorhanden ist, und führen unsere üblichen Untersuchungen durch, ob der Planet ausgebeutet werden kann.«

»Abgesehen von dem Diplomaten und ein bisschen Unterhaltung unterwegs klingt das nach einem normalen Einsatz«, meinte Amrit.

»Ach, sagt, was ihr wollt«, rief Chuck. »Wir hatten doch heute enormen Spaß. Ein hervorragendes Essen, wie ich es in meinem ganzen Leben noch nicht hatte und nie wieder haben werde, Kleidung, die sich angenehm trägt und, das müsst ihr wirklich zugeben, *schick* aussieht, auch wenn es für unser Niveau peinlich ist. Dazu angenehme Konversation und eine zünftige Schlägerei, die für uns zum ersten Mal keine negativen Konsequenzen hatte. Wir bekommen ein Schiff, das wohl nicht aus einem Müllcontainer gezogen wurde, jemand ist hinter uns her, hat uns aber bisher nicht erwischt ... Ich glaube, das war der beste Tag meines Lebens.«

»Stimmt, das muss man zugeben«, pflichtete Ella bei. »Ich bin jetzt sehr gespannt auf unsere Reise.«

»Dann hat der Mediator ja schon die erste hervorragende Arbeit geleistet«, stellte Orloff fest. »Diplomatie, so hat mein Vater mal zu mir gesagt, galt einst als die Kunst, jemanden so überzeugend in die Hölle zu schicken, dass der sich auf die Reise freut.«

Die anderen starrten ihn an und wussten nicht, ob sie nun lachen oder weinen sollten. Orloff grinste und zwinkerte. Im Gegensatz zu den anderen war er privilegiert aufgewachsen, hatte eine gute Bildung erfahren und hätte eine höhere Offizierslaufbahn einschlagen können, wenn der Skandal um seinen Vater nicht gewesen wäre.

So spielte das Leben.

»Das ist das Stichwort.« Centurion stand auf. »Mir genügt das fürs Erste. Ich gehe schlafen. Wann treffen wir uns?«

»Um Nullsechshundert.«

»Aye.« Sie machten sich alle auf den Weg in ihre Zimmer; das Chaos kümmerte sie nicht, sie würden schon einen Platz zum Schlafen finden. Es war angenehm genug, nicht übereinandergestapelt in einem Frachtraum unterkommen zu müssen.

In einer Hinsicht war Orloff regelrecht dankbar für die Anschläge: Die ganzen »Tests« und Vorbereitungen würden nun entfallen.

Während sich das Team versammelte, gab Orloff dem Protokollar Bescheid, sie abzuholen. Es war wohl besser, jemanden aus dem Umkreis des Mediators dabeizuhaben; außerdem hatte der Oberleutnant nicht erfahren, wo sich die Schiffe nun tatsächlich befanden.

Hugh Korben war sichtlich müde, aber pünktlich. Er musterte die Truppe kurz, die wieder ihre normale Kleidung trug und somit einen ziemlich bunten Haufen bildete, und ging dann zur Tagesordnung über.

Zu dieser Zeit war auf der Station noch nicht viel los, und das konnte allen nur recht sein.

»Hat man herausgefunden, wer hinter den Anschlägen steckt?«, fragte Orloff unterwegs.

»Es sieht so aus«, antwortete der Protokollar. »Levia Magath ist noch dabei, die zwei zu verhören. Wir haben uns natürlich auch umgesehen, inwieweit wir überwacht werden, und auf elektronischem Wege war das jedenfalls nicht möglich.«

»Ach nein?«

»Unser Speiseraum wurde gründlich gesäubert, das gehört zur Standardprozedur, und auch die Station selbst wird ständig nach Spionagesystemen abgesucht. Das wuss-

ten unsere Angreifer, deswegen schleusten sie die Attentäter als Bedienung bei uns ein. Die beiden arbeiten hier
schon seit zwei Jahren, es ist also anzunehmen, dass sie be-
stochen oder erpresst worden sind. Durch die Nähe zu uns
wussten sie, wann Sie unterwegs waren, und konnten alles
vorbereiten.«

»Hm. Auf niemanden ist mehr Verlass ...« Ein uralter
Trick, der aber immer wieder funktionierte. Es sei denn,
man kochte und bediente sich grundsätzlich selbst.

»Und Levia Magath zieht das Verhör durch?«

»Das ist ihre Aufgabe. Schmutziges Geschäft.« Korben
schüttelte sich leicht.

Mit der Rohrbahn fuhren sie entlang der Verbindungen
in das »Spinnennetz« hinaus, in ein äußeres Dock. Nun waren auch diese Docks von Nahem betrachtet sehr viel größer, als es aus der Distanz den Anschein hatte – sie boten
Platz für gut zehn Schiffe unterschiedlicher Größe und Bauart, dazu gab es noch diverse Hangars für Shuttles. Die Station war viel größer, als Orloff sogar großzügig geschätzt
hatte, und er war beeindruckt. Ein reines Familienunter-
nehmen, das nur dieses eine Geschäft hier besaß, doch was
brauchte es mehr, es war lukrativ genug.

Vor der Schleuse mit der Bezeichnung »Dock C/3/2X10«
blieb Korben stehen. »Das ist eine Schleuse für Scan und
Dekontaminierung zugleich. Sie betreten einzeln die Kabine, ziehen sich aus, legen die Kleidung in das offene Fach,
warten auf Grün und gehen dann zügig hindurch. Der
Nächste folgt, sobald das Grünzeichen am Eingang auf-
leuchtet.«

Die gehen kein Risiko ein, dachte Orloff. Es hatte schon Anschläge mit Virentransport oder Nanogeräten gegeben,

eben allem, was man neben Waffen am Körper tragen konnte. Und natürlich verglichen sie die Scans auch mit den medizinischen Akten, ob jeder von ihnen wirklich der war, der er zu sein vorgab.

»Und wer garantiert uns, dass das System nicht manipuliert wurde und wir da drin gegrillt oder vergiftet werden?«, fragte Laury. »Woher wissen wir, dass wir alle Spione geschnappt haben?«

»Mehrfache Redundanz der Überwachung«, antwortete Korben. »Glauben Sie mir, die sind hier sehr paranoid.«

»Und trotzdem gab es eine Explosion!«, rief Ella und stieß einen Fluch aus.

»Ja, durchgeführt von eigenen Leuten, aber das ist ein absoluter Erst- und daher Einzelfall. Das wird jetzt nicht mehr passieren, man hat die Sicherheitsvorkehrungen verschärft. Zumindest, bis wir weg sind. Und darüber werden wahrscheinlich alle sehr froh sein.«

Der Kabineneingang zeigte Grün an. Orloff ging als Erster hinein und zog sich aus. Ob man ihn dabei von außen beobachten konnte, war ihm völlig gleichgültig; in den vergangenen zwanzig Jahren hatten sie sich alle irgendwann nackt gesehen, weil die eine oder andere Situation es erfordert hatte. Und er musste seinen Körper schließlich nicht verstecken.

Er warf die Kleidung in den Schlitz, der sich in der Wand geöffnet hatte, dann kam auch schon das Signal, durch die Schleuse zu gehen. Wie Korben angeordnet hatte, ging er zügig hindurch. Eine Röhre aus hell erleuchtetem Milchglas, so kam es ihm vor. Er sah keinerlei technische Einrichtungen, alles musste perfekt eingepasst sein. Von der Dekontaminierung spürte er überhaupt nichts. Normalerweise wurde man da von allem möglichem Zeug eingehüllt, das die oberste Hautschicht löste, doch hier ging er einfach durch warmes Licht und verspürte nur einen leichten Luftzug.

In der Kabine auf der anderen Seite erwartete ihn die übliche Justifier-Uniform in Tarnfarben, weit und rau, mit vielen Taschen und Koppel, und dazu die Schirmkappe mit den Rangabzeichen. An der rechten Schulter stand *OL Holden*. Dazu gab es kratzige Unterwäsche, schweißabsorbierende Plastiksocken und widerstandsfähige Stiefel mit grobem Profil. Handschuhe sowie Fingerlinge steckten in den Seitentaschen. Orloff wollte gerade einen Fluch vom Stapel lassen, da wurde seine Lieblingsjacke ausgespuckt, zusammen mit der restlichen zivilen Kleidung. Gerade noch mal Glück gehabt. Die Jacke nahm er mit, die restlichen Klamotten ließ er liegen.

Hinter der Schleuse wurde er von einem langen, dünnen Mann erwartet, dessen Augen »umgearbeitet« waren. Im Grunde waren es nun Roboteraugen, auch wenn sie noch teilorganisch waren, mit denen er zoomen konnte, wahrscheinlich bis auf Mikroskopblick und desgleichen mehr. Solche seelenlosen Augen in einem menschlichen Gesicht irritierten Orloff immer; da waren Magaths finstere Augen noch angenehmer gewesen.

»Herzlich willkommen, Oberleutnant Holden«, sagte der Mann mit dünner Stimme und streckte ihm die Hand hin. Das Logo auf seiner Montur zeigte die Initialen von *Capella Mining,* er war also für den Kon hier, in dessen offiziellen Auftrag die Justifiers auf Mission geschickt wurden. »Ich bin Sam – einfach nur Sam. Ich weise Sie im Auftrag von *Capella Mining* ein. Folgen Sie mir bitte, eine Kollegin wird sich um Ihr Team kümmern und es ebenfalls briefen.«

Als Erstes wurde Orloff in einen weißen Raum geführt, in dem es nichts gab außer einem großen Tisch, der von innen beleuchtet war und auf dem eine Menge Waffen lagen.

Sam rasselte der Reihe nach herunter, wobei es sich dabei handelte. Hauptsächlich Kombiwaffen mit Schuss- und Lasereinrichtung, auch Feuer- und Granatenwerfer waren dabei, Säureverspritzer, Nadelgeschosse und was ihnen noch so eingefallen war. Von »sehr schwer« bis zu »angenehm leicht« war alles dabei. Dazu Messer in verschiedenen Größen und Stärken, auch mit Vibrationseinrichtung, Handgranaten, Miniraketen, Handschusswaffen.

»Ihr wollt kein Risiko eingehen«, murmelte Orloff.

»Ihre Mission ist mir nicht bekannt, Sir«, versetzte Sam. »Ich bin nur für die Übergabe verantwortlich. Aber ja – mit diesen Sachen sind Sie durchaus wehrhaft. Nun kommen wir hierzu.« Er hob ein breites Armband hoch. »Multifunktion: Kom, Ortung, Aufzeichnung, Kamera, Notsignal ... Sie werden schon alles herausfinden. Zu bedienen über Sensortasten und per Sprachbefehl.« Kehlkopfmikro, Helme mit automatischer Blende bei Licht, Nachtsicht, Einspielung der vom Multiarmband übermittelten Daten ...

»So eine perfekte Ausrüstung hatten wir noch nie«, brummte Orloff. »Ich hoffe, das wird nicht von der Vereinbarung abgezogen.« Das würde er Zoldan zutrauen. Vielleicht war er deswegen so schnell auf den Handel eingegangen?

»Ist es das Neueste vom Neuesten?«, fragte er Sam.

»Allerdings.«

»Sie wissen, dass wir das meiste davon nicht mehr zurückbringen werden, und wenn, dann beschädigt?«

»Ich bezahle es nicht, Sir – ich verteile es nur. Werden Sie denn wieder hierher zurückkehren?«

»Keine Ahnung.« Lebend, tot oder direkter Sprung zur Erde – wer wusste das schon. »Ich unterschreibe dafür nichts.«

»Das ist nicht erforderlich. Sie brauchen jetzt nichts mitzunehmen, es wird alles an Bord gebracht. Dort finden Sie des Weiteren Raumanzüge und Schwerkraftstiefel vor, falls das Antigravfeld im Schiff ausfallen sollte.«

»Wir haben ein eingeschaltetes Schwerkraftfeld auf dem Flug?«

»Selbstverständlich. Sie fliegen ein richtiges Schiff, kein Shuttle, und Energiesparen schadet zwar nie, muss aber nicht übertrieben werden. Es gibt übrigens ein Shuttle an Bord sowie eine Rettungskapsel. Für das TransMatt an Ihrem Zielort.«

»Haben wir denn kein Portal an Bord?«

»Nur Ersatz- und Reparaturteile. Man sagte uns, am Zielort befände sich wohl ein Portal, aber nicht funktionsfähig.«

Aha, hier wurde also gespart. Oder man hoffte darauf, das Schiff wieder zurückzubekommen. Orloff hätte darauf nichts verwettet.

Sie verließen den Raum und gingen zu einem Aussichtspunkt, wo die beiden Schiffe nebeneinander auf den Abflug vorbereitet wurden.

Orloff konnte nur staunen. Das Schiff des Mediators war leicht zu erkennen – eine *Jacht* war es, ausgestattet mit dem höchsten technischen Standard, der nur möglich war. Der Mediator musste einer ungemein reichen und privilegierten Familie entstammen, denn allein mit seiner Arbeit konnte er nicht so viel verdienen, um sich das Schiff *und* den Lebensunterhalt leisten zu können. *Universal Pax* prangte goldfarben am Heck des pfeilartigen, eleganten weißen Kreuzers – weiß, die Farbe des Friedens bei den Menschen. Es entstammte keiner Orloff bekannten Baureihe.

Das Schiff war gar nicht so groß und problemlos zu steuern für die aus sechs Leuten bestehende Besatzung, die Tritus begleitete; dennoch nicht geeignet für einen TransMatt-Durchgang. Orloff war aber nicht undankbar, denn selbst wenn sie »einfach ins Blaue« gesprungen wären – sie wussten nicht, was sie am anderen Ende erwartete. Vielleicht eine Katastrophe. Es war besser, sich an das Ziel anzuschleichen, um präventiv so viele Informationen wie möglich zu sammeln.

Daneben lag die *Gradivus*, Orloffs Schiff. Er schluckte. Nie im Leben hätte er geglaubt, dass er jemals ein *solches* Schiff befehligen dürfte. Er hatte die Banner, mit denen die Cross Corporation geworben hatte, schon an den Häuserfronten gesehen – eine ganz neue Linie, *Hermes* genannt. Schiffe in allen Größen, für Transport und Passagierverkehr, schnell, schlank und elegant. Von zweckmäßig bis luxuriös war alles dabei und auf dem höchsten Stand der aktuellen Technik. Die Produktion lief gerade erst an.

Sam aktivierte einen Holowürfel und zeigte die Details.

Das schlicht graue Schiff war für den militärischen Einsatz gedacht und wehrhaft. Zwei Drittel der Gesamtlänge nahmen die Triebwerke, der Reaktor, die Versorgungs- und Schwerkraftsysteme sowie die Waffensysteme ein. Geschützaufbauten zeigten sich als Erhebungen auf der Außenhülle, und die Pilotenkanzel vorn war ebenfalls aufgesetzt und von einem Abwehrring geschützt. Innen war alles funktional eingerichtet und entsprach dem Prinzip der archaischen U-Boote, so viel wie nötig auf so wenig Platz wie möglich unterzubringen, allerdings mit ein wenig mehr

Bewegungsfreiheit. Es gab sogar Einzelkabinen, also Privatsphäre mit eigener Sanitäranlage und Aufbereiter für Getränke. Kleine Unterkünfte, für einen Justifier aber dennoch purer Luxus. Ein Frachtraum, der für alles verwendet werden konnte, zwei Ersatzkabinen – für welche Passagiere wohl? –, eine abriegelbare Medoeinheit mit Labor für alle Analysen, eine Messe mit Nahrungsaufbereiter, dazu Rüstungskammer, Waffensteuerung ... alles da. Einschließlich des Hangars mit zwei Schleusen, an die jeweils das Shuttle und die Rettungskapsel angedockt waren und die im Notfall zum schnellen Start einfach weggesprengt wurden.

»Die Außenhülle ist ...?« Glatt konnte man sie nicht nennen, im Gegensatz zu Tritus' Jacht.

»Die Außenhülle ist selbstverständlich selbstreinigend.«

Das will ich hoffen, dachte Orloff.

Die aufwendigen und unangenehmen Prozeduren waren einer der Hauptgründe, warum sich Justifiers lieber übereinander stapelten, um durch ein TransMatt-Portal gehen zu können, als mit Ellbogenfreiheit zu fliegen und dafür draußen Schleim abkratzen zu müssen. Ganz abgesehen von den gesundheitlichen Folgen.

Das Interim war so eine Sache. Es wollte die lästigen Schmarotzer nicht haben, die sich in seine Haut bohrten und hindurchwanden, um an anderer Stelle wieder auszutreten. Manchmal ließ das Interim diese Eindringlinge einfach verschwinden, manchmal spuckte es sie ganz woanders aus, als es geplant gewesen war. Und bei jedem Verlassen hinterließ es einen widerlichen, zähen, klebrigen Schleim, als Mahnung, ja nicht wiederzukehren. Die außerirdischen Antriebsartefakte, die seit der ersten Entdeckung vor gut zwölfhundert Jahren den Sprung ins Interim ermöglichten, um sich von dort aus mit Überlicht von einem Punkt zum nächsten zu bewegen, waren in ihrer Funktionsweise gerade mal *ansatzweise* bekannt. Man konnte sie zwar schon lange nachbauen, aber ohne sie so wirklich zu verstehen; erst ganz langsam lüftete sich das eine oder andere Geheimnis. Leistungsfähiger wurden die Triebwerke, indem sie gekoppelt wurden. Das klappte mittlerweile recht gut, ebenso wie die Verkleinerung der Aggregate, hatte Ella zu berichten gewusst. Ob das stimmte, würde sich bald herausstellen.

Wahrscheinlich würde Ella vor Entzücken so viele Flüche wie noch nie vom Stapel lassen, dass sie ein zwar wegen der Kosten eher klein gehaltenes, aber dennoch hochmodernes Schiff steuern durfte. Der Vorteil der geringen Größe war allerdings, dass sie auf dem Planeten landen konnten und nicht umständlich in ein Shuttle umsteigen mussten.

»Soll das gleichzeitig ein Testflug sein?«, fragte Orloff scheinheilig, und Sam grinste, ohne eine Antwort zu geben.

»Hier«, er wies auf einen Punkt an Steuerbord, »befindet sich eine Schleuse, die automatisch ausfährt und an einem anderen Schiff oder auch einer Station andocken kann. Die Schleuse kann individuell eingestellt werden und passt auf alle Standardmodelle. Damit ist ein Rendezvous mit der *Universal Pax* möglich, die übrigens über die gleiche Schleuse verfügt, sollte Ihre nicht funktionieren. So kann man ohne Raumanzug von Schiff zu Schiff spazieren.«

»Sehr praktisch.«

Sam erklärte ihm noch einiges mehr, aber Orloff hörte nur noch mit halbem Ohr hin. Das Schiff würde sich ihm schon von selbst öffnen, mit Ellas Hilfe, und den Rest erledigten seine Leute.

Seine Augen waren jetzt auf die Schwärze dort draußen gerichtet, die hinter den beiden Schiffen lauerte und darauf wartete, dass er sich in sie hineinstürzte. Eines Tages würde das All ihn verschlingen, das Versprechen hatte es ihm schon lange gegeben. Das letzte Mal war er gerade noch so davongekommen. Vielleicht war es jetzt so weit.

Aber dann wenigstens mit Stil.

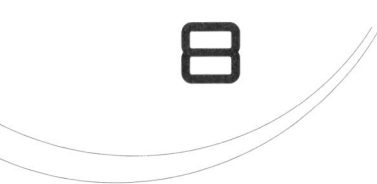

Levia Magath kam als Letzte an Bord. Sie bezog die Kabine gleich gegenüber der von Orloff, denn diese beiden waren die größten und lagen in der Nähe der Pilotenkanzel. Sie brachte ihre Sachen ins Quartier und erschien dann ohne Verzögerung in der Messe, wo sich bereits die gesamte Mannschaft versammelt hatte.

»Missions-Sonderbeauftrage Levia Magath meldet sich an Bord«, sagte sie und salutierte steif.

»Willkommen an Bord«, erwiderte Orloff und wies auf den letzten freien Platz. »Nehmen Sie Platz, Magath.«

Die anderen, die sie bisher noch nicht von Nahem gesehen hatten, betrachteten sie neugierig.

»Eine Frage, bevor wir beginnen«, sagte Orloff. »Was hat das Verhör mit den Attentätern ergeben?«

»Kein Ergebnis«, erwiderte sie. »Ich kam nicht einmal dazu, Fragen zu stellen. Nachdem die beiden in Gewahrsam genommen worden waren, begingen sie mit einer Giftkapsel Selbstmord. Das kommt einem Schuldeingeständnis gleich, bringt uns aber dem Auftraggeber keinen Schritt näher.«

»Darin stimme ich zu.« Orloff war nicht sicher, ob er ihr glauben konnte, beließ es aber für den Moment dabei. Er

aktivierte einen 3DCube, und kurz darauf erschien Tritus'
feistes Gesicht als Holo.

»Sir, wir wären dann so weit.«

»Hatten wir uns nicht auf Tullius geeinigt, so von Reisekamerad zu Reisekamerad?«

»Alte Gewohnheit, Tullius. Immer schön den Vorschriften
entsprechend.«

Der Mediator grinste. »Ich kann Sie wirklich gut leiden,
Orloff. Na dann! Unsere Startvorbereitungen laufen ebenfalls. Ich bitte um Aufmerksamkeit, Herrschaften, Sie erfahren nun mehr über den Hintergrund Ihrer Mission.«

Was herzlich wenig sein wird, dachte Orloff.

Immerhin kam es zu der versprochenen Filmvorführung.
Leider unterschied sich diese Version nicht von der Fassung, die auch Orloff gesehen hatte, sodass es tatsächlich
keine weiterführenden Informationen gab.

Das Team sah aufmerksam zu; anschließend ergriff Centurion als Leiter des Bodeneinsatzes das Wort. »Sind Fragen
gestattet?«

»Selbstverständlich«, versicherte Tritus leutselig.

»Frage eins: Können wir den Film bekommen, um ihn in
Ruhe analysieren zu können?«

»Selbstverständlich, das dient meiner Sicherheit. Ist
schon unterwegs.«

»Frage zwei: Was haben die Justifiers dort entdeckt?«

Etwas blitzte in den hellgrauen Haiaugen des Mediators
auf. »Ah, Sie haben es bemerkt?«

Centurion schnaubte. »Das war stümperhaft geschnitten.
Man muss blind sein, um es nicht zu bemerken.«

»Tja, leider liegt mir keine andere Fassung vor, falls Sie
das erhofft haben«, antwortete Tritus. »Ich habe interve-

niert, vermutlich hat das auch Ihr Kommandant getan, aber man stellte sich dumm und behauptete, nichts manipuliert zu haben. Vielleicht eine Sicherheitsmaßnahme wegen der lieben Konkurrenz.«

»Dann wissen wir also nicht, wonach wir suchen.«

»Sie werden es in der Höhle finden, Sergeant. Oder anderswo. Mehr kann ich Ihnen nicht sagen. Ihre vordringlichste Aufgabe ist mein Schutz. Dann sollen Sie nach den Leichen suchen, und erst wenn wir uns mit den Einheimischen einig sind, werden wir herausfinden, um welche unerschöpflichen Schätze es hier geht.«

»Das ist nicht zufriedenstellend, Sir«, wandte Amrit ein. »Wenn sich der Kon, für den wir via *Capella Mining* arbeiten, die Schürfrechte sichern will, müssen wir auch etwas vorweisen können. Möglicherweise lohnt es sich nämlich gar nicht.«

»Glauben Sie das ernsthaft?«, fragte Tritus zurück.

»Nein«, gab Amrit zu. »Nicht nach diesem Film und der speziellen Lücke. Aber ich werde in jedem Fall schon beim Anflug Messungen vornehmen und Sonden ausschicken, um den Planeten zu untersuchen. Schließlich geht es hier um ein Wettrennen und um unsere Schürfbeteiligung. Das hat *meine* oberste Priorität.«

»Das sei Ihnen unbenommen«, versicherte der Mediator. »Solange der Rest der Aufgabenstellung nicht darunter leidet. Mir ist es recht, wenn wir schnell und effizient sind, ich verreise nicht gern.«

Einige lachten. Ein Mediator war ständig unterwegs, das war sein Beruf.

»Kleiner Scherz.« Tritus zeigte ein feistes Grinsen. »Ernsthaft: Seien Sie Profis, und geben Sie Ihr Bestes. Wir

haben die Konkurrenz im Nacken und eine augenscheinlich ziemlich aggressive außerirdische Spezies vor uns.
Das bedeutet, wir müssen schneller als schnell sein. Ich
überlasse Ihnen die Verantwortung, denn Sie werden aus
Erfahrung wissen, was Sie zu tun haben. Meine einzige Be-
dingung ist, meinen Schutz nicht zu vernachlässigen. Und
halten Sie mir die Magath vom Leib, auf ihr Konto gehen
bereits zwei Leichen.«

Damit schaltete er ab. Orloff kontrollierte das Transfer-
protokoll und nickte. »Der Film ist da. Ich nehme ihn unter
Verschluss, wir werden ihn uns später vornehmen.« Dann
wandte er sich Levia Magath zu. »Tritus mag Sie absolut
nicht.«

»Ich habe ihm keinen speziellen Grund dafür gegeben, falls Sie das annehmen. Es ist nicht überraschend.
Niemand mag mich«, erwiderte sie ungerührt. »Aber das
tut nichts zur Sache. Mit dem Tod von den beiden Männern habe ich nichts zu tun. Ich habe sie nicht einmal verhaftet.«

Orloff grübelte darüber nach. Möglicherweise war auch
jemand in die Security eingeschleust worden, der im Be-
darfsfall für die Beseitigung von Zeugen sorgen sollte. Es
gab viele Varianten.

Die Frage war: Würden *sie* jetzt noch einmal angreifen?
Hatten sie gestern auch den Mediator angegriffen, und er
hatte es nur verschwiegen? Oder verlegten sie sich jetzt auf
die Verfolgung? Es war nicht ausgeschlossen, dass die Konkurrenz inzwischen Kenntnis von dem Film hatte. Alles
führte immer wieder zu der undichten Stelle im Umfeld
von Zoldan. Waren sie demnach bereits unterwegs und
würden sie am Zielort erwarten?

Ein akustisches Signal unterbrach seine Gedanken. Sein Team hatte derweil leise über den Film diskutiert, das hatte er am Rande mitbekommen.

»Es geht los«, sagte er. »Alle auf die Plätze! Sie auch, Magath.«

»Und wo ist mein Platz?«, fragte sie.

»Gleich hinter den Piloten. Sie wollen doch sicher nichts verpassen.« Er wandte sich den anderen zu. »Eure Sitze befinden sich im Zwischenraum vor der Kanzel. Macht euch bereit, unter Umständen schnell aktiv werden zu müssen. Vor allem die Techniker.«

»Tolles Vertrauen hast du zu Schiff und Piloten«, spottete Ella. »Falls es dir entgangen sein sollte – das Teil ist nagelneu.«

»Na eben«, sagte Orloff. »Kein Mensch weiß, ob es uns nicht schon beim Start um die Ohren fliegt, weil die Schrauben nicht richtig angezogen sind. Wir hatten keine Gelegenheit, es vorher auf Herz und Nieren zu überprüfen.«

»Also sollten wir Raumanzüge anziehen?«, erkundigte sich Magath.

»Wenn Sie sich wohler fühlen …«

»Es geht nur um die Sicherheit.«

»Ich denke, das wird nicht notwendig sein.« Orloff lächelte mild. Gott, war diese Frau humorlos. Die war kein Alien, sondern ein Cyborg.

Ella und Chuck gingen voran und klemmten sich hinter die Steuersitze. Mit wenigen Handgriffen machten sie sich mit den Sensortasten vertraut, die sie vorher im Briefing kennengelernt hatten.

»Steuerung wie bei der *Maskan*-Klasse«, gab die Pilotin nach hinten. »Das wurde speziell für uns so modifiziert, weil keine Zeit mehr für eine ausführliche Einweisung war. Das kriegen wir hin, Chuck und ich.«

Sowohl ihre als auch Chucks Finger flogen über die Tastenfelder, und nach und nach erwachte das Schiff zum Leben. Anzeigen leuchteten auf, auch die Terminals bei den Sitzen von Orloff und Magath aktivierten sich. Ein leichtes Vibrieren setzte ein, als die Antriebssysteme hochgefahren wurden. Zu hören war nur ein fernes Brummen.

»Klingt gut bis jetzt«, stellte Ella fest und schob sich einen Kaugummi in den Mund, weil sie keine Zigarre rauchen durfte. »Also, dann wollen wir mal.« Gemeinsam mit Chuck nahm sie die Checks vor, und Orloff konnte alles auf seinem Terminal mitverfolgen. Es war wie im Traum. Sie brauchten nicht einmal zehn Minuten, um festzustellen, dass das Schiff voll einsatzbereit war. Wann hatte es so etwas schon einmal gegeben?

»Station, wir sind *on service* und bitten um Startfreigabe«, meldete Ella schließlich.

»Bestätigt. Halten Sie sich bereit, in etwa zehn Minuten können Sie starten«, kam die Antwort.

Ella aktivierte den internen Kanal. »Also dann, ihr Süßen, der Ritt geht gleich los. Schnallt euch an! Und haltet schon mal die Kotztüten für den Sprung nachher bereit.«

Zusätzlich zu den elektronischen Fesselfeldern legten sie die Gurte an, denn es konnte beim ersten Start sehr holprig werden und zu Energieausfällen kommen.

»Kotztüten?«, fragte Magath nach.

»Ihr erster Sprung?«, gab Orloff zurück.

»Ja.«

Orloff reichte ihr etwas, das wie eine zusammengefaltete dünne Folie aussah. »Nehmen Sie sie besser an sich. Sobald es losgeht, reiben Sie nur einmal kurz mit dem Daumen darüber, dann geht alles automatisch und sauber. Rechts von Ihnen in der Wand befindet sich ein Sensor, wenn Sie den drücken, können Sie anschließend die Kotztüte entsorgen.«

Sie runzelte leicht die Stirn, zum ersten Mal eine menschliche Regung.

»Glauben Sie mir«, sagte er nachdrücklich. »Ansonsten haben Sie eine sehr unangenehme Reinigungsprozedur durchzuführen, denn kein anderer wird das für Sie tun, da könnten Sie sogar General sein. Und wenn es nicht dazu kommt und Sie völlig unempfindlich sind – ist alles in bester Ordnung. Halte ich jedoch beim ersten Sprung für sehr unwahrscheinlich, es sei denn, Sie bestehen nicht aus organischem Material.«

»Das tue ich zu hundert Prozent«, versetzte sie prompt. »Springen wir denn jetzt gleich?«

»Nein, erst in ein paar Stunden, wenn wir die richtige Geschwindigkeit und die entsprechenden Koordinaten erreicht haben. Da gibt es jede Menge Vorschriften, die das All auf einmal ziemlich klein machen. Doch die Erfahrung hat uns gelehrt, dass wir genau dann vergessen vorzusorgen, weil wir tausend andere Dinge tun. Deshalb behalten Sie die Tüte bei sich und erinnern Sie sich rechtzeitig daran.«

Er drehte sich nach hinten. »Seid ihr alle so weit?«

Sie hoben die Daumen und nickten. Alle waren angespannt. »Brauchst du ein Beruhigungsmittel, Boss?«, fragte Laury. »Siehst ein bisschen blass um die Nase aus.«

»Alles in Ordnung«, gab er zurück und wandte sich hastig wieder nach vorn. Es stimmte, er war äußerst nervös, doch davon durften die beiden Piloten da vorn nichts merken. So ein Schiff ... und ohne Einweisung ... vielleicht war er doch ein wenig zu voreilig gewesen mit der Freude über den Wegfall der Tests. Obwohl man vorgesorgt hatte mit der Steuerung, damit sie ohne Schwierigkeiten zurechtkamen – das Schiff war viel größer als alles, was sie bisher geflogen hatten. Natürlich hatten sie sich schon an Bord von großen Raumfrachtern befunden, wenn sie Begleitschutz für kostbare Ladungen gewesen waren. Aber diese hatten sie nie selbst gesteuert.

Magath neigte sich leicht zu Orloff. »Duzen Sie sich etwa alle?«, fragte sie leise.

Er hob eine Braue. »Wer so lange durchs All geschaukelt ist wie wir – was denken Sie denn? Wir haben alles durchgemacht und kennen uns teilweise bis ins Innerste – wörtlich gesprochen. Wir sind ein Team, eine Familie, wo einer für den anderen sein Leben riskieren muss. Da bleibt kein Raum mehr für Distanz. Mit der Zeit ist man eingespielt und wächst zusammen. Zumeist wissen wir schon, was der andere sagen will, bevor er den Mund öffnet.«

»Ich wünsche das nicht.«

»Oh, keine Sorge, Ma'am. Es würde keinem einfallen, Sie zu duzen. Sie sind keine von uns und werden es nie sein.«

»Schön, darin sind wir uns einig.«

»Dann steht einer wunderbaren Zusammenarbeit ja nichts mehr im Wege, nicht wahr?« Orloff hätte ihr statt der sarkastischen Worte lieber seine Faust ins Gesicht geknallt. Sie war genauso, wie man sich eine Aufpasserin vorstellte. Spröde, arrogant, überheblich, selbstgefällig. Und autoritär. Aber sie hatte sich geschnitten, wenn sie glaubte, auch nur irgendwas zu sagen zu haben.

Ob sie seine Gedanken lesen konnte? *Tat* sie es? Diese Frau war ihm unheimlich und unsympathisch. Was hatte sich Zoldan nur dabei gedacht? Oder war das gar nicht auf seine Veranlassung geschehen, sondern ... durch den Senator?

Stimmt, den hatte er völlig vergessen. Vielleicht spielte der ein doppeltes Spiel!

»Darf ich Sie etwas fragen?«

»Ja.«

»Ist da ...« Er deutete auf ihre Haut.

»Ich bestätigte es bereits mit meiner ersten Antwort.« Magath wandte ihm ihr Gesicht zu. »Ja, da ist etwas schiefgegangen, so sollte ich nicht aussehen. Ich bin kein neuer Menschentyp, kein moderner Beta, sondern ein ... ein ... Unfall. Nennen Sie es, wie Sie wollen. Dieses Aussehen war nicht geplant. Nichts von alledem war geplant, aber so ist es nun einmal, und damit werden Sie sich genauso arrangieren müssen wie ich.«

»Danke für Ihre lange Rede. Ich wollte Sie nicht beleidigen.«

»Das können Sie nicht. Von jemandem wie Ihnen kann ich nicht beleidigt werden.« Dann richtete sie ihren Blick nach vorn, was anzeigte, dass das Gespräch für sie beendet war.

Orloff dachte noch einmal an die Geschichte von Faust und Gesicht, beließ es dann aber bei Schweigen. Vielleicht war es sogar die Wahrheit, aufgrund der Art, wie es aus ihr hervorgesprudelt war. Wurde sie dadurch sympathischer? Kein bisschen. Menschlicher? Tja, vielleicht. Also kein Cyborg, sondern Laborratte, die erst jetzt *hinausgeschickt* worden war?

Wir werden schon irgendwie zurechtkommen, dachte er und beobachtete misstrauisch ihre reglose Miene. Die Frage, ob sie Psionikerin war, würde er allerdings noch stellen, sobald der Moment gekommen war.

Ella öffnete den Bordkanal, als ein Signal hereinkam.

»*Universal Pax* ruft *Gradivus*«, ertönte eine weibliche Stimme. Franka Garrett, die Co-Pilotin. »Alles klar bei euch?«

»Aye, aye. Und bei euch?«

»Schnurrt wie ein Kätzchen in der Frühlingssonne. Ihr startet als Erste aus der Außenposition.«

»Verstanden. Wir gehen auf Begleitschutz. Die weiteren Koordinaten tauschen wir erst nach dem Abflug. Folgt uns einfach.«

»Roger.«

Kurz darauf kam die Startfreigabe. Ella fuhr den Schubantrieb hoch und gab Chuck Anweisungen. »Sobald die Klammern gelöst sind, Schub nach unten, dann steuerbord, leichter Schub nach vorn, beidrehen und Gleitflug, bis die *Universal Pax* kommt.«

»Waffensysteme aktivieren?«

»Nein, aber auf Schnellstart setzen. Ebenso die Schutzschirme.«

»Glauben Sie ernsthaft, wir werden hier angegriffen?«, warf Levia Magath ein.

Ella wies auf einen fernen, deformiert aussehenden Punkt am Stationsnetz. »Sie haben es gestern miterlebt. Wir müssen auf alles gefasst sein.«

»Aber ich dachte, Mediatoren genießen diplomatischen Schutz?«

»Und wen hat das gestern interessiert?«

Orloff mischte sich ein. »Tja, Überraschung – da hält sich jemand nicht an die Regeln. Doch es gibt etwas dabei zu bedenken. Auch wenn sie die richtigen Schiffe erwischt hätten, hätte sich zu dem Zeitpunkt keiner von uns an Bord befunden. Den Moment der Explosion haben sie genau geplant, wenn Nachtruhe auf der Station herrscht, und wollten ganz offensichtlich Personenschaden vermeiden. Sie wollten uns folglich zunächst sabotieren und auf der Station festsetzen. Um einen Vorsprung zu gewinnen. Also schrecken sie vor Mord zurück – *noch*. Aber nicht etwa aus Nächstenliebe, sondern weil Mord auf der Station eine Menge Untersuchungen und Scherereien nach sich gezogen hätte. Da draußen im All hingegen, wo uns keiner schreien hört, kann sich das schnell ändern.«

»Verstehe.« Magath wirkte nachdenklich.

Wo hast du bisher nur gelebt?, fragte sich Orloff zum wiederholten Mal. *Wieso wurdest ausgerechnet du als Sonderbeauftragte ausgewählt?*

Ein metallisches Knirschen und Stöhnen erklang an der oberen Außenhaut. Orloff sah, wie sich Magaths Finger in die Sitzlehne krallten. Das war nachvollziehbar und rückte sie der Menschlichkeit wieder ein bisschen näher, denn diese Geräusche klangen für Erstflieger beängstigend – ganz so, als fiele das Schiff jeden Moment auseinander.

»Die Andockklammern werden gelöst!«, rief Ella. »Es kann jetzt ein wenig unruhig werden, denn ich habe keine Ahnung, wie das Schiff reagiert, sobald man mit dem Schub arbeitet.«

»Manche brauchen ein wenig mehr Anstoß, andere weniger«, fügte Chuck hinzu.

Beide wirkten konzentriert, sie beobachteten intensiv, was draußen vor sich ging, und ihre Hände glitten mit traumwandlerischer Sicherheit über die Steuerung.

Das Schiff erzitterte, als die Klammern es freigaben und

sich zurückzogen. Ellas Befehle kamen stakkatoartig, wobei sie die von beiden Piloten gleichzeitig ausgeführten Handlungen lediglich begleiteten. Das war so üblich, sobald zwei Piloten im Einsatz waren, um sie im Gleichklang zu halten.

Zusätzlich zur Sichtscheibe vorn waren an den Seiten nun Holos hochgefahren, die verschiedene Einstellungen von den auf der Außenhülle installierten, schwenkbaren Kameras zeigten. Weißer Dampf floss nach oben. Das Vibrieren wurde stärker, und die Arbeit des Schubtriebwerks war zu hören.

Die *Gradivus* sank nun nach *unten*, relativ betrachtet zur Station, drehte dabei ab, und dann flog sie leicht schaukelnd mit einem Ruck vorwärts.

Orloff stieß den angehaltenen Atem aus. Wozu all die Aufregung? Das Schiff war perfekt, und die beste Pilotin führte es.

»Butterweich!«, stieß Ella begeistert hervor. »Und das gleich beim ersten Mal! Also dann, Chuck, weiter stabilisieren, hundert Kilometer vor und wieder beidrehen!«

Sie entfernten sich von dem »Spinnennetz«, das nach einer leichten Drehung schnell wieder in Sicht kam. Das Brummen des Triebwerks wurde leiser, auf den Holos war kein weißer Dampf mehr zu sehen.

Niemand war in den Sitz gepresst worden, alles war ganz sanft geschehen. Aber gut, sie befanden sich hier auch im All; in einer planetaren Atmosphäre und unter Schwerkraftbedingungen hätte das ganz andere Auswirkungen gehabt.

»Mir ist nicht übel«, bemerkte Levia Magath.

»Warten Sie's ab«, sagte Orloff grinsend. »Das hier war ja auch noch gar nichts. Und seien Sie vor allem dankbar für die aktivierte Schwerkraft an Bord ...«

»Und dafür hab ich mich so fest verschnürt?«, kam es von hinten, einem der Techniker namens John Dogden. Von ihren Sitzen aus konnten er und die anderen ebenfalls über Holoschirme das All draußen und die Station beobachten.

»Besser so«, spottete die Frau neben ihm, Lisa Hump. »Du wirst doch sofort raumkrank.«

»Halten«, erklang Ellas Stimme von vorn. »Gleich ist es geschafft, und wir sind draußen.«

Nun machte sich die *Universal Pax* auf den Weg, elegant und schnittig, wie es sich für eine Jacht gehörte, und schloss kurz darauf zu ihnen auf. Alles war glatt und reibungslos verlaufen.

Der Feind will uns in Sicherheit wiegen, dachte Orloff. »Wir bleiben dennoch in Bereitschaft.«

»Yessir, die Schnellaktivierung der Waffensysteme ist nur eine zarte Berührung entfernt.«

»Ortungssysteme sauber«, meldete Chuck. »Keiner in der Nähe.«

»*Universal Pax?*«

»Hören euch klar und deutlich. Sind wir sicher?«

»Derzeit ja. Folgen Sie. Ich übermittle Ihnen die Koordinaten, sobald wir hunderttausend Klicks Abstand erreicht haben, über den sicheren Kanal.«

»Sie nehmen es aber genau ...«

»Wir sind sehr strenge Kindermädchen. Over and out.«

Die beiden Schiffe nahmen langsam Fahrt auf. Das All um sie herum schien stillzustehen, aber die Station hinter ihnen wurde rasch kleiner, dann winzig, dann war sie ein leuchtender Punkt neben der orangen Sonne, und schließlich weg.

Die Justifiers lösten die elektronischen und mechanischen Verschlüsse und verließen ihre Sitze. »Wir schauen uns das Schiff mal an«, verkündete Aries und machte sich mit allen Technikern auf den Weg nach hinten. Die anderen beschäftigten sich mit ihren »Multipaks« am Handgelenk.

»Da sind ja die Schiffspläne eingespeichert«, bemerkte Pandor erfreut. Er sah Centurion an. »Sehen wir uns die Waffen an?«

Der Stier-Beta nickte und teilte noch weitere Teammitglieder dazu ein. Laury machte sich auf den Weg zur Medoeinheit, ebenso Amrit, um das Labor samt Ausrüstung in Augenschein zu nehmen. Bald waren sie alle im Schiff unterwegs.

»Machen Sie es sich gemütlich«, sagte Orloff zu Magath und erhob sich. »Wir fliegen eine Weile.«

»Warum springen wir denn jetzt nicht?«

»Berechtigte Frage, viele Antworten. Zum einen machen wir uns erst mal mit dem Schiff vertraut und sehen nach, ob irgendwelche Überraschungseier versteckt sind. Auf der *Pax* drüben werden sie gerade das Gleiche machen. Standardprozedur, erst recht bei einer brisanten Mission wie dieser mit einem brandneuen Schiff. Zum anderen gibt es, wie bereits erwähnt, Vorschriften, wie groß der Abstand zu Stationen und Ähnlichem sein muss, denn so ein Sprung ist eine diffizile Sache. Vor allem, da wir erst mal beschleunigen müssen, und dafür benötigen wir eine Menge Platz.«

»Die Beschleunigung dauert?«

»Allerdings. Einige Minuten. Die Lichtgeschwindigkeit im Vakuum beträgt rund dreihunderttausend Kilometer in der *Sekunde*. Um die Eintrittsgeschwindigkeit ins Interim zu erreichen, die knapp darunter liegt, müssen die Maschinen ordentlich Leistung bringen und der Reaktor auf Volllast hochgefahren werden. Das geht nicht innerhalb von ein paar Sekunden.«

»Das leuchtet ein«, gab Magath zu. »Und auch der Platzbedarf. Da sollte sich nichts im Weg befinden.«

Orloff nickte. »Und Sie ahnen gar nicht, wie viel auf den allgemeinen Routen los ist. Da zeigt sich ganz deutlich die Endlichkeit des Alls. Zudem muss nicht jeder mitbekommen, wohin wir unterwegs sind, deswegen verziehen wir uns erst mal.«

Die Sonderbeauftragte stand auf. Groß und sehr schmal, mit einer Haut so schwarz, dass sie sich nicht gegen das All abheben würde, Augen, die wie Abgründe waren, und verwirrend rot leuchtenden Lippen. Plötzlich glaubte Orloff ihr, dass sie dieses Aussehen nicht so nonchalant akzeptierte, wie sie tat.

»Sie haben also die Erde bisher nie verlassen?«

»Nein. Ich lebte ... wie sagen Sie ... hoch oben bei den *Privilegierten.*«

»Man könnte auch sagen *Dekadenten und Stumpfsinnigen.* Da gibt es genügend, die ihr Leben lang nicht aus ihrem luxuriösen Getto herauskommen, sie brauchen dazu nicht einmal ihr Stockwerk zu verlassen.«

»Vor allem nicht, wenn man eine so lange Ausbildung hinter sich hat wie ich.«

Ella wandte sich zu ihnen um. »Sagen Sie nicht, das wäre Ihr erster Einsatz.«

»In dieser Art schon. Doch ich habe offenbar die erforderlichen Qualitäten.«

»Und jeder muss mal anfangen«, stellte Chuck fest, riss die Hülle von einem Energieriegel auf und verzehrte ihn.

Aber warum gerade bei uns?, dachte Orloff.

Eine halbe Stunde später erstattete Centurion Bericht, danach Aries. Alle zeigten sich sehr zufrieden mit dem Schiff, am liebsten hätten sie es behalten. »Wir könnten uns selbstständig machen und jedem unsere Dienste anbieten, der gut bezahlt.«

Ella und Chuck waren ebenfalls voll des Lobs.

Orloff hatte Laury im Labor aufgesucht und sie gebeten, unauffällig einen Scan bei Levia Magath durchzuführen. »Schon geschehen«, grinste sie. »Und ich muss dir leider sagen, dass sie durch und durch Mensch ist. Ob genetisch modifiziert, kann ich ohne weitere Untersuchungen nicht feststellen, aber alles an ihr ist organisch und entspricht humanoiden Messwerten.«

»Na schön. Akzeptieren wir, dass sie einfach ein komischer ... ein merkwürdiger Mensch ist.«

»Wie wir alle, mein Lieber, auch wenn wir harmlos aussehen. Jeder von uns ist ein Pulverfass, dessen Lunte bereits angezündet wurde.«

9

Orloff stellte eine Sichtverbindung zur *Universal Pax* her. Er sah sich dem Kapitän, der Co-Pilotin und Tritus' Assistentin gegenüber, neben ihm stand Levia Magath. Gleichzeitig war der interne Kanal geöffnet, damit alle Personen auf beiden Schiffen mithören konnten.

Chuck war dabei, die Sprungkoordinaten für den LSP zu errechnen. Sie konnten es mit diesen Triebwerken in einer Distanz schaffen, laut Auskunft der Techniker beider Schiffe.

»Wir haben jetzt eine heikle Situation«, begann der Oberleutnant. »Egal, wofür wir uns entscheiden, wir können keinen hundertprozentigen Schutz mehr bieten. Entweder hier oder auf der anderen Seite haben wir es mit einem schutzlosen Gefahrenmoment zu tun. Dazu im Anschluss noch mehr.

Im Interim ist jeder von uns allein unterwegs, und wenn wir herauskommen, sind wir für ein paar Sekunden orientierungslos. Vielleicht auch für Minuten, denn einen rund zwanzig Lichtjahre weiten Sprung habe ich noch nie unternommen und kenne mich mit den Nachwirkungen nicht aus.

Bei dieser Gelegenheit sei dringend darauf hingewiesen, dass Sie in Ihrem Buch unbedingt den LSP mit Entfernung vermerken müssen. Wir werden doch einige Zeit im

167

Interim unterwegs sein, denn die Leistungskraft unserer Triebwerke ist bei dieser Auslastung schnell begrenzt, auch wenn wir gemessen an der Größe des Schiffs über eine hohe Reichweite verfügen. Deshalb werden wir es nicht übertreiben und nicht auf Volllast fliegen.

Halten Sie Ihre medizinische Soforthilfe bereit, denn Sie werden sicher mit Kreislaufschwierigkeiten, vor allem Übelkeit, zu kämpfen haben. Stabilisierungspflaster, Brechfolie, Beruhigungsmittel müssen sofort greifbar sein. Sichern Sie sich wieder doppelt beim Anschnallen, sorgen Sie dafür, dass nichts frei herumfliegen kann, essen und trinken Sie ab jetzt nichts mehr, kauen Sie keinen Kaugummi, haben Sie überhaupt nichts im Mund.« Er warf einen Blick zu Ella. »Vor allem keine Zigarren.«

Sie grinste unverschämt und säuselte in hohem Tonfall: »Und bitte achten Sie darauf, Ihrem Nachbarn nicht in den Kragen zu kotzen.«

Er runzelte die Stirn, fuhr aber übergangslos fort. »Der Navigator wird Ihnen im Anschluss die Sprungdaten übermitteln. Vergleichen Sie sie mit Ihren, gleichen sie notfalls an oder halten Sie Rücksprache, wenn die Abweichung zu auffällig ist. Das ist schon bei einer viertel Bogenminute der Fall. Wir dürfen nicht zu weit voneinander entfernt wieder austreten.«

Sennens Holoabbild nickte. »Wir werden uns synchronisieren, das hat sich bereits bewährt.«

»Haben Sie schon so einen weiten Sprung durchgeführt?«

»Nicht in einer kleinen Jacht. Doch ich denke, das werden wir hinkriegen.«

»Sehr gut. Die Vorgehensweise ist nun: Wir fliegen parallel. Sobald wir die Eintrittsgeschwindigkeit erreicht haben, springen wir *vor* Ihnen hinein. Sie folgen uns nach exakt vierzig Sekunden. So haben wir auf der anderen Seite die Chance, uns bis zu Ihrem Eintreffen einigermaßen orientiert zu haben und können Schutz geben. Der Austritt erfolgt in einhundertfünfzigtausend Klicks Entfernung zum System. Wir werden uns ans Ziel heranpirschen, um so viele Informationen wie möglich zu sammeln. Außerdem brauchen wir eine mehrstündige Erholungsphase. Nach dem Austritt ist es wichtig, dass ausreichend gegessen und getrunken wird, um die hohe Verbrennung auszugleichen. Halten Sie sich daran, auch wenn Ihnen nicht danach ist – Sie werden sich schnell besser fühlen. Anschließend werden wir eine Wache aufstellen und zwei Stunden schlafen. Wir müssen fit sein, wenn wir an unserem Ziel ankommen. Sollte am Landepunkt Nacht herrschen, werden wir auf die Tagphase warten. Alles verstanden?«

Arva Mojèr nickte. »Ich werde darauf achten, dass alles befolgt wird.«

»Wir müssen davon ausgehen, dass wir ab dem Zeitpunkt der Ankunft nicht mehr so schnell zur Ruhe kommen werden, deshalb sorgen Sie dafür, dass Sie sich wirklich ausreichend erholen. Wir können uns keinerlei Schwäche erlauben.«

Damit war Orloff fast am Ende seiner Rede. Die meisten kannten das Vorgehen zwar, doch es konnte nie schaden, es zu wiederholen. Gerade bei seinem Team war es viele Jahre her, dass sie zuletzt im konventionellen Raumflug unterwegs gewesen waren.

»Wichtig ist Folgendes: Sollten wir während unseres ›Anlaufs‹ angegriffen werden, werden wir trotzdem *nicht* langsamer werden oder gar anhalten, unter gar keinen Umständen. Ich werde versuchen, Sie zu schützen, aber sobald ich die Geschwindigkeit erreicht habe, werde ich springen. Und Sie werden dasselbe tun. Einer von uns muss dort drüben ankommen und die Mission durchführen. Bleiben wir hier und kämpfen, riskieren wir, beide draufzugehen, und das war's dann.«

Die Assistentin nickte wieder. »Einverstanden.«

Orloff sah zu Magath. »Keine Einwände?«

»Nein. Diese Vorgehensweise ist logisch.«

»Aber wir werden gar nicht angegriffen«, sagte Chuck dazwischen. »Das All ringsum ist blütenschwarz und sauber. Nicht die kleinste Störung.«

»Sorgen wir dafür, dass es so bleibt, und machen uns auf den Weg!«

Ende der Ansprache. Alle gingen auf ihre Plätze und schnallten sich an.

»Das ist immer der langweiligste Teil«, murrte Amrit von hinten. »Und zugleich der spannendste.«

Als die Schiffe nach Abgleichung der Koordinaten auf Beschleunigungskurs gingen, sah es aus wie ein Wettrennen. Es war völlig still geworden, alle starrten gebannt nach draußen, durch die Sichtscheibe oder via Holo.

Ja, dachte Orloff, *ja, das ist es. Du verdammtes Miststück, ich bin zurück. Freust du dich?*

Das All schwieg, wie immer; spröde und kühl, luftleer und finster zeigte es sich, scheinbar unverändert wie in den vergangenen zwanzig Jahren. Reglos und erstarrt schien es, deutete durch nichts an, mit welchen Geschwindigkeiten Kometen, Planeten, Systeme und Galaxien durch es hindurchrasten.

Habe ich dich vermisst? Wenn ich ehrlich bin, nein. Aber nun, da ich hier bin, spüre ich, dass mir all die Jahre über etwas gefehlt hat. Deine Gleichgültigkeit, deine Kälte. Dein Glanz. Dein Blitzen in der Nacht. Geburt und Tod in dir, eines prächtiger als das andere. Du gibst dich abweisend, doch du liebst das Schauspiel und den Scheinwerfer. Du empfindest mich als Störenfried, doch du öffnest dich mir ganz und gar. Du hast versprochen, mich zu töten, und ich habe versprochen, trotzdem wiederzukehren.

Orloff warf einen verstohlenen Blick zu Levia Magath. Was ging wohl in ihr vor? Zum ersten Mal hier draußen zu sein, den Sternen so nah und doch ferner denn je? Auf der Erde gab es keinen Nachthimmel. Man musste schon großes Glück haben, wenn man einmal ein freies Stück Finsternis mit wenigen funkelnden Glanzlichtern erhaschte.

Vor langer Zeit hatten Menschen Fernrohre und Teleskope gebaut, um hinauszuschauen und vom Universum zu träumen. Sie hatten Sterne und Planeten gezählt und die Lichtgeschwindigkeit errechnet. Sie waren mit ihren Riesenteleskopen bis an den Anfang und wieder zurück gereist. Sie waren zum Mond geflogen und hatten Sonden zum Mars geschickt. Und dann hatten sie TransMatt-Portale erfunden und die ersten Schritte hinaus unternommen. Schließlich folgten die Schiffe, die hineintauchten wie ein U-Boot ins Meer.

Was sie hier draußen gefunden hatten, war völlig anders gewesen, als sie es sich vorgestellt hatten. Doch mit der den Menschen eigenen Pragmatik hatten sie sich an die Expansion gemacht, ganze Planetensysteme aufgeteilt und zum Eigentum erklärt, und versorgten von dort aus die Erde, weil diese nach vielen Kriegen selbst nicht mehr dazu in der Lage war. Mit außerirdischen Lebewesen machten sie zumeist kurzen Prozess; es sei denn, es geschah genau umgekehrt, wie im Fall der ...

Nein, lassen wir das. Jetzt geht es nur um dich und mich. Geliebte Feindin, das bist du. Eine eiskalte Mörderin, doch manchmal ... zeigst du auch Gnade. Wirst du es auch diesmal tun? Oder habe ich dich einmal zu oft herausgefordert? Wir werden es sehen. Ja, das werden wir. Ich bin nun hier.

Er war nicht oft mit dem Anzug draußen gewesen. Zuletzt nach dem Vorfall auf Zan Tao Prime, als es das Shuttle buchstäblich in Stücke gerissen hatte und er dort draußen allein dahingedriftet war, mittendrin in dieser schwarzeisigen Hülle, die ihn wie eine Decke umgab. Eine tödliche Umarmung, und doch ... hatte er sich selten so geborgen und eins gefühlt mit sich und dem Universum. Frei von Furcht und voller Zufriedenheit. Es war idiotisch, aber er war beinahe enttäuscht gewesen, als sie ihn dann eingesammelt hatten.

Damals war ein Teil von ihm hier draußen geblieben, und manchmal in den vergangenen fünf Jahren glitt er im Traum wieder durch das luftleere Nichts, aber ohne Raumanzug, auf der Suche nach dem verbliebenen Rest, und löste sich schließlich darin auf.

Manchmal war es ein Albtraum, aber manchmal wollte er nicht wieder daraus erwachen.

Orloff hatte die anderen Justifiers nie gefragt, was sie hier draußen empfanden. Das war wie ein inoffizielles Tabu. Natürlich riss man Witze, fluchte oder sah alles ganz wissenschaftlich. Aber die wahren Empfindungen äußerte niemand. Das war eine intime Sache zwischen jedem Einzelnen und dem Universum.

Nun kam allmählich doch Bewegung ins All, je mehr sie beschleunigten. Die *Universal Pax* lag nach wie vor gleichauf mit der *Gradivus* und schien deswegen völlig still daneben zu liegen. Jetzt waren es die Schiffe, die sich reglos gaben, und das All floss an ihnen vorbei. Leuchtende Punkte verzogen sich zu Schlieren, wanderten über den Schiffshorizont und an ihm vorbei.

Orloffs Blick glitt immer öfter zu seiner Platzkontrolle. »Es ist bald so weit«, flüsterte er. »Haben Sie an alles gedacht?«

»Ja«, antwortete Magath ebenfalls leise. Sie zeigte ihm, was sie in der Hand hielt.

Er nickte und kontrollierte ebenfalls, dass er alles griffbereit hatte. Wenn er Glück hatte, konnte er sich das Injektionspflaster noch auf die Hand pressen, bevor er das Bewusstsein verlor. Das würde ihn dann schnell zurückbringen. Hoffte er.

Im Grunde war er momentan genauso unerfahren wie Levia Magath, denn sein letzter Interim-Flug lag lange zurück.

Konzentriere dich.

Die Ortung zeigte an, dass sie nach wie vor allein hier unterwegs waren.

Wo sind sie?, dachte Orloff. Es machte ihn halb verrückt, dass er nicht wusste, auf welchen Feind er sich einzustellen hatte. Jeder Kon ging anders vor. Der eine führte Bombenanschläge durch, der andere schickte Assassinen, der dritte lauerte im Hinterhalt, der vierte probte eine feindliche Übernahme – und so weiter. Es gab nichts, worauf sich Orloff einstellen konnte, und das war aufgrund seiner langen Erfahrung ärgerlich. Es genügte, sich mit dem Unbekannten auf einem neu entdeckten Planeten herumschlagen zu müssen, aber auch noch einen namenlosen Konkurrenten im Nacken sitzen zu haben war unnötig nervenaufreibend. Sie konnten kaum eine Strategie für den Einsatz ihrer Mission planen.

Also gehen wir Schritt für Schritt vor. Wir schaffen es ins Interim. Was danach ist, sehen wir dann.

Der Countdown blendete sich ein und zählte rückwärts. Noch zwei Minuten, neunundfünfzig Sekunden bis zum Sprung.

Ein kleiner Holoausschnitt zeigte die Uhr der *Universal Pax*, die genau vierzig Sekunden mehr anzeigte. Die Jacht fiel langsam zurück.

Es wäre schwierig, sie nun bei dieser Geschwindigkeit noch aufzuhalten. Wenn, dann hätte schon jemand mit ihnen gleichziehen müssen, um einen Treffer erzielen zu können. Es gab vielleicht Schiffe, die schneller waren als sie, aber auch die benötigte Beschleunigungszeit spielte eine Rolle. Auf dieser Seite waren sie also sicher.

Levia Magath zeigte nach wie vor keine Regung, aber Orloff nahm ihr diese Gelassenheit nicht ab. Jeder war äußerst nervös, wenn es an den ersten Sprung ging. Es gab so viele Gerüchte und Berichte, daran kam man nicht vorbei. Zur Anfangszeit der Raumfahrt hatte es entsetzliche Unfälle gegeben, sodass die Menschheit sie beinahe ganz aufgegeben hätte, wenn sie nicht die außerirdischen Artefakte gefunden hätte. Auch jetzt gab es noch haufenweise Katastrophenfilme, die »von früher« erzählten, und das möglichst drastisch. Dazu kam das, was sonst noch im Umlauf war ... Es wurden zwar jeden Tag dutzendfach solcher Sprünge vollzogen, dennoch blieb ein mulmiges Gefühl. Orloff erging es nicht anders. Es konnte immer noch jederzeit schiefgehen. Nach wie vor hatten sie nicht die volle Kontrolle. Ein winziger Fehler nur, ein kleiner Stotterer im Antrieb oder eine Unregelmäßigkeit im Reaktor, und sie konnten hochgehen. Oder in tausend Stücke gerissen werden. Oder anderswohin geschleudert werden. Es gab Hunderte Möglichkeiten, und Levia Magath kannte sie garantiert alle, wie jeder andere auch.

Das war es, was Amrit mit *langweilig und spannend zugleich* gemeint hatte. Während der Beschleunigungsphase mussten sie aus Sicherheitsgründen stillsitzen und konnten doch im nächsten Moment ins Nichts hinausgeschleudert werden.

Raumanzüge? Klar. Zögerten den Tod vielleicht ein paar Sekunden hinaus. Oder sogar Stunden. Aber wer könnte hierher kommen und sie retten? Niemand wusste, von wo aus die beiden Schiffe den Sprung unternahmen – und wohin.

Oder zumindest fast niemand.

Und da wären wir wieder beim Zentralthema.

Orloff hasste diese Ungewissheit, dieses Belauern mehr als alles andere. Lieber hatte er eine handfeste Gefahr und einen Kampf. Intrigieren, hinterrücks heranschleichen, das alles war Zoldans Parkett, nicht seins.

Eine Minute fünfunddreißig.

Die Anzeigen waren freundlich und zuvorkommend. Keine Warnung, kein Hinweis. Die Crew verhielt sich ruhig. Die Jacht war inzwischen außer Sichtweite des Fensters, konnte aber per Außenkamera leicht eingefangen werden. Auch dort war alles im grünen Bereich.

Also dann, bereiten wir uns vor.

Es war wichtig, sich zu entspannen, denn umso besser überstand man die Nachwirkungen. Manche steckten es locker weg, aber das konnte man vorher nie wissen. Jeder Sprung war anders. Jeder Sprung brachte einen näher an den Wahnsinn heran. »Unheilbar geschädigt durch Interim-Syndrom« lautete dann die Diagnose. Es gab Knallköpfe, die über hundert LSPs absolvierten und es verschwiegen. Das konnte sogar noch eine Weile gut gehen, ein paar Monate, ein Jahr oder zwei. Aber irgendwann war es damit vorbei. Im besten Fall war es nur ein Amoklauf, der den Schlusspunkt setzte. Im schlimmsten Fall hatte man während der gestohlenen Zeit ein Kind gezeugt, und der nächste *Jump* war bald geboren ...

Fünfundvierzig Sekunden.

Orloff hörte, wie Levia Magath neben ihm einatmete. Aha. Da ging sie hin, die Coolness.

»Ruhig atmen«, flüsterte er. »Nicht die Luft anhalten, entspannt bleiben.«

Achtzehn Sekunden.

Die Zeit dehnte sich.

Zehn Sekunden.

Die Anzeige blinkte warnend.

Fünf.

Dann zog sich das All vor ihnen plötzlich zu Schlieren zusammen, wölbte sich auf und schloss sich zuletzt um das Schiff, wurde eng wie ein Geburtskanal, und dann entstand das rasende, erdrückende Gefühl eines gewaltigen Sogs.

Jetzt ist es so weit.

Orloff wurde in den Sitz gepresst, es trieb ihm die Luft aus den Lungen, und er spürte, wie seine Rippen zusammengedrückt wurden. Der Augenblick schien Minuten anzudauern, aber Orloff wusste, dass es nur der Bruchteil einer Sekunde war. Trotzdem tat es scheißweh, und er würde seine Rippen noch einige Tage danach spüren. Daran würde er sich nie gewöhnen.

Das Interim öffnete sich vor ihnen, und dann wurden sie von dem brüllenden glitschigen Chaos eingesaugt, verschlungen, hinuntergeschluckt und in die Eingeweide gespült.

Ocker nannte Orloff es. Dabei wusste er nicht, ob das Interim tatsächlich eine Farbe besaß, doch das war der Eindruck, den er jedes Mal empfand und den seine Augen ihm vorgaukelten.

Um die *Gradivus* herum toste es. Der automatische Schutz war heruntergefahren und bewahrte die Scheiben vor dem Schleim dort draußen, der in gallertartigen Wirbeln gegen die Außenhülle klatschte. Eine Außensicht war nur noch über die Kameras möglich, doch diese waren bald so zugesetzt mit der Sülze, dass die Sicht nur noch verschwommen war.

Bald konnte Orloff ohnehin nicht mehr nach draußen schauen, weil es ihm den Magen umdrehte. So oft hatte er sich vorgenommen, bis zum Schluss durchzuhalten, doch er schaffte es nicht. Das Interim war ein Ort des Grauens. Er deaktivierte die Schirme; der Kurs war ohnehin einprogrammiert, und das Schiff würde seinen Weg auch so finden. Nicht einmal die besten Piloten, auch Ella nicht, konnten die manuelle Steuerung beibehalten.

Magath stöhnte leise. Orloff versuchte einen klaren Kopf zu behalten. Trotz der starken Absorber wurde das Schiff durchgeschüttelt wie eine Olive im Martini, und das nicht mal regelmäßig, sondern ruckartig verzerrend in alle Richtungen. Die elektronischen Fesseln hielten, die mechanischen Gurte ebenfalls. Orloff wurde trotzdem im Sitz hin-

und hergezerrt, aber wenigstens konnte er nicht herausfallen. Das hatte schon zu bösen Unfällen geführt.

Er konnte nur hoffen, dass auf der *Universal Pax* alle seine eindringlichen Warnungen beherzigt hatten. Tritus sicherlich, er war den Raumflug gewohnt, aber Orloff konnte sich des Gefühls nicht erwehren, dass die gesamte Mannschaft in diesem Geschäft neu war, einschließlich Tritus' engster Mitarbeiter. Wahrscheinlich hatten sie schon ein paar KSP hinter sich, aber das war etwas anderes als ein LSP. Er kostete immerhin das Vierfache und musste deshalb gesondert im Buch vermerkt werden, einschließlich der Sprungweite. Man wusste immer noch nicht genug über die Nebenwirkungen, deshalb war man nach wie vor damit zugange, ein Mittel dagegen zu finden. Vor allem gegen den Wahnsinn, hervorgerufen durch Degeneration und Fehlschaltungen der Synapsen.

Wann ist es endlich vorbei?, dachte Orloff noch, dann war er weg.

... und wieder da.

Was? Was ist passiert?

Orloff fuhr hoch und sah sich verstört um. Das lähmende Schaukeln und Zittern ließ abrupt nach, die Holoschirme aktivierten sich automatisch, der Sichtschutz fuhr hoch. Noch ein kurzer, grausamer Moment des Ockers, dann waren sie draußen, ausgespuckt aus einem Kontinuum, das nichts mit ihnen zu tun haben wollte. Das galt umgekehrt ebenso, aber der Zweck heiligte nun einmal die Mittel.

Hastig griff Orloff nach dem Stabilisierungspflaster und presste es auf den Handrücken, und gleich daneben klebte er das Aufbauinjektionspflaster. Als Nächstes riss er einen

Energieriegel auf und zwang sich, zu kauen und zu schlucken, obwohl ihm so speiübel war, dass er am liebsten nie wieder etwas gegessen hätte. Doch er kannte das und zwang sich energisch weiter dazu. Neben sich hörte er, wie sich Magath in die immerhin rechtzeitig geöffnete Tüte übergab. Auch von hinten erklangen würgende Geräusche und das Ratschen weiterer Riegelverpackungen.

Sein Magen beruhigte sich, als die Wirkungen einsetzten, er blieb bei Bewusstsein, und so aß er den Energieriegel komplett auf. Gleichzeitig beobachtete er das Terminal. Wie es aussah, hatten Reaktor und Triebwerke gehalten. Weder waren sie ihm um die Ohren geflogen, noch waren sie völlig ausgebrannt. Und die Selbstreinigung war bereits am Werk. Prächtig, prächtig.

»XO, runter mit der Geschwindigkeit!«, rief er nach vorn, während er die Gurte und Fesseln löste und sich aus dem Sitz hochkämpfte. Er nestelte einen weiteren Energieriegel hervor und drückte ihn Magath in die Hand, die immer noch mit ihrer Tüte beschäftigt war. »Essen Sie, schnell!«, befahl er. »Spucken Sie es wieder aus, wenn es nicht anders geht, aber essen Sie weiter. Nach dem dritten Bissen wird es erträglicher.«

»Sind dabei, Sir«, kam es etwas gequetscht vom Pilotensitz, und Ella räusperte sich.

»Gegenschub schaltet in Drei-Zwo-Eins«, kam es vom Co-Piloten.

Erneut ein Ruck, ein Zittern, dann stabilisierte sich die Lage, und die vorbeirasenden Sterne wurden wieder zu fernen reglosen Punkten. Orloff taumelte mit weichen Knien nach vorn. Ella hing leichenblass im Sitz, erholte sich aber bereits. Sie war eine zähe kleine Person, die nicht nur zuschlagen, sondern auch einstecken konnte. Mit einer Mischung aus schiefem Grinsen und Leidensmiene wagte sie den ersten Biss in ihren Energieriegel.

»Wie sieht es aus?«

»Alle Systeme voll funktionsfähig, Kommandant«, meldete Chuck. Ein HSP ließ sich von einem lächerlichen Interim nicht aus der Ruhe bringen. Ein Elefant könnte sich auf ihn setzen, und er würde es kaum spüren, sich eher wie von einer Fliege belästigt fühlen. »Austrittskoordinaten exakt getroffen. Automatische Reinigung wird durchgeführt. Die *Universal Pax* müsste jeden Moment ankommen.«

»Na, dann werden wir uns mal auf den Empfang vorbereiten«, sagte Orloff. »Nicht, dass sie noch in uns reinknallt.«

»Sie sollte uns knapp verfehlen, wenn ich es richtig berechnet habe.«

»Sollte ich das infrage stellen?«

»Keinesfalls, Boss.« Chuck grinste. »Bin der Beste.«

Orloff drehte sich nach hinten. »Also gut, Team! Kommt auf die Beine, wir haben zu tun, bevor wir uns ausruhen dürfen. Nehmen wir unsere Freunde in Empfang. Laury, mach dich bereit, womöglich ist dein Einsatz drüben gefordert. Da können wir dann gleich die Sache mit dem Rendezvousschlauch testen.«

Leises Murmeln, das sich wie Maulen anhörte, scharrende Geräusche von Stiefeln auf metallischem Schiffsboden, Ächzen und Stöhnen. Dann waren sie alle unterwegs auf ihre Posten.

Levia Magath war noch nicht ansprechbar, aber Orloff hatte keine Zeit, sich um sie zu kümmern. Damit musste sie allein fertigwerden, und je schneller sie sich daran gewöhnte, desto besser.

»Achtung, Wiedereintritt«, erklang Chucks Stimme.

Gleich darauf wurde auch die Jacht ausgespien, in etwa hundert Kilometern Entfernung, und bot einen jammervollen Anblick. Das strahlende Weiß war von einer lehmgrauen Schicht überzogen, die an manchen Stellen bereits verkrustete. Aber wie bei der *Gradivus* auch setzten sofort die Selbstreinigungssysteme ein, bevor die Substanz die empfindlichen Teile wie Glas und Kunststoff sowie die Nähte angreifen konnte.

Zuerst schoss sie wie eine Rakete weiter, bis die Gegenschubdüsen aktiviert wurden und sie an Fahrt verlor.

Chuck schickte einen Ruf nach drüben, während Ella das Schiff manuell näher heransteuerte.

Nach einer Weile meldete sich eine krächzende Stimme. »Garrett hier. Scheiße, was für ein mieser Ritt. Sennen hat es ausgeknockt, er kommt gerade erst zu sich. Ist das immer so?«

»Nein«, antwortete Orloff und dachte beunruhigt an seinen Blackout. Wie lange war er wohl weg gewesen?

»Stell dich nicht so an, Herzchen«, ging Chuck nach Garretts Ausbruch zur Formlosigkeit über. »Das war doch ein Spaziergang. Normalerweise machen wir das ohne Schwerkraft an Bord.«

»Na toll. Hier kotzen auch so alle.«

»Ich schicke euch den Doc rüber«, sagte Orloff. »Ihr seid alle noch reichlich grün hinter den Ohren, was?«

»Aye, Sir. Was soll ich machen?«

»Wir sollten uns synchronisieren«, übernahm Chuck. »Schaffst du es, dass wir parallel gehen, um die Schleuse auszufahren? Und dann solltest du die Kontrolle an Ella übergeben.«

»Mach ich, kein Problem. Ich sehe euch und drehe schon mal bei.«

Centurion stampfte heran. Er musste sich bücken, damit seine Hörner nicht an der Deckenverkleidung kratzten. »Wenn ich das sagen darf«, befand er leise. »Das machen wir nicht noch mal.«

Orloff grinste. »Zur Kenntnis genommen. Geh mit Pandor die Waffensysteme überprüfen, wir wollen keine böse Überraschung erleben, ohne darauf vorbereitet zu sein.«

Centurion machte sich auf den Weg. Levia Magath weilte inzwischen auch wieder unter den Lebenden und erhob sich ein wenig unsicher. Ein halber Energieriegel klebte in ihrer Hand. »Was geschieht nun?«

»Unsere Bordärztin geht rüber und sieht nach dem Rechten. Derweil suchen wir ringsum die Gegend ab, ob es irgendwo ein Empfangskomitee gibt.« Er wies auf ein System aus drei Sonnen, das sich in relativer Nähe befand. »Dort gibt es einige Versteckmöglichkeiten.«

»Was ist das dort hinten?«, wollte Magath wissen und deutete nach rechts. »Das ist wie ... ein Flackern.«

»Sie haben sehr gute Augen«, äußerte Chuck lobend. »Keine Ahnung, wie Sie das wahrnehmen können, aber wir haben hier tatsächlich etwas Besonderes – eine *Schwarze Witwe*.« Er blickte zu Orloff. »Ich habe schon einige Aufnahmen gemacht.«

»Was ist eine Schwarze Witwe?«, wollte Magath wissen.

Orloff verzieh es ihr, sie war schließlich keine Astronomin, sondern ... was auch immer. Sie hatte vom All und der Raumfahrt nicht die geringste Ahnung. Hoffentlich traf das nicht auch auf den Bodeneinsatz zu.

Chuck freute sich jedoch, sein Wissen preisgeben zu können. »Es handelt sich hier um einen Millisekundenpulsar, die man mit über siebzig Prozent Wahrscheinlichkeit in einem engen Doppelsternsystem vorfindet. Ist dies der Fall, tragen sie eben diesen Beinamen, denn innerhalb einiger Millionen Jahre verdampfen sie ihren Begleiter, weil ihre Rotation nur Millisekunden dauert. Dadurch entsteht eine so gewaltige Ausstrahlung an Partikeln und elektromagnetischen Feldern, dass der Doppelstern überhitzt. Aus der Ferne betrachtet sieht es aus, als ob die *Schwarze Witwe* ihren Begleiter aussaugt.«

»Er befindet sich in Richtung unseres Ziels, richtig?«, stellte Magath die nächste Frage.

»Exakt. Ein guter Anhaltspunkt, um zu wissen, dass wir auf dem richtigen Weg sind.«

Inzwischen näherten sich die beiden Schiffe einander immer mehr an. Ella hatte die Kontrolle über beide Steuersysteme erhalten, die Programmierung vorgenommen, und nun übernahmen die Automatiken.

»Auf zum Rendezvous im All«, sagte sie munter und schob sich einen Kaugummi in den Mund.

Der Abstand der Schiffe wurde so gehalten, dass die Dockingschleusen einander gegenüberlagen. Durch die Synchronisierung der beiden Schiffe wurde die Schleuse automatisch ausgefahren und musste nicht per Hand gesteuert werden. Die Steuerung maß die Entfernung, fixierte den Andockpunkt, und dann entfaltete sich langsam der Schlauch.

Laury hatte den Raumanzug angelegt und den Helm geschlossen. In dem Verbindungsschlauch herrschte keine Schwerkraft, zudem würde es trotz des isolierenden Materials sehr kalt werden und nur die Menge an Sauerstoff austreten, die bei der Öffnung geflutet wurde.

Die Bordärztin hatte noch nie einen solchen Spaziergang unternommen und war nervös. Zusammen mit dem medizinischen Einsatzkoffer machte sie sich auf den Weg, sobald die Zwischenschleuse hinter ihr geschlossen war und das System die Freigabe erteilt hatte.

Auf beiden Schiffen wurde ihr Weg neugierig beobachtet, aber sie meisterte ihn mit Bravour, als hätte sie gestern erst das Training dazu absolviert.

»Manches vergisst man nie«, seufzte sie erleichtert; wobei man nicht vergessen durfte, dass sie sehr trainiert war und über eine hervorragende Balance verfügte.

Orloff hatte ihr aufgetragen, sich gut auf der Jacht umzusehen und wenn möglich heimliche Aufnahmen zu machen, sollte ihr etwas verdächtig vorkommen.

»Ich glaube, da fühlt sich noch jemand eingeladen«, sagte Chuck plötzlich, und Ella, die ein wenig vor sich hingedöst hatte, fuhr hoch.

»Kommandant! Wir kriegen Besuch!«, rief sie alarmiert.

Auf der Fernortung war bisher nicht viel zu erkennen gewesen. Fünf Punkte, die sich näherten.

»Jede Wette, das sind Royal Raiders«, schnaubte Orloff entrüstet.

»Piraten? Was sollten die von uns wollen?«, fragte Ella erstaunt. »Wir haben keine reichen Passagiere an Bord oder Fracht.«

»Das Diplomatenschiff. Erst recht unseres. Beide gerade erst vom Stapel gelaufen. Genügt das nicht?«

Der Alarm gellte durchs Schiff. Centurion und Pandor besetzten umgehend die Waffenleitstände, die Techniker packten die Reparatursets und positionierten sich in der Nähe des Hecks.

Orloff beorderte Laury sofort zurück und befahl ihr, Tritus mitzubringen.

»Hoffentlich kriege ich den schnell genug in einen Raumanzug«, kam es lakonisch von ihr zurück. »War übrigens gut, dass ich hier war, es hat ein paar kleine Unfälle gegeben und Kreislaufschwächen.«

»Ihr müsst euch beeilen, denn wir können die Schutzschilde nicht hochfahren, solange wir verbunden sind!«, rief Orloff. »Tullius! Haben Sie mich gehört? Sofort in einen Raumanzug und mit Laury durch die Schleuse!«

»Ich werde mein Schiff nicht verlassen«, wehrte sich der Diplomat.

»Sobald wir angegriffen werden, was *jetzt* der Fall ist, unterstehen Sie meinem Befehl«, schnappte Orloff. »Sie kommen sofort zu mir herüber, ohne weitere Diskussion.«

»Boss, die kommen ziemlich schnell näher«, meldete Chuck dazwischen.

Orloff grunzte. »Natürlich. Die haben uns erwartet, denn hier gibt es keine normale Flugroute. Da scheint bei der Station einiges undicht zu sein!«

Magath mischte sich ein. »Sir, dieser Angriff gilt Ihnen. Kommen Sie auf dieses Schiff, das Ihnen besseren Schutz bieten kann, da wir die Verbindung ohnehin schon aufgebaut haben. Ihre Jacht dient als Köder.«

»Na, danke!«, entfuhr es Garrett. »Soll ich Katz und Maus mit denen spielen?«

»Sennen, was ist mit dir, bist du mal wieder bei dir?«, fragte Ella, statt eine Antwort zu geben.

»Bin dabei, die Sicherheitssysteme vorzubereiten«, antwortete der Pilot. »Franka, du hast es erfasst – genau *das* werden wir tun. Am besten nehmt ihr Kurs auf Noxus, und wir lenken sie ab.«

»Negativ«, gab Orloff zurück. »Wenn wir das tun, wissen die sofort, was Sache ist. *Ihr* ergreift die Flucht, aber Richtung System, und wir geben euch Geleitschutz. Genau wie geplant.«

»Wie sieht's denn mit eurer Bewaffnung aus?«, erkundigte sich Centurion aus dem Leitstand.

»Wurde ein bisschen aufgemotzt für diesen Einsatz. Reicht für schweren Beschuss, wenn auch nicht sehr lange. Die Schutzschirme sind auf dem neuesten Stand.«

Orloff trommelte mit dem Finger auf das Terminal. Die fünf Punkte waren nun schon große Flächen, und sie hingen hier bewegungslos fest. Keine Chance, zu manövrieren, zu beschleunigen, auszuweichen. Richtig schön auf dem Präsentierteller. »Laury! Seid ihr bald da?«

»Da kommen sie!«, rief Ella überflüssigerweise und deutete auf die fünf Schiffe, die nun recht gut zu erkennen waren.

»Verflucht«, stieß Orloff hervor. »Noch viel schlimmer.« Er schrie in den Funk: »Tullius, Sie sind in allerhöchster Gefahr, machen Sie schon! Die wollen nicht verhandeln, die wollen töten!«

»Also gut, Orloff, bin ja schon unterwegs.« Der Diplomat ächzte, offenbar legte er bereits den Anzug an. Das wurde trotzdem knapp ... sehr knapp.

Die anfliegenden Schiffe gehörten nicht zu den Royal Raiders, die man leicht am Zeichen der Bourbonenlilie erkannt hätte. Mit denen hätte man sicherlich verhandeln können, über einen finanziellen Ausgleich statt Auslieferung der Schiffe oder was auch immer. Sie hätten sich schwergetan zu kapern, trotz der zahlenmäßigen Überlegenheit, aber ihnen wäre natürlich daran gelegen gewesen, die kostbare Beute nicht zu schwer zu beschädigen. Eine Pattsituation und daher eine einigermaßen gute Ausgangsbasis.

Doch diese zwar nicht großen, aber schweren Kriegsschiffe hier trugen den Schriftzug *Democracy*. Das bedeutete, sie waren Terroristen und rein auf Vernichtung aus. Natürlich handelten sie hier draußen, weitab von allem, im Auftrag. Sollten sie von der GUSA finanziert sein, was wahrscheinlich war, sollten sie diese Mission komplett auslöschen, um sich dann des Planeten selbst zu bemächtigen. Es musste ihnen irgendwie gelungen sein, den Kurs zu verfolgen und zu berechnen, und mit ihren leistungsfähigeren Triebwerken, vor allem unter Volllast, waren sie ein Stück voraus. Nicht auszuschließen, dass an anderen möglichen Austrittspunkten weitere Schiffe warteten. Diese hier hatten den Volltreffer gelandet.

Zoldan, auf was für ein Spiel hast du dich da eingelassen? Das ist eine Nummer zu groß für uns alle.

»Da muss ja wirklich was Tolles zu finden sein, wenn sich auch noch die GUSA einmischt«, bemerkte Centurion via Bordkom.

»Falls es die GUSA ist«, wandte Ella ein.

»Na, wer denn sonst? Warum sollten Terroristen uns paar Hanseln hier draußen im Nichts angreifen, wo es keiner mitkriegt und sie keine Show zu bieten haben?«

»Ich halte es für möglich«, sagte Magath, »dass diese Leute gar nicht genau wissen, worum es geht. Sie haben lediglich ein Wettrennen zweier Megakonzerne mitbekommen und wollen sich ihren Teil vom Kuchen sichern. Ungefähr einhundert Prozent davon.«

»Das haben Sie schön gesagt. Aus Ihnen wird doch noch was.« Orloffs Miene verfinsterte sich immer mehr. Wie viele Schiffe mochten sie inzwischen auf Noxus 1 schon vorfinden, bis sie eintrafen? Das entwickelte sich langsam zum Rummelplatz!

Was genau an ihrer geheimen Mission war eigentlich noch geheim, abgesehen von dem Umstand, dass er und seine Leute offenbar am wenigsten von allen wussten?

Ein Blitz raste auf sie zu. Instinktiv, er konnte nichts dagegen machen, so dämlich das auch war, duckte sich Orloff. Der Schuss verfehlte sie, wenn auch sehr knapp, und nur deswegen, weil die Schiffe noch zu weit weg waren. Aber das würde sich in spätestens zwei Minuten ändern.

Und in der derzeitigen Position konnten sie nach wie vor weder ausweichen noch die Schutzschirme hochfahren, noch ...

»Centurion, können wir zurückschießen?«

»Mit den kleinen Dingern schon, aber da mangelt es an der Reichweite. Große Geschütze würde ich nicht empfehlen.«

»Laury!«, schrie Orloff. »Tritus, wo bleibt ihr? Kommt endlich in die Gänge, verdammt noch mal, die haben uns gleich!«

Der Holoschirm zeigte, dass Laury den fetten Diplomaten, der einen auf Maß gearbeiteten Raumanzug tragen musste, soeben durch die Schleuse schubste. Wenigstens hatte sie ihn einigermaßen flott durch die Schleuse bringen können, weil er mangels Schwerkraft so gut wie kein Gewicht besaß und sie ihn vor sich hergeschoben hatte.

»Schleuse geschlossen!«, rief Laury.

Diesmal waren es drei Blitze.

»Ausweichmanöver!«, befahl Orloff. »Sennen! Sie auch! Ausweichmanöver!«

»Synchro abgeschaltet, Steuerung übergeben«, meldete Ella. »Achtung, jetzt wird's holprig! Haltet euch fest!«

Sie hatten keine Zeit mehr, sich hinzusetzen und anzuschnallen. Immerhin gab es überall Haltegriffe für den Fall, dass der Antigrav abgeschaltet war.

»Aber die Schleuse ...«, setzte Magath an.

»Scheiß auf die Schleuse«, knurrte Orloff.

»Schleuse bereits abgeworfen ... Achtung, Einschlag!«

Die beiden Schiffe trieben bereits auseinander, die Schleuse driftete wie ein Ringelwurm davon. Es donnerte, das Schiff wurde durchgeschüttelt; Orloff klammerte sich mit aller Kraft fest. Magath stieß sich den Kopf an, hielt sich jedoch auf den Beinen.

»*Universal Pax*, Meldung!«, rief der Kommandant.

»Treffer, aber nicht durchschlagend. Leite Ausweichmanöver ein. Viel Glück, *Gradivus*.«

Orloff beeilte sich, zu seinem Kommandositz zu kommen, und Magath folgte ihm auf den Platz daneben. Er war dankbar, dass sie ihm alles überließ, ohne weise Sprüche von sich zu geben. Bisher fügte sie sich in ihre Rolle als Beobachterin. Wenn das so weiterging, wurde sie ihm noch sympathisch.

Die *Universal Pax* scherte weiter zur Seite aus, und die *Gradivus* ebenso, allerdings nicht zur Seite, sondern nach unten. Sobald genug Abstand erreicht war, aktivierten beide Schiffe die Schutzschirme und fuhren die Waffensysteme hoch. Allmählich wurden die Verhältnisse ausgeglichener.

»Kanal zu denen da drüben öffnen«, befahl Orloff. »Sennen, Sie gehen hinter uns in Deckung und warten auf weitere Anweisungen.«

Die Terroristen bildeten eine Frontlinie, so selbstsicher schienen sie über ihre eigene Überlegenheit zu sein. Diese Aufstellung konnte nur bedeuten, dass sie die beiden Schiffe in den nächsten Minuten mit Sperrfeuer zum Glühen und Bersten bringen wollten.

Wir werden aber zurückbeißen, dachte Orloff grimmig.

Die *Universal Pax* ging hinter die *Gradivus*. Sennen berechnete zudem wahrscheinlich gerade den Fluchtkurs Richtung Noxus 1. Rückzug kam nicht infrage. Die *Gradivus* sollte die Angreifer lange genug aufhalten können, bis die *Universal Pax* auf Geschwindigkeit gekommen war und ausreichend Abstand gewonnen hatte. Mit viel Glück, wenn sie es geschickt anstellte mit dem Fluchtkurs, verlor der verfolgende Feind ihre Spur und konnte nicht herausfinden, wohin sie unterwegs war. Derweil wollte die *Gradivus* mit dem Diplomaten an Bord einen anderen Kurs nehmen und verschwunden sein, bevor der Feind merkte, dass er einer Ablenkung aufgesessen war.

Centurion und Pandor bereiteten die Verteidigung vor.

»Verbindung steht«, meldete Chuck.

»Unbekannte Schiffe voraus«, sagte Orloff in den Funk. »Uns ist nicht bekannt, aus welchem Grund Sie uns angreifen. Wir sind im Auftrag der GS Europa in friedlicher diplomatischer Mission unterwegs. Ihr feindseliges Verhalten wird als terroristischer Akt gewertet und wird schwere Konsequenzen nach sich ziehen. Nennen Sie uns Ihren Namen und Ihren Auftraggeber, vielleicht können wir uns einigen.«

Zur Antwort eröffneten alle fünf Schiffe das Feuer.

»Das heißt dann wohl nein«, murmelte Orloff.

»Jetzt zeig mal, was du kannst, Baby«, schnurrte Ella und gab Gas.

Die geringe Größe der *Gradivus* war nun von Vorteil. Zum einen war sie nicht so leicht zu treffen, zum anderen war sie wieselflink. Das Pilotenduo Sennen und Garrett auf der *Universal Pax* erwies sich ebenfalls als geschickt, denn sie hielten sich weiterhin hinter dem Begleitschiff und boten so gut wie kein Ziel.

Sie bekamen einige Treffer ab, aber die Schutzschirme konnten sie abfangen, bevor sie die Außenhaut erreichten. So wurden sie wiederum ordentlich durchgeschüttelt, aber ohne weitere Schäden. Hoffentlich dachten die drüben darüber nach, dass der Gegner zwar klein war, aber einiges auf der Pfanne hatte. Andererseits würde das nichts an der Ausführung ihres Auftrags ändern.

Orloff funkte die Feindschiffe weiterhin an, doch sie gaben keine Antwort. Das Ziel lautete also *Vernichtung um jeden Preis*. Dann brauchten sie ebenfalls keine Rücksicht zu nehmen.

»Centurion, in einer kleinen Feuerpause von denen sollten wir das Freundschaftsangebot mal erwidern«, sprach er in den Bordkom. »Zentralbeschuss auf den zweiten von links, der ist ein bisschen näher am Boss in der Mitte dran und könnte ihn in Schwierigkeiten bringen. *Universal Pax*, sobald mein Waffenleitoffizier eine Lücke in den Schutzschirm ballert, könntet ihr einen kleinen Blumengruß hinterherschicken?«

»Wir haben was Besseres. Hübsche kleine Böller. Perfekt für ein Feuerwerk.«

»Damit rechnen die nicht«, sagte Orloff grimmig. Wann waren denn Diplomatenschiffe schon gut bewaffnet? Und seit wann verfügten Justifiers über eine gute Ausrüstung?

Zoldan muss es geahnt haben, das Dreckschwein, aber er hat uns wieder mal ins offene Messer rennen lassen.

Die feindlichen Schiffe setzten ihren Beschuss fort, während sie unaufhaltsam näher rückten. Bisher hielten die Schutzschirme, nicht zuletzt auch durch geschickte Ausweichmanöver beider Schiffe.

»Feuer!«, rief Orloff plötzlich, und Centurion reagierte sofort.

Er gab Dauer-Punktbeschuss auf den Schutzschirm des ausgewählten Schiffs, während die *Universal Pax* aus ihrer Deckung hervorkam; und kaum entstand eine winzige Lücke, feuerte das Diplomatenschiff hinterher, zusammen mit einer Salve aus Pandors Geschützen. Alle jubelten auf, als drüben der Lichtblitz einer heftigen Explosion sichtbar wurde, wodurch das Schiff daneben unmittelbar auf Ausweichkurs gehen musste, um nicht in Mitleidenschaft gezogen zu werden. Die drei übrigen Schiffe fackelten aber nicht lange und feuerten aus allen Rohren, und die Angegriffenen sahen zu, dass sie aus der Schusslinie kamen. Beide erhielten mehrere Treffer, und die Energieleistung der Schirme sprang auf Rot und gab eine Warnmeldung.

»Auf dem Schiff drüben verzeichne ich einen Hüllenbruch, und es brennt, aber es ist weiterhin manövrierfähig«, meldete Chuck.

»Und schussfähig!«, schrie Ella und ließ die Finger über die Sensorfelder tanzen.

Die *Gradivus* stöhnte ein wenig über die Belastung, aber

sie gehorchte, *verbog* sich geradezu. Dennoch wurde sie getroffen, und der Einschlag donnerte stärker als sonst.

»Außenhülle hält, aber das war knapp«, meldete ein Techniker. »Hier drin gibt es ein paar Ausfälle, wir machen uns an die Reparatur.«

Die Terroristen versuchten jetzt, sie einzukreisen und unter Kreuzfeuer zu nehmen, sodass es schwierig wurde, gleichzeitig zu feuern und dem Ring auszuweichen.

»Sennen, wenn ich *jetzt* sage, machen Sie sich vom Acker«, befahl Orloff.

»Aye, aye, und ich hoffe, es klappt. Kurs ist berechnet. Wir treffen uns dann auf Noxus 1.«

»Viel Glück.«

»Notfalls«, meldete sich Magath zu Wort, »können wir auch auf sie verzichten. Wir haben ja den Diplomaten.«

Die beiden Piloten ruckten in ihren Sesseln zu ihr herum, aber sie verbissen sich jeden Kommentar. Auch Orloff verzichtete darauf.

»Laury, wo seid ihr?«

»Auf der Medostation, Tritus hat was abbekommen. Aber das wird schon. Wenigstens stört er nicht.«

Das getroffene Terroristenschiff geriet plötzlich aus der Bahn; offenbar hatte sich der Treffer doch schwerer ausgewirkt und der Brand sich vielleicht schnell verbreitet. Die verbliebenen vier gaben nun alles, und ebenso die beiden Verteidiger. Sie mussten inzwischen mehrere Treffer hinnehmen, aber es war alles noch im Rahmen, wohingegen die größeren Schiffe ein besseres Ziel boten. Centurion und Pandor konzentrierten sich in Absprache mit der *Universal Pax* auf die Antriebe und Steuerleitsysteme.

Orloff bemerkte plötzlich etwas Ungewöhnliches auf seiner Anzeige. »Aries, was machst du?«, fragte er über Bordkom.

»Ich versuch mich bei denen einzuhacken«, antwortete der Widder-Beta. »Habe mich bei eurer Kontaktaufnahme angehängt. Sobald ich in den Sicherheitssystemen drin bin, lege ich die Schutzschirme lahm.«

»Das kannst du?«, rief Ella.

»Hatte schon mit der Bauart zu tun. Frag nicht!«

»Du solltest dich besser beeilen«, riet Orloff. »Die machen uns Feuer unterm Arsch, und wir sind bald geliefert, wenn das so weitergeht.«

»Das schöne neue Schiff«, jammerte Chuck.

Der Beschuss wurde immer konzentrierter; die Antwort darauf würde bald schwierig werden. Die beiden kleineren Schiffe waren zwar sehr gut ausgerüstet, aber dennoch keine Kriegsraumer. Die Terroristenschiffe waren zum Glück nicht mehr als doppelt so groß, aber dennoch kompakt ausgestattet mit Waffen, sie waren rein auf Aggression ausgerichtet.

Ihre Schilde hielten noch, während es bei den beiden Diplomatenschiffen nicht mehr allzu gut aussah. Die Techniker auf beiden Schiffen waren schon mit einer Menge Reparaturen beschäftigt, ständig mussten die Energien dorthin umgeleitet werden, wo der gröbste Beschuss erwartet wurde, und dafür anderswo kleinere Treffer hingenommen werden.

Den Fluchtplan mussten sie aufgeben, die *Gradivus* konnte die Position nicht allein halten und der *Universal Pax* die Flucht ermöglichen.

Da gelang es Centurion, einen guten Treffer zu landen,

und ein zweites Schiff geriet in Brand, mehrere Explosionen wurden sichtbar.

Grund zum Jubel bestand deshalb nicht, die eigene Feuerkraft ging zur Neige, ebenso wie die Energie für die Schutzschirme.

»Aries ...«

»Yessir, hab es gleich. Bin ein Profi, wie du weißt, und habe nichts vergessen.«

Justifiers mussten sich in allen Situationen zurechtfinden, gewieft und immer auf dem neuesten Stand der Technik sein. Das war ihr Vorteil diesen Terroristen gegenüber, die nur auf Vernichtung aus waren und einfach auf alles draufhielten. Es gab natürlich auch bei ihnen die Raffinierten, doch eben nicht auf diesen fünf Schiffen mit vermutlich Minimalbesatzung, hier wurden lediglich die Waffenspezialisten gefordert.

Auf die Idee, sich bei ihnen einhacken zu wollen, waren sie bisher nicht gekommen – schließlich waren sie waffentechnisch überlegen. Kein falscher Gedanke, aber es war immer ein Fehler, sich nicht auf den schwächeren Gegner einzustellen und sich in ihn hineinzuversetzen, wie er sich mit Tricks herauswinden könnte.

»Ha!«, schrie Aries, und da konnten sie es auch schon sehen. Ein kurzes Flackern drüben, und die Ortung meldete, dass die Schutzschirme soeben in sich zusammenfielen.

»Das wird nicht lange vorhalten, also haltet euch ran!«, fügte der Widder-Beta hinzu. »Ich mach mich jetzt an die Waffensysteme, aber das ist sehr viel heikler. Besser, ihr sorgt schnell für Ruhe.«

»Auf die Antriebe«, knurrte Orloff. »Wir müssen verhindern, dass sie uns folgen können. Was dann aus ihnen wird, kann uns egal sein.«

Während drüben vermutlich noch Schockzustand über den externen Eingriff herrschte, gaben die beiden kleinen Schiffe nun alles, was sie noch hatten. Sie steuerten in halsbrecherischen Manövern auf die Feinde zu, zuckten unter Treffern zusammen, doch irgendwann hatten sie eine so kurze Distanz erreicht, dass es schwierig wurde, auf sie zu schießen, ohne das benachbarte eigene Schiff zu treffen. Ziemlich problematisch bei ausgefallenen Schutzschirmen.

Wie Mücken gegen Hornissen sausten die *Gradivus* und die *Universal Pax* zwischen die terroristischen Einheiten und warfen ihre schwersten Nuklearbomben.

»Feuer«, murmelte Orloff.

»Feuerwerk«, brummte Chuck.

Die Systeme meldeten Treffer, doch sie konnten es auch so sehen.

»Schnell weg hier!«, schrie Orloff.

Begleitet von Explosionen und sich gewaltig aufblähenden Feuerbällen, beschleunigten die beiden Schiffe und gingen auf Fluchtkurs.

Orloff hoffte, dass die Antriebe der Terroristen hinreichend beschädigt waren und eine Verfolgung unmöglich machten. Der Weg nach Hause, selbst wenn sie die notwendigsten Reparaturen durchführen konnten, war sehr lang.

Nun zeigte sich, wie gut es gewesen war, nicht direkt beim System herauszukommen. Es gab viele Möglichkeiten im weiteren Radius, wo sich das Ziel befinden konnte. Orloff hoffte, genug Zeit herausgeholt zu haben, damit sie ihren Auftrag erledigen konnten, bevor die nächsten ungebetenen Gäste auftauchten.

10

»Sir, ich glaube, wir können es wagen, das System anzufliegen«, meldete die XO. »Weit und breit niemand mehr in Sicht.«

»Gut, nimm Kurs darauf und gib drüben Bescheid.« Orloff schnallte sich los und stand auf.

»Wir hätten sie alle abknallen sollen«, schnaubte Centurion, der gerade heranstampfte. »Die haben es nicht anders verdient.«

»Weiß ich, und wenn wir allein gewesen wären, hätten wir das auch getan«, gab Orloff zurück. Er sah an dem Stier-Beta vorbei zu Laury, die ebenfalls eintraf.

»Ich habe Tritus in eine Gastkabine gebracht«, meldete sie. »Natürlich hat er sich beschwert, dass er nicht mehr in seine Luxuskabine zurück kann, und gemeint, wozu habe er eine tolle Jacht, wenn er nicht drauf sei. Es geht ihm also gut, aber er ist völlig erschöpft. Ich glaube, er hat sich beim Abflug noch eine kleine Orgie gegönnt, zur Feier der Reise.«

»Ja, soll er schlafen. Wir sind durch den Ausweichkurs schätzungsweise noch gut acht Stunden unterwegs.« Er gähnte verstohlen. »Wir alle haben ein wenig Erholung nötig. Teilt euren Dienst ein, esst etwas und schlaft dann.«

»Ich wollte noch einen Statusbericht geben«, sagte Centurion.

Orloff rieb sich die Stirn, hinter der ein heftiger Kopfschmerz pochte. »Klar. Die Schutzschirme halten so einen Angriff nicht noch mal aus, unsere Waffenenergie ist weitgehend erschöpft, Bomben haben wir keine mehr ... sonst noch was?«

»So in etwa«, brummte der Gehörnte und stampfte wieder davon.

»Kommen Sie«, sagte Orloff zu Magath. »Gehen wir was essen.«

»Also gut.« Sie sah nicht so aus, als wäre sie von dem Gedanken begeistert, doch sie ging mit ihm mit.

Im Augenblick befanden sie sich allein in der Messe, alle anderen hatten noch zu tun. Das war Orloff recht, denn er hatte ein paar Fragen.

»Sie können zwischen roter, grüner und blauer Paste wählen«, sagte er betont munter, während er sich etwas auf seinem Tablett zusammenstellte. »Im All ist SynthFood besonders beliebt, weil es nicht viel Platz wegnimmt und alles in kleinen Mengen bietet, was der Körper benötigt. Sie können aber auch einen Konzentratblock haben.«

»Das ist mir alles eigentlich ziemlich egal«, versetzte Magath. »Ich lege nicht allzu viel Wert auf Essen, es dient mir nur zur Ernährung, nicht zum Genuss.«

»Welche Überraschung«, murmelte er.

Er setzte sich ihr gegenüber, aß und trank, um wieder auf Touren zu kommen, bevor er die Konversation eröffnete.

»Welche besondere Befähigung haben Sie eigentlich, um an dieser Mission als Sonderbeauftragte teilzunehmen?«

»Der Vorteil einer Sonderbeauftragten ist es, über keine besondere Befähigung verfügen zu müssen«, erwiderte sie gelassen. »In erster Linie bin ich als Aufpasserin dabei, damit alle Dinge ordnungsgemäß ablaufen. Eine friedliche Kontaktaufnahme mit den Einheimischen und eine Einigung, und natürlich die korrekte Prospektierung. Außerdem geht es um die Klärung der Umstände, die zum Tod der Truppe führten, die dort vor Ihnen gelandet ist.«

»Man unterstellt uns also, in die eigene Tasche zu wirtschaften?«, knurrte Orloff. Es sollte ihm egal sein nach den langen Jahren, und vor allem war es unlogisch, ihn zu schicken, wenn man ihm nicht vertraute. Möglicherweise aber vertraute man allen anderen noch weniger. Dennoch war er verbittert.

»Unter Umständen finden wir dort etwas, das eine kleine Selbstbewirtschaftung reizvoll erscheinen lassen könnte. Selbst Ihnen könnte das passieren.«

Er lachte trocken. »Sie haben Glück, dass ich in den letzten fünf Jahren friedfertig geworden bin, sonst hätte ich Sie jetzt zu Boden geschlagen und dann meinen Betas überlassen. Und anschließend Ella.«

Sie zeigte sich unbeeindruckt, musterte ihn lediglich. »Dann halten Sie sich also für unbestechlich?«

Orloff öffnete den Mund – und schloss ihn wieder. Holte einmal tief Atem. Dann sagte er: »Allerdings, was das Materielle betrifft. Ich bin nicht Zoldan, dem es nur darauf ankommt, sich seinen Platz bei den Privilegierten zu bewahren. Ansonsten – natürlich hat jeder seinen Preis. Auch *Sie*.«

»Und Ihre Leute?«

»Ich vertraue ihnen.«

»Fünf Jahre sind vergangen.«

»Was soll das werden?«

»Sie haben Fragen gestellt, ich antworte. Ich erläutere Ihnen meine Aufgabe. Meine Neutralität.«

»Und was ist nun Ihre besondere Befähigung? Und kommen Sie mir nicht wieder damit, dass Sie keine brauchen. Sie haben eine. Ihr auffälliges Aussehen ist es wohl kaum, das schafft eher Misstrauen.«

»Wie kommen Sie darauf, dass ich eine besondere Befähigung habe?«

»Beleidigen Sie nicht meine Intelligenz.«

Für einen Moment sah sie ihn nur schweigend an. »Sie hegen eine Vermutung?«

»Wie jeder von uns. Stimmt es?«

»Netter Versuch.«

Orloff gab es auf. »Ich sehe schon, das führt zu nichts. Vergessen wir's. Sie werden sich jetzt zurückziehen und ruhen.«

Nun hob sie doch leicht den Kopf. »Ich werde diesen Befehl befolgen. Aber ich möchte darauf hinweisen, dass sich unsere Situation ändern wird, sobald wir auf Noxus 1 sind. Dann habe ich das Kommando.«

»Mir egal«, gab Orloff wütend zurück. »Denn am Boden hat Centurion das Sagen, er ist der Leiter der Bodeneinsatztruppe und für unsere Sicherheit verantwortlich. Die Sicherheit geht *grundsätzlich* vor, und wenn er eine Aktion für zu gefährlich hält, wird sie nicht durchgeführt. Es spielt keine Rolle, wer von uns beiden das Kommando hat – *er* bestimmt. Das war jetzt ein Hinweis von *mir*.«

Magath stand wortlos auf und verließ die Messe; vermutlich begab sie sich in ihre Kabine, wie er verlangt hatte. Er sollte dann auch mal gehen, er brauchte dringend für eine oder zwei Stunden Ruhe. Momentan wurde er nicht gebraucht, und es gab hoffentlich keine Störung mehr.

Er stand auf, als er eine Nachricht auf sein Armband bekam. Eine interne Nachricht, nur für ihn bestimmt.

Der Absender war Paul Mars, einer von der Bodentruppe. *Bitte komm gleich bei mir vorbei, ich muss dir was sagen. Es ist dringend. Sprich mit niemandem darüber.*

Orloff runzelte die Stirn. Dass ihn jemand aus seiner Truppe unter vier Augen sprechen wollte, war noch nie vorgekommen – abgesehen von privaten Problemen, aber das war hier garantiert nicht der Fall. Nicht jetzt.

Das gefiel ihm ganz und gar nicht.

Bin unterwegs.

11

Im Schiff war es still; die einen hatten an ihren Stationen zu tun, die anderen befanden sich in ihren Kabinen und schliefen.

Die *Democracy* war tatsächlich außer Gefecht gesetzt – gut so. Ob sonst noch jemand nachfolgte? Orloff hielt es für unwahrscheinlich. Dennoch mussten sie zusehen, dass sie den Auftrag so schnell wie möglich erledigten, um die Schürfrechte zu sichern – für den offiziellen Auftraggeber. Was dann weiter damit geschah, ging ihn nichts an. Hauptsache, Zoldan hielt Wort.

Ich muss mich darauf konzentrieren. Orloff durfte nicht in moralischen Eifer geraten, nur weil er und seine Justifiers in eine Riesenschweinerei geraten waren. Daran konnte er nichts ändern. Aber er musste darauf achten, dass sie nicht zwischen den Fronten zerrieben wurden.

Dass nun jemand aus der Mannschaft etwas zu vermelden hatte, gefiel ihm deshalb ganz und gar nicht.

Und noch weniger gefiel es Orloff, was sich ihm offenbarte, nachdem er die nur angelehnte Kabinentür öffnete.

Die Türen auf dem Schiff waren trotz aller Modernität keine Automatiken, wie es auf Explorer-Schiffen, die in

Kampfhandlungen geraten konnten, üblich war; auf Tritus' Jacht war das gewiss etwas anderes.

Aber es war nicht üblich, dass eine solche Tür nur angelehnt war. Normalerweise fielen die schweren Metalltüren leicht ins Schloss und konnten auch von innen nach Eingabe eines persönlichen Codes verriegelt werden. Standard.

Niemand lehnte seine Tür nur an. *Niemand.*

Orloff ließ alle Vorsicht walten, als er die Tür vorsichtig nach außen aufzog und in den Raum spähte. Er erfasste sofort, dass Paul Mars auf dem Boden lag, doch er musste zuerst sichergehen, dass er allein war, um sich nicht in der nächsten Sekunde neben ihm auf dem Boden vorzufinden.

Der Raum war leer. Mars regte sich nicht.

Scheiße.

Orloff ging langsam hinein und zog die Tür hinter sich zu. Dann kniete er bei dem Justifier nieder, unter dessen Kopf sich eine schnell ausbreitende Blutlache gebildet hatte. Er legte zwei Finger an die Halsschlagader; ein schwaches Pochen war noch zu spüren, aber vermutlich nicht mehr lange. Ein kurzer Blick auf den Schädel zeigte, dass Mars mit einem stumpfen Gegenstand erschlagen worden war. Wenig raffiniert und erst recht nicht subtil. Sehr ungeschickt auf einem kleinen Schiff wie diesem. Dies war eine Handlung im Affekt gewesen.

Orloff wollte gerade Laury alarmieren, da packte ihn Pauls Hand mit erstaunlicher Kraft. Hastig beugte er sich nach unten und sah Pauls schmerzerfüllte Augen durch all das Blut schimmern.

»Orloff ...«, krächzte er heiser. »Einer von uns ist ...«

Dann nichts mehr, der Blick wurde starr, ebenso die Miene. Kein Atem kam mehr aus dem geöffneten Mund.

Einer von uns ist ... ein Verräter? Ja, das hatte Orloff sich längst gedacht nach allem, was bisher passiert war. Aber Paul hatte ganz deutlich gesagt, *einer von uns*. Das bedeutete im Klartext, *einer der Justifiers*. Denn abgesehen von dem Mediator und der Sonderbeauftragten war nur das Team an Bord.

Die vordringlichste Frage lautete: Hatte Paul herausbekommen, *an wen* sie verraten wurden? Der Verräter selbst war für ihn zunächst mal zweitrangig; Orloff bezweifelte, dass einer seiner Leute die Wahrheit preisgeben würde, sollte er geschnappt werden. Wenn er schon so weit war, Verrat zu begehen, hatte er auch vorgesorgt für den Fall, dass er entdeckt wurde. *Ich kenne sie doch alle ... und doch ...*

Wichtiger als die Person festzustellen wäre ihm gewesen, endlich zu erfahren, wer die Konkurrenz war. Die *richtige* Konkurrenz, nicht solche Trittbrettfahrer-Staaten wie die GUSA, die ihnen Terroristen auf den Hals hetzten. Es ging um den Kon, der dahintersteckte. Der Verräter war nur ein kleines Rädchen im Getriebe, und hier draußen waren sie auf sich gestellt. Früher oder später würde er ohnehin auffliegen.

Fuck, nein. Das ist unmöglich. Wie kann einer meiner Leute, die ich alle so lange kenne, zum Verräter werden? Zum Mörder?

Getötet hatten sie alle schon oft, nicht nur Tiere, auch Menschen. Das war bei ihrem Job unausweichlich, es kam zu Konkurrenzkämpfen, Angriffen ... kein einziger Justifier, der bis zum Ruhestand überlebte, konnte sich rühmen, niemals einen Menschen getötet zu haben.

Aber ein heimtückischer Mord an einem Kameraden ... da drehte sich ihm der Magen um.

Und dennoch hatte Paul Mars etwas herausgefunden, das

ihn das Leben gekostet hatte. Obwohl er anscheinend nicht lange damit gewartet hatte, sich Orloff anzuvertrauen.

Orloff durchsuchte die Kabine, fand aber keinen Datenspeicher. Mars hatte entweder Angst gehabt, es als Aufzeichnung zu speichern, oder er war nicht mehr dazu gekommen, weil alles so schnell gegangen war.

Zwischen der Nachricht und Orloffs Eintreffen waren nur wenige Minuten vergangen. Der Mörder musste unheimlich schnell gewesen sein. Vielleicht hatte Paul ihn gestellt, konfrontiert ... gleichzcitig versucht, Orloff dazuzuholen ...

In Gedanken stieß Orloff sämtliche Flüche aus, die er je von Ella gelernt hatte. Das hatte ihm gerade noch gefehlt. Als ob sie nicht schon genug Schwierigkeiten gehabt hätten.

Auf dieser Mission feierten schlichtweg alle Problemsorten Premiere, als hätten sie nicht alle schon viele Einsätze hinter sich gebracht. Als wären sie zum ersten Mal unterwegs.

Nun, in gewisser Weise stimmte das. Sie waren zum ersten Mal in diplomatischer Mission unterwegs, und das war ein vielfach schmutzigeres Parkett als der Schlamm und Dreck, in dem sie normalerweise auf der Suche nach Erz herumwühlten. Bei diesen Missionen war alles klar umrissen gewesen: hinfliegen, Erz schürfen oder Portal errichten, auch mal Waren transportieren, überleben und wieder heimfliegen.

Genau deswegen hatte sich Orloff immer aus der Politik herausgehalten und Zoldans Motive, da mitzumischen, nie nachvollziehen können. Er war der Mann fürs Grobe, der sich mit den Unbilden eines Planeten auseinandersetzte, halsbrecherische Aktionen unternahm und schwere körperliche Arbeit leistete. Davon verstand er etwas, das zog klare und deutliche Linien, das Risiko fürs Leben war zu berechnen, und man kam durch oder verlor. Aber kaum fing die Diplomatie an, gab es keinerlei Übersicht und Transparenz mehr, keinen geraden Weg, keine Offenheit. Es war dumm gewesen, anzunehmen, sich auch bei diesem Job heraushalten zu können, die übliche Routine zu erledigen und dann zu kassieren. Die Gier nach Profit hatte ihn getrieben, und die Neugier, was es auf diesem Planeten zu holen gab. Wieder da draußen zu sein, wieder im Einsatz zu sein. Verdammte Eitelkeit!

Warum habe ich nicht eindringlicher darauf beharrt, jemand anderen zu beauftragen? Warum habe ich mich ködern lassen?

Reichte als Antwort, dass ihm keine Wahl gelassen worden war?

Nein. Man hatte immer eine Wahl.

Und nun konnte er nicht einmal mehr seinen eigenen Leuten trauen – so weit war es nach all den Jahren gekommen. Der Abgrund unter ihnen wurde immer größer, und es war nur noch eine Frage der Zeit, bis ihre versengten Flügel versagten und sie alle in die Hölle stürzten.

Orloff hatte schon oft aussichtslose Situationen erlebt, aber das hier war die hässlichste von allen. Normalerweise war er kein Typ, der Herausforderungen oder Konflikte scheute. Aber jetzt wünschte er sich ganz weit fort.

Deshalb musste er zuerst in Ruhe seine Vorgehensweise überlegen. Laury zu rufen hatte keine Eile, Paul Mars war nicht mehr zu helfen. Die Todesursache war ebenfalls klar ersichtlich.

Die Frage war also, was unternahm er jetzt?

Dann traf er eine erste Entscheidung.

Levia Magath sah auf, als Orloff ohne Ankündigung in ihre Kabine trat, den entsicherten Handstrahler im Anschlag. Sie legte das Pad beiseite, in dem sie gelesen oder gearbeitet hatte, und betrachtete ihn ungerührt.

»Die Intimsphäre zählt hier an Bord wohl nicht viel. Dabei dachte ich, einen besonders komplizierten Code benutzt zu haben.«

»Ich verfüge über den Masterzugang.«

»Klingt einleuchtend. Sie sind der Kommandant. In Ordnung. Was kann ich für Sie tun?«

»Wir haben einen Toten an Bord«, kam er ohne Umschweife zur Sache. »Ihm wurde wenig subtil der Schädel eingeschlagen, womit Selbstmord auszuschließen ist. Kurz vor seinem Tod bat er mich um ein Vieraugengespräch, und als ich ihn vorfand, konnte er noch ein paar Worte sagen. Wenn ich sie richtig interpretiere, wollte er mir mitteilen, dass wir einen Verräter an Bord haben. Sind Sie das?«

Ihr Mundwinkel zuckte. »Erwarten Sie nun ein Geständnis?«

»Irgendwo muss ich anfangen, und da Sie neben dem Mediator, den ich vorerst ausklammere, die einzige fremde Person an Bord sind, sind Sie meine erste Wahl.«

»Es ehrt mich, dass Sie mich zuerst fragen, bevor Sie mich erschießen.«

Orloff seufzte. Er sicherte die Waffe, steckte sie ein und setzte sich auf den Stuhl. »Ich weiß nicht, wer Sie sind, Magath«, sagte er langsam. »Aber ich halte Sie trotz der erst wenigen Stunden, die wir uns kennen, nicht für eine heimtückische Mörderin. Da wir beide die Mission leiten und Sie zudem vordringlich für die Sicherheit unseres Diplomaten verantwortlich sind, müssen wir uns besprechen. Ich weiß nicht, was hier vor sich geht. Der Tote war aus meinem Team, und der Mörder gehört leider auch dazu. Abgesehen von Ihnen und Mediator Tritus befand sich schließlich niemand sonst an Bord.«

»Verstehe. Das muss schwer für Sie sein. Deswegen wäre es besser, ich wäre die richtige Verdächtige.«

Er nickte und fuhr sich durch die Haare, die er nicht gekürzt hatte. »Es wäre so viel einfacher und weniger ... belastend für mich. Ich habe schon öfter Justifiers verloren, aber nie war ein Kamerad dafür verantwortlich.«

»Abgesehen davon, dass Sie mir eine heimtückische Tat nicht zutrauen – was brachte Sie noch darauf, dass ich unschuldig bin?«

»Sie sind nach meiner Anweisung brav in Ihre Kabine gegangen und haben diese Tür verriegelt. Mit dem Mastercode kann ich die Öffnungszeiten abrufen und Manipulationen feststellen. Was allerdings Marginalie ist, Sie konnten zur Tatzeit nur hier sein.«

»Und wo waren Sie zur Tatzeit?«

»Gute Frage«, stellte er anerkennend fest. »Ich ging nämlich schnurstracks zu meinem Teammitglied und habe im Gegensatz zu Ihnen kein Alibi. Das ist es eben – ich bin Ihr Alibi, denn Sie hätten keine Zeit gehabt, Mars umzubringen und mir danach nicht über den Weg zu laufen. Wir sind fast gleichzeitig aufgebrochen.«

Nun hob sich ihre Stirn und kräuselte sich leicht. »Und trotzdem halten Sie mir eine geladene Waffe vor die Nase und fragen mich, ob ich eine Mörderin bin?«

»Ich wollte wissen, wie Sie darauf reagieren.« Er entschloss sich zur Offenheit. »Magath, ich bin auf Sie angewiesen. Sie mögen mit dem Mord nichts zu tun haben, mit allem anderen aber schon. Sie sind mir mit Ihrem Wissen um einiges voraus. Ihnen muss daran gelegen sein, dass die Mission nicht scheitert. Also geben Sie mir einen Beweis, dass ich Ihnen vertrauen kann, ansonsten werde ich den Befehl zur Umkehr geben, bevor es weitere Tote gibt. Wozu ich im Interesse der Sicherheit ohnehin verpflichtet wäre. Geben Sie mir also einen Grund, es nicht zu tun.«

Magath dachte kurz nach, dann nickte sie. »Ich glaube, es ist an der Zeit, Ihnen etwas zu erzählen.«

Na endlich. Auf die zehn Minuten kam es nicht an, Paul würde es ihm hoffentlich verzeihen. Von Magaths Auskünften hing das weitere Vorgehen ab.

Diese zehn Minuten würden ihm hoffentlich Klarheit verschaffen, über so einiges, das schon verfault gestunken hatte, bevor er aufgebrochen war.

Orloff erfuhr von einem Kampf mit tödlichem Ausgang in einem schäbigen Hotelzimmer und der anschließenden Transmission des Films. Auch die Identität der beiden Leichen, die auf Zoldans Veranlassung hin diskret abgeholt worden waren, war bekannt.

Der Oberleutnant wurde blass, als er den Namen Jack Martin hörte. Gut, dass er bereits saß.

Levia entging seine Reaktion nicht. »Einen der beiden kannten Sie.«

»Ja«, stieß er heiser hervor. »Er war ... er war der jüngere Bruder eines Freundes von mir, auch ein Justifier, der im Einsatz ...« Schlagartig wurde ihm bewusst, dass Zoldan ihn damit nicht mehr erpressen konnte. Sollte er sich darüber freuen? Damit hatte er das Versprechen an einen Sterbenden gebrochen, Jack zu schützen. Hass brodelte in ihm hoch. *So viel zu ›garantierter Sicherheit‹.*

»Tut mir leid.« Es klang sogar aufrichtig, obwohl sie weder Jack noch seinen Bruder gekannt hatte und es ihr herzlich egal sein konnte.

»Ja, mir auch. Ich kannte ihn kaum, hatte in den letzten zehn oder fünfzehn Jahren so gut wie keinen Kontakt mehr zu ihm, aber trotzdem ...«

»Haben Sie nicht auch einen Bruder?«

»Ja.« *Ja, verdammt. Weiß das denn das ganze Universum? Weiß mein Bruder, dass es alle wissen? Hört das nie auf?*

»Wundert es Sie nicht, dass ...«

»In Bezug auf Sie wundert mich gar nichts mehr, Magath.«

»Also schön. Und was genau erwarten Sie nun von mir?«

»Können Sie mit Ihren psionischen Fähigkeiten etwas unternehmen?«

Sie legte den Kopf leicht schief. »Wie kommen Sie darauf?«

»Spielen Sie nicht die Naive, schließlich hatten wir diese Diskussion erst vor Kurzem«, brummte er. »Auch die Betas, allen voran Centurion, haben die Vermutung angestellt, dass Sie Psionikerin sind. Die meisten anderen Möglichkeiten schieden aus diversen Gründen aus.« Er hob die Hände. »Und? Können Sie etwas unternehmen, um den Mörder zu identifizieren?«

»Meine Fähigkeiten sind nicht sonderlich ausgeprägt«, gestand sie zögernd ein, dass sie ein Brainbug war. »Ich kann wohl einiges erfühlen, aber keine Gedanken lesen, falls Sie das annehmen. Auf diesem Gebiet gibt es ja viele Möglichkeiten – und die Telepathie ist eine, die am seltensten auftritt.«

»Aber Ihre Fähigkeit geht in diese Richtung. Empathie, Telepathie ...«

»In der Richtung, ja.«

»Das bedeutet, Sie werden ab sofort meine Leute genau beobachten und mich sofort informieren, wenn Ihnen etwas auffällt.«

»Und Sie soll ich nicht ... beobachten?«

»Ich bitte Sie. Was machen Sie denn die ganze Zeit, während wir hier angeregt plaudern?«

Sie lehnte sich zurück. »Na schön. Meiner Ansicht nach scheiden Sie als Täter aus, und zwar aus diversen Gründen. Ich denke aber, dass der Mörder sich zu schützen weiß, nachdem im Team bereits darüber diskutiert wurde, was meine Kräfte angeht. Ich hätte aber auch Telekinetin sein können oder ...«

Orloff schüttelte den Kopf. »Als Sonderbeauftragte dieser diplomatischen Mission verstehen Sie sich aufs Gehirn, nicht auf Spielereien mit Gegenständen. Alles andere wäre zwar nicht unmöglich, aber unwahrscheinlich. Ich nehme an, Sie sollen die Gedanken der Außerirdischen erfühlen, um festzustellen, inwieweit wir ihnen trauen können. Falls die mit uns verhandeln und nicht sofort losballern, wie sie es offenbar bei den Leuten der ersten Mission getan haben.«

»Hm. Das könnte sein, ja«, äußerte sie vorsichtig.

Sein Blut geriet langsam in Wallung. »Geben Sie es doch zu! Ich hatte vorhin die Bitte um Vertrauen an Sie gerichtet. Setzen Sie das jetzt nicht aufs Spiel – noch ist das hier mein Schiff, ich habe das Kommando, und ich kann immer noch die Umkehr befehlen!«

»Sie wissen, was Zoldan mit Leuten macht, die nicht nach seinem Willen handeln?«, fragte Levia.

»Mit Zoldan werde ich fertig«, erwiderte Orloff. »Ich habe einen anderen Status bei ihm, weil ich Justifier in seinen Diensten bin. Für jede Drecksarbeit zu haben. Da macht er sich die Hände nicht unnötig schmutzig. Außerdem habe ich ihm interessante Neuigkeiten zu bringen, schon allein wegen des Verräters. Ich glaube eher, dass *Sie* in Schwierigkeiten geraten könnten, denn offenbar hat er Sie mehr ins Vertrauen gezogen als mich.«

»Verstehe. Das heißt, ich stecke in einem ähnlichen Dilemma.« Magath stand auf, schritt die wenigen Meter durch ihre kleine Kabine auf und ab und setzte sich wieder aufrecht hin. »Ja, gewiss hätte ich mehr Strafe zu erwarten als Sie. Sie hätten sich an die Vorschriften gehalten, ich aber habe versagt, weil ich den Mord trotz meiner Fähigkeiten nicht verhindert habe.«

Sie blickte Orloff mit ihren höllenschwarzen Augen an. »Ich *habe* versagt.«

Orloff gefiel es, wie sie die Lage einschätzte. »Der Grund ist aber nicht, weil ich Sie schlafen geschickt habe und Sie unaufmerksam waren – Paul ist der Schädel eingeschlagen worden, als wir uns beide in der Messe aufgehalten haben. Oder eben kurz nach Verlassen.«

»Was schlagen Sie also vor?«

»Ich habe zuerst eine andere Frage. Wissen Sie, was die erste Mission dort entdeckt hat?«

»Nein. Ich kenne nur die geschnittene Fassung, genau wie Sie. Ich weiß auch nichts über die Außerirdischen.«

Vertrauen. Da war es wieder. Orloff wurde es müde, darauf hinzuweisen. Er glaubte Magath nicht. Zoldan oder der Senator, einer von beiden hatte sie mitgeschickt, und sie war unter Garantie über alles aufgeklärt worden, genauso wie sie über Jacks Tod Bescheid gewusst hatte. Er musste hinnehmen, dass sie nicht mehr preisgeben wollte, doch allzu leicht würde er es ihr deswegen nicht machen. »Ich will für Sie hoffen, dass Sie rechtzeitig mit der ganzen Wahrheit herausrücken.«

»Hören Sie ...«

»Magath, ich weiß nicht, was Zoldan über mich erzählt hat, aber ich bin keinesfalls der Volltrottel ...«

»Er sagte, Sie seien der Beste.«

Orloff stutzte. »Hat er?«

Das sah Sebastian gar nicht ähnlich. Natürlich wusste er um Orloffs Qualitäten, nicht umsonst hatte er wegen seiner hohen Erfolgsquote diesen besonderen Status bei dem »Regierungssprecher«. Aber wusste er das auch zu *schätzen?* Daran hatte Orloff bisher ziemliche Zweifel gehegt. Und dass er sich anderen gegenüber lobend in Bezug auf Orloff äußerte ... es musste also *noch* schlimmer um ihn bestellt sein als angenommen. Der Verdacht lag nahe, dass Zoldan seinen ganz großen Coup landen wollte und dafür ein unglaubliches Risiko einging. Vielleicht wollte er sich ja irgendwohin absetzen. Nein – das entsprach nicht seinem Charakter. Es musste um Macht gehen.

Levia nickte bestätigend. »Vertrauen Sie mir, Orloff, mein Schweigen ist nicht gegen Sie gerichtet oder einem – nicht bestehenden – Misstrauen Ihnen gegenüber geschuldet. Doch genauso wie Ihnen sind mir die Hände gebunden. Ich kenne natürlich meine Pflichten und meine Verantwortung Ihnen und Ihrem Team gegenüber. Sie werden daher alles erfahren, das verspreche ich Ihnen. Sobald wir Klarheit haben.«

Das konnte er sogar nachvollziehen. *Konzentriere dich auf deine Arbeit und lass sie ihre machen.*

»Gut, reden wir über den weiteren Verlauf.« Er legte die Hände auf die Oberschenkel und rieb sie, als wollte er sie reinigen. »Wir sollten die Sache diskret behandeln. Sie übernehmen die stille Überprüfung meiner Leute. Irgendwann wird sich der Mörder verraten. Nicht jetzt an Bord, aber auf dem Planeten unten, sobald wir in eine extreme Situation geraten. Lassen Sie nicht locker! Aus Fairness den anderen gegenüber müssen wir ihn oder sie identifizieren.«

»In Ordnung. Aber was machen wir mit der Leiche? Das spurlose Verschwinden eines Kameraden fällt in einem so kleinen Team auf.«

»Ich muss Laury einweihen, das bleibt mir nicht erspart. Ich glaube nicht, dass sie zu den Verdächtigen gehört. Als Ärztin stehen ihr andere Möglichkeiten offen, und selbst im Affekt würde sie nicht zu solch drastischen Mitteln greifen. Sie ist eine gute Kämpferin, aber nicht derart brutal, und vor allem ist sie schwer aus der Reserve zu locken. Impulsiv ist sie nicht. So oder so, Sie können ja Ihre Fähigkeiten gleich an ihr testen, denn ohne Laury können wir das Ding nicht durchziehen.«

»Falls Sie sich irren, wird Laury erfreut sein, ihre Spuren verwischen zu können.«

»Ja, das Ergebnis bleibt dennoch gleich. Wenn ich den Mord öffentlich mache, gibt es ein Blutbad, das garantiere ich Ihnen. Dann können wir die Mission vergessen.«

»Soll ich mitkommen?«

»Nein, ich erledige das allein. Wir treffen uns im Frachthangar.«

Orloff kehrte zu Paul Mars' Unterkunft zurück. Er lag noch genauso still da wie vorher, mit dem Unterschied, dass er inzwischen sehr blass geworden war, weil die Körpertemperatur stetig sank. Die Leichenstarre setzte noch nicht ein, dazu war zu wenig Zeit vergangen. Das Blut trocknete langsam auf dem Boden. Orloff aktivierte sein Armband und meldete sich bei Laury auf stiller Frequenz.

Komm sofort zur Kabine von Paul Mars. Kein Aufsehen, kein Wort zu irgendwem.

Knappe zehn Minuten später vernahm er ein sachtes Klopfen und ließ sie ein.

Die Bordärztin war passend angezogen und hatte sich einigermaßen hergerichtet, doch sie wirkte unausgeschlafen. Wahrscheinlich hatte er sie geweckt.

»Hat dich jemand gesehen?«

»Niemand«, antwortete sie und kniete neben der Leiche nieder, ohne eine Miene zu verziehen. Vermutlich hatte sie sich auf seine Nachricht hin so etwas gedacht. »Wie lange ist er schon tot?«

»Eine Stunde etwa.«

»Ja, das kommt hin. Die Leichenstarre setzt gerade im Gesicht ein, der Rest ist noch beweglich. Gut für uns.« Sie tastete den Kopf ab. »Brutal eingeschlagen, der Schädel ist zertrümmert. Wer war das?«

»Abgesehen von Levia Magath, die dank mir ein Alibi hat, kommt dafür jeder infrage, einschließlich dir und mir.«

Sie warf ihm einen Blick zu. »Wieso du?«

»Magath ist leider nicht mein Alibi.« Er berichtete kurz, was geschehen war.

»Und du ziehst mich da mit rein. Schöne Scheiße.« Laury seufzte und erhob sich. »Na schön, ich mache mit. Wenn das hier bekannt würde, gäbe es einen Aufstand, und wir müssten die Mission abbrechen. Wozu du übrigens laut Vorschriften ohnehin verpflichtet wärst, was du aber natürlich nicht tun wirst, wie mir ebenso klar ist. Ebenso wäre ich verpflichtet, sofort Meldung zu machen. Solltest du dich also auch nur einmal verplappern, kannst du meine Approbation als Toilettenpapier verwenden und mich in Australien besuchen. Oh, halt, du wirst ja ohnehin dort sein.«

»Danke, Laury.«

»Warte hier, ich bin gleich zurück.«

»Und wenn ...«

»Orloff, willst du es selbst machen?«

Er schüttelte stumm den Kopf.

Laury kramte in ihrer Arzttasche und reichte ihm ein silbrig glitzerndes Tuch und eine Sprühflasche. »Wisch das Blut weg, während ich hole, was wir brauchen. Unsere Lügengeschichte kann nur funktionieren, wenn es keine Spuren gibt.«

»Okay.« Er verschob Pauls Leiche, die allmählich schwer und steif wurde, und machte sich an die hässliche Arbeit.

Eine halbe Stunde später rief Orloff die gesamte Mannschaft in den Hangar, einschließlich des Mediators. Sie kamen in den nächsten Minuten, teils verschlafen, teils verwundert, im Fall des Diplomaten reichlich aufgebracht, doch alle verstummten, als sie die in einen Leichensack gehüllte Gestalt auf der Antigravbahre erblickten.

»Es tut mir leid«, begann Orloff die vorbereitete Lügenrede mit Levia Magath und Laury neben sich. »Ein tragisches Unglück hat sich ereignet. Paul Mars meldete sich vor knapp zwei Stunden bei Laury, weil er sich unwohl fühlte. Sie ging sofort zu ihm, kam aber leider zu spät. Laury ... würdest du ...«

Die Ärztin nickte. »Paul hätte die Reise gar nicht mehr unternehmen dürfen. Der Oberflächenscan hatte zwar nichts ergeben, aber das ist nicht ungewöhnlich bei dieser Art Krankheit. Da er unmittelbar nach seinem Anruf bei mir gestorben ist, habe ich ihn umgehend gründlich untersucht und ein Aneurysma im Gehirn entdeckt, das dort jahrelang unentdeckt vor sich hingeschlummert hat.«

»Der LSP ...«, stieß Amrit entsetzt hervor.

Laury nickte. »Ja, das war zu viel für ihn. Dieser Sprung hat ihn leider das Leben gekostet. Er konnte das nicht ahnen, solche Veränderungen werden bei normalen Untersuchungen nicht festgestellt. Die zu hohe Belastung durch den LSP werde ich als Ursache für Pauls Tod auf dem Totenschein angeben.«

Es klang plausibel. Solche Vorfälle gab es durchaus, auch bei sehr viel jüngeren Justifiers. Und hoffentlich dachte keiner weiter darüber nach.

»Wir werden Paul nun die letzte Ehre erweisen«, fuhr Orloff fort. »Und ihn dann ins Universum entlassen.«

Lisa Hump wischte sich verstohlen eine Träne aus dem Augenwinkel. »Das war auch sein Wunsch, das hat er jedes Mal vor einem Start zu mir gesagt. ›Irgendwann erwischt es mich‹, hat er gesagt, ›und dann möchte ich gern zum Sternwanderer werden.‹«

»Das erste Opfer«, murmelte Ebert, einer der Beta-Techniker. »Kein guter Beginn.«

»Es ist ein Wunder, dass es noch nicht mehr sind, nachdem wir einen Angriff hinter uns gebracht haben, und das gehört nun einmal zur Routine«, erwiderte Centurion mit geblähten Nüstern. »Ehren wir Paul, unseren treuen Kameraden seit langer Zeit.«

Sie führten die Zeremonie durch, wie sie es gewohnt waren, denn es war nicht ihre erste. Magath und Tritus standen still dabei, für sie mochte das vielleicht seltsam erscheinen, doch die Justifiers hatten ihre eigenen Riten. Vor allem bestanden sie in »letzten Sätzen«, die jeder zum Abschied sprach, bevor Pauls Leiche dann in den Weltraum entlassen wurde, wo sie bald aus der Sicht verschwand.

»Was wird der Mörder jetzt wohl denken?«, murmelte Laury zu Orloff, nachdem alle anderen gegangen waren.

»Er wird denken, dass wir genau das getan haben, was er erwartet hat«, antwortete er. »Ich weiß nicht, ob wir auf Dauer mit dieser Lüge durchkommen, aber wenn nicht, dann gnade uns allen.«

»Wahrscheinlich werden wir bald ganz andere Probleme haben, Orloff, denn diese Mission steht wahrlich unter keinem guten Stern. Ich sage dir, das war erst der Anfang.«

12

»Haben Sie während der Zeremonie etwas feststellen können?«, fragte Orloff die Sonderbeauftragte, als sie sich in
seiner Kabine trafen.

»Leider nein. Die meisten waren kurzzeitig geschockt,
aber dann schnell gefasst.«

»Wir lernen früh, unsere Emotionen unter Kontrolle zu
halten, auch tief in uns drin«, sagte Orloff. »Um möglichst
nicht ausgespäht werden zu können.« Er grinste sie an, wurde aber sofort wieder ernst. »Bleiben Sie trotzdem dran. Irgendwann hebt sich jeder Vorhang.«

Magath ging, und Orloff gähnte. Er brauchte jetzt eine
Dusche (zumindest würde er es so nennen) und eine Stunde
Schlaf, dann würde es an die Arbeit gehen. Als Centurion
vorbeikam, wunderte er sich nicht.

»Der weitere Plan?«, fragte der Stier-Beta.

»In eineinhalb Stunden setzen wir uns zusammen und
analysieren den Film. Dann können wir gleich loslegen, sobald wir am Zielort eintreffen. Das All ist ruhig?«

»Die scheinen vorerst genug zu haben. Vielleicht warten
sie jetzt auch, bis wir die Arbeit erledigt haben, und passen
uns dann ab.«

»Da werden sie sich geschnitten haben, denn wir gehen

durch das TransMatt zurück – also zumindest der Großteil von uns, die anderen müssen natürlich noch die Schiffe zurückbringen. Aber Ella dürfte damit kein Problem haben, und ich schätze, die Garrett auch nicht. Die hat mehr drauf als der Sennen.« Orloff streckte sich und gähnte. »Wenn du willst, kannst du dich gleich an den Film machen. Amrit und Chuck sollen anhand der Daten den Standort der ursprünglichen Basis feststellen. Ich will alle Bilder sehen, bevor wir den Orbit erreichen. Und ...«

»Du solltest erst mal ruhen, du bist völlig überdreht. Wie viele Mittel hast du dir reingejagt nach dem Austritt?«

»Keine Ahnung, die volle Dosis. Du hast recht. In eineinhalb Stunden treffen wir uns in der Messe.«

Centurion senkte die Hörner zu einem Nicken. Er zögerte. Orloff reagierte nicht, sondern öffnete die Jacke und zog sie aus. Sein Stellvertreter ging.

Alles bricht auseinander, dachte Orloff. *Das Misstrauen wird sich verbreiten wie ein Virus. Wir haben nicht mehr viel Zeit.*

Bevor Orloff in die Messe ging, sah er in der Pilotenkanzel vorbei und überzeugte sich vom Zustand des Schiffs. Die Reparaturen waren abgeschlossen, alles wieder voll einsatzbereit. Sie konnten sich noch einmal einem Gefecht stellen, wenngleich eher defensiv, aber sie waren nicht vollends hilflos. Und der Nachhauseweg war dennoch gesichert, der Reaktor verfügte noch über ausreichend Energie, und die Triebwerke zeigten genügend Treibstoff an. Solange sie keine Umwege flogen, dürfte nichts schiefgehen. Strahlungsschutz, Versorgung ... alles in Ordnung. Der Verräter hatte bis jetzt also nur einen Mitwisser beseitigt, war aber nicht dabei, die gesamte Mission zu sabotieren. Das war Orloffs größte Sorge gewesen.

»Wie sieht's aus?«, fragte er die XO.

»Wir kommen gut voran«, antwortete Ella. »Nach wie vor keine Verfolgung. Falls wir nicht am Zielort erwartet werden, sollten wir die Mission starten können.« Ella zeigte ihm verschiedene Daten auf einem vergrößerten Schirm. Chuck zeigte auf dem Ortungsschirm das System Delta Cygni, dem sie sich nun näherten. Die Sonne war bereits mit bloßem Auge erkennbar – wenn man wusste, wo man hinschauen musste. So einsam war es hier gar nicht, es gab jede Menge weitere Sonnen und einsame Sternwanderer. Der *Cygnus* war riesig, im Abstand zur Erde von wenigen bis zu vielen Hundert Lichtjahren Entfernung, und bot viele wundersame Sterne, von den größten bis zu den kleinsten, von Dreifach-Sonnen-Planetensystemen bis zu Sternwolken, die wie ein Engel mit ausgebreiteten Flügeln aussahen. Er war eines der schönsten Sternbilder, die es gab, fand Orloff, und nahezu unergründlich. Da gab es noch viel zu entdecken.

Orloffs Gedanken schweiften unwillkürlich zu Paul Mars, der nun hinter ihnen einsam durchs eisige All trieb. Er hätte das Ziel noch lebend sehen sollen. Bitterkeit sprudelte in ihm hoch, doch er schluckte sie hinunter.

»Gut, die Mannschaft soll sich auf die Landung vorbereiten.« Er ging zur Messe, wo er nicht nur Centurion, sondern auch den Mediator und Levia Magath vorfand.

»Alles in Ordnung, Tullius?«, fragte er seinen Gast.

Der Mediator war übellaunig und gar nicht in diplomatischer Stimmung. »Wenn Sie den Schlauch nicht verloren hätten, könnte ich jetzt bequem in meiner Luxusjacht fliegen … außerdem habe ich nichts zum Wechseln dabei, keine Hygieneartikel – das ist ein untragbarer Zustand!«

»Tja, Sir, wir können uns das leider nicht aussuchen. Ich hielt diese Idee mit zwei Schiffen ohnehin für falsch, und Sie sehen, wohin uns das beinahe gebracht hat. Es ist besser, dass Sie bei uns an Bord sind.«

»Immerhin, sobald wir gelandet sind, habe ich ja meine Bequemlichkeit wieder.« Tritus starrte beleidigt vor sich hin, als wäre alles Orloffs Schuld.

Deshalb verzichtete der Oberleutnant auch darauf, ihn schonend vorzubereiten. Er würde es schon frühzeitig mitbekommen.

»Was haben wir, Centurion?«, fragte er seinen Stellvertreter, nachdem er Magath kurz zugenickt hatte.

»Tja, leider nicht viel«, musste der Stier-Beta gestehen. »Wir haben versucht, so viel wie möglich zu rekonstruieren, aber das ausgeschnittene Teil wurde gründlich entfernt. Dann haben wir versucht, diesen Schatten deutlicher zu machen, der am Schluss durch das Bild rast – Fehlanzeige. Auf allen Frequenzen, in allen Geschwindigkeiten. Wie ein schwarzer Blitz, mehr kann ich nicht feststellen.

Die Messaufzeichnungen der Kamera haben wir ins Schiffssystem überspielt, das diese Daten mit der Ortung vergleichen wird, sobald wir nahe genug sind, und uns die beiden Gebiete, von der Basis und dem Tatort, benennen wird.«

»Damit fangen wir an«, sagte Orloff.

»Ich dachte, wir suchen …«, setzte der Mediator an, doch Orloff hob die Hand.

»Wir halten uns hier exakt an die Vorschriften, die besagen, dass wir uns zuerst mit den Örtlichkeiten vertraut

machen. Vergessen Sie nicht, eine gesamte Mission ist ver-
schollen, mutmaßlich durch Gewalteinwirkung zu Tode
gekommen. Wir werden in der Nähe der Basis landen und
diese als Erstes in Augenschein nehmen. Alles, was wir dort
vorfinden, kann uns bei der Absicherung helfen, dass es uns
nicht ebenso wie unseren Vorgängern ergeht. Nach der aus-
drücklichen Warnung der Einheimischen werden wir nicht
mit einem freundlichen Empfangskomitee rechnen dürfen,
sondern müssen uns behutsam annähern. Also werden wir
zuerst alles untersuchen, unter höchsten Sicherheitsbestim-
mungen.«

»Und so lange sollen Magath und ich Däumchen drehen?«

»Keineswegs. Magath, kennen Sie die Warnung der Einheimischen?«

»Ja, aber sie ist wenig aufschlussreich. Sie war recht kurz
gehalten, in drastischen Bildern.«

»Tullius?«

»Ja, kenne ich«, gab der Mediator murmelnd zu.

Orloff ging nicht weiter darauf ein, jeder hatte gewusst,
dass die beiden mehr Informationen erhalten hatten, als
dem Team zur Verfügung gestellt wurden. Das spielte in
dem Fall auch keine Rolle, denn die Verhandlung mit den
Einheimischen oblag ohnehin den beiden, nicht den Justifiers.

Er fuhr fort: »Die Einheimischen müssen sich irgendwie
mit uns verständigen können, andernfalls hätten sie diese
Warnung nicht mitschicken können. Also werden Sie versuchen, Kontakt aufzunehmen, oder vielmehr klarzumachen,
dass wir in friedlicher Absicht gekommen sind, um unsere
Gefallenen zu bergen. Vielleicht mit Holobildern.«

Tritus nickte. »So werden wir es machen. Das übernehmen Magath und ich.« Er warf ihr einen Blick zu. »Das ist doch Ihr Job, oder?«

»Korrekt.«

Orloff konnte sich schon denken, warum Tritus sie dabeihaben wollte. Sie schob Wache, und er ruhte sich derweil aus. Oder was er sonst vorhatte. Vermutlich kam der Mediator erst in Fahrt, sobald es zur tatsächlichen Begegnung kam. Bis dahin würde er sich nicht mit *einfachen Arbeiten* begnügen wollen.

»Ich stelle Ihnen die entsprechenden Gerätschaften und einen Techniker zur Verfügung, die Beta Murani. Sie ist gleichzeitig auch als Leibwache gut einsetzbar.« Murani war eine gut zwei Meter große Chimäre, die einem aufrecht gehenden, urzeitlichen Schwanzlurch ähnelte, mit erstaunlich filigranen und feinfühligen Händen – die aber auch ordentlich zupacken konnten.

»Vielen Dank für Ihre Kooperation«, bemerkte der Mediator.

Womit hast du denn gerechnet, du Privilegierter?, dachte Orloff, allerdings ohne Zorn. Über solche Abfälligkeiten regte er sich schon lange nicht mehr auf.

Er sah Centurion an. »Ich will den Film noch einmal sehen, schön langsam, um mir alles einzuprägen.«

Als sich Orloff zwei Stunden später angestrengt die Augen rieb, hatten sie Delta Cygni erreicht.

Sie waren am richtigen Ort, das war sofort zu erkennen. Ein riesiger Kontinent wie Pangäa aus der Frühzeit der Erde, der in einem größtenteils smaragdgrünen, warmen Meer schwamm. Es gab ausgedehnte Sandstrände und schroffe Felsküsten. Der Ozean fiel auf bis zu fünfundzwanzigtausend Meter ab, und die Ortung maß dort unten Bewegungen an, die auf Lebewesen von tatsächlich weit über hundert Metern schließen ließen.

Die Informationen der ersten Mission waren nicht übertrieben gewesen. Noxus 1 war um ein gutes Stück größer als die Erde, seine Schwerkraft jedoch geringer, wodurch auch die Atmosphäre dünner, aber aufgrund ihres Sauerstoffgehalts, der etwa zweitausend Metern Höhe auf der Erde entsprach, dennoch gut atembar war. Jedenfalls besser als auf dem Heimatklumpen, wo es nur noch dicken, schweren Dreck gab, der die Lungen verklebte.

Apropos, dachte Orloff, *ein Rillo wäre mir jetzt recht.* Aber das musste warten. »Chuck, du wirst deine Extraausstattung benötigen«, sagte er zum Navigator.

Für den HSP gab es hier eindeutig zu wenig Schwerkraft und zu wenig Sauerstoff, er würde sich noch gesondert versorgen müssen. Um nicht bei jedem Schritt quasi davonzufliegen, besaß er einen Spezialanzug, der ihm das nötige Gewicht verschaffte und seinen Muskelabbau verhinderte, dazu noch eine kleine Nasensonde mit der Luftzusammensetzung, wie er sie von seiner Heimat gewohnt war.

An Bord trug er einen weniger klobigen Anzug, da er über einen Spezialstuhl verfügte, der automatisch seine Muskeln in Schwung hielt, und holte sich nur ab und zu aus einer Spezialflasche Atemluft, wenn er sich müde fühlte. Wobei er das Schiff vermutlich nicht oft verlassen würde, denn für den Bodeneinsatz war er als Zweiter Pilot nicht vorgesehen.

Die *Universal Pax* wurde zugeschaltet, als sie in die Umlaufbahn um Noxus 1 gingen. Sie wirkten recht ausgeglichen; offenbar gefiel es ihnen, dass Tritus nicht mehr bei ihnen an

Bord war. Auch sie äußerten sich begeistert über die paradiesische Welt dort unten.

»Ich hätte da einen Vorschlag«, sagte Amrit nach einer Weile und warf einen Blick zu Centurion. »Wir vergessen die ganze Chose, schicken noch mal eine Warnung durch das reparierte TransMatt und lassen uns hier nieder.«

Orloff stimmte ihr innerlich zu. Der Planet war schön. Das Meer wies zahlreiche Sandbänke, Atolle und wachsende Koralleninseln auf. Wie schon auf dem Film zeigten sich die Farben des Kontinents hauptsächlich in schier unglaublicher Vielfalt an Grün und Gelb, dazu Schattierungen von Beige bis Braun bei Felsengebieten und Gebirgen, aber es zeigten sich auch leuchtende Farbflecken von Rot über Violett bis zu Blau.

Es gab nur wenig Freiland, hauptsächlich war der Blick durch Baumkronen verdeckt. Zu achtzig Prozent bestand die Vegetation aus Wald, von sehr licht mit weiten Abständen bis zu starkem, undurchdringlichem Bewuchs. Die Vitalspürer fanden zahlreiche Lebensformen in allen Größen, von wenigen Zentimetern bis zu zehn Metern Höhe. Ob sich bereits das intelligente Volk darunter befand, konnte nicht festgestellt werden. Es gab keine Hinweise auf eine höher entwickelte Kultur, keine Siedlungen, keinerlei Energieemissionen, die auf Technik schließen ließen. Friedlich und unberührt zeigte sich die Welt unter orangeroter Sonne.

»Ich weiß, was es da unten gibt«, sagte Amrit. Niemand hatte gehört, dass sie sich genähert hatte; ganz ihre Wolfsart. Sie deutete auf die besonders auffälligen Farbflecken und zoomte einen Ausschnitt heran.

»Das sind sozusagen Wälder. Aus ... Kristallglas. Manche sind glatt und irisierend wie Opale, andere strukturiert wie

Diamanten. Ich habe noch keine Ahnung, womit wir es zu tun haben, weil diese Zusammensetzungen mit nichts auf der Erde vergleichbar sind, aber ich denke, das ist der Grund unserer Anwesenheit. Ich würde nicht einmal ausschließen, dass so etwas wie Glasmetall darunter ist, was einige Kons kopfstehen lassen würde, wenn sie da rankämen. Vor allem in dieser Größe habe ich noch nie so viele Quarze, Kristalle, Mineralien ... womit auch immer wir es hier zu tun haben ... gesehen.«

»Vielleicht sogar ... Energiekristalle? Schwingquarze?«, fragte Tritus, der sich offenbar in diesen Dingen auskannte.

»Ich würde nichts ausschließen. Der ganze Planet ist voll davon. Falls es Energiekristalle gibt, so kann ich sie zwar nicht anmessen, aber das muss nichts heißen. Sie können sich unter Umständen auch abschirmen oder ›schlummern‹, bis sie aktiviert werden. Alles schon vorgekommen.«

Ella pfiff durch die Zähne und schob sich hastig einen Kaugummi in den Mund. »Verdammt, unsere Schürfbeteiligung, verdammt, ich werd nicht mehr, verdammt«, stammelte sie. »Dass es *so* ist ... das kann Zoldan nicht gewusst haben, sonst hätte er nie zugestimmt, dass *wir* hierher fliegen. Dann hätte er seine eigene Regierungstruppe geschickt und nicht uns via *Capella Mining*, die wiederum für irgendjemand anderen arbeiten.«

»Aber jetzt wird es für uns der große Wurf. Sein Riecher hat ihn wieder einmal nicht getrogen.« Amrits spitze Ohren bewegten sich vor und zurück, wie immer, wenn sie sehr angespannt war.

Orloff beteiligte sich nicht an der um sich greifenden Freude. Dass der Planet etwas sehr Wertvolles zu bieten hatte, war keine Neuigkeit, sonst wären sie nicht hier. Und es war aus dem Film herausgeschnitten worden. Dass sich der Schatz gleich so und in dieser Menge offenbaren würde – das war überraschend, erweckte aber zugleich sein Misstrauen.

Die Frage war: Konnten sie ihn bergen? Wussten die Einheimischen um den Wert? Wären sie zu einem Handelsvertrag bereit?

Wobei noch nicht gesagt war, dass es tatsächlich ein großer Wurf war, die Kristalle konnten sich auch als wertlos herausstellen. Allerdings hatte Amrit mit ihren ersten Eindrücken und ihrem Bauchgefühl immer recht behalten.

»Zielgebiet lokalisiert«, sagte Chuck dazwischen und deutete vor sich.

Es war eine mehrere Kilometer lange Schlucht, wie der Leutnant im Film erzählt hatte. Das Gelände fiel abrupt ab und bildete eine tiefe Kluft, die allerdings nicht allzu steil war. Sie war wie alles andere auch bewaldet, ganz unten schlängelte sich ein Fluss hindurch. Die Felsen zeigten leuchtende Farben, aus denen einige Kristallstrukturen sogar regelrecht herauswuchsen. Das alles war im Film mit »Erze« gemeint gewesen.

»Für eine erste Erkundung ein guter Platz«, stellte Orloff fest.

»Ich habe das Shuttle gefunden! Oder vielmehr die Überreste davon.«

Die holografische Vergrößerung zeigte eine bereits von Pflanzen überwucherte künstliche Struktur, die einem Shuttle sehr ähnlich sah.

»Gut, sobald wir die Umkreisung abgeschlossen haben, sehen wir uns das mal an. Wie lange wird die Tagphase noch dauern?«

»Ein paar Stunden. Wir haben also Zeit, zu landen und uns umzusehen.«

»Könnte die Umkreisung nicht eine Sonde erledigen?«, wollte Tritus wissen.

»Ich mache mir gern selbst ein Bild, wenn ich die Zeit und die Möglichkeit dazu habe«, versetzte Orloff. »Die Überwachungssonde wurde ohnehin bereits ausgeschleust, das ist Standard.« Er rief zum Diplomatenschiff hinüber. »Habt ihr etwas Besonderes ausgemacht, das uns entgangen ist?«

»Nein«, antwortete der Pilot. »Wie geht es jetzt weiter?«

»Die *Universal Pax* bleibt vorerst im Orbit«, ordnete Orloff an.

»Was?«, schrie der Diplomat dazwischen. »Auf keinen Fall! Ich habe dort drüben alle Sachen, ich benötige meine Assistentin und den Protokollar …«

»Das Schiff bleibt im Orbit, bis wir wissen, was da unten Sache ist«, blieb Orloff sachlich, mit kühler Stimme.

»Und wenn sich die Einheimischen melden? Wie bereite ich mich vor?«

»Bedienen Sie sich Magaths, sie ist schließlich die Sonderbeauftragte, und mit ihr zusammen sollten Sie ohnehin die Kontaktaufnahme versuchen. Das hatten wir doch so abgesprochen.«

Der Mediator kochte vor Zorn, sein Gesicht war rot und sah aus wie ein antiker Dampfkessel kurz vor der Explosion. »Was sagen Sie dazu?«, fuhr er die Schwarzhäutige an.

»Ich stimme Oberleutnant Holdens Vorsichtsmaßnahme zu«, antwortete sie prompt. »Aus dem Grund werden wir auch mit dem Hauptschiff nach unten gehen, weil es die größte Sicherheit für Sie und unsere Mission bietet. Das Shuttle war offenbar kein ausreichender Schutzort.«

»Korrekt.« Orloff nickte. Förmlich fuhr er fort: »Sennen, halten Sie Ihr Schiff außer Reichweite von allen Piraten und sonstigen feindlichen Raumern – und das ist in diesem Fall *jeder*. Sollte uns etwas passieren, geben Sie schleunigst Fersengeld nach Hause und berichten Sie dort. Holen Sie Hilfe, falls noch erforderlich.«

»*Falls noch erforderlich?*«

»Meiner Erfahrung nach kommt zumeist jede Hilfe zu spät.«

»Wir sind rausgekommen!«, wies Ella empört hin.

»Ja, aus eigener Kraft. Also, *Universal Pax*, die Aufgabenstellung ist klar: Stationierung im Orbit, ständige Ortung, Kontakt zu uns, notfalls Flucht. Mojèr und Korben sollen sich ihrem Chef via Kom zur Verfügung halten. Sobald ich grünes Licht gebe, könnt ihr runterkommen.«

»Aye, aye, Kommandant. Alles Gute da unten.«

»Schön, dass ich wenigstens Kontakt halten darf«, brummte Tritus.

»Es sind höchstens zwei Tage«, versprach Orloff nicht unfreundlich. »Lassen Sie uns zuerst mit dem Planeten auseinandersetzen. Nach wie vor sind Sie bei uns an Bord am sichersten.«

»Ohne jeglichen Komfort!«

»Sehen Sie es als Jugendzeltlager.«

»Als was?«

»Ist schon über tausend Jahre her.« Orloff winkte ab. Manchmal vergaß er, dass sich nicht jeder für die Zeit vor der Raumfahrt interessierte.

Seine Mutter hatte sich immer ausgiebig mit der Vergangenheit beschäftigt, sie war Paläozoologin und Historikerin gewesen. Sie hatte Orloff von Anfang an viele Geschichten erzählt, die er so sehr verinnerlicht hatte, dass er manchmal vergaß, wie lange sie schon vergangen waren und dass es nur noch Wissenschaftler und wenige Interessierte wie ihn gab, die sich daran erinnerten.

Den Skandal um ihren Mann, Orloffs Vater, hatte sie ebenso wenig verkraftet wie er. Nach Roland Holdens Tod war Selma Holden verschwunden; Orloff hatte erst Jahre später von ihrem Tod irgendwo in At Lantis erfahren. Sie hatte sich wohl mit einigen Leuten angelegt, mit denen man sich besser nicht anlegte; genau hatte er es nie erfahren.

Orloff hatte nie verstehen können, weshalb sich seine Eltern einfach aufgegeben hatten, und das nur wegen eines dummen Skandals. Es gab andere Möglichkeiten, einen Neubeginn, was auch immer. Aber die beiden hatten schon immer einen Hang zum Theatralischen gehabt, und womöglich waren sie nicht nur an dem Skandal an sich, sondern vor allem an dem Verrat von jemandem zerbrochen, dem sie rückhaltlos vertraut hatten.

Und jetzt haben wir ebenfalls einen Verräter unter uns, und ich bin nicht sicher, ob Zoldan uns nicht auch verladen hat, zusammen mit dem Senator.

Die Nachtseite brachte keine sonderlichen Neuigkeiten, abgesehen davon, dass einige Pflanzen, Tiere und Kristalle von sich aus Leuchtkraft besaßen, was ein schönes buntes Bild hervorbrachte. Keinerlei Spuren einer Zivilisation. Lebten die Intelligenzen etwa unterirdisch oder in Felshöhlen? Oder, was Orloff für das Wahrscheinlichste hielt, im Meer? Dann mussten sie aber Lungenatmer sein und sich an Land fortbewegen können, ansonsten hätten sie nicht im Camp erscheinen können. Oder ... konnten sie sich über weite Entfernungen hinweg telepathisch verständigen?

Eine Welt voller Psioniker?

Die Kristalle. Sie waren der Schlüssel.

Orloff rieb sich die Stirn. *Wir sollten abhauen, solange wir noch können.* Er wiederholte sich allmählich zu oft.

Die *Universal Pax* positionierte sich über der Schlucht. Ab und zu war sie als blinkendes Licht zu erkennen, wenn sie die Sonne reflektierte.

Die *Gradivus* suchte nun nach einem geeigneten Landeplatz. Es gab zwar einige flache Felsen in der Nähe der Schlucht, aber die waren nur für ein Shuttle geeignet.

»Wir könnten ein Stück Wald roden und ...«, setzte Aries zu einem Vorschlag an, doch Laury fiel ihm ins Wort.

»Genau der richtige Einstand für den First Contact. Nur weiter so! Wird bestimmt eine fruchtbare und freundschaftliche Zusammenarbeit.«

»Seit wann sind wir so rücksichtsvoll?«, brummte der Widder-Beta und rieb sich ein großes felliges Ohr.

»Seit jetzt.« Orloff war mit der Wolf-Beta einig. »Hier ist alles anders.«

Die *Gradivus* senkte sich langsam hinab; in zwei Kilometern Entfernung zur Schlucht gab es eine Freifläche mit felsigem Untergrund, die den Messungen nach stabil war.

Ella musste dennoch ihr ganzes Können beweisen, denn ein größeres Schiff als ein Shuttle hatte sie noch nie auf einem Planeten gelandet. Die geringere Schwerkraft kam ihr zugute und dass die *Gradivus* über gute Trägheitsdämpfer, Andruckabsorber, ein Antigravitationsfeld und passende Stützen verfügte, die kurz, aber breit wie ein Entenfuß waren.

Abgesehen von einem leichten Rumpeln und Schütteln setzte die Pilotin das Schiff sanft auf und wurde dafür mit jeder Menge Lob von einer überaus erleichterten Mannschaft, die zuvor in äußerst angespanntem Schweigen verharrt hatte, überschüttet.

»Das Schiff behalten wir!«, verkündete sie und steckte sich augenblicklich eine Zigarre in den Mund, nachdem das Surren der Triebwerke erloschen war. »Also, raus mit euch, und bringt uns was Schönes mit!«

»Gehen Sie denn nicht mit hinaus?«, fragte Magath.

»Schätzchen, ein Pilot verlässt sein Schiff nur im Notfall, klar? Chuck und ich haben zudem jede Menge hier zu tun, wir haben einen turbulenten Flug hinter uns und müssen alles komplett durchchecken. Und Wache halten, falls böse Männer kommen und uns unser Gefährt unterm Hintern wegklauen wollen.«

»Ach, und böse Frauen tun so was nicht?«, gab sich Chuck gespielt schnippisch.

»Ich sehe, ihr kommt klar.« Orloff würde den Teufel tun und Ella wegen der Zigarre rügen. Sie hatte hervorragende Arbeit geleistet, also durfte sie auch an Bord rauchen. Die Filtersysteme reinigten die Luft ohnehin schnell. Er machte sich auf den Weg zur Sammelstation.

Centurion war bereits dort und erteilte dem Rest der Mannschaft Befehle. »Zieht eure Tarnanzüge an, Helme auf mit offenem Visier. Standard-Bewaffnung für Dogden, Hump, Ebert, Malox. Schwere Bewaffnung für Murani, Pandor, Aries und mich. Alle anderen bewaffnen sich so, dass sie sich verteidigen können. Notfallausrüstung wie Leucht-kugeln, Phosphorstäbe, Medopack für alle.«

Orloff machte sich daran, den Befehl zu befolgen. Bei Erkundungsgängen hatte Centurion unangefochten das Sagen.

Magath zeigte sich zunächst unschlüssig, und er fragte sie geradeheraus: »Haben Sie überhaupt eine Ausbildung an der Waffe erhalten?«

»Ja«, antwortete sie. »Aber ich kann nicht viel damit an-fangen.«

»Sie werden sie trotzdem tragen. Beachten Sie dabei nur, dass die Waffe bei Gebrauch entsichert ist und Sie sie rich-tig herum halten.«

»Was ist mit mir?«, fragte Tritus bissig.

»Mir scheint, Ihr Anzug ist bereits eine Spezialanferti-gung mit Nanogewebe, das sich notfalls umgehend verhär-tet«, sagte Orloff nach einem kurzen Blick. Der feiste Medi-ator hob eine Braue und nickte dann. »Das dürfte genügen. Nehmen Sie eine Schusswaffe zur Vorsicht.«

»Nichts mit Energie, bitte, damit stehe ich auf Kriegs-fuß.«

»Kein Problem. Kugeln können auch ziemlichen Schaden anrichten.« Orloff suchte ihm eine leichtere Handwaffe aus, die einem kleinen, eleganten Revolver nicht unähnlich sah, aber als Automatik funktionierte. »Halten Sie sich immer in der Nähe von Murani, sie ist für Ihre persönliche Sicherheit verantwortlich.«

Er selbst bewaffnete sich mit einem Kombinationsge-wehr, bestehend aus Strahler und mechanischen Explo-sivgeschossen, einem Buschmesser und einem großen Re-volver. Dazu steckte er noch ein normales Messer in die

Seitentasche beim rechten Stiefel und links eine Art Pickel. Dazu befestigte er ein Seil am Koppel und verstaute die Packs in den Taschen. Einen Helm setzte er keinen auf und riskierte damit einen Rüffel von Centurion.

Die Luft dort draußen war in ihrer Zusammensetzung ungefähr so wie auf der früheren Erde, im Gebirge. Welche bösen Viren und Bakterien sie mit sich führte, würden sie nach wenigen Atemzügen feststellen. Sie verfügten alle über eine Grundimmunisierung mit winzigsten Nanobauteilen, die sowohl Viren als auch Bakterien das Andocken oder Eindringen in eine Zelle schwer machten. Aber auch viele Giftstoffe wurden rasch neutralisiert.

Justifiers durften nicht zimperlich sein, da sie stets unter Zeitdruck arbeiteten und die Arbeiten im geschlossenen Anzug oft hinderlich waren. Also verlief die Akklimatisation innerhalb weniger Augenblicke. Wer empfindlich darauf reagierte, hatte Pech gehabt.

Orloff fragte bei Tritus nicht nach, der Mediator war ohnehin ständig auf fremden Welten unterwegs und dürfte daher inzwischen an nahezu alles angepasst sein.

»Ach, das ist eine Erleichterung!«, seufzte Tritus und vergaß seine schlechte Laune. Er musste weniger Gewicht mit sich herumschleppen, und dieser freie, üppige Anblick hier draußen war nach der kargen Enge des Raumschiffs ein Trost.

Centurions Truppe schwärmte im Kreis aus und sicherte die Umgebung. Sie schreckten dabei einige kleinere Tiere auf, die es vorzogen, vor den Störenfrieden zu fliehen.

Ungefähr in zweihundert Metern Entfernung in der Gegenrichtung zur Schlucht zogen große, wollige Pflanzenfresser mit Nackenschilden und Hörnern dahin. Sie zeigten sich völlig unbeeindruckt von den Neuankömmlingen.

Orloffs Ortung zeigte eine Menge Vitalanzeigen rings umher an. Ob sie wohl schon von den Einheimischen beobachtet wurden? Schwer festzustellen. Die Bewegungen wirkten nicht gezielt, nichts verharrte länger an einem Ort.

»Achtet auf Raubtiere!«, dröhnte Centurions Stimme von weiter vorn; er war bereits auf dem Weg zur Schlucht. »Die Fauna hier kennt uns nicht und wird keine Scheu empfinden. Über die Flora wissen wir noch gar nichts, also haltet euch fern davon. Ihr fasst überhaupt nichts an ohne Handschuhe.«

»Wie gefällt es Ihnen hier, Tullius?«, fragte Orloff.

»Ein Acht-Sterne-Hotel in Aussicht, und Sie könnten mich den glücklichsten aller Menschen nennen«, lautete die Antwort. »Wissen Sie, ein wenig Natur ist ja ganz nett, aber mir reicht auch ein Arboretum. Diese Luft tut gut, dieser Anblick ist erfreulich, aber nach zehn Minuten reicht es. Dann möchte ich gern wieder eine Form von Zivilisation, am liebsten Hightech-Häuser.«

Magath sah sich um. »Wenn man so etwas lange entbehrt hat, fällt einem erst wieder auf, was man vermisst hat.«

Das hätte Orloffs Mutter sagen können. Aber auch die meisten Betas wirkten erfreut, hier erwachte das animalische Erbe in ihnen. Laury wirkte nur mäßig interessiert, sie hielt sich am liebsten im Labor bei stinkendem Mikrozeugs auf, vermischte Flüssigkeiten in merkwürdigen Farben und erzeugte Explosionen. Aries stellte in Gedanken wahrscheinlich schon funktionale Gebäude auf und entwarf All-in-One-Maschinen für den effizienten Erzabbau.

Orloff rief im Schiff an. »Ella?«

»Stör uns nicht bei der Arbeit, Boss. Hier ist einiges zu tun. Notstart derzeit nicht möglich. Die Systeme melden keine Gefahr im Umkreis.«

Auch die *Universal Pax* hatte nichts zu berichten. Tritus diktierte dem Protokollar bereits im Stakkato. Die Verbindung klappte störungsfrei.

»Gut, auf zum Camp. Tullius, wollen Sie und Magath gleich mit Ihrer Arbeit beginnen?«

»Allerdings. Ich lege keinen kilometerlangen Fußmarsch zurück, nur um festzustellen, dass da nichts mehr zu finden ist, mit dem ich mich unterhalten könnte.«

Magath, Tritus und Malox blieben zurück, um die Techniken vorzubereiten und die Vorgehensweise zu besprechen. Bei Gefahr könnte der Mediator umgehend ins Schiff zurückkehren.

»Die sind wir los«, sagte Pandor grinsend, während sich der Rest der Truppe auf den Weg machte.

13

Centurion ließ die Schwerbewaffneten ausschwärmen. Die breiten Armbänder mit den Multifunktionsgeräten arbeiteten tadellos und scannten permanent die Umgebung.

Orloffs Blick schweifte immer wieder zum blassblauen Himmel; es gab jede Menge Flugtiere. Vom einfachen Schweber von Baum zu Baum bis zum wahren Virtuosen hoch oben. Mit Haut, mit Federn, und zumeist sehr bunt.

Für die Neuankömmlinge interessierten sie sich nicht. Besaßen sie eine natürliche Scheu vor allem Fremden? Orloff hätte eher mit Neugier gerechnet. Wenigstens kreisten die zuvor entdeckten Riesen mit bis zu zwanzig Metern Spannweite unermüdlich über dem reich belebten Meer und wurden ihnen hier nicht gefährlich.

Es war wichtig, dass sie sich so harmlos und unauffällig wie möglich gaben. Schon ein einzelner Schuss konnte die Katastrophe auslösen. Orloff war sicher, dass sie bereits beobachtet wurden. Die Intelligenzen hatten sich möglicherweise ausgerechnet, dass jemand nachsehen kommen würde, warum die ausgeschickten »Späher« nicht zurückgekehrt waren, und hatten für den Fall mit an Sicherheit grenzender Wahrscheinlichkeit einen Wachtposten installiert.

Wobei das menschliche Denkweise war. Es konnte auch alles ganz anders sein – und das würden sie bald herausfinden.

Je näher sie dem Camp kamen, desto mehr Bäume wuchsen ringsum, also gab es genug Versteckmöglichkeiten. In der Schlucht gab es ohnehin genügend Deckung, vermutlich auch Höhlen.

Der Weg führte zunächst durch offenes Gelände, sie befanden sich also auf dem Präsentierteller. Zumindest wurden sie nicht sofort angegriffen. Man wollte vielleicht wissen, mit wem man es zu tun hatte.

»Die Idylle hat schon öfter getrogen«, sagte Centurion, als er an Orloffs Seite kam.

»Mit dem Unterschied, dass wir diesmal bereits wissen, dass hier Gefahr droht. Nur wann schlägt sie zu? Das ist die Frage.«

»Sie werden uns beobachten und dann eine Entscheidung treffen.«

»Und du wirst darauf achten, dass kein einziger Schuss fällt und nicht mal ein Käfer absichtlich zertreten wird.«

»Sie haben alle die Anweisung verstanden.«

Sie waren Profis, gewiss. Doch es gab Situationen, da konnte man nicht anders. Orloff hoffte, dass sie nicht dazu herausgefordert würden.

Nach knapp zwanzig Minuten erreichten sie das Camp am Rande der Busch- und Waldvegetation.

»Sag mal, Kommandant ...« Pandor stapfte heran. »Wenn ich mir hier so die Überwucherung anschaue und sehe, in welchem Zustand sich die Zelte befinden ... wie lange ist die erste Mission eigentlich her?«

Das fragte sich Orloff auch gerade.

»Wir wissen zwar nicht, in welcher Geschwindigkeit hier das Wachstum stattfindet«, sagte Laury. »Aber es ist schon alles recht erdähnlich, vor allem haben wir keine Jahreszeiten, es ist praktisch wie am Äquator. Der Verwesungsprozess dürfte gleichmäßig verlaufen, und das Wachstum ... Da müssen vergleichsweise ein paar Monate ins Land gegangen sein.«

»Bitte um Erlaubnis, die ersten Proben entnehmen zu dürfen«, meldete sich Amrit zu Wort.

»Erlaubnis erteilt«, sagte Centurion. »Malox soll mitgehen.«

Malox hatte etwas Lemurenhaftes an sich und war ein sehr geschickter und geschmeidiger Kletterer, er verfügte sogar über einen voll funktionsfähigen Greifschwanz. Er war etwa eins sechzig groß und sehr schlank.

Die beiden machten sich umgehend auf den Weg zum Rand der Schlucht in etwa dreihundert Metern Entfernung. Bald darauf hatten sie wohl einen Pfad gefunden, der abwärts führte, denn sie waren verschwunden.

Laury blieb bei Orloff, während der Rest das Camp durchstöberte, oder vielmehr die traurigen Überreste. Aries hatte zu vermelden, dass das Shuttle innen völlig zerstört war, die Konsolen waren herausgerissen, Aggregate zertrümmert, es fehlten ganze Maschinenteile.

»Da hat jemand sehr gründliche Arbeit geleistet, das Teil ist nur noch Schrott. Selbst wenn wir alle fehlenden Ersatzteile dabeihätten, könnten wir es wahrscheinlich nicht mehr in Schuss bringen, ohne neu aufzubauen.«

»Was ist mit der Blackbox?«

»Negativ. Der Computer ist vollständig zerstört, ich wage zu bezweifeln, dass wir noch irgendwelche brauchbaren

Dateien rausziehen können. Das sind ein paar Stunden Aufwand.«

»Gut, lassen wir das vorerst. Dogden und Hump sollen dich begleiten«, ordnete Centurion an. »Sucht das Trans-Matt, geht dann zum Schiff und stellt zusammen, was ihr für die Reparatur benötigt. Morgen fangt ihr an.«

»Nicht schon heute?«

»Schau zum Himmel.«

Die Sonne machte sich auf den Weg hinter den Horizont. Ihnen blieb nicht mehr viel Zeit.

»Yessir.« Die drei waren unterwegs.

Pandor winkte ihnen. »Ich hab jemanden gefunden.«

Am Rand eines Zelts, das noch nicht vollständig von den Schlingpflanzen und den Büschen vereinnahmt war, lagen zwei nahezu vollständig erhaltene Skelette.

»Sie starben an Schädeltrauma«, erklärte Laury lakonisch nach einem Blick. Diese Diagnose hätte auch Orloff stellen können, denn die Schädel wiesen jeder ein tiefes Loch auf. Die Menschen mussten mit brutaler Gewalt erschlagen worden sein. Sofort musste Orloff wieder an Paul Mars denken.

Die Knochen zeigten Biss- und Nagespuren. Diese Leichen waren also nicht wegen der Witterung in diesem Zustand, sondern von Tieren sorgfältig abgenagt worden.

Die Kleidungsstücke lagen in weiterem Umkreis verstreut und in Fetzen. Waffen wurden keine gefunden und auch sonst keinerlei Ausrüstungsgegenstände.

Weitere Überreste wurden entdeckt, deren Knochen aber kreuz und quer verschleppt worden und nicht mehr zuzuordnen waren. Die Aasfresser hatten hier offenbar eine ordentliche Party gefeiert.

»Was haben wir?«, fragte Orloff knapp.

Sie fuhren zusammen, als gleichzeitig ganz in der Nähe ein schauerlicher Schrei erklang, und gingen sofort in Alarmbereitschaft.

Der Schrei wiederholte sich nicht, und es kam auch nicht zu einem Angriff. *Noch* nicht.

»Pandor, Ebert, auf Wachposition«, befahl Centurion und legte ebenfalls eine schwere Kombiwaffe quer über den Arm.

Orloff rief Amrit an. »Alles in Ordnung bei euch?«

»Ja, warum?«

»Nichts. Weitermachen.«

Aries meldete sich gerade selbst. »Wir haben das Portal gefunden, ungefähr einen halben Klick westlich von hier entfernt, in einem weitgehend vegetationslosen Ausläufer der Schlucht. War wohl mal eine Ausbuchtung des Flusses, es gibt viel Kies. Hier geht es fast senkrecht etwa zehn Meter runter, und unten steht das Ding auf sicherem Fels. Die Einflugschneise für ein Shuttle ist gegeben, ansonsten steht das TransMatt hier recht isoliert und geschützt. Die Felsen sind kantig, wir können ganz gut runterklettern, Tiere finden sich kaum.«

»Und wie ist der Zustand des Portals?«

»Tja, erstaunlicherweise gut. Es ist deaktiv, ein paar Kleinigkeiten defekt, aber nichts Großartiges. Im Grunde sind nur Standardteile kaputt, die wir ohnehin immer dabeihaben. Das haben wir morgen in längstens zwei Stunden erledigt. Wenigstens mal ein positiver Aspekt.«

»Macht euch gleich morgen früh daran, und stellt es auf Bereitschaft«, gab Orloff Anweisung. »Sollte es schnell gehen müssen, brauchen wir alle Optionen offen.«

»Ein positiver Aspekt? Gefällt uns das?«, murmelte Centurion, nachdem Orloff die Verbindung beendet hatte.

»Nein«, lautete die eindeutige Antwort, ohne zu zögern. Orloffs Miene verfinsterte sich.

»Wieso steht das Portal noch, und das Shuttle wurde aktiv zerstört? Wer hat es deaktiviert, aber so, dass man es wieder in Betrieb nehmen kann? Wo sind die Waffen, die Ausrüstung des Camps?«

»Es gibt hier keinerlei Anzeichen für eine technisierte Zivilisation. Die Außerirdischen können *eigentlich* dazu nicht in der Lage sein. Gut, die Sachen des Camps können sie verräumen – aber warum sollten sie das tun?«

»Um sich alles genau anzusehen und nachzubauen und die technische Revolution zu beginnen?« Orloff schüttelte den Kopf. »Das passt nicht zum bisherigen Bild.«

»Dann haben sie das Teufelswerk zerstört, vernichtet, vergraben, um nie wieder damit konfrontiert zu werden«, schlug Centurion vor. »Das Shuttle war lediglich zu groß, also bepflanzten sie es, damit es irgendwann unter dem Grünzeug nicht mehr auffindbar ist.«

»Das erklärt erst recht nicht, wieso sie das TransMatt haben stehen lassen.«

»Es sollte ja noch einer durch.«

»Du meinst also, sie haben sich die Funktionsweise zeigen lassen, bevor sie den einzigen überlebenden Justifier mit der Botschaft hindurchgeschickt haben. Sie haben ihn absichtlich am Leben gelassen, damit er die Nachricht überbringt, sich ja nicht mehr hier blicken zu lassen.«

»Ja.«

»Warum haben sie aber das TransMatt stehen lassen, *nachdem* er durch war? Warum haben sie es nur deaktiviert und zur Vorsicht noch ein bisschen beschädigt, damit sich niemand aus Versehen daran zu schaffen macht?«

»Warum haben sie den Typen überhaupt geschickt und nicht einfach alle spurlos verschwinden lassen?« Diesmal fragte der Stier-Beta.

»Nun«, überlegte Orloff, »sie hofften wohl, das reicht als Abschreckung. Sie können nicht wissen, dass sich Menschen von so was nicht einschüchtern lassen.«

Die beiden Männer sahen sich an.

»Was stimmt an dieser Geschichte nicht?« Orloffs mieses Gefühl sprengte inzwischen jede Skala.

»So ziemlich alles«, schnaubte Centurion. »Das ergibt doch von vorne bis hinten überhaupt keinen Sinn.«

Orloff musste an Magaths Geschichte von den beiden Auftragskillern denken, die sich wegen des Films gegenseitig umgebracht hatten.

»Vielleicht haben sie nicht mit dem menschlichen Ehrgeiz gerechnet, genau *deswegen* nachzusehen, weil es ihnen verboten wurde. Sie kennen schließlich unsere Denkweise nicht«, wiederholte Orloff.

»Wer sagt, dass die in unseren logischen Bahnen denken?«, gab Centurion zu bedenken. »Wir können uns nicht in sie hineinversetzen, weil wir nichts über sie wissen. Umgekehrt könnte das aber schon der Fall sein, zumindest im Ansatz. Vielleicht haben sie uns damit getestet.« Er schnaubte unzufrieden. »Erklärt immer noch nicht das intakte TransMatt.«

»Zumindest haben bisher *sie* die Lage im Griff.«

»*Bisher.*«

Orloff rieb sich den Nacken und wandte sich Laury zu. »Okay, noch einmal zu dir – was haben wir hier?«

Die Bordärztin wischte sich die Hände an einem Desinfektionstuch ab und stand auf.

»Nichts, das mir gefällt«, antwortete sie. »Es deutet alles darauf hin, dass die zwei sich gegenseitig den Schädel eingeschlagen haben, oder es war ein Dritter beteiligt, der für beide Morde verantwortlich ist und den wir nicht mehr auffinden können.«

»Wie kommst du darauf?«

»Die Art der Frakturen. Da passt wunderbar einer unserer Gewehrkolben hinein. Es ist natürlich schwierig zu sagen, was sich abgespielt hat, so kontaminiert wie hier alles ist, aber ... es sah mir nicht nach einem Kampf aus. Bei Fremdeinwirkung wäre das aber der Fall.«

»Dem stimme ich zu«, sagte Pandor. »Wir finden keine Einschusslöcher, keine Laserverbrennungen, hier hat überhaupt kein Schussgefecht stattgefunden. Die Zelte sind auf andere Weise verwüstet worden, und wahrscheinlich erst, nachdem alle tot waren. Ich kann mir nicht vorstellen, dass jemand das ganze Camp angreift und alle tötet, bevor sie es merken und sich verteidigen können.«

»Sie sollen sich gegenseitig umgebracht haben? Niemals. Auch dann würde es zum Gefecht kommen. Wir haben zudem die Warnung der Einheimischen erhalten. Die haben kurzen Prozess mit unseren Leuten gemacht, sie vielleicht vorher vergiftet und wollten ganz sichergehen, indem sie ihnen den Schädel einschlugen.« Orloff kratzte sich das stoppelige Kinn. »Na schön, zerbrechen wir uns jetzt nicht darüber den Kopf. Macht detaillierte Aufzeichnungen, wir sehen uns alles heute Abend im Schiff noch einmal an und diskutieren darüber. Wir haben sicher noch einiges übersehen. Und morgen will ich als Erstes diese Unglückshöhle untersuchen.«

Er funkte die *Universal Pax* und die *Gradivus* an. »Höchste Alarmbereitschaft. Wir haben es hier mit einem unbekannten Gegner von enormer Macht zu tun. Sennen, wir brauchen Überwachung von oben und unter Umständen schnellen Einsatz. Ella, wir kommen zurück an Bord, und dann wird die Dose dicht gemacht.« Er nickte Centurion zu. »Rückzug.«

Dann funkte er Amrit an.

Keine Antwort.

»Das wird reichlich fad«, bemerkte Marco Sennen und stützte den Kopf in die Hand. »Wie lange gedenkt der uns hier oben festzuhalten?«

»Von mir aus bis zum Rückflug«, sagte Franka Garrett. »Dieser Mediator ist ein widerliches chauvinistisches Dreckschwein. Ich weiß nicht, wie Arva das aushält.«

»Es ist mein Job.« Die Assistentin kam in die Kanzel, gefolgt von Hugh Korben. »Mit einer Referenz wie dieser stehen mir die Türen in die Regierung offen, und ich arbeite mich unter den Privilegierten um einige Stockwerke höher. Glaubt ihr, die sind dort alle Engel?«

»Bei mir das Gleiche«, sagte der Protokollar. »Niemand arbeitet für Tritus, weil er so ein angenehmer Vorgesetzter ist. Aber die Liste der Bewerbungen ist lang, denn wer einmal bei ihm war, bekommt gute Angebote.«

»Warum er Arva ausgesucht hat, ist mir klar«, bemerkte Franka. »Aber dich?« Sie zog spöttisch die Augenbraue hoch.

»Ich hab manipuliert.« Hugh grinste. »An dem Tag war ich der Einzige, der vorgesprochen hat, weil ich bei den anderen einen falschen Termin eingetragen hatte. Kleinigkeit.«

»Abgesehen davon sind wir beide gut«, fügte Arva hinzu.

»Kein Zweifel.« Marco winkte ab.

Franka deutete auf die Anzeigen. »Er ruft schon wieder an.«

Marco hinderte sie an der Annahme. »Wir sind im Funkloch.«

Arva seufzte. »Da ist er schon auf meinem Armband. Könnte ich das Teil nicht in der Luftschleuse verlieren?« Sie bedeutete den anderen, still zu sein, und aktivierte die Verbindung.

»Arva, mein kleiner Lorbeerbaum, ich hoffe, ich habe Sie nicht bei irgendetwas gestört?«, säuselte die Stimme des Mediators. »Sie stellen ja gar keine Sichtverbindung her.«

»Nein, Sir, ich bin gerade dabei, mich umzuziehen.«

»Umzuziehen? Äh ... was tragen Sie denn gerade?« Die Stimme klang auf einmal hektisch.

Die anderen feixten und hielten sich den Mund zu. Arva verdrehte die Augen. Aber sie säuselte perfekt zurück. »Sie sind ja ein ganz Schlimmer, Sir. Was soll ich für Sie tun?«

»Schauen Sie in meinem Archiv mal nach, ob sich da nicht ein paar nette Bilder von der Erde finden. Sie wissen schon, die geschönten, antiken. Mit blauem Himmel, Blümchen und all dem Zeug. Am besten noch das Ba'bii dazu.«

»Was ist das, Sir?«, fragte Arva irritiert.

»So ein kleines braunes Vieh mit großen Plüschaugen und großen Ohren, hat mal im Wald gelebt. Irgendein Zwerghirsch. Es gibt heute noch ein paar uralte Filmfragmente, muss mal sehr beliebt gewesen sein. Wundern Sie sich aber nicht, das ist kein Realbild, sondern gezeichnet.«

»Und das kommt an?«

»Ha, Sie ahnen es ja nicht. Das Wesen ist so zart und unschuldig, das will jeder gleich verschlingen. Entweder mit dem Herzen oder mit den Zähnen, einerlei – es verfehlt seine Wirkung nie.«

»Gut, ich werde danach suchen und es Ihnen senden. Wie viele Bilder möchten Sie?«

»Schicken Sie, was Sie finden. Wo ist Korben? Ich muss ihm etwas diktieren.«

»In seiner Kabine, nehme ich an. Ich kann Sie rüberstellen, wenn Sie möchten.«

»Nicht nötig, ich rufe ihn selbst an. Sagen Sie übrigens diesen faulen Piloten, sie sollen gefälligst die Verbindung aktiv halten, ich komme nie durch.«

»Ja, Sir.«

Marco und Franka zogen Grimassen.

»Nun erzählen Sie mir noch ein bisschen genauer, was Sie gerade anhaben ...«

»Ich suche Ihnen die Bilder heraus, Sir. Bis später.« Arva schaltete ab.

Franka schüttelte sich. »Brrr. Und das musst du dir ständig anhören?«

»Er ist ja weit weg.« Arva zuckte die Achseln. »Schlimmer ist es, wenn er anfängt, seine Fettfinger auszustrecken. Das ist immer eine Gratwanderung, ihn abzuweisen und gleichzeitig nicht den Job zu verlieren.«

»Nach diesem Einsatz brauchen wir ihn sowieso nicht mehr. Oh, da ist er schon. Ich gehe dann mal.« Hugh machte sich auf den Weg, und sie hörten seine sich entfernende Stimme. »Hallo Sir? Ja ... ja, ich bin in meiner Unterkunft. Ich bin bereit, ja, legen Sie los.«

»Notiert er das wirklich?«, wollte Marco wissen.

»Klar, Tritus fragt ihn ja danach ab«, antwortete Arva.

»Hughs besondere Fähigkeit ist sein phänomenales Gedächtnis. Was er nicht gleich aufzeichnen kann, merkt er sich so und trägt es nach. Deswegen ist er für den Job so gut geeignet.«

»Er gefällt dir, hm?« Franka zwinkerte.

»Er ist okay. Wir haben schon überlegt, ob wir gemeinsam ein Beratungsbüro aufmachen. Aber erst mal müssen wir das hier hinter uns bringen.« Arva ging ebenfalls.

»Wo wirst du als Nächstes anheuern?«, fragte Franka, nachdem sie wieder allein waren.

»Ich werde Holden fragen.«

»Im Ernst?«

»Tu nicht so. Du hast dich genauso über ihn kundig gemacht wie ich. Der Mann ist eine Legende. Und bis jetzt bestätigt sich alles, was man über ihn redet. Außerdem hat er nach wie vor die geringsten Verluste zu verzeichnen, bei der höchsten Erfolgsquote. In zwanzig Jahren blieb er unangefochten auf Rang Eins, und der zweite Rang kam erst weit abgeschlagen. Er gilt als Glücksbringer. Warum wohl nennt man ihn den Unsterblichen?«

»Und Tau Ceti Prime?«

»Komm, jeder weiß, was da für eine Schweinerei gelaufen ist. Und dafür haben sie ihn auch noch beschuldigt. Jeder andere wäre wahrscheinlich draufgegangen, und man hätte das gesamte Team abschreiben müssen, aber er kommt nicht nur lebend raus, er rettet auch noch mehr als die Hälfte seiner Leute!«

»Du bist ja richtig scharf auf ihn.«

»Und ob. Ehrlich gesagt, nachdem ich erfahren habe, dass er mit seinen Justifiers hier dabei sein wird, habe ich mich um den Job gerissen. War das bei dir etwa anders?«

»Na gut«, gab sie zögernd zu. »Wäre schon verdammt cool, mitmachen zu können. Ich meine, hast du die Truppe beobachtet? Die haben alle eine Menge drauf. Da könnten wir uns als Nachwuchs anbieten und eine Menge lernen ...«

Marco fuhr plötzlich hoch. »Verdammt.«

»Was ist?«

»Wir haben uns ablenken lassen. Da war etwas.«

»Wo?«

»Beim Camp. Verflucht, ich kann es nicht mehr sehen.«

»Ich schon.« Franka deutete auf einen vergrößerten Holoausschnitt in der Schlucht. Dort bewegte sich unter dichtem Blattwerk etwas ... Riesiges.

Und nicht weit davon entfernt an der Felswand rührten sich zwei im Vergleich winzig kleine Gestalten.

Der Pilot schlug wütend auf die Konsole und öffnete die Komverbindung.

Amrit schaute über die Kante. »Da geht so eine Art Wildpfad nach unten.« Sie deutete ein Stück nach rechts. »Von da aus könnten wir zu den Mineralen dort gelangen. Die sehen ... vielversprechend aus.« Das war die größte Untertreibung, die sie je geäußert hatte. Solche riesenhaften Strukturen hatte sie überhaupt noch nirgends gesehen. Hoffentlich bekam sie genug Zeit, alles genau unter die Lupe zu nehmen – und nicht nur in dem kleinen Labor auf dem Schiff oder später auf der Erde.

»Ja, das müsste hinhauen. Lass mich vorangehen«, sagte Malox.

»Ich bin sehr trittsicher.«

»Aber die einzige Geologin an Bord. Also lass mich vorgehen.«

»Schon gut.«

Der Beta stieg geschmeidig auf den Pfad hinab und bewegte sich zwischen den Felsen entlang. Amrit folgte ihm mühelos.

Sobald sie außer Sichtweite waren, nahm Amrit den Helm ab und befestigte ihn am Koppel; ebenso Malox. Es war warm, und sie glaubten sich hier sicher. Allerdings hätten sie das niemals unter den Augen von Centurion gewagt.

Nach einer kleinen Kletterpartie erreichten sie schließlich die ersten Kristallstrukturen, die auch bei näherer Betrachtung farbenfroh leuchteten.

Die Geologin reichte Malox einen Behälter und zog ihr Werkzeug heraus. Sie machte mit dem Armband Aufnahmen und nahm die ersten Scans vor. Dann kam der mechanische Teil – sie ging daran, mit einem kleinen Hammer und einem ebenfalls kleinen Pickel Bruchstücke herauszuschlagen, die sie mit Lasergravur markierte und dann in den Behälter steckte.

»Deine Augen leuchten bald heller als die Sonne«, bemerkte ihr Beta-Kollege.

»Das ist der ganz große Wurf, Malox«, erklärte sie. »So etwas haben wir noch nie zuvor entdeckt. Einzigartig. Ich wette mit dir, dass jedes Mineral ganz besondere Eigenschaften aufweist und jedes wertvoller ist als das andere.«

»Nur werden wir nichts davon haben.«

»Zoldan hat uns schriftlich die Beteiligung an den Schürfrechten zugesichert. Egal, welcher Kon das Rennen macht, wir sind dabei. Und wir sind Millionäre. Wir werden zu Privilegierten!«

»Und, ziehst du dann in einen Turm?«

»Quatsch, ich suche mir einen Urlaubsplaneten und gehe in den Ruhestand. Mir kommt es nicht auf das Stockwerk an, sondern auf das, was ich mit all den C anfange.«

»Weißt du, woran ich denke?«

»Hm?« Amrit war versunken und hatte nur ein Ohr auf Malox gerichtet.

»Eine Familie zu gründen.«

Sie hätte den Hammer beinahe fallen gelassen, ihr Kopf ruckte zu ihm hoch. »Das werden sie bestimmt nicht zulassen.«

»Betas sind fruchtbar. Wir sind dazu in der Lage.«

»Sie werden es trotzdem nicht zulassen!«

»Dass wir Millionäre werden, auch nicht.«

Amrit legte wütend die Ohren flach an. »Das ist was anderes. Orloff wird dafür sorgen, dass Zoldan Wort hält. Wahrscheinlich wird er uns bescheißen, aber selbst die Hälfte von dem, was uns zusteht, wird immer noch für den offiziellen Freikauf und den Ruhestand reichen.«

»Also dann, mit wem würdest du eine Familie gründen?« Malox ließ nicht locker.

»Du gehst mir auf die Nerven«, knurrte sie und riss den Behälter aus seinen Händen. »Achte lieber auf die Umgebung.«

»Ich weiß es«, behauptete er.

»Klappe.« Amrit empfing ein Signal, Orloff wollte wissen, ob alles in Ordnung sei. Sie bestätigte und zog leicht die Lefzen hoch. »Was hat er denn jetzt wieder?«

»Du weißt, dass er eine Glucke ist.«

»Hm.« Eine Weile arbeitete sie schweigend weiter.

Schließlich fing Malox wieder an. »Gib's zu!«

»Ich geb gar nichts zu, was nicht zuzugeben ist.«

»Ich habe mitbekommen, wie er dich ansieht, schon seit wir wieder alle zusammen sind.«

»Wir haben uns alle fünf Jahre nicht gesehen, und zumindest ich für meinen Teil hatte mit keinem von euch Kontakt.«

»Alte Liebe rostet nicht.«

»Was ist das für ein blöder Spruch?«

»Altes Sprichwort. Habe ich aus einem Remake von einem Paläofilm.«

»Du spinnst doch, Malox.«

Sie hielt kurz inne, sah zu ihm hoch und wies auf sich. »Schau uns an. Wir sind Monster. Chimären. Hybriden. Genetische Manipulationen, die an Perversität kaum zu übertreffen sind. Wir haben kein Anrecht auf das, was Menschen und alle anderen natürlichen Wesen für sich beanspruchen. Wir sind einfach nur organische Robotersklaven, und wenn wir ausgedient haben, werden wir wieder ausgeknipst und dem Zuchtkreislauf zugeführt.« Sie wandte sich wieder ihrer Arbeit zu.

»Wir haben Gefühle«, sagte er leise. »Wir sind Kunstprodukte, die im Tank herangewachsen sind, ja. Dennoch sind wir hundertprozentig organische, intelligente, fühlende Lebewesen, die ein Anrecht darauf haben, wie jeder normale Mensch eine Familie zu gründen. Und gesellschaftliche Anerkennung zu erfahren.«

»O weh«, meinte Amrit und klopfte immer heftiger an einem besonders hartnäckigen Mineral herum. »Du hast dich nicht etwa mit einer von diesen Gruppen zusammengetan, wie ›Freiheit für die Betas‹ oder so ähnlich?«

»Und wenn's so wäre?«

»Bist du ein Volltrottel.«

Endlich gab das kristalline Gestein nach, und Amrit hielt triumphierend das glitzernde Stück hoch. Dann fiel ihr Malox' erstarrte Haltung auf.

»Was ist?«

In dem Moment sah sie es.

Orloff rief schon wieder an, aber sie konnte keine Antwort geben.

»*Was?* Wieso kommt die Meldung erst jetzt?«, schrie Orloff. Er gab Centurion ein Zeichen, und sie rannten sofort los, die gesamte Truppe, die Waffen im Anschlag.

»Das Viech ist so nah«, tönte es aus dem Lautsprecher, »ihr müsstet es längst geortet haben.«

»Ich habe aber nichts in der Ortung«, sagte Pandor, und Centurion bestätigte.

»Scheiße«, fluchte Orloff. »Dreckszeug! Wieso zeigt die angeblich angesagteste Hightech nichts an?«

Noch zweihundert Meter bis zur Kluft.

»Niemand schießt, bevor ich es sage!«, rief der Oberleutnant.

Sie sahen das Tier kurz zwischen dem dichten Blattgewirr. Wie eine Welle auf dem Meer warfen sich die Blätter auf und fielen wieder zusammen. Es schien etwas Wurm- oder Schlangenartiges zu sein, der Bewegung nach zu urteilen. Die Haut war sehr dunkel, sodass die Abmessungen nicht genau zu erkennen waren. Und es bewegte sich direkt auf sie zu.

An Flucht war nicht mehr zu denken.

»Der Vitalspürer zeigt nichts an«, stellte Malox fest und hämmerte auf seinem Armband herum. »Die Ortung nichts,

Infrarot nichts, was taugt dieses Scheißding am Arm eigentlich überhaupt?«

»Bei mir dasselbe«, sagte Amrit und wich zur Felswand zurück. Ihre Blicke flogen herum, und ihre Ohren versuchten ein Geräusch aufzufangen, doch das riesige Tier gab keines von sich. *Unmöglich* ... Das Geraschel der Blätter unterschied sich nicht zu vorher. Nichts konnte derart lautlos sein, und doch sahen sie es herannahen.

»Was war das?« Malox fuhr herum. »Da war etwas hinter uns, es huschte ganz schnell vorbei ...«

»Quatsch keinen Blödsinn, hier vorne haben wir das Problem! Was tun wir jetzt?«

Sie standen nebeneinander mit dem Rücken zur Felswand, die Kombiwaffen im Anschlag.

Ein Schuss konnte alles zunichtemachen. Die Einheimischen würde es nicht interessieren, dass sie ihr Leben verteidigt hatten. Es war Gewaltanwendung. Kein guter Beginn für eine diplomatische Beziehung ... möglicherweise war die erste Mission deswegen ausgelöscht worden ...

Plötzlich schoss ein Kopf durch das Blätterdach unter ihnen. Keine Schlange, sondern mehr ein Wurm oder Aal. Kleines Maul, kleine Augen, der Körper dahinter um ein Vielfaches dicker und pechschwarz. Er glänzte wie polierter Hämatit. Seine Länge betrug schätzungsweise fünfzehn Meter. Oder mehr, es war schwierig zu erkennen.

»Wenn er jetzt schnell angreift, sind wir hinüber«, flüsterte Malox.

Beide Betas waren wie zur Salzsäule erstarrt. Viele Räuber reagierten reflexartig auf Reize – Flucht oder überhaupt Bewegung an sich. Je nachdem, mit welchem Sinn der Karnivore jagte, konnte es sein, dass sie beide bei völliger Reglosigkeit nicht mehr von der Umgebung unterschieden werden konnten.

Der Kopf stieß nicht vor, er näherte sich langsam. Neigte sich zu ihnen herab, und dann stülpte er das Maul aus, das sich dadurch um ein Vierfaches vergrößerte, von einem Kranz Tastzungen umgeben war und ansonsten aus scharfen Zähnen bestand. Es konnte einen Menschen mit einem einzigen Biss in zwei Hälften zerteilen und verschlingen.

»Wir sind im Arsch«, stieß Malox hervor.

Amrit, die viel größer und kräftiger war als er, zischte leise: »Bevor wir draufgehen, baller ich ihm den Kopf weg. Mir egal, was dann wird. Aber ich lass mich nicht wie ein Schaf fressen.«

Der Kopf pendelte hin und her und näherte sich ihnen immer mehr. Konnte er sie nun erkennen oder nicht? Versuchte er, ihre Witterung aufzufangen, nachdem er vorher auf die Bewegung reagiert hatte?

Amrit wich dem Blick der kleinen Augen aus; sie konnte nichts darin erkennen, sie waren grau und wirkten eher trüb, ohne Ausdruck.

Der Wurmkopf ruckte nach oben, als auf einmal feines Gestein herunterrieselte.

»Das sind die unseren«, flüsterte Malox.

Amrit zuckte nicht einmal mit einem Ohr.

Sie standen aufgereiht an der Kante und regten sich nicht. Eine Pattsituation, die sie nicht zum ersten Mal erlebten. Der riesige Wurm hatte sie bemerkt, und er schien ein Karnivore zu sein, dem Maul mit den spitzen Reißzähnen nach zu urteilen.

Orloff überlegte, dass sie in Zukunft auch noch irgendwelche getrockneten Köder mitführen sollten, die sie bei solcher Gelegenheit dem Tier zur Besänftigung vorwarfen.

»Wir müssen ihn ablenken«, sagte Centurion so laut, dass die beiden bedrohten Betas ihn auch hören konnten. »Amrit und Malox sollen dann versuchen, in Deckung zu gehen oder nach oben zu kommen. Es wird nicht geschossen. Habt ihr das alle verstanden? Sichert eure Gewehre, und bewaffnet euch mit allem, was nach Messer aussieht.«

Falls der Stier-Beta gehofft hatte, dass sich der Wurm bereits von seiner Stimme ablenken ließ, so sah er sich getäuscht. Der Riese reagierte nicht im Geringsten darauf. Sein Kopf pendelte zwischen den beiden Betas unten und der Reihe hier oben.

Notgedrungen, ohne großartige Begeisterung, steckten alle die Schusswaffen weg.

»Und wie sollen wir ihn ablenken?«, fragte Pandor. »Seilhüpfen, Wattebällchen werfen, seine Mama beleidigen?«

»Gute Idee.«

»Das könnte schnell böse ins Auge gehen, denn wenn er daraufhin zustößt, hat derjenige keine Chance mehr.«

»Das sehe ich auch so.«

Pandor grinste auf seine fast kindliche Bärenart. »Gefällt mir. Melde mich freiwillig.«

»Herhören, Pandor unternimmt einen Versuch!«, rief Centurion. »Ihr anderen haltet euch bereit, ihm sofort beizustehen.«

»Ihr anderen« war gut. Sie waren ja insgesamt nur noch zu fünft, weil der Rest der Truppe entweder woanders war oder in jenen Schwierigkeiten steckte, die sie hierher zur Schlucht gebracht hatten.

»Wie denn, ohne Schussmöglichkeit?«, fragte Ebert.

»Hast du Pfeil und Bogen?«

»Nein.«

»Dann wirf dein Messer und triff gut. Oder wirf dich selbst dazwischen, dann verschluckt er sich an dir und stirbt einen elenden Tod.«

»Yessir.«

Pandor setzte sich in Bewegung, der Wurm reagierte darauf und richtete das Maul nun direkt auf ihn. Die fleischigen Fühler bewegten sich unablässig, sie konnten sogar bis auf einen knappen Meter ausgefahren werden.

Doch plötzlich ruckte er herum. Orloff wagte einen Blick über den Rand und sah die beiden Justifiers; Malox hing halb in der Wand, halb hing er in der Luft. Der kräftige Greifschwanz umklammerte ein Felsstück und bewahrte ihn vor dem Sturz. Er regte sich nicht mehr, und der Wurm stieß tatsächlich nicht zu, sondern bewegte den Kopf dicht vor ihm.

»Klappt noch nicht«, rief Amrit herauf. Sie war auf halbem Wege beim Klettern in einer unbequemen Haltung erstarrt, die Kraft erforderte.

»Scheint nicht rein auf Instinkte angewiesen zu sein.« Pandor zog eine Machete, bückte sich und hob einen faustgroßen Stein auf. »Also dann – werden wir etwas massiver.«

»Moment!«, schnarrte Centurion. »Wir alle heben Steine auf. Sollte der Wurm Pandor angreifen, sofort auf ihn schleudern, während wir auf ihn losgehen.«

Ein allgemeines Scharren und Suchen nach geeigneten Brocken, die das Tier vielleicht spürte und sich ablenken ließ, wenn man sie auf es schleuderte.

Der Wurm reagierte nicht auf die Bewegungen, er konzentrierte sich auf die beiden ursprünglich ausgemachten Opfer.

»Wehe, ich breche mir einen Fingernagel ab«, murrte Laury. Sie trug allerdings Handschuhe, wie sie alle.

Was soll das?, fragte sich Orloff. *Was hat dieses Tier vor?*

»Er könnte mit der Situation überfordert sein, weil er sie nicht kennt«, sagte Laury neben ihm, die offenbar den gleichen Gedankengang verfolgte, während sie Steine aufsammelte und in ihre Tasche stopfte. »Wir müssen damit rechnen, dass er schlagartig aggressiv wird.«

»Dann wird Pandor jetzt ein wenig Dampf aus dem Ventil lassen«, erklärte Centurion. Er hielt den Kopf mit den mächtigen Hörnern gesenkt. Damit hatte er schon so manche, auch tödliche, Lektion erteilt. Wenn es darauf ankam, war der Stier-Beta trotz seiner Größe und des Gewichts sehr schnell; und hier bei nur 0,8g umso mehr.

Pandor machte einige auffällige Bewegungen, um die Aufmerksamkeit des Wurms wieder auf sich zu richten, und warf dann mit voller Kraft den Stein. Er traf die Stirn des Wurms, der sich davon allerdings nur mäßig beeindruckt zeigte. Immerhin ließ er von Amrit und Malox ab, glitt näher heran und streckte den Kopf über den Rand hinaus, um auf den Bär-Beta herabzublicken.

»Na dann.« Pandor griff sich weitere Steine, da er das Tier nicht direkt angreifen konnte, und schleuderte sie gezielt auf das Maul. Als er keine sonderliche Wirkung damit erzielte, unterstützten ihn die anderen.

Nun spürte der Wurm wohl doch etwas, denn er schwenkte irritiert den Hals hin und her. Der Bewurf tat ihm vermutlich nicht weh, verwirrte ihn aber.

Sein Maul schnappte mehrmals auf und zu, und er unternahm einige Scheinattacken, schien aber immer noch nicht bereit, Ernst zu machen.

Orloff warf einen Blick über den Rand und sah Amrit und Malox eilig auf direktem Wege heraufklettern. Beide waren geschmeidig und schnell, sie hatten es gleich geschafft.

Plötzlich blinzelte Orloff verwirrt, er hatte den Eindruck gehabt, da wäre etwas. Wie ein kurzes Vorüberhuschen, aber er konnte nichts weiter erkennen, und Deckung gab es keine. Es war allerdings so kurz gewesen, im Verlauf zwischen zwei Lidschlägen, dass es leicht eine Täuschung gewesen sein könnte. Eine herabfallende Wimper konnte ebenfalls solche Effekte hervorrufen.

»Pandor«, sagte er, mehr nicht.

Der Beta begriff sofort und verdoppelte seine Bemühungen. Er führte jetzt ebenfalls Scheinangriffe durch, schrie und warf in rasender Folge Steine. Der Wurm reagierte zusehends unwillig und gereizter, seine Scheinangriffe wurden aggressiver. Orloff sah, dass Pandor beständig auf dem Sprung zur Flucht war. Centurion blieb in der Nähe, um sofort zu unterstützen. Hoffentlich war der Wurm nicht schneller.

Was sind wir zimperlich geworden, dachte Orloff spöttisch. *Noch in unserem ersten Jahr hätten wir das Vieh schon bei der Annäherung kurzerhand abgeknallt, fertig.*

Plötzlich aber ruckte der Kopf des Riesenwurms wieder herum. Orloff wusste nicht, wodurch er abgelenkt wurde; Amrit und Malox hatten die Kante fast erreicht, aber keine auffälligen Geräusche gemacht.

»Er greift an!«, rief Centurion, und da stieß der Wurm schon zu.

Amrit warf sich gerade noch rechtzeitig zur Seite, als sie das weit geöffnete Maul auf sich zuschießen sah. Malox wich gleichzeitig zur anderen Seite aus.

Die Wolf-Beta hing für eine halbe Sekunde in der Luft, verfehlte den anvisierten Felsvorsprung, schlug die Hände ans Gestein und versuchte sich an anderer Stelle festzukrallen, während ihre Beine ebenfalls nach Halt suchten. Das Profil der Stiefel war griffig, hielt sich kurz, rutschte dann aber doch; lange konnte sie sich so nicht halten.

Der Wurm stieß einen schrillen Laut aus, der die Ohren zum Klingeln brachte, und machte eine schlenkernde Bewegung zur Seite, als wolle er einen lästigen Fleck wegwischen.

Amrit wurde von einem ausgefahrenen fleischigen Tentakel wie durch einen Peitschenhieb getroffen, verlor gänzlich den ohnehin schwachen Halt und stürzte ab. Sie gab keinen Laut von sich und behielt die Nerven, schaffte es, an den Felsen zu bleiben, und versuchte unablässig, sich irgendwo festzuhalten oder wenigstens rutschend den Sturz zu verlangsamen.

Nach drei Metern fanden ihre Stiefel auf einem schmalen Grat etwas Halt, sie krallte die Finger in winzige Vorsprünge und presste sich mit ausgestreckten Armen gegen den Felsen.

Malox reagierte augenblicklich, als er Amrit stürzen sah. Er stieß sich ab und landete im Nacken des Wurms. Seine Schenkel und der Greifschwanz pressten sich gegen die glatte, glänzende Haut, die keinerlei Halt oder Widerstand bot. Während er langsam hinabrutschte, zückten seine Hände zwei Messer aus dem Koppel; er nahm Schwung und trieb sie als Verankerung hinein.

Das zeigte Wirkung. Der Wurm schrillte erneut und schlug heftig mit dem Kopf, sein Körper wand sich hin und her, aber Malox hielt sich oben.

»Gefällt dir das, du Mistvieh?«, keuchte er. Er drehte den Kopf. »Amrit, mach, dass du wegkommst, ich habe keine Ahnung, wie lange ich das durchhalte!«

Um den Wurm bei Laune zu halten, bewegte er die Messer bohrend und schneidend hin und her, was heftigere Gegenwehr nach sich zog. Malox' Beine und der Greifschwanz verloren den Halt, nur noch seine Hände umklammerten die Messer. Sein Körper wurde frei schwingend hin und her geschleudert, und er ächzte vor Schmerz. Seine Armsehnen standen kurz davor, zu reißen.

Amrit stöhnte nicht weniger, als sie sich wieder an den Aufstieg machte. Sie beeilte sich, verließ sich einfach auf ihr Glück. Centurion kam ihr von oben ein Stück entgegen, hielt sich mit einer Hand fest und streckte die andere nach ihr aus. Sie warf den Arm hoch, aber der Abstand war noch zu weit.

In diesem Moment sauste der Kopf des Riesenwurms heran und drehte sich im Schwung, um Malox gegen die Felswand zu schleudern und daran zu zerquetschen.

Der Beta stieß einen Schrei aus und ließ los, hechtete zur Seite, während der schwarzsilbrige Leib knapp an ihm vorbei ins Gestein donnerte. Ein Zittern durchlief den Felsen, größere Teile platzten ab, trafen auf Kanten, die abbrachen, und eine Lawine polterte in die Tiefe. Aus dem Blätterdach unten stiegen lärmend eine Menge Vögel auf, und mehrere Tierrufe erklangen.

Amrit merkte, wie das Gestein unter ihr bröckelte, sprang blindlings hoch und warf erneut den linken Arm nach oben.

Centurion streckte sich weit nach unten, packte ihre Hand und hielt sie fest.

Die Wolf-Beta stieß einen schmerzvollen Laut aus, als ihr der Arm fast aus dem Schultergelenk gekugelt wurde, schleuderte die rechte Hand hoch und bekam Centurions Gelenk zu fassen.

Zwischen ihr und dem Abgrund befand sich nun nichts mehr, sie hing frei pendelnd an Centurions Arm. Seine Muskeln schwollen selbst durch den Anzug erkennbar gewaltig an, als er sie, selbst kaum gesichert und halb über dem Abgrund hängend, aus der gestreckten Haltung langsam hochzog und näher zum Rand brachte. Schließlich löste sie die rechte Hand und packte die Felskante.

Orloff kniete über ihr und wollte ihr das Seil zuwerfen, aber sie schüttelte den Kopf. »Das schaffe ich nicht mehr, Chef. Ich bin sowieso gleich oben.«

Sie zog sich ein Stück weiter, und er beugte sich vor, ergriff zuerst das rechte Handgelenk, dann das linke, und zog sie langsam hoch. Ihre Beine fanden einigermaßen Halt, sodass sie sich abstützen konnte und den letzten halben Meter mit Schwung nach oben kam. Dennoch knirschte sie mit den Zähnen, so weh tat die neuerliche Belastung der Arme.

Der Riesenwurm hatte durch seine Aktion die Messer noch tiefer in sich hineingerammt, und nun litt er echte Schmerzen. Blut quoll aus den Wunden hervor und rann in dunklen Rinnsalen über die Haut.

Damit hatte er genug. Sein Maul schloss sich, er wölbte den Hals und tauchte in den Blätterwald ein. Kurz darauf war er verschwunden.

»He! Meine Messer!«, beschwerte sich Malox. Fluchend und jammernd machte er sich an den weiteren Aufstieg.

Pandor kam ihm entgegen und half ihm, sich hinaufzuziehen.

Amrit hatte Abschürfungen an Händen und Beinen, die Handschuhe waren in Fetzen gegangen, die Hose sah nicht viel besser aus. Laury besah sich bereits ihre Schulter. Malox humpelte heran, er hatte sich bei der letzten Aktion das Bein aufgeschlagen, im Unterschenkel prangte eine etwa fünf Zentimeter lange klaffende Wunde.

»Halb so wild«, meinte er. »Die Schultern sind schlimmer, ich glaube, da sind ein paar Muskelfasern gerissen nach dem Ritt da oben. Aber ich glaube, die Sehnen haben gehalten.«

Die Ärztin nickte. »Wie bei Amrit. Aber das kriegen wir schnell wieder hin. Könnt ihr zurücklaufen?«

Die beiden Betas sahen die Ärztin entrüstet an.

»Schon gut, ich frage ja nur …«

»Er ist fort«, sagte Pandor, der mit dem Feldstecher das Gelände abgesucht hatte. »Schön, dass unsere Technik derart versagt hat.«

»Aber wir nicht«, erwiderte Centurion. »Wir haben keinen Schuss abgegeben, und das Viech lebt sogar noch. Die Messer merkt es irgendwann nicht mehr. Schönes Souvenir.«

»Zum Glück ist es abgezogen«, brummte Orloff und hob sein Gewehr auf, das er vorhin entsichert abgelegt hatte.

»Danke, Boss«, sagte Amrit. Sie sah dabei den Stier-Beta an.

»Keine Ursache«, brummte er. Dann zog er die Brauen zusammen und tippte gegen den Spezialhelm auf seinem Schädel. Es gab sogar einen Raumanzug für ihn, der sich automatisch bei Schließung um die Hörner, die mit einer isolierenden Folienhaut überzogen wurden, festschweißte und zusätzlich auf elektronischem Wege die vollständige Abdichtung durchführte. Das hatte sich schon im Einsatz bewährt, aber begreiflicherweise scheute der Stier-Beta Weltraumspaziergänge. »Ihr habt beide ungeheures Glück gehabt. Hatte ich euch nicht befohlen, Helme zu tragen? Und aus welchem Grund wohl?«

Ertappt zogen die beiden Betas die Köpfe ein und entschieden, nichts dazu zu sagen. Die Köpfe hatten sie sich nicht angestoßen.

Orloff überprüfte und sicherte seine Waffe und verstaute sie wieder.

»Du hättest es getan?«, hakte Centurion nach. »Entgegen meinem Befehl?«

»Allerdings. Ich opfere nicht einen meiner Leute an irgendeinen Karnivoren. Ich habe die Entscheidung als Missionsleiter getroffen, und, wie du festgestellt hast, bis zum letzten Moment gewartet. Wofür haben wir einen Mediator dabei, wenn nicht für so einen Fall? Aber wir haben die Prüfung mit Bravour bestanden.«

»Ein bisschen Blutvergießen gab es schon«, wandte Malox ein.

»Risiko eines Räubers, die Beute kann sich ab und zu wehren. Deine Messer konnten ihn doch kaum kitzeln.«

»Ob das die Einheimischen beeindrucken wird?«, fragte Laury kritisch. »Sie wollen uns schließlich nicht hier haben und werden reichlich erzürnt sein, dass wir es trotzdem sind.«

»Ja, aber noch haben sie uns nicht angegriffen. Anscheinend nehmen sie uns die Selbstverteidigung nicht übel. Ich glaube, sie warten ab. Wollen wissen, wie wir uns weiter durchschlagen.«

»Möglich. Es sei denn, sie haben nicht mitbekommen, dass wir eingetroffen sind.«

»Sie *wissen* es. Sie waren früher hier, sie sind es immer noch. Sie haben unser Raumschiff wie ein strahlendes Leuchtfeuer vom Himmel herabkommen sehen.«

»Wir sollten das im Schiff erörtern«, schlug Malox vor. »Mir tut alles weh, ich habe Hunger und brauche eine Dusche.«

»Du kannst dich bei mir aufstützen, Kleiner«, sagte Pandor. »War übrigens 'n beachtlicher Ritt.«

»Ich gehe auf eigenen Füßen«, antwortete Malox, jede Silbe betonend.

»Ja, sobald ich fertig bin«, bemerkte Laury und gab ihm einen Sprühverband und ein Injektionspflaster mit einem Breitbandantibiotikum.

Amrit klopfte sich plötzlich voller Schrecken ab. »O nein, alles umsonst!«, stöhnte sie auf. »Ich habe den Behälter verloren ...«

»Hast du nicht.« Malox hielt ihn grinsend hoch. »Denkst du, so was lasse ich liegen?«

»Danke, Partner.«

Sie machten sich auf den Rückmarsch. Weder der Riesenwurm noch ein anderes Getier ließ sich blicken.

Orloff dachte noch immer über die kurze Erscheinung nach, die er gesehen hatte. Umso mehr, da Malox unterwegs von seiner Beobachtung berichtete, die sich mit der von Orloff deckte. Amrit spielte es herunter, weil sie nichts bemerkt hatte, und sie war stolz auf ihre feinen Wolfssinne. Orloff schwieg zu dem, was er wahrgenommen hatte, für den Moment zumindest. Es würde zu viel Unruhe hervorrufen, und noch hatten sie überhaupt nichts in der

Hand. Zuerst wollte er die Aufnahmen analysieren und dann darüber reden.

Die Sonne ging gerade unter, sie würden also gerade noch rechtzeitig zum Schiff zurückkehren. Die Verletzten mussten versorgt werden, sie mussten alle etwas essen. Dann die Besprechung und anschließend Nachtruhe. Das hatten sie alle nötig, denn morgen wurde es sehr anstrengend.

Und gewiss auch gefährlicher.

14

»Was ist denn mit euch passiert?«, empfing der Mediator die kleine Truppe, als sie beim Schiff eintraf. Die Dämmerung hatte bereits eingesetzt.

»Nur ein kleines Missverständnis«, wiegelte Orloff ab. »Erklärungen folgen. Wie sieht es hier aus?«

»Wir sind gerade dabei zu starten«, verkündete Tritus und watschelte zwischen verschiedenen Aufbauten umher, die im Halbkreis auf etwa fünfzig Meter Abstand vom Schiff aufgestellt waren.

Orloff erkannte stabile Holoprojektoren mit autonomer Energieversorgung und Mini-Schirmfelderzeuger, die eine »Untersuchung« von Tieren verhinderten, aber auch vor Wind und Wetter schützten.

»Ich wusste gar nicht, dass wir das alles an Bord haben«, sagte er. Die Techniker hatten ihm das auch nicht berichtet. Er sollte wohl mal eine Bestandsaufnahme machen.

»Tja, kleine Vorsichtsmaßnahme meinerseits – eine Redundanz.« Tritus kicherte wie über einen Jungenstreich. »Ich treffe zumeist alle nötigen Maßnahmen, um nicht blank dazustehen.«

Der Kerl war Profi, das zeigte sich nicht zum ersten Mal, und Orloff musste es anerkennen, bei allem kapriziösen

Verhalten, das auch ein reiner Manierismus sein konnte, um andere über seinen eigentlichen Charakter im Ungewissen zu lassen.

Levia Magath stand still am Rand, die Arme vor der Brust verschränkt; ganz im Beobachterstatus.

»Sie kommen gerade recht, um meine Premiere zu erleben, mein Bester!« Der Mediator machte sich an seinem Armband zu schaffen, daraufhin aktivierten sich die fünf Projektoren, und 3DCubes bauten sich auf. Sie zeigten verschiedene Bilder – Landschaften, Kunstwerke, markante Gebäude – als Zusammenschnitt von Filmen von der früheren Erde, wie auch Orloff sie schon gesehen hatte. Als Remake, aber auch als restauriertes Original. Und dazwischen ...

»Was ist das?«, fragte er völlig entgeistert.

»Das Ba'bii«, antwortete Tritus stolz. »Ja, diese Zeichnungen sind nicht viel besser als Höhlenmalereien, und der Ton konnte nie restauriert werden, aber ist es nicht *niedlich?*«

Das war es zweifelsohne. Noch dazu ein Hase mit langen Wimpern. Manchmal fragte sich Orloff, ob er tatsächlich von den Menschen vor mehr als tausend Jahren abstammte. »Und Sie glauben, dass das die Einheimischen ... milde stimmen wird?«

»Das hoffe ich doch stark. Falls Sie sich fragen sollten, wie ich das in der kurzen Zeit zusammengestellt habe – ich habe natürlich ein Archiv und eine Menge Erfahrung. Nachdem ich mich mit den Gegebenheiten vertraut gemacht hatte, habe ich mich für diese Version entschieden. Alle fünf Projektoren zeigen denselben Film, nur mit unterschiedlichem Ablauf. Und in einem oder zwei Tagen fahren wir noch andere Geschütze auf – dann kommt nämlich Musik dazu.«

»Und das läuft jetzt in einer Endlosschleife?«

»Ja. Eine Schiffskamera ist beständig auf diesen Platz gerichtet.«

Orloff betrachtete die Bilder eine Weile. »Diese Welt hier ist von sich aus idyllisch. Wir können mit *diesen* Bildern doch keinen Eindruck schinden ...«

»Das ist auch nicht beabsichtigt«, erwiderte Tritus. »Unsere Bilder zeigen, dass wir so sind wie sie ... und den Frieden schätzen. Das beweist unser gezeichnetes kleines Hirschlein. Die Intelligenzen von Noxus 1 leben ganz offensichtlich im Einklang mit ihrer Welt, ohne allzu sehr einzugreifen. Um eine Verständigung zu erzielen, müssen wir ihnen zeigen, dass wir uns sinnvoll austauschen können, weil auch wir so etwas vorzuweisen haben.«

»Ja, in Ausschnitten. Und vor allem in der Vergangenheit. Obwohl ... nein, auch nicht.«

Tritus lächelte nachsichtig, als wäre Orloff schwachsinnig. »Mein lieber Freund, darauf kommt es doch überhaupt nicht an. Wir brauchen eine Basis, um kommunizieren zu können. Wir zeigen mit diesen Bildern, dass wir Kontakt suchen – *friedlichen* Kontakt.«

Orloff musste zugeben, dass dieser Effekt wohl erzielt werden konnte. Es war eine verständliche Bildersprache, die hier geliefert wurde, so wie die Bewohner dieses Planeten sie auch an die Erde geschickt hatten. Allerdings nicht in freundlicher Absicht, sondern ganz eindeutig drohend.

»Sie wissen also, was die uns geschickt haben«, sagte er rundheraus.

»Nun ... ja. Allerdings arbeite ich regelmäßig so, auch bei menschlichen Konfliktsituationen. So ein kleiner Film dient als gute Einstimmung.«

»Man hielt es nicht für nötig, mich darüber aufzuklären, was die geschickt haben?«

»Es betrifft meine Arbeit. Selbstverständlich muss ich mich vorbereiten. Und ja, die Botschaft war nicht sehr freundlich, aber auf dieser Basis fangen wir nicht an.«

Orloff schüttelte den Kopf. »Das wird nicht funktionieren. Sie wollen uns hier nicht haben, und wir wollen ihre Erze.«

»Es wird!«, versicherte Tritus. »Lassen Sie mich nur machen, wenn wir erst mal an einem Tisch sitzen.«

»Dann hoffen wir mal, dass sie Kontakt mit uns aufnehmen. Ich habe nämlich keine Ahnung, wie wir sie suchen sollen.«

»Überlassen Sie das mir. Ich habe ja Murani als Leibwache und entferne mich nicht weit vom Schiff, also wird mir nichts geschehen. Und Sie können Ihrer Tätigkeit nachgehen. Solange Sie sich zurückhalten ...«

»Das haben wir bereits«, unterbrach Orloff. »Nur wenn es unvermeidlich ist, werden wir unser Leben mit allen Mitteln verteidigen. Die Erklärungen müssen dann Sie übernehmen.«

Der feiste Mediator grinste, und wie immer blieben seine Haiaugen dabei kalt. »Das sollte dann auch noch gelingen. Bringen Sie nur keine Einheimischen um. Ansonsten lässt sich alles geradebügeln.«

»Gut. Wir werden morgen nach der Höhle des Schreckens suchen.«

»Haben Sie denn im Camp Erkenntnisse gewonnen?«

»Nicht die geringsten. Deswegen wollen wir morgen herausfinden, was dort geschehen ist. Der Planet birgt eine Menge Geheimnisse.«

»Wie jeder, mein Freund, der nicht gleich alles offenlegt.

Allerdings wäre ich nicht damit einverstanden, wenn Sie das gesamte Personal mitnehmen. Denn falls Ihnen dort das Gleiche widerfährt wie den armen Tröpfen in dem Film, stehe ich ziemlich allein da ...«

Orloff winkte ab. »Erstens haben Sie immer noch Ihr Schiff dort oben, das Sie von hier fortbringen kann. Zweitens, Aries und zwei unserer Techniker kümmern sich um das TransMatt und versuchen Daten aus dem Shuttlesystem zu holen. Damit haben Sie noch genug Leute, um beschützt zu werden. Die beiden Piloten bleiben ohnehin an Bord, um notfalls einen Notstart durchführen zu können.«

Das stellte den Mediator zufrieden. Eine Frage hatte er aber noch. »Wann darf mein Schiff landen?«

»Sobald wir von der Höhle zurück sind. Nicht eher.«

»Das stimmt mich hoffnungsvoll.«

Orloff war fast erleichtert, wieder an Bord zu sein. Amrit und Malox wurden von Laury auf der Medostation behandelt, und der Oberleutnant löste mit seinem Stellvertreter die beiden Piloten zur Freiwache ab. Sie nutzten die Zeit zur Besprechung mit der *Universal Pax*, auf der man sich allmählich zu langweilen schien, und sahen sich anschließend die Aufzeichnungen von heute an.

Sonderlich aufschlussreich waren sie nicht, und Orloff entschied, Laury dazuzuholen. Zwischenzeitlich erzählte er Centurion von seiner seltsamen Beobachtung, ähnlich wie bei Malox.

»Wie auf dem Film?«

»Das eben ist die Frage. Und daraus ergeben sich gleich eine Menge weiterer Fragen. Waren diese, nennen wir es mal *Schemen*, verantwortlich für das Massaker der ersten

Mission? Oder sind sie eine ganz andere Erscheinung, irgendeine Emission bei bestimmten Ereignissen?«

»Wie etwa Gewalt.«

»Ja. Was uns dazu führt, wieso können wir sie nicht erfassen? Und dieses Tier?«

»Ich glaube, ich habe die Lösung hierfür.« Amrit kam hinzu, gefolgt von Laury. Sie hielt einen violetten Kristall, einem Amethyst ähnlich, in der Hand. »Schaut mal.« In der anderen Hand hielt sie einen tragbaren Scanner für Vitalfunktionen, der zur allgemeinen Erst-Diagnostik diente – Blutdruck, Herzfrequenz, Blutzucker – und zeigte den Männern ihre Werte.

Dann reichte sie Orloff den Kristall. »Halte ihn.«

Erneut richtete sie den Scanner auf ihn.

Keine Anzeige mehr.

»Heißt das, wir können die Kristalle gar nicht abbauen?«, stöhnte Centurion auf. »Sie bringen alles zum Absturz?«

»Das ist noch die Frage. Schirmen sie nur ab, oder bringen sie auch Technik zum Absturz? Die Antwort auf diese Frage dauert noch ein bisschen.«

»Wir haben es uns doch schon gedacht«, brummte Orloff. »Und die Einheimischen stehen im Zusammenhang mit diesen Kristallen. Vielleicht nutzen sie sie, um unbemerkt zu bleiben.«

»Die Höhle birgt die Lösung«, sagte Centurion.

»Wer geht mit?«, wollte Amrit wissen.

»Du«, antwortete Orloff und grinste.

Orloff schlief zwei Stunden lang wie tot, dann war er hellwach. Er zog sich an, steckte eine Handwaffe und ein Messer ein und verließ die Kabine.

Es war still; bis auf die eingeteilten Wachen waren alle schlafen gegangen.

Orloff funkte in die Pilotenkanzel, dass er nach draußen ginge, und erhielt von Aries die Bestätigung.

Die Nacht zeigte sich kühler als der Tag, war aber mit fünfzehn Grad Celsius immer noch angenehm. Orloff schaute zum fremden Sternenhimmel hoch; dessen wurde er nie müde, denn von der Erde aus war das bei all dem Staub und Dreck in der Atmosphäre so gut wie nicht mehr möglich.

Eine Menge Sterne zeigten sich dort oben, dazu ein paar ferne Nebel ... durchaus ansprechend.

Die beiden Trabanten waren ebenfalls aufgegangen und zeigten sich in voller Pracht, der eine orangefarben, der andere grünlich. Sie waren dem Planeten viel näher als der irdische Mond und mindestens genauso groß. Und ebenso zerschunden und gezeichnet von Kratern und Gräben.

Sie hatten noch keinen Namen erhalten, wie überhaupt noch nichts hier katalogisiert worden war, abgesehen von dem System und der Bezeichnung des Planeten.

Orloff steckte sich ein Rillo an und ging rauchend in die Dunkelheit hinein. Er sollte sich nicht zu weit entfernen, aber er wollte die störende Bilderflut hinter sich bringen, die bis in fünf Meter Höhe ragte und ihm jetzt schon auf die Nerven ging. Wie mochte das erst werden, wenn Musik dazukam ...

Der Abschluss des filmischen Lockangebots bestand darin, dass sich zwei stilisierte Wesen einander annäherten, dazu wurden Symbole für Lautsprache und friedliche Gesten gezeigt, die für universell gehalten wurden. Tritus hatte behauptet, dass die Einheimischen das verstehen würden.

An sich verstanden sie ohnehin schon sehr viel mehr, immerhin hatten sie diesen Überlebenden durch das Trans-Matt mit ihrer Datei geschickt. Da musste bereits eine differenzierte Konversation stattgefunden haben, aber Orloff verstand, worauf der Mediator es anlegte.

Er wusste nicht, was er sich wünschen sollte. Einerseits gönnte er diesem Planeten die Ruhe, die er bisher gehabt hatte. Schließlich gehörte er bereits jemandem, die Menschen hatten kein Anrecht darauf.

Andererseits konnten sie alle die Beteiligung sehr gut brauchen, um unabhängig zu werden.

Die Jahre haben dich zermürbt, früher hast du dir keine Gedanken über so etwas gemacht. Vielleicht liegt es am Einfluss von Carmelie.

Aber auch die anderen hatten sich verändert. Nun, sie waren eben alle älter geworden und in wenigen Jahren nicht mehr für den aktiven Einsatz tauglich. Sie hatten ohnehin nicht daran geglaubt, jemals wieder auf Mission zu gehen.

Er ging bis an den Rand der Schlucht. Das Mondlicht verbreitete genug kühle Helligkeit, damit er sich mühelos zurechtfand und die Kante rechtzeitig entdeckte.

Entgegen seiner Erwartung, dort unten tiefste Dunkelheit vorzufinden, sah er in einiger Entfernung in Richtung des Camps ein pastellfarbenes Schimmern der Kristalle. Aber auch das Blättermeer war nicht lichtlos: Schlingpflanzen hatten leuchtende Blüten geöffnet, Insekten schwirrten wie kleine Funken zwischen ihnen. Ab und zu drang ein Schimmern zwischen den Blättern herauf, das auf weitere leuchtende Tiere oder Pflanzen schließen ließ.

Orloff hielt inne, als er ein leises Geräusch hörte, und

drehte sich langsam um. Er sah einen Schatten, der sich auf das Schiff zubewegte. Abgesehen von Pandor und Centurion, deren Größe zu auffällig war, konnte es jeder sein, denn er trug die volle Montur und einen Helm, außerdem schlich er geduckt dahin. Aries befand sich in der Pilotenkanzel, der konnte es auch nicht sein.

Einer von den Fremden? Nein. Die Bewegungen waren viel zu vertraut und auch zu sicher. Etwa der Verräter? Was hatte er hier draußen zu suchen? Ella hätte er am glimmenden Zigarrenstängel erkannt.

Orloff entschloss sich, den Unbekannten zu stellen. Da bemerkte er etwas im Augenwinkel, wirbelte herum, ging in sprungbereite Haltung und griff nach der Waffe, doch da wurde er schon umgerissen.

Bevor er auch nur irgendeine Chance hatte, sich zur Wehr zu setzen, kauerte sich etwas Schweres auf seine Brust, fixierte seine Oberarme und drückte etwas gegen seine Kehle. Noch dazu verdeckte irgendwas seine Augen, sodass er nichts mehr sehen konnte.

Ein Wesen mit Tentakeln? Er hatte jedenfalls den Eindruck, als wären es mehr als vier Gliedmaßen, aber trotzdem nur ein Wesen.

Orloff ging in Gedanken seine Verteidigungsmöglichkeiten durch und stellte fest: keine. Der Angriff war schnell und lautlos geschehen, vermutlich hatte derjenige unterhalb der Kante der Schlucht gelauert und nur auf den Moment gewartet, da er sich umdrehen und seine Aufmerksamkeit auf etwas anderes richten würde.

Natürlich hatte er seine Waffe nicht in der Hand gehabt, aber vermutlich hätte ihm das in dem Fall auch nichts genutzt.

Zumindest wollte derjenige ihn nicht töten, sonst wäre das so schnell geschehen, dass Orloff es überhaupt nicht mitbekommen hätte.

Also entspannte er die Muskeln und lag still. Das Einzige, was ihn störte, war seine Blindheit.

Und sein Rillo hatte er auch verloren; ein unverzeihlicher Verlust.

Vielleicht kam ja jemand aus dem Schiff und bemerkte, was hier vor sich ging?

Allerdings war das unwahrscheinlich – er lag ein gutes Stück entfernt, und die Nachtsicht reichte bei keinem so weit, auch bei Amrits sehr scharfen Wolfsaugen nicht. Aries wusste zwar, dass er rausgegangen war, würde ihn aber nicht so schnell zurückerwarten.

Also schön. Mit wem hatte er es zu tun?

Der Angreifer atmete kaum, hören konnte Orloff nichts. Er besaß auch keinen Eigengeruch. Orloffs Geruchssinn war sehr gut entwickelt, seine Ausbildung war umfassend gewesen. Sobald die Optik ausgeschaltet war, mussten die anderen Sinne ran, um sich ein Bild machen zu können. Viele Jahre Training befähigten ihn dazu, schon nach kurzer Zeit auch im Stockfinsteren zurechtzukommen.

Aber das hier war ... ja, er war genauso blind und taub wie die technischen Geräte. Alles, was er spürte, war das Gewicht auf sich und die Unfähigkeit, sich zu bewegen. Eine aussichtslose Lage.

Er schwieg. Der Angreifer wollte etwas von ihm, nicht umgekehrt. Irgendwann musste er also mit der Sprache herausrücken, wollten sie nicht bis zum Morgengrauen so verharren und entdeckt werden.

Eine kurze Bewegung an seiner Kehle, eine leichte Verstärkung des Drucks, und Orloff keuchte auf. Instinktiv stieg Erstickungsangst in ihm auf; dagegen konnte er bei allem Training nichts machen. Er war zwar schon ohne Geräte beim Tieftauchen gewesen, hatte sich aber jeweils intensiv darauf vorbereitet.

Er zwang sich dennoch, ruhig zu bleiben und gelassen zu atmen. Es war noch nicht zu eng, das ging schon. Ein leichtes Schwindelgefühl setzte ihn noch lange nicht außer Gefecht. Bedingt durch die dünne Luft hatte er sowieso ständig Kopfschmerzen, und ab und zu wurde ihm schwindlig. Laury hatte Tabletten, die die Sauerstoffaufnahme erleichterten und den Druck nehmen sollten, aber er hatte vergessen, sie abends zu nehmen. Oder er hatte die doppelte Portion eingeworfen – er wusste es nicht mehr.

Allmählich wurde er ungeduldig. Wenn sich sonst nichts tat, würde er sich jetzt einfach entspannen, dass er vielleicht wieder einschlief und den Angreifer schlichtweg sich selbst überließ. Er brauchte ohnehin noch ein paar Stunden Schlaf, um morgen fit zu sein.

Da nahm sein Kopfdruck zu, und das Schwindelgefühl verstärkte sich. Er hatte den Eindruck, als würde er … aus seinem Körper herausfallen und gleichzeitig in eine bodenlose Tiefe stürzen.

Orloff stieß einen gurgelnden Laut aus, und seine Muskeln zuckten unwillkürlich, um sich aufzufangen, irgendwo festzuhalten. Er versuchte, den Kopf wegzudrehen, um den Druck auf die Kehle zu vermindern und die Augen frei zu bekommen.

Dann merkte er, wie etwas in seinem Kopf passierte. Als würden seine Gedanken einfach beiseitegeschoben, um eine weiße Leere zu schaffen.

Und in diese weiße Leere hinein flossen Bilder.

Als Orloff begriff, was da mit ihm geschah, entspannte er sich wieder und ließ es zu.

»Wachablösung!« Gähnend und sich den Hintern kratzend, stapfte Pandor in die Kanzel, wo Aries, den Kopf auf den Arm gestützt und ein Bein hochgezogen, unablässig die Kontrollen beobachtete.

»Ich bin noch nicht müde«, erwiderte der Widder-Beta.

»Ich dafür umso mehr, aber nun bin ich schon mal aufgestanden, also gehst du jetzt schön auf deine Furzmatte.«

Pandor stellte einen dampfenden Kaffeebecher ab, ließ sich in Chucks Spezialsessel fallen und kratzte sich unter den Achseln, wobei er noch einmal herzhaft gähnte.

»Was gibt's zu beachten, Schafsgesicht?«

»Alle sind in ihren Kabinen und schlafen, bis auf Orloff, der ist vorhin zum Rauchen raus.«

»Der hat immer Hummeln im Hintern, dabei sieht er manchmal aus, als würde er jeden Moment einschlafen.« Pandor grinste. »Und dann – zack! – sind seine Augen wieder hellwach und ganz scharf, und sobald sie *dieses* Funkeln haben, wird's ungemütlich für denjenigen, den er auf dem Kieker hat. Schlimmer noch, wenn er diesen kalten Blick draufkriegt. Da gefriert einem das Arschwasser.« Er trank einen Schluck. »Diese Unruhe passt trotzdem nicht zu ihm.«

»Ihn beschäftigt viel, nehme ich an.«

»Wie jeden von uns.«

»Außerdem knallt er sich ständig die Birne mit irgendwelchen Medikamenten zu«, stellte Aries nüchtern fest. »Er merkt das schon gar nicht mehr, dass er sich alle Stunde irgendwas reinschiebt oder ein Pflaster auflegt. Ist aber natürlich alles halb so wild. Und die Rillos bezeichnet er auch als unbedenklich. Mosert aber über Ellas in der Hinsicht wirklich harmlose Zigarren!«

»Ist mir auch aufgefallen.«

»Die Sache vor fünf Jahren hat ihn fertiggemacht. Und dann noch Carmelie ...«

»Hm. Aber im Gegensatz zu seinem Vater ist er nicht dran zerbrochen, nach allem, was die mit ihm angestellt haben. Und trotzdem hat er noch wie ein Berserker für uns gekämpft. Dass er sich nach so was ab und zu zudröhnt, steht ihm wirklich zu. Ich kann nicht feststellen, dass ihn das körperlich oder mental beeinträchtigt.«

»Er ist und bleibt der Beste.«

»Er ist der Unsterbliche.«

»Hat uns nie im Stich gelassen und wird dafür sorgen, dass Zoldan uns diesmal nicht fickt.«

»Bestimmt. Und mal ehrlich, es macht doch Spaß, wieder unterwegs zu sein, oder?«

»Yep, weil er dabei ist. Da wird's nie langweilig.«

Die beiden schwiegen einen Moment, dann schwenkte Pandor um. »Denkst du, du kannst noch ein paar Dateien aus dem Shuttle retten?«

»Besser wäre es, aber ich hege keine sonderliche Hoffnung. Die Speicher wurden kurz vor der Zerstörung manipuliert, das konnte ich mit dem Prüfgerät bereits feststellen.«

»Also gelöscht.«

»Ich denke schon. Vielleicht können wir aus dem Back-up noch was rausholen, aber hier wurde ganze Arbeit geleistet. Deshalb werden wir uns auch zuerst auf das TransMatt konzentrieren.«

»Und was ist da draußen los?« Durch die Sichtscheibe war ein Ausschnitt von Tritus' Filmvorführung zu erkennen.

»Ich sehe dauernd etwas herumhuschen, aber so wirklich blicken lassen hat sich bis jetzt noch kein Tier. Wahrscheinlich finden sie uns zu merkwürdig, oder wir stinken zu sehr nach Metall und so. Und hier auf dem Plateau gibt es ja auch nicht viel Deckung oder Fressenswertes.«

»Das ist alles schon recht spooky«, bemerkte Pandor.

»Kann man wohl sagen.« Aries stand auf. »Also dann, viel Spaß. In zwei Stunden kommt Murani an die Reihe.«

»Wann wollte Orloff zurückkommen?«

»Hat er nicht gesagt. Er dürfte jetzt eine knappe Stunde draußen sein.«

»In einer halben Stunde werde ich nachsehen.«

»Wie wär's damit?« Aries deutete auf das Armband.

»Du kennst ihn doch. Wahrscheinlich hat er ›vergessen‹, es eingeschaltet zu lassen.« Pandor tippte etwas ein und nickte. »Ja, er hat es deaktiviert. Will seine Ruhe haben.«

»Gut, in dreißig Minuten sollten wir nachsehen. So viele Rillos hat er sicher nicht dabei.«

Zum ersten Mal sah Orloff *sie*. Die anderen. Allerdings nur in seinem Kopf und als dünne Strichmännchen, so wie Kinder Menschen darstellen. Auffällig war, dass sie sich deutlich hervorgehoben schwarz und glänzend gaben, mit wenigen weißlichen Maserungen.

Eines der Strichmännchen ging nun nach vorn, während die anderen warteten. Es deutete auf sich.

Orloff wartete, aber es kam nichts. Sollte es etwa ihm überlassen sein, einen Namen zu wählen? War er in ihrer Sprache für Menschen zu unverständlich, zu kompliziert?

Das Strichmännchen deutete immer wieder auf sich, und jedes Mal leuchtete es stärker, glattes glänzendes Schwarz, und die weißlichen Maserungen funkelten leicht.

Das Strichmännchen hielt einen Stein in der Hand, einen schwarz glänzenden, gemaserten Mineral, ähnlich wie seine Hülle.

Orloff dachte unwillkürlich an den Riesenwurm, dessen Haut wie Hämatit geglänzt hatte. Vielleicht sollte er auch hier einen Vergleich ziehen.

Schwarz und weiß. Glanz.

Onyx, dachte Orloff. Er stellte ihn sich vor, dachte fest daran und schaffte es, gleichfalls einen solchen Stein zu projizieren. Dazu sprach er gedanklich: *Onyx*.

Ooo...n...iii...x?

Zumindest verstand Orloff den Laut so, den er in seinem Kopf hörte, dem seinen ganz ähnlich. Sie verfügten also über Lautsprache? Nun gut, durch den *ursprünglichen* Erstkontakt waren sie darin vielleicht schon ein wenig geübt.

Orloff gelang es, ein Bild von sich – ein Strichmännchen – zu projizieren, das dem schimmernden Strichmännchen den Stein hinhielt. *Onyx*.

Der Schimmernde nahm den Stein.

Onyx.

Klang schon fast genauso.

Gut. Das wäre damit geklärt. Die Einheimischen hatten einen Namen mit ihm vereinbart, um angeredet werden zu können. Um eine Bezeichnung zu erhalten.

Das fand Orloff faszinierend.

Was dann folgte, gefiel ihm allerdings weniger.

Zunächst einmal fragte das Strichmännchen ihn nicht

nach seiner Bezeichnung, es interessierte sich überhaupt nicht dafür. Deutete auch nicht an, dass es das Wort »Mensch« bereits kannte.

Das Wesen, das nach wie vor schwer auf ihm kauerte und keinerlei Bewegungsfreiheit zuließ, zeigte ihm nun vielmehr in ziemlich drastischen Bildern, dass Orloff und sein Team hier unerwünscht waren.

Die Strichmännchen beobachteten die Landung seines Raumschiffs – das irgendwie an einen Fisch erinnerte, aber Orloff begriff, was sie meinten, nachdem es von oben herabkam – und zeigten dann anschließend den Weg, wieder abzuheben und sich zu verdünnisieren.

Als Zeit dazu wurde ein Tag gegeben, stilisiert im Zeitraffer von Sonnenauf- bis -untergang, mit Balken als Begrenzung.

Immerhin ein Tag!

Ihm wurde auch erklärt, weshalb so viel Zeit gegeben wurde: Das zerstörte Camp wurde gezeigt, die verwitternden Knochen, und dann sogar die »Höhle des Schreckens«. Die Onyx zeigten auf die Knochen und dann auf Orloff.

Sie besaßen also so etwas wie Bestattungsrituale, anscheinend waren ihnen Tote wichtig, vielleicht sogar heilig.

Orloff bestätigte, indem er sein Strichmännchen die Knochen an sich nehmen ließ und zu seinem Schiff zurückkehrte. Aber er flog keineswegs ab.

Vielmehr versuchte er darzustellen, indem er ziellos umherlief, dass er nicht wusste, wo sich die Höhle befand.

Nach einer Weile begriff der Onyx. Er nahm das Camp als Basis, als Maßlänge die Entfernung zum Schiff, und gab dann die Richtung, ausgehend von der Schlucht, und die Distanz an.

Das war ein gewaltiger Fortschritt. Orloff war darüber sehr froh, denn bisher hatte das System noch keine landschaftliche Übereinstimmung zwischen der Höhle aus dem Film und den planetaren Gegebenheiten gefunden. Bei dem Camp war es relativ einfach gewesen, doch die Höhle schien zu gut versteckt.

Damit nahm Orloff aber immer noch nicht die Knochen mit in sein Schiff und flog ab. Stattdessen projizierte er jetzt Tritus als dickes Strichmännchen in die weiße Leere, und dazu zeigte er die permanent ablaufenden Holos. Und dann versuchte er darzustellen, dass Tritus mit den Onyx Kontakt aufnehmen und verhandeln wollte.

Der Onyx begriff und lehnte ab. Immer mehr Gesten kamen zu den Bildern dazu, sodass die Verständigung rascher verlief.

Im Gegenteil, er zeigte, was mit der ersten Mission geschehen war. Zeigte die Toten – allerdings nicht, wie es dazu gekommen war – und wiederholte als Mahnung jene Bilder, die sie als Datei mitgeschickt hatten. Ihm waren sie ja vorenthalten worden, aber Tritus hatte sie ihm vor wenigen Stunden beschrieben.

Leider zeigten sie nicht, wie sie den letzten Überlebenden dazu gezwungen hatten, ihre Gedankenbilder visuell zu gestalten, als Huckepackdatei auf den Film zu speichern und mitzunehmen.

Das war momentan auch nicht so wichtig. Jetzt ging es um die Kontaktaufnahme. Sie waren einen gewaltigen Schritt weiter: Die Onyx wollten reden, nicht gleich schießen. Bei den Menschen war das meistens umgekehrt.

Dennoch waren die Warnungen unverhüllt und unmissverständlich. Orloff verlegte sich daraufhin ebenfalls aufs

Drohen. Langsam bekam er Übung darin, Bilder zu vermitteln; so schwierig war es gar nicht. Diese Wesen mussten sehr starke Psioniker sein.

Seine Bilder waren nicht weniger drastisch. Sollte er abfliegen, ohne dass es zum Kontakt käme, würden viele, viele weitere Schiffe erscheinen. Und noch mehr. Und dann noch mehr. Bald stellte er den ganzen Planeten voll damit, bis die Onyx nachgaben und mit dem dicken Strichmännchen verhandelten. Erst dann befreite er die Welt wieder.

Darauf folgte keine Antwort mehr.

Orloff spürte, wie das Gewicht von ihm genommen wurde. Zuletzt wurde das entfernt, was ihm die Sicht verdeckt hatte, und er blickte blinzelnd hoch.

Er war allein und lag ausgestreckt wie ein toter Käfer auf dem Boden. Als er sich aufsetzte, wurde er schlagartig von so heftigen Kopfschmerzen befallen, dass er die Finger stöhnend an die Schläfen drückte.

Dann fiel ihm ein, dass er sein Armband deaktiviert hatte. Er stellte es auf Empfang – und prompt baute sich ein winziges Abbild von Pandor auf.

»Kommandant, verdammt noch mal! Wieso meldest du dich jetzt erst? Ich bin gerade dabei, Centurion und Amrit zu wecken und rauszuschicken!«

»Tut mir leid«, sagte Orloff. Dann musste er sich schlagartig zur Seite beugen und übergab sich in einem sturzbachmäßigen Schwall.

»Chef, was ist? Ich schicke Laury ...«

»Nein, nein ...«, stieß Orloff hervor, bevor er sich zum zweiten Mal übergab. Sein leerer Magen krampfte sich weiterhin zusammen, und der Schmerz in seinem Kopf entzündete ein Feuerwerk aus glühenden Blitzen.

»Doch, doch!«

»Ich ... ich komme schon zurück ...«, würgte Orloff hervor und stand taumelnd auf. »Das sind nur ... Nachwirkungen ... eines psionischen Kontakts ...«

»Eines *was?* Scheiße, ich wecke *sofort* Laury und Tritus und Centurion. Schaffst du es allein her?«

»Wird schon besser«, erklärte er. Seine Knie waren weich, doch mit jedem Schritt wurde er sicherer.

Laury erwartete ihn bereits an der Schleuse und verpasste ihm eine Injektion. Bei so vielen Drogen brauchte er wirklich bald keine Rillos mehr, dachte Orloff und schickte einen wehmütigen Blick zurück, wo das verlorene Tabakstück lag.

»Du siehst aus wie eine wandelnde Leiche«, stellte die Bordärztin fest.

»Ich fühle mich auch so«, antwortete er. »Ich muss sofort etwas essen.«

Der abrupt aus dem Schlaf gerissene Mediator war hellwach, als er hereinwatschelte, lamentierte und beschwerte sich nicht. »Sie haben den Erstkontakt gehabt«, stellte er ohne Umschweife fest.

»Erraten«, sagte Orloff und hielt sich einen Eisbeutel gegen die Stirn. Nachdem er etwas gegessen hatte, beruhigte sich sein Magen, aber in seinem Kopf herrschte immer noch ein Blitzgewitter.

Magath traf ebenfalls ein, zusammen mit Centurion.

Laury überprüfte Orloffs Puls und zeigte sich zufrieden. »Wird schon wieder.« Er hätte gern noch eine Dosis gegen seine Kopfschmerzen bekommen, aber sie winkte ab. »Für heute hast du genug. Die vergehen auch von allein, und schon bald.«

Orloff berichtete von dem gedanklichen Austausch mit dem Onyx und schloss: »Die haben ihre Forderung wiederholt, dass wir zu verschwinden haben. Das war der einzige Grund der Begegnung.«

Der Mediator hatte sehr aufmerksam zugehört und sich zwischendurch genauere Details beschreiben lassen.

»Sie wollen also als ... Onyx bezeichnet werden?«

»So habe ich es verstanden.«

»Merkwürdig, dass sie sich einen Namen geben, wenn sie nur eine einzige Forderung stellen, finden Sie nicht?«

»Allerdings. Es kam mir auch so vor, als wüssten sie meine Antwort im Voraus – nämlich dass viele Schiffe nachkommen werden, falls wir nachgeben und sofort verschwinden. Ich denke, sie wollten einfach noch einmal ihren Standpunkt deutlich machen, suchen aber nach einem Verhandlungsweg, der allen gerecht wird, weil sie begriffen haben, dass wir ihnen Schwierigkeiten machen können.«

Tritus nickte langsam. »Sie wollen vorerst nicht töten.«

»Nein, sonst hätten sie es sofort kompromisslos getan.« Orloff legte den Eisbeutel beiseite. Allmählich ließ der Schmerz nach. »Sie haben sich in unsere Lage versetzt und erkannt, dass wir nicht nur wiederkommen werden, sondern uns auch nicht so leicht vertreiben lassen. Je mehr sterben, desto mehr Schiffe werden nachkommen. Das habe ich ihnen verdeutlicht, aber das haben sie wahrscheinlich schon während der Zeit begriffen, in der sie uns seit der Landung beobachtet haben.«

»Der Wurm«, sagte Centurion. »Das war kein Zufall. Die haben ihn geschickt.«

»Dem stimme ich zu«, nickte Tritus. »Und genau *deswegen* hat Zoldan Sie und Ihr Team beauftragt, Orloff. Sie haben von Anfang an richtig gehandelt und nicht sofort geschossen, sondern eine adäquate Lösung gefunden. Es stimmt, was man über Sie sagt. Ihr Verdienst.«

Orloff winkte ab. »Pah. Ich hätte geschossen, wenn sich die Lage zugespitzt hätte.«

»Darauf haben sie es genau aus dem Grund nicht ankommen lassen. Die haben Ihre Leute zwar an die Wand gedrückt, aber nicht ohne letzten Ausweg. Als sie genug gesehen hatten, zogen sie den Wurm zurück. Die Onyx *wollen* den Kontakt.«

»Klar, sonst hätte der Kerl mich nicht überfallen und mein Gehirn durch den Fleischwolf gedreht.«

»Wie praktisch, dass du gerade draußen warst«, spottete Centurion.

»Sie hätten irgendwann den richtigen Moment erwischt«, versetzte Orloff gleichmütig. »Wenn nicht heute, dann eben morgen.«

»Was sagen Sie eigentlich dazu, Magath?« Der Mediator wandte sich an die Sonderbeauftragte.

»Ich bin durchaus angetan von der Situation«, antwortete sie. »Sie entwickelt sich doch besser, als wir dachten. Unser Film läuft erst wenige Stunden, und sie melden sich bereits.«

»Schön, dass wir uns einig sind. Ich denke, die werden sich jetzt erst mal beraten, mit welchem Aufgebot sie einen persönlichen Kontakt unternehmen wollen.«

»Und wann«, fügte Magath hinzu. »Die genannte Frist sehe

ich als Marginalie. Wenn wir uns weiter zurückhaltend geben, kommt es nicht auf einen oder mehrere Tage an, und Amrit kann mit ihren Probeentnahmen fortfahren.«

Orloff und Centurion wechselten einen Blick.

»Aber Ihnen ist klar, dass die niemals einem Handel zustimmen werden?«, fragte der Stier-Beta.

»Überlassen Sie das mir, mein Bester, denn das ist schließlich mein Spezialgebiet«, erwiderte Tritus gelassen. »Ich habe schon ganz anderes zuwege gebracht, und diese Onyx hier scheinen mir recht vernünftig und kooperativ zu sein. Viel besser, als ich es mir ausgemalt hatte.«

Orloff sah das ähnlich. Der Onyx hatte mit dem Säbel gerasselt, aber darauf geachtet, ihn nicht körperlich zu verletzen oder ihm mental zu schaden. Wenn er gewollt hätte, hätte er Orloff jede Menge Unannehmlichkeiten bereiten können. Vermutlich könnte er sein Gehirn auch so grillen, dass er den Rest seines Lebens lallend im Rollstuhl verbrachte.

»Ich glaube, sie haben die Mission vor uns nicht aktiv umgebracht«, äußerte er eine Vermutung. »Der Onyx hätte es mir gezeigt, wenn dem so gewesen wäre, um damit die Macht seines Volkes zu demonstrieren. Stattdessen hat er uns erlaubt, die sterblichen Überreste unserer Kameraden zu bergen.«

»Hm.« Tritus knetete sein Ohrläppchen. »Diese Kooperationsbereitschaft darf uns aber nicht dazu verleiten, diese Wesen zu unterschätzen, mein Freund. Niemals darf man Freundlichkeit mit Dummheit oder gar Hilflosigkeit verwechseln. Dieses Volk verfügt über eine Macht, die wir gerade zu einem Bruchteil kennengelernt haben. Sie mögen nicht aktiv an dem Mord beteiligt gewesen sein ... weil das nicht erforderlich gewesen war. Sie haben andere Mittel und Möglichkeiten, den Gegner auszuschalten. Ich halte sie deshalb für nicht weniger verantwortlich. Die haben unsere Leute getötet. Ihre Zurückhaltung in der Hinsicht, uns das mitzuteilen, erscheint mir als Strategie. Nämlich, dass sie, uns ganz ähnlich, erst mal auf Moral und Ethik pochen. ›Wir sind friedlich, ihr sollt das respektieren und verschwinden. Tut ihr das nicht, begeht ihr einen unverzeihlichen Fehler und müsst die Konsequenzen tragen.‹ Sie geben uns eine Chance, mehr nicht.«

Orloff musste zugeben, dass das nicht abwegig war. Die Onyx besaßen offenbar einen ähnlichen moralischen und ethischen Standard wie die Menschen – nur mit dem Unterschied, dass sie ihn vorerst auch einhielten.

Es konnte natürlich auch ein Trick sein, weil sie zwar mit der ersten Mission Erfolg gehabt hatten, aber letztlich eben doch unterlegen waren. Sobald die Menschen ihren Lebensraum aufgestöbert hatten, konnte sich das Blatt schnell wenden. Solange sie sich geheimnisvoll gaben, konnten sie Unsicherheit schaffen.

Orloff wusste vor allem nicht, weswegen die Justifiers vorher ausgelöscht worden waren. Möglicherweise hatten sie das Massaker sogar selbst durch Aggression heraufbeschworen. Der Onyx hatte zwar keine Schuldzuweisung gebracht, aber das konnte noch kommen.

Die Sache mit dem Wurm kam ihm wieder in den Sinn. Wenn Orloff und sein Team nicht vorbereitet gewesen wären, hätten sie kurzen Prozess mit dem Tier gemacht und damit vermutlich ihr Todesurteil unterschrieben. Obwohl es nichts als Verteidigung gewesen wäre.

Es war eine heikle Gratwanderung. Die Onyx waren wahrscheinlich zu Verhandlungen bereit, weil sie erkannt hatten, dass sich die Menschen nicht so leicht abschütteln ließen. Wie Läuse, Zecken und Flöhe. Nun wollten sie herausfinden, wie der Schaden zu begrenzen war.

»Und Sie haben ihn nicht leibhaftig gesehen?«, wollte Tritus von Orloff wissen.

»Bedaure, nein. Aber ich denke, das mit der schimmernden Onyxhaut kommt hin. Ob sie nun tatsächlich humanoid sind, sei dahingestellt. Was da auf mir hockte, hatte jedenfalls einen Haufen Gliedmaßen.«

Magath wirkte nachdenklich. »Und sie bewegen sich wie huschende Schatten. Wir haben es auf dem Film gesehen.«

»Und erlebt.« Orloff entschied sich, nun nicht nur von Malox', sondern auch von seiner Wahrnehmung zu berichten.

»Die Kristalle«, sagte Laury daraufhin. »Sie nutzen sie. Sie wissen ganz genau Bescheid darüber.«

Der Mediator seufzte. »Das wird teuer …«

Orloff fragte sich, was die Menschen den Onyx im Austausch für diesen ungeheuer kostbaren Schatz geben konnten.

»Wir werden den Film weiterlaufen lassen«, schloss der Mediator und stand auf. »Auf die Musik können wir verzichten, denke ich. Sie werden bald auf uns zukommen.« Er nickte den Anwesenden zu. »Wenn Sie entschuldigen, ich brauche meinen Schönheitsschlaf, und ich habe morgen eine Menge zu tun. Deshalb wäre ich Ihnen auch sehr verbunden, Orloff, wenn Sie endlich mein Schiff landen lassen.«

Nachdem er gegangen war, sah Orloff Centurion an.

»Ich weiß, wo die Höhle ist«, sagte er.

Nachdem er wieder in seiner Kabine war, loggte sich Orloff in sein persönliches Mastersystem ein und überprüfte die Ein- und Ausgänge. Er musste feststellen, dass mit Ausnahme von Tritus niemand, er selbst eingeschlossen, seine Tür verriegelt hatte, auch nicht Magath. Vermutlich waren sie alle zu unruhig gewesen und immer wieder umhergewandert, weswegen sie den Code nie eingegeben hatten.

Magath hatte es wohl bleiben lassen, nachdem sie erfahren hatte, dass Orloff jederzeit zu ihr hineinkonnte, und sie ging davon aus, dass niemand sonst bei ihr vorbeikam. Die anderen kannten sich ohnehin bis ins Detail, denen war es egal, wer bei ihnen hereinspazierte, denn sie hatten bisher nie Einzelkabinen gehabt.

Auch die Schiffsschleuse war häufig benutzt worden, einige Male hatte sie sogar mindestens eine Viertelstunde offen gestanden. Orloff ging davon aus, dass sich nicht alle korrekt ab- und wieder angemeldet hatten. Genauer gesagt, außer ihm wahrscheinlich niemand.

Er konnte auf diese Weise also nicht herausfinden, wen er da beim Herumschleichen beobachtet hatte.

Vielleicht war es auch tatsächlich nur eine harmlose Begegnung gewesen, anscheinend hatten sich ja die meisten die laue Nacht auf dem Planeten angesehen. Einige hätten wahrscheinlich am liebsten draußen übernachtet, keine Frage.

Orloff rief über das Armband bei Centurion an. »Schläfst du?«

»Meine Lieblingsfrage, die nur einer Antwort würdig ist: Ja. Soll ich zu dir kommen?«

»Wäre mir recht.«

Kurz darauf kam sein Stellvertreter und ließ sich auf dem Stuhl nieder, während Orloff auf der Bettkante saß.

»Unruhige Nacht«, brummte der Stier-Beta. »Aber wann erlebt man das mit dir nicht.«

»Ich brauche eben nicht viel Schlaf.«

»Brauchst du schon, du bist bloß zugedröhnt bis oben hin, und das Rillo hat das Übrige dazu getan.« Er machte eine unbestimmte Geste. »Wenigstens besser als Saufen.«

»Das habe ich hinter mir«, murmelte Orloff.

»Dann bring mal den Rest auch hinter dich.«

»Laury hat mir ...«

»Laury hat dir gegeben, was du gebraucht hast. Aber was hast du dir gegeben, als du es nicht gebraucht hast?«

Orloff starrte zu Boden. Dafür war Centurion sein Stellvertreter. Um so mit ihm zu reden. Er belog sich selbst andauernd, aber dem Stier-Beta entging eben nichts. »Ich ... es hatte ja auch sein Gutes. Den Kontakt.«

»Und was beschäftigt dich sonst noch? Warum bin ich hier?«

Orloff fuhr sich durchs Haar. »Wir haben einen Mörder an Bord.«

Centurion wirkte nicht für eine Sekunde überrascht. »War mir klar«, sagte er schließlich. »Nach all dem, wie die Sache verlaufen ist und was wir hier vorgefunden haben, musste es einen Verräter geben.« Er äußerte keinen Vorwurf, dass Orloff erst jetzt mit ihm redete. »Aber er tarnt sich verdammt gut. Ich versuche ihn schon seit der Station ausfindig zu machen. Leider hat mein Versagen Paul Mars das Leben gekostet.«

»Magath hat bisher auch keinen Erfolg zu verzeichnen.«

»Magath? Was hat die denn ... verstehe.« Centurion musterte ihn wie immer mit leicht feuchten, dunklen Augen. »Also doch. Brainbug. Vertraust du ihr?«

»In dieser Sache schon. Sie scheint korrekt und nicht von Profitgier angetrieben zu sein.«

»Schon mal ein Vorteil. Doch zu unserem Team. Dass früher oder später einer bestechlich sein würde, ist nicht überraschend. Wenn wir die Lebensläufe der vergangenen fünf Jahre studieren, kommen wir bestimmt auf den Täter.«

»Wir haben die Daten nicht hier, das weißt du. Und erst recht nicht die Zeit zur Überprüfung.«

»Dann wird er sich auf die eine oder andere Weise irgendwann selbst verraten. Ich vermute, sobald der Kontakt zu den Onyx hergestellt ist.«

Orloff nickte. »Wir werden niemanden einweihen, denn sonst gibt es weitere Morde. Ich habe schon immer ein Auge auf Laury, weil sie schließlich den Totenschein ausgestellt hat. Aber solange sie keine Fragen stellt, lässt der Mörder sie wohl in Ruhe. Jeder weitere Mord bringt ihn schließlich der Entlarvung auch näher.«

»Und was möchtest du, das ich jetzt tue?«

»Wachsam sein. Aber wir dürfen nicht automatisch jedem misstrauen, sonst ist das Team vernichtet.«

Der Stier-Beta stand auf. »Das ist es schon, Orloff, und das ist keine Neuigkeit für dich. Diese Mission wird in einer Katastrophe enden, und das schon bald.«

»Tja, Kumpel, eines Tages musste es ja so kommen«, sagte der Oberleutnant leichthin. »Vor fünf Jahren sind wir gerade noch davongekommen, aber diesmal ... ich fürchte, du hast recht.«

»Dann war das also ein Gespräch von Freund zu Freund, damit du jetzt beruhigt schlafen kannst.« Der Stier-Beta deutete aufs Bett. »Du legst dich sofort hin und schläfst drei Stunden, dann ist sowieso schon wieder Tag. Und zwar ohne jegliche Hilfsmittel, verstanden?«

»Es tut mir leid, Centurion«, murmelte er.

»Red keinen Scheiß, alter Mann. Dir tut überhaupt nichts leid, und dafür gibt's auch keinen Grund.« Centurion ging, und Orloff legte sich gehorsam hin.

Doch, mir tut etwas leid, dachte er, dann war er eingeschlafen.

15

Der Morgen brach so wolkenlos an, wie der Tag zuvor zu Ende gegangen war. Im weiteren Verlauf der Nacht hatte sich nichts mehr ereignet. Nachdem Orloff kurz vor dem Zubettgehen angeordnet hatte, dass die Schleuse geschlossen blieb, hatten sich alle in ihre Unterkünfte zurückgezogen.

Abgesehen von dem nunmehr vertrauten leichten Kopfschmerz waren keine Nachwirkungen von dem mentalen Kontakt geblieben. Und Orloff hatte noch keine Tablette genommen.

Ella hatte eine Rampe geöffnet, und Pandor war dabei, den Buggy aus dem Hangar zu fahren. Es handelte sich um ein für nahezu alle Verhältnisse taugliches Gefährt, mit einfachen Umbauten taugte es auch als Amphibienfahrzeug.

Hier jedoch genügte der leichte Aufbau – Gestänge zum Festhalten auf der Laderampe hinten, ansonsten war er völlig offen. Er meisterte nahezu jede Steigung und blieb auch im Sand nicht stecken, dazu war er schnell und wendig. Auf den hinteren Kastenteil passten gut acht Personen, plus Fahrer und Beifahrer vorn.

Amrit und Malox luden die Ausrüstung ein – Waffen, Transportsäcke, Schürfwerkzeug, Notfallpacks und Vorräte.

Centurion beendete den Streit zwischen Pandor und Ebert, wer den Buggy steuern durfte, indem er sich selbst als Fahrer einsetzte. Daraufhin beorderte Orloff alle Betas nach hinten und nahm auf dem Beifahrersitz Platz. Zu den vier Betas kam Laury hinzu, die sich zwischen Amrit und Malox stellte. Pandor rückte freiwillig nach hinten, um die Umgebung im Auge zu behalten, Ebert kauerte sich zwischen dem Fond und dem Aufbau.

Orloff aktivierte die Karte, die sie heute früh anhand seiner Informationen und des Umgebungsabgleichs zusammengestellt hatten. »Wir müssen etwa dreißig Klicks an der Schlucht entlang Richtung Norden fahren, dann geht es scharf links ab Richtung Westen für noch einmal etwa zwanzig Klicks. Dann noch fünfhundert Meter zu Fuß, und wir sind da.«

Aries, Dogden und Hump würden sich mit dem Portal und dem Shuttle beschäftigen, Tritus und Magath unter Muranis Schutz um Kontaktaufnahme mit den Onyx bemühen, die sich bestimmt irgendwo in der Nähe aufhielten, Ella und Chuck waren wie immer für das Schiff zuständig.

Die *Universal Pax* sollte nach Orloffs Rückkehr landen; solange diese Höhlengeschichte nicht aufgeklärt war, wollte er sie zur Sicherheit im Orbit lassen. Tritus war wütend, fügte sich aber.

Der Buggy brauste los. Zunächst ging es verhältnismäßig eben an der Kante der Schlucht entlang, und sie hatten gute Chancen, nicht länger als eine Stunde zu benötigen, Unebenheiten und Verzögerungen durch Hindernisse eingerechnet.

Centurion war ein guter Fahrer; aber was konnte er

nicht, dachte Orloff. Er war nicht umsonst Ausbilder der Grünschnäbel geworden. Üblicherweise überlebten bei den meisten Kons gut dreißig Prozent den ersten Einsatz nicht. *Twilight Industries* hingegen hatte eine bessere Quote aufzuweisen, trotz der zumeist bedeutend gefährlicheren Einsätze.

Was *ihren* Einsatz betraf, hatten sie momentan einen der angenehmsten Aufenthalte – ein idyllischer, friedlicher Planet. Um die Diplomatie kümmerte sich ein Mediator, und die Justifiers waren derzeit hauptsächlich auf Erkundung unterwegs. Vor allem die hervorragenden Umweltbedingungen waren eine angenehme Abwechslung. Fast schon wie Urlaub. Sonst landeten sie im Regelfall in einer lebensfeindlichen Umgebung, die nur danach trachtete, sie umzubringen.

Der Buggy hüpfte und sprang über Kanten, Löcher und Buckel. Orloff hätte Laury seinen Platz angeboten, wenn sie sich beschwert hätte, aber das war gar nicht der Fall. Sie diskutierte angeregt mit Amrit über die Kristalle, während sie gerade so darauf achtete, nicht aus dem Wagen geschleudert zu werden.

Alle trugen die volle Montur, einschließlich der Helme; diesmal auch Orloff, er wollte Centurion nicht erneut provozieren. Er hatte sich genug geleistet in letzter Zeit, das hatte sein Stellvertreter ihm gestern sehr deutlich gemacht, auch wegen der Helme. Es machte sich nicht gut, wenn der Kommandant aus der Reihe tanzte; wie sollte er da Disziplin von seinen Leuten verlangen?

Sie erreichten die Abbiegung, und Centurion ordnete eine kurze Pause an. Von hier aus ging es durch unwegsames baumreiches Felsengelände weiter, und sie würden sicher einige Male aussteigen und den Buggy schieben oder den Weg frei machen müssen. Der Stier-Beta rechnete mit zwei Stunden, bis hierher hatten sie tatsächlich nur fünfundvierzig Minuten gebraucht.

Sie tranken Wasser und aßen einen Energieriegel. Orloff ertappte sich dabei, dass er ein Kopfschmerzmittel nehmen wollte, und ließ es bleiben. Auch das Injektionspflaster mit den Vitaminen steckte er wieder zurück. Und erst recht verbannte er jeglichen Gedanken an ein Rillo.

Verdammt, er hatte wirklich keine Kontrolle mehr darüber, und es war ihm bis zu Centurions Standpauke überhaupt nicht bewusst gewesen. Wie lange ging das wohl schon so? Er hatte eindeutig zu lange allein gelebt.

Amrit und Malox waren unterwegs, um weitere Proben aus der Schlucht zu nehmen. Hier war das Gestein ganz anders, wie auf der Erde auch verbarg es seine Schätze mehr in sich und zeigte sich schwer zugänglich. Ohne ihre Abschirmung waren die Vitalspürer voll mit Informationen.

Sie wollten gerade wieder einsteigen, als plötzlich drei Tiere ihren Weg kreuzten, wohl eine Familie, denn sie bestand aus zwei größeren und einem kleineren nilpferdartigen Wesen in Elefantengröße mit Stachelrücken und Stachelkeule am Schwanzende. Der Kopf war zudem behaart und wies zwei mächtige Hauer auf, die aus dem Unterkiefer ragten. Ebert gefielen sie sehr gut.

Die Justifiers verharrten wachsam, als die drei ihnen die Köpfe zuwandten und dann neugierig näher kamen. Sie stupsten mit ihren dicken Nasen gegen den Buggy, verschoben ihn dadurch um einen halben Meter und wandten sich dann den Insassen zu. Es sah nicht so aus, als würden sie sich so schnell wieder trollen, sie fanden das ihnen Fremde höchst interessant. Versuche, sie wegzuscheuchen, schlugen fehl.

Pandor machte sich daran, sie wegzuschieben, aber darüber stießen sie keckernde Laute aus und wollten sich an ihm schubbern.

Nicht einmal Centurion konnte mit gesenkten, vorstoßenden Hörnern punkten, daraufhin stießen sie nämlich mit ihren Hauern gegen seine Hörner und keckerten noch lauter.

Diesmal aber hatte Orloff an alles gedacht. Er kramte in seiner Tasche und holte einen weißlichen getrockneten Barren hervor, den er in drei Stücke zerbrach.

»Da schaut mal, was ich Feines habe«, lockte er die Tiere. Der Barren bestand im Wesentlichen aus Zuckerstoffen, Hefe und Proteinen. Das mochten die meisten Tiere, hatte seine Mutter ihm einst versichert, und deswegen hatte er dieses Leckerstück heute früh vom Nahrungsaufbereiter zusammenstellen lassen.

Die drei Nilpferdartigen wandten sich ihm zu, als er sie direkt ansprach und die Hand mit den Stückchen ausstreckte. Ihre Hälse wurden lang, und dann fingen sie an zu schnuppern und sich mit breiter Zunge übers Maul zu lecken.

»Danke, Mutter«, fügte Orloff hinzu. Es gelang ihm, die drei aus dem Weg zu locken, dann gab er ihnen die Belohnung, die sie beglückt grunzend verspeisten.

Centurion hatte bereits den Buggy gestartet und nahm Orloff auf dem Weg auf. Sie machten, dass sie wegkamen, bevor die fröhlichen Nilpferdschweine Nachschub wollten.

Der Oberleutnant ließ es sich nicht nehmen, noch einen Barren hervorzuziehen und ihn den Betas grinsend hinzuhalten. »Na, wollt ihr auch? Feines Leckerli!«

»Oh, Mann«, schnaubte Centurion. »Es ist mal wieder so weit.«

Der Buggy kämpfte sich tapfer durch alle Unwegsamkeiten hindurch, meisterte sogar umgefallene Baumstämme, sofern sie nicht zu dick waren, erklomm schroffe Felsen und fuhr auf der anderen Seite steil abwärts, ohne ins Rutschen zu geraten.

Sie durchquerten Furten und kurvten zwischen mächtigen Urwaldriesen hindurch. Nur selten einmal mussten sie einen Umweg wegen Tieren nehmen, die den Weg nicht freigeben wollten; meistens blieben diese am Rand und beäugten die Besucher ohne Scheu, aber auch nur mäßig neugierig.

Schließlich ging es nicht mehr weiter, sie erreichten ein Gebiet, das wie der Überrest einer uralten Moräne aussah. Gewaltige Felsbrocken türmten sich übereinander, stark bemoost und von vielen orchideenartigen Pflanzen erobert.

Die letzten fünfhundert Meter mussten sie größtenteils kletternd zurücklegen, bis sie das Gebiet vor dem Felsgebirge erreichten, wie sie es im Film gesehen hatten.

Die Farben wirkten allerdings intensiver in ihren Gelb- und Brauntönen, und der Felsenturm, in dem sich die Höhle verbergen sollte, schien weitaus größer.

Die Justifiers nahmen nun Kampfformation ein und entsicherten die Schusswaffen. Nach dem, was hier geschehen war, blieb das unerlässlich. Die Onyx würden die Justifiers zumindest nicht angreifen, das war immerhin eine Beruhigung, da sie die Bergung der Überreste gestattet hatten. Dennoch wussten sie nicht, was sie hier zu erwarten hatten, und diesmal würden sie nicht zögern, sich mit allen Mitteln zu verteidigen.

Orloff hatte den Ausschnitt des Films mitgenommen, in dem sie sich der Höhle annäherten, und sie folgten dem Pfad. Wobei sich die Umgebung deutlich verändert hatte: Es waren neue Pflanzen gewachsen, die vorhandenen größer geworden. Doch der markante Felsen war erhalten geblieben, sodass sie sich gut orientieren konnten. Damit würden sie auch den Zugang zur Höhle finden.

»Wir sind bald da«, sagte Orloff, als sich die Felsformation immer höher auftürmte.

Der Weg war frei und gut begehbar.

»Genau wie in dem Film«, bemerkte Laury. »Hier sind keine Tiere mehr. Sie fliegen nicht einmal hier drüber.«

»Erhöhte Wachsamkeit«, befahl Centurion.

»Was könnte das verursachen?«, fragte Pandor in die Runde.

»Ich schätze, die Antwort finden wir in der Höhle«, antwortete Laury. »Da drin ist etwas, das ... tja, wie soll ich es sagen ... abschreckende Wirkung hat?«

»Nur der Fels oder die ganze Gegend?« Malox war zwischenzeitlich einen Baum hinaufgeklettert, um sich umzusehen, und kehrte nun zurück. »Ich habe irgendwie ein komisches Gefühl, kann es aber nicht erklären. Nicht einmal, ob es gut oder schlecht ist.«

»Das ist der Einfluss des Films, der dich vorbelastet«, erwiderte Laury nüchtern. »Meine Geräte zeigen nichts an.«

»Das ist nicht außergewöhnlich, wie du weißt. Vielleicht gibt es hier Kristalle.« Amrit ging mit ihren Geräten im Halbkreis voraus. Abrupt blieb sie stehen.

»Da sind sie.«

Sie meinte nicht die Kristalle.

Wie beim Camp auch waren nur noch Skelette vorhanden, aber sie waren alle nahezu vollständig erhalten, wenngleich in schrecklichem Zustand. Anhand der Hundemarken konnten die Überreste identifiziert werden. Leutnant Ellis, der die Aufnahmen gemacht hatte, fehlte. Ebenso fehlten die gesamte Kleidung und die Waffen. Diese waren eindeutig nicht von Tieren verschleppt, sondern von den Onyx mitgenommen worden. Vielleicht lagen die Körper deswegen so verdreht da ...

»Was ist hier nur geschehen?« Laury ging zwischen den Skeletten hindurch und sah sich um. »Als ob sie in Stücke gerissen worden wären. Sie starben im Prinzip an allem.«

Orloff ging bei einem Skelett in die Knie und besah es sich genauer. Dann das nächste.

Schließlich richtete er sich auf. »Ich weiß, was so etwas anrichtet.«

Die anderen sahen ihn beunruhigt an

»Eine Granate vom Typ C.«

Schweigen breitete sich aus.

»Unmöglich«, flüsterte Laury. »Das würde ja bedeuten, dass ...«

»Sie sich selbst in die Luft gejagt haben. Ja. Genau, wie du im Camp schon vermutet hast. Und Tritus hat auch recht gehabt. Die haben sich alle gegenseitig umgebracht, und die Onyx haben sie irgendwie dazu gebracht.«

»Scheiße«, sagte Malox.

»Ich glaube das einfach nicht!«, rief Laury.

»Mach deine Aufnahmen, jag sie durch den Computer,

und lass ihn den Hergang rekonstruieren, und du wirst feststellen, dass meine Annahme zutrifft.«

Orloff stieß mit dem Stiefel leicht gegen einen Wadenknochen. »Sie haben alle nah beieinander gestanden. Vielleicht haben sie angefangen, sich gegenseitig zu bedrohen, möglicherweise schon geschossen. Am Ende jedenfalls ist in der Mitte die Granate explodiert und hat sie alle zerfetzt. Deswegen liegen sie hier auch nahezu im Kreis in ähnlichem Abstand zueinander, wie sie von der Druckwelle zurückgeschleudert wurden. Die Auswirkungen sehen mir eindeutig nach Typ C aus, das kann ich auch nach der langen Zeit feststellen.«

»Lange Zeit ... wie lange?« Laury schüttelte den Kopf. »Ich kann einfach keine Einschätzung geben.«

»Und was wurde aus Ellis?«, fragte Amrit dazwischen.

»Den haben die Onyx mitsamt Film und allem anderen verschleppt. Vielleicht war er es, den sie zurückgeschickt haben; wir werden es nie erfahren. Beim Camp haben sie alles auseinandergenommen und die Tiere den Rest erledigen lassen. Hier sind die Tiere nicht hergekommen. Der Rest ist verwest.«

»Ja, die Knochen sind keineswegs so blank wie die im Camp, zeigen auch Spuren von Verwitterung, und es sind Muskelfaserreste erhalten geblieben ... na schön, das interessiert euch eher weniger.« Laury machte sich an die Arbeit. »Wer bleibt bei mir und hilft mir, nach der Untersuchung die Überreste in die Säcke zu stecken?«

»Pandor«, sagte Centurion. »Wir anderen gehen rein.«

»Also dann, haltet eure Ausrüstung bereit«, sagte Centurion. »Schaltet die Armbänder ab, sie werden uns drin nichts nützen, wie wir wissen. Verlassen wir uns gar nicht erst darauf. Haben wir unsere Taschenlampen griffbereit?«

»Ja, und die Knickstäbe, Phosphorfackeln, eben das ganze chemische Zeug, das nicht ausfallen kann«, meldete Ebert.

»Sämtliche Energiewaffen werden deaktiviert, nur mechanische kommen zum Einsatz«, fuhr Orloff fort. »Es gilt: Schießen nur im höchsten Notfall. Es nützt uns nichts, wenn wir uns in der Enge da drin gegenseitig abballern, bevor wir herausgefunden haben, was da los ist.«

Der Stier-Beta schabte sich das Kinn. »Wir werden überhaupt keine Schusswaffen mitnehmen«, befahl er schließlich. »Die Gefahr von Querschlägern ist zu groß. Da drin ist Nahkampf angesagt. Messer, Macheten, Äxte.«

Orloff stimmte nach kurzer Überlegung zu. »Wer weiß, ob da überhaupt ein aggressiver Gegner lauert, der uns töten will. Denn wie man sieht, kommt hier so gut wie nie jemand vorbei. Und unseren Vorgängern haben die Waffen nichts genützt. Wir müssen es von vornherein anders angehen.«

»Aber sollten wir nicht auf Nummer sicher gehen?«, fragte Ebert nach.

»Hast du Schiss?«, fragte Amrit spöttisch. »Ich kann mich auf meine Hände und Beine verlassen und ohne Hilfsmittel kämpfen.«

»Das kann ich auch«, schnappte Ebert zurück. »War ja nur ein Vorschlag.«

»Waffen sichern und ablegen.« Centurion wandte sich Pandor zu. »Wenn ihr hier fertig seid, nehmt die Säcke und die Waffen und geht zum Buggy. Wartet dort auf uns. Ich lege keinen Wert darauf, euch in Fetzen hier draußen vorzufinden.«

»Das wird nicht geschehen«, behauptete Laury.

»Es ist einmal geschehen, und es wird wieder geschehen«, schnaubte der Bodeneinsatzleiter. »Der Auslöser ist immer noch da.«

»Zu Befehl«, sagte Pandor, Soldat durch und durch. »Wir räumen hier schnell auf und machen uns vom Acker.«

»Und wenn ihr Hilfe braucht?«, beharrte Laury.

Centurion senkte leicht die Hörner, ebenso wurde seine Stimme tiefer. »Denkst du ernsthaft, die brauchen wir?«

Sie zuckte die Achseln. »Man kann nie wissen. Aber gut. Zu Befehl, Sir. Aufräumen und abhauen. Waffen mitnehmen.«

Es verringert das Risiko, dachte Orloff. Er fühlte sich tatsächlich bedeutend wohler ohne die Schusswaffen; dagegen konnte man so gut wie nichts ausrichten, gegen einen Angriff aus der Nähe allerdings schon. Die Kampfanzüge boten für den Nahkampf einen ausreichenden Schutz, die Helme ebenfalls. Den Rest konnten sie selbst erledigen.

Wie in alten Zeiten, mit bloßen Händen.

»Alle bereit?« Centurion sah Orloff an.

Er war der einzige Mensch in der Truppe. Und sie wollten, dass er vorging, als Rache für das »Leckerli« vorhin. Sie grinsten.

»Nach dir, Chef«, ordnete der Bodeneinsatzleiter im Befehlston an.

Orloff sah Laury und Pandor an. »Beeilt euch. Ich weiß nicht, wie groß die Höhle ist, deswegen geben wir uns ausreichend Zeit. Sind wir aber in zwei Stunden nicht zurück, fahrt ihr mit dem Buggy zum Raumschiff zurück. Ihr werdet *nicht* nachsehen, was uns da drin geschehen ist, sondern abhauen! Wenn wir nicht wieder rauskommen, sind wir tot, dann könnt ihr uns auch nicht mehr helfen. Und mir ist es egal, wo meine Gebeine verrotten. Verstanden?«

»Aye, Sir«, sagte Laury widerwillig, Pandors Bestätigung kam zackiger.

»Zweimal Vernichtung ist genug. Was immer auch da drin sein mag, wenn wir nicht überleben, ist es uns schlichtweg über. Ihr kehrt zurück und besprecht mit Tritus, ob die Mission zu Ende geführt oder abgebrochen wird.«

»Zu Befehl«, sagten beide im Chor.

»Ich verlasse mich auf euch«, fügte Orloff sehr ernst hinzu. »Ihr werdet dringend im Lager zur Verstärkung gebraucht, wenn wir nicht zurückkommen. Bringt die Leute sicher zur Erde zurück!«

»Na ja, eigentlich hatten wir uns geschworen, niemanden zurückzulassen«, murmelte Pandor zögernd.

»Es gibt Ausnahmen, und das ist eine.«

»Wir hatten diese Situation schon mal«, versetzte Laury.

»Ja, und wir haben daraus gelernt, und genau *deswegen* werdet ihr euch an meinen Befehl halten.« Orloff wies auf sie beide und verlieh dem Ganzen mit erhobenem Zeigefinger Nachdruck. In seinen Augen lag ein kalter Glanz.

Sie bestätigten ohne jeden weiteren Widerspruch.

»Geht klar, Sir, auf uns kann man sich verlassen.«

Orloff nickte, er wusste, sie würden sich daran halten, auch wenn es ihnen schwerfiel.

Er wandte sich um und ging voran.

16

Der Eingang war tatsächlich nicht so einfach zu finden, trotz des Films, an dem sie sich orientieren konnten.

Schließlich fand Amrit den Zugang, und Orloff zeigte sich beeindruckt von dem natürlichen Illusionszauber. Mit diesem Trick hatten sich Showmagier vergangener Jahrhunderte »von der Bühne gezaubert« oder waren »durch Wände« gegangen.

Orloff schaltete sein Armband ab, nachdem sie den Eingang entdeckt hatten. In der Höhle würden sie sich auf ihre Sinne verlassen und auf nichts sonst.

Er konnte nur hoffen, dass sie kein Heiligtum darstellte und ständig von den Onyx bewacht wurde. Der Kontakt gestern hatte zwar nichts hierzu geäußert, aber das musste nichts bedeuten. Man hatte ihnen erlaubt, die sterblichen Überreste ihrer Leute zu holen, nicht aber, die Höhle zu betreten.

Explizit verboten hatten sie es allerdings auch nicht.

Die Betas ließen ihm wieder den Vortritt, und er nahm ihn gern in Anspruch. Seine Leute waren Spezialisten, und es war seine Aufgabe, sie bestmöglich einzusetzen und dafür zu sorgen, dass sie dabei am Leben blieben. Also war grundsätzlich er derjenige, der als Erster den Kopf in den Kaninchenbau steckte, um nachzusehen, ob dort ein Fuchs war.

Er grinste in Erinnerung an den Spruch seines Vaters. Das hier hätte ihm bestimmt Spaß gemacht, forsch voran und Geheimnisse lüften. Ihm hatte keine Höhle zu dunkel, kein Berg zu steil, keine Schlucht zu tief sein können. Das hatte sein Sohn wohl von ihm geerbt. Und von der Mutter ...

Ach, lassen wir das. Sentimentalität steckt nicht in meinen Genen.

Er war doch kaputter, als er geglaubt hatte. Also wurde es Zeit, die Herausforderung anzupacken, um zu testen, ob noch Hoffnung für ihn bestand.

Als Orloff die Höhle betrat, war es fast wie ein Wiedersehen, so oft hatte er sie im Film gesehen.

Nun einen realen Eindruck zu bekommen war doch etwas anderes. Da das Licht schon nach wenigen Schritten nachließ, sprangen sofort seine übrigen Sinne an, nahmen die Gerüche auf, fühlten die Temperatur und Atmosphäre, lauschten auf Geräusche.

Die anderen folgten nach und verteilten sich in dem schmalen Gang, soweit es möglich war. Centurion musste den Kopf einziehen, um nicht mit den Hornspitzen gegen die Decke zu stoßen. Für ihn würde das ein unbequemer Weg.

Amrit war sofort mit ihrem Hämmerchen zur Stelle und klopfte kleine Proben aus dem Gestein. »Die Adern sehen interessant aus. Ich bin gespannt auf die chemische Zusammensetzung.«

»Ich hab da was«, sagte Ebert und deutete auf ein Messgerät, das er mitgenommen hatte. »Hier gibt es eine Strahlungsquelle.«

»Bist du sicher, dass es sich nicht um eine Störung handelt?«

»Ja, bin ich. Das ist ein ganz einfaches, recht unempfindliches Gerät, so wie unsere Taschenlampen. Es handelt sich übrigens *nicht* um eine radioaktive Strahlung, aber welche es ist – da sagt er leider *unbekannt*.«

Orloff tastete die Felswände ab. »Es besteht also keine Gefahr für uns?«

»Ich würde sagen, nein. Auf dem gesamten Planeten gibt es viele Strahlungen, die für uns physisch ungefährlich sind.«

»Das werden die Schwingquarze sein«, vermutete Amrit. »Der gesamte Planet scheint ja ein einziger Kristallklotz zu sein, und viele der Minerale haben eine messbare Ladung. Wahrscheinlich reicht der Rest meines Lebens gar nicht aus, um das zur Gänze zu erforschen.« Sie verstaute weitere Proben in ihren Behältern. »Die Strahlung hier stammt wahrscheinlich von den Adern im Gestein.«

»Nein, die liegt vor uns. Wird wahrscheinlich stärker, je näher wir kommen.«

Orloff hob eine Braue. Sollten die anderen Justifiers das nicht gemessen haben?

»Selbst wenn es nicht gefährlich ist – werden wir die Zunahme der Strahlung nicht spüren?«, wollte Centurion wissen.

»Ich weiß nicht, ob es uns auffällt, denn wir spüren doch ohnehin schon Nebenwirkungen wie Kopfschmerzen oder leichten Schwindel«, meinte Orloff.

Alle sahen ihn an. »Ich habe nichts genommen!«, stellte er klar. »Aber wenn Betas nicht davon betroffen sind, umso besser.«

»Na schön, gehen wir weiter«, brummte der Stier-Beta. »Wenngleich es meiner Ansicht nach keine *harmlose* Strahlung gibt. Früher oder später grillt sie die Zellen.«

»Ich gehe voran«, verkündete Orloff.

»In Ordnung. Amrit, du bist die Zweite, dann Ebert, Malox, und ich bilde die Nachhut. Alle zehn Schritte stecken wir eine Phosphorfackel in den Boden, und zwar abwechselnd auf beiden Seiten. Wir lassen uns hier nicht von Gespenstern oder irgendwelchen vorbeihuschenden Schemen beeindrucken.«

Orloff schaltete die Taschenlampe ein und leuchtete den Gang entlang. Das Licht wurde trotz der Leistungsstärke bald von der Dunkelheit verschluckt.

Zehn Schritte weiter zog er einen unscheinbaren Stab hervor, ging in die Knie und setzte die Spitze auf den Gesteinsboden. Mit einem Knopfdruck aktivierte sich die Fackel. Zuerst wurde die Spitze mit Hochdruck ein Stück in den Boden getrieben, und drei Stützkrallen wurden ausgefahren. Orloff wich zurück, und wenige Sekunden später verströmte die Fackel ein grünlich-dunstiges Licht, das selbst die Betas nur noch fahlbleich erscheinen ließ. Das Licht würde eine gute halbe Stunde halten, das musste reichen. Außerdem hatten sie noch die Knicklichter und kleine Leuchtgasbälle, die sich entzündeten, sobald sie heftig geschüttelt wurden.

»Ich setze die nächste«, sagte Amrit.

Bis jetzt konnte der Oberleutnant nichts spüren. Er bekam kein schlechtes Gefühl, es war nichts zu hören ... lediglich kälter wurde es mit einem Schlag, sodass sein Atem feine Dampfwölkchen bildete.

»Ich glaube nicht, dass die Onyx hier sind«, meinte er.

»Klar«, sagte Malox. »Hier drin müssen ja auch einige Leichen herumliegen, die wir bergen sollen. Also werden sie sich hübsch fernhalten.«

Der Schein der Taschenlampen schwenkte in vielen Strahlen durch die Höhle, während sie sich voranbewegten. Ab und zu nahm Amrit Proben. Bis jetzt konnten sie nichts von dem bestätigen, was Leutnant Ellis derart in Unruhe versetzt hatte. Die Fackeln beleuchteten den Weg hinter ihnen.

»Das war's«, verkündete Ebert auf einmal. »Mein Gerät ist ausgefallen.«

Die Taschenlampen fingen auch an zu flackern. Und es wurde zusehends kälter – und feuchter.

Orloff war nun angespannt und auf alles gefasst. Die Waffen ließ er vorerst stecken – sollte es wieder eine Prüfung der Onyx sein, war es besser, sich friedfertig zu geben. Sie waren hier, um die sterblichen Überreste zu holen, nicht um zu kämpfen.

Er war ein Stück voraus, als seine Taschenlampe erlosch. Die nächste Fackel hinter ihm wurde gerade entzündet, und er sah die Schemen seiner Gefährten im Licht flackern, ihre Schatten wurden verzerrt an die Wand geworfen.

»Zusammenbleiben«, befahl Centurion.

Orloff verspürte den unwiderstehlichen Drang, schneller zu gehen, um tiefer in die Höhle vorzudringen. Es ging ihm viel zu langsam. Er schüttelte die Taschenlampe, fummelte an ihr herum, doch sie war nicht zu erweichen und blieb dunkel. Die Finsternis hatte ihr Licht endgültig verschluckt.

»Was ist mit euren Lampen?«, rief er nach hinten und hatte die Antwort in Form von Lichtstrahlen vor Augen. »Meine ist ausgefallen.«

»Die Visiere der Helme schließen«, erklang erneut Centurions Stimme. »Höchste Alarmbereitschaft, aber die Waffen noch nicht in die Hand nehmen. Was auch immer uns hier drin angreifen könnte, es muss von vorn kommen, und der Gang ist zu eng für mehrere.«

Die Nachtsicht des Helms funktionierte, aber Orloff war nicht sicher, ob er sie aktiviert lassen sollte. Sie verzerrte alles und bot nur einen kleinen Ausschnitt. Die Phosphorfackeln sollten genügen. Und er wollte sich mehr auf die anderen Sinne verlassen; das war in einer Höhle, wo Optik nichts zählte, angebracht.

Anpassung. Sie hatten beinahe vergessen, wie das ging. Das war vermutlich auch der ersten Truppe zum Verhängnis geworden. Sie hatten zu wenig darauf geachtet, sondern waren aggressiv geworden.

»Gehen wir endlich weiter«, sagte Orloff ungeduldig.

»Wieso – du gehst doch schon die ganze Zeit«, rief Amrit ihm nach. »Hast du uns nicht gehört? Du bist zu schnell!«

Orloff zwang sich, stehen zu bleiben, und blinzelte verwirrt. Eine Bewusstseinsstörung? Er konnte sich nicht erinnern, so weit vorausgelaufen zu sein; die Fackeln lagen mindestens dreißig Meter weit hinter ihm. Zum Glück war der Gang gerade, sonst hätten die anderen ihn schon lang aus den Augen verloren.

»Orloff!« Es klang weit entfernt.

Und es war stockfinster.

Keine Fackeln. Gangbiegung.

»Verflucht, was geht hier vor?«, flüsterte er. Hatte er sich schon wieder vorwärtsbewegt?

»Ich bin hier!«, rief er. Er lauschte dem Nachhall seiner Stimme. Klang kräftig, konnte nicht überhört werden.

»...loff!«

Er hörte weit entfernte Stimmen, doch er konnte sie nicht mehr verstehen.

»Fuck!«

Das war doch unmöglich! Orloff ging den Gang zurück. Es gab keine Abzweigungen, er konnte sich unmöglich verirrt haben. Ein Gang, eine Richtung nach vorn, eine zurück. Alles ganz einfach und leicht zu bewältigen.

»Amrit! Centurion!«, rief er. »Ich komme zurück!«

Verdammt, so weit konnte er sich nicht entfernt haben. So lang war der Gang doch überhaupt nicht!

Er lief schneller, den anderen entgegen. Jeden Moment musste er den grünlichen Schimmer der Phosphorfackeln erkennen.

Richtig, die Fackeln. Er hatte doch noch welche!

Er rammte eine in den Boden und sah zufrieden, wie sie seine beengte Welt erhellte. Das würden die anderen bemerken und bald kommen.

Erneut rief er nach ihnen. Keine Antwort. Auch das war unmöglich.

Orloff lief weiter, den Gang zurück.

Er stolperte und stürzte, fiel mit den Händen voran und fing sich gerade noch ab. Was hatte es auf dem Hinweg für ein Hindernis gegeben, das ihn nun zum Straucheln brachte? Vielleicht ein hochstehendes Felsstück, das von der anderen Seite nur eine kleine Erhebung gewesen war, die beim Überschreiten nicht aufgefallen war.

Orloff hatte die Nachtsicht immer noch eingeschaltet, aber allzu viel konnte er nicht erkennen. Er nahm einen Leuchtgasballon und schüttelte ihn. Wie eine Wahrsagekugel lag er auf seiner Hand und verströmte sanftes Licht. Orloff schwenkte ihn – und prallte überrascht zurück.

Das Hindernis, über das er gestolpert war, waren zwei Beine.

»Scheiße!« Orloff wagte es kaum, dennoch leuchtete er in das zu den Beinen gehörende Gesicht.

Keiner von seiner Truppe. Er sah eine vertrocknete, verschrumpelte Mumie, die schon lange hier liegen musste. Sie trug noch die volle Ausrüstung, Helm und Tarnanzug, die völlig unbeschädigt waren.

Orloff hielt die Kugel an die linke Schulter, wo der Name zu finden war. Rodrigo. Der Leutnant war der Einsatzleiter gewesen.

Vorsichtig tastete Orloff die Mumie ab, hielt die Leuchtkugel ganz nah an den Kopf. Er konnte keine Anzeichen äußerer Gewalteinwirkung erkennen, Anzug und Helm sahen unversehrt aus.

Rodrigo war einsam gestorben, und Orloff wusste nicht, woran.

Was er ebenfalls nicht wusste: Wie war *er* hierhergekommen? Schon wieder eine Bewusstseinsstörung? Wie konnte er auf dem Hinweg so viel übersehen haben?

Er bückte sich und holte mit dem Arm aus. Die Leuchtkugel rollte über den relativ ebenen Boden tiefer in die Höhle hinein.

Die sich nach wenigen Metern plötzlich erweiterte.

Orloff erstarrte in halb aufrechter Haltung.

»Ich bin die ganze Zeit weitergelaufen«, flüsterte er. »Nicht zurück.«

Die nächste Kugel rollte vor und leuchtete auf, dazu rammte er eine Fackel in den Boden. Dann ging er in die riesige Kaverne hinein, die sich vor ihm auftat und von der im Film die Rede gewesen war. Er warf eine weitere Kugel hoch, und die weiterhin aktive Nachtsicht zeigte ihm ... Beeindruckendes.

Eine gewaltige Tropfsteinhöhle mit Vorhängen aus Stalaktiten, Tischen und Thronen aus Stalagmiten und einem mächtigen Dom in der Mitte, der aus vielen Säulen von der Decke bis zum Boden zusammengewachsen war, mit einem Durchmesser von gut zehn Metern.

Der Dom stand inmitten eines Sees, dessen klares Wasser irritierende Reflexionen warf, sodass Orloff zunächst die Orientierung verlor, bis seine Sehstäbchen begriffen, dass es sich um Spiegelungen und nicht um tiefe Abgründe handelte.

Was ihn aber am meisten irritierte – weshalb waren die anderen immer noch nicht hier?

Egal, er konnte es nicht ändern. Es musste an der Strahlung liegen, die anscheinend erheblichen Einfluss hatte, vielleicht nicht physischer Art, aber in jedem Fall auf die Psyche. Er war unkontrolliert hierhergekommen, in der festen Überzeugung, in die Gegenrichtung zu marschieren.

Also sah er sich um, da er nun schon einmal da war. Der Film hatte die Kaverne ja nie gezeigt, Ellis war nicht so weit gekommen. Was damals den Schrei erzeugt haben mochte – wer weiß. Vielleicht doch ein Mensch. Tiere, vergleichbar mit Fledermäusen, gab es hier wohl nicht, da keinerlei Rückstände zu finden waren und es auch nicht danach roch. Die Höhle wirkte geschlossen, ohne Öffnungen, soweit er eben erkennen konnte.

Orloff schritt am Rand des Sees entlang und verteilte seine letzten Fackeln, um sich einen Überblick zu verschaffen.

Auf der anderen Seite, fast gegenüber dem Gang, entdeckte er die nächste mumifizierte Leiche, von der Kopfform her eindeutig ein Beta. Dumbar.

Sein Mund stand weit offen, seine Haltung war defensiv, als habe er versucht, sich im Gestein zu verkriechen. Möglicherweise war er in großer Angst gestorben. Gewalteinwirkung war auch bei ihm nicht zu erkennen.

Orloff rieb sich den Nacken. Die Kopfschmerzen nahmen zu, und er merkte, wie sich unangenehm kalter Schweiß auf seiner Stirn bildete. Die Kaverne war dabei nicht mehr so kalt wie der Gang zuvor, die Luft war sogar trotz der Tropfsteine und des Sees sehr trocken.

So trocken, dass Orloff quälenden Durst verspürte, als wäre er schon seit Stunden hier drin unterwegs. Was hoffentlich nicht der Fall war. Der Gedanke, zu Fuß die gesamten über dreißig Kilometer zum Schiff zurückzulaufen, erheiterte ihn nicht gerade.

Er widerstand der Verlockung, aus dem See zu trinken. Das Wasser mochte noch so klar wirken, es konnte mit allem Möglichen verseucht sein, und da war immer noch unbekannte Strahlung. Die angeblich nicht schädlich war.

Ich schaffe das, dachte Orloff erschrocken, als er bemerkte, dass er bereits dicht am Wasser stand und dabei war, sich zu bücken, um daraus zu schöpfen.

Was war nur los mit ihm? Waren das die Nachwirkungen seines offenbar jahrelangen Rauschmittel-Genusses, zuerst der Alkohol, dann das Medikamentenzeugs? Hatte er früher schon derartige Bewusstseinsstörungen gehabt?

Nein!

Hastig riss er die Hand aus dem Wasser, zog den nassen Handschuh aus und schüttelte ihn heftig. Das Verlangen, mit einem geeigneten Mittel wieder einen klaren Verstand zu bekommen, wurde geradezu übermächtig. Vor allem würde es gegen den quälenden Kopfschmerz helfen, der ihn halb verrückt machte.

Mit festem Schritt ging er weiter, an der Leiche Dumbars vorbei, um den See einmal zu umrunden, oder zumindest so weit zu gehen wie möglich.

Doch der Weg kam ihm nur allzu bekannt vor. Er war wieder zurückgegangen statt vorwärts!

Orloff nahm den Helm ab und rieb sich die Schläfen. Die Höhle war nun, ohne die Nachtsicht, sehr viel dunkler, schärfer unterteilt in wenige hellere Lichtflecken an den Stellen, wo die Fackeln leuchteten, und ansonsten nahezu konturlose Dunkelheit. Aber es war weniger anstrengend, fand Orloff. Trotzdem musste er den Helm noch einmal aufsetzen, er hatte noch nicht alles gesehen.

Und da, links von dem Gang, der nach draußen führte, entdeckte er die dritte Mumie. Canar. Nun waren also alle beisammen. Ganz offensichtlich hatten sie sich nicht gegenseitig umgebracht, sondern waren auf ganz andere Weise zu Tode gekommen, deren Ursache ohne Untersuchungsgeräte und Pathologen nicht festzustellen war.

Also ... was geschieht hier?

Orloff sah sich um. Zuerst war er gezwungen worden, hierher zu gehen, und nun wurde er daran gehindert, die Höhle ab einem bestimmten Punkt abzuschreiten. *Etwas* wollte ihn hier haben, aber dabei unentdeckt bleiben.

Seine Hände fuhren an den Kopf, als eine plötzliche Reizüberflutung einen Tornado in seinem Kopf auslöste, begleitet von Funkenexplosionen. Er konnte es kaum mehr aushalten und ging halb in die Knie. Sterne tanzten vor seinen Augen, und er taumelte auf die Wand zu, um sich abzustützen.

Keuchend lehnte er sich gegen das kühle Gestein, spürte dankbar den Widerstand, der ihm deutlich machte, dass er nicht in einem Albtraum gefangen war, sondern wirklich hier stand.

Da glühte etwas auf.

Orloff hielt den Atem an und spähte angestrengt in Richtung Gang, wo er das gelbliche Glühen gesehen hatte. Es schwebte in einiger Höhe und kam näher.

Verdammt, das ist Amrit, dachte er erleichtert, als der zu dem Glühen gehörende Körper in das diffuse Schimmern der Fackel trat. Kein Helm mehr. Gelbe Wolfsaugen, gebleckte weiße Zähne ... und er hatte ein Messer in der Hand.

In leicht geduckter Haltung kam die Wolf-Beta in die Höhle, und ihr Gesichtsausdruck zeigte deutlich, dass sie auf Kampf aus war. Sie sah überhaupt nicht mehr nach der beherrschten Geologin aus, sondern eher nach einem Tier, dessen Instinkte erwacht waren.

Mit wildem Blick sah sie sich um, bewegte sich auf den See zu. Die Leiche Rodrigos hatte sie überhaupt nicht beachtet.

Orloff wich in eine kleine Nische zurück und hoffte, dass sie ihn nicht entdeckte. Angst kroch in ihm hoch.

Was soll das? Ich habe nie Angst ...

Aber er hatte plötzlich ein Bild vor Augen, wie er von einer riesigen Wolfskreatur verfolgt, gestellt und in Stücke gerissen wurde. Und er wusste, dass es keine Einbildung war, dass ihm genau dieses Schicksal blühte, wenn er nicht aufpasste. Gegen einen Werwolf hatte er keine Chance.

Orloff knirschte mit den Zähnen, als der Kopfschmerz wieder zunahm, und Amrit fuhr zu ihm herum, ihre Ohren richteten sich auf ihn. Sie hatte das winzige Geräusch gehört. Langsam setzte sie sich in Bewegung, auf ihn zu.

Fliehen! Fliehen!

Orloff konnte nicht mehr klar denken, seine Instinkte gewannen die Oberhand. Ihm blieb nur die Flucht.

Er war dabei loszurennen, als Centurion den Schauplatz betrat, und konnte sich gerade noch bremsen.

Nachdem er die ganze Zeit gebückt hatte gehen müssen, richtete sich der Stier-Beta nun zu voller Größe auf. Sobald er Amrit erkannte, blähten sich seine Nüstern, und er schnaubte so stark, dass es vielfach von der Kaverne zurückgeworfen wurde.

Die Wolf-Beta wandte sich ihm zu. Ein Knurren drang aus ihrer Kehle, und sie fletschte ihre Zähne.

Sie sprachen kein Wort, als hätten sie es verlernt. Und sie schienen sich auch nicht mehr zu erkennen. Centurion senkte leicht die Hörner, während er und Amrit sich im Kreis umeinander bewegten.

Orloff wollte ihnen zurufen, zur Vernunft zu kommen, doch seine Kehle war vor Angst derart zugeschnürt, dass er nicht einmal einen leisen Ton hervorbrachte. Langsam rutschte er an der Wand hinab, schlang die Arme um die angezogenen Knie und verharrte zitternd. Er konnte nicht einmal mehr fortlaufen.

Und die Panik wurde noch schlimmer, als nacheinander Ebert und Malox eintrafen.

Die vier Betas knurrten sich an, und es war nur eine Frage der Zeit, bis sie kämpfen würden. Allein die Verwirrung, wer nun gegen wen kämpfen sollte, hielt sie vorerst zurück. Doch die Messer bewegten sich herausfordernd in den Händen.

Orloff riss sich den Helm herunter und presste die Arme lautlos schreiend gegen den Kopf. Eine wahre Bilderflut prasselte ungefiltert auf ihn ein und trieb ihn fast in den Wahnsinn.

Er sah eine blutige Schlacht, in der sich ein riesiger Centurion durch ein Heer kämpfte, Köpfe von Schultern trennte, Gliedmaßen abschlug, Leiber in zwei Teile zerschnitt. Blut spritzte in Fontänen, Eingeweide quollen hervor, ein einziges Massaker.

Orloff neigte sich zur Seite und übergab sich, doch das war noch lange nicht alles. Er sah Ebert, wie er über andere herfiel, sie mit Zähnen und Klauen zerfetzte und die herausgerissenen Fleischstücke gierig verschlang.

Und Malox, der Finger in Augen quetschte, und Amrit, die auf ewiger Hetzjagd Massen in den Tod trieb.

Nur am Rande bekam der gepeinigte Orloff mit, dass der Kampf inzwischen ausgebrochen war, dumpf knurrend und fauchend, zischend und geifernd. Er konnte nicht erkennen, wer gegen wen, sah nur eine hin und her wogende dunkle Masse.

Derweil kotzte sich Orloff die Seele aus dem Leib, sein Kopf schien um das Doppelte angeschwollen zu sein und jeden Moment platzen zu müssen.

Mit letzter Kraft formulierte er den Wunsch, in seine Tasche zu greifen und das Medopack herauszuholen. Sein Wille, der immer wieder von Panikattacken überspült wurde, ließ nicht locker, bis seine fahrig umhergleitende Hand endlich das Pack zu fassen bekam und herauszog.

Immer wieder wurde sein Verstand mit grauenvollen Bildern überflutet, die drohten, ihn zu überwältigen, aber er ließ es in seiner unüberwindlichen Sturheit nicht zu. Er hatte noch niemals *derart* die Kontrolle verloren, begriff er am Rande des Wahnsinns, und er durfte nicht nachgeben.

Vor allem, da die Gier nach dem erlösenden *Knacks* schier ins Unendliche angewachsen war. So sehr hatte er sich noch nie danach gesehnt – diese Gier drängte sogar die Schreckensbilder zurück, und auch seine Angst. Nichts war mehr wichtiger als ein kräftiger Schuss Adrenalin in seinen Adern, der sein Blut in Wallung brachte und den Schmerz aus seinem Kopf schwemmte.

Mit zitternden Fingern nestelte er ein Injektionspflaster hervor. Ein Speichelfaden löste sich aus seinem Mundwinkel und tropfte auf seine Hand, doch er merkte es kaum. Gierig starrte er das Pflaster an, das er gerade noch so erkennen konnte. Gleich würde es so weit sein. Erlösung, Zufriedenheit. Dann würde er in seiner Kabine aufwachen, und alles wäre gut. Wie es immer geworden war.

Er presste das Pflaster auf seinen Handrücken, fühlte den Stich und gleich darauf die erlösende, geradezu euphorisierende Überschwemmung, die wie erhofft alles wegspülte.

Seine Finger rissen schon das nächste Pflaster auf, ein vitalisierender Cocktail aus Vitaminen und Muntermachern, und schlug es auf den anderen Handrücken.

Seine Finger zitterten immer noch, aber sein Verstand klärte sich zusehends, und er durchsuchte das Pack nach mehr, irgendeinem Narkotikum, das watteweiche Zufriedenheit in sein gequältes Gehirn bringen sollte. Er fand es in einer dünnen Spritze mit kurzer Nadel und knallte sie sich in den Hals. In die Vene wäre besser gewesen, doch wer nicht in Medizin ausgebildet und noch dazu in Hektik war, konnte damit allerhand Murks veranstalten, deswegen hatte man ein Kombipräparat entwickelt, das auch intramuskulär wirkte.

Orloff sank zurück, als nun auch diese Wirkung einsetzte. Mit flatternden Lidern betrachtete er den Kampf der Betas, der ihm nun wie ein Tanz vorkam.

Sein Kopf rollte nach links, und da sah er ihn.

Ein Kristall, so gewaltig in seinen Ausmaßen, dass er den Tropfsteindom übertraf. Er bestand aus vielen Facetten und Auswüchsen, aus einer Vielzahl von zusammengewachsenen Kristallen, Hunderttausende, wenn nicht Millionen. Sein Durchmesser betrug schätzungsweise zwanzig Meter, wobei nur ein Teil von ihm aus dem Felsen ragte. Er konnte auch noch größer sein.

Er ist es, dachte Orloff. *Dieses Miststück ist schuld daran.*

Sein Verstand arbeitete wieder. Dieser Kristall wirkte als Verstärker und Reflektor von Gedanken und Emotionen. Negative Impulse wurden verstärkt und schickten anderen grauenvolle Bilder, projizierten sie in ihre Köpfe. Selbst relativ normale Impulse wurden verkehrt und riefen Halluzinationen hervor, wie bei ihm. Gleichzeitig musste der Kristall mit seiner Strahlung einen erheblichen Einfluss auf die Psyche ausüben, der die negativen Impulse erst hervorrief. Und der schon ab Betreten der Höhle dafür sorgte, dass die Wahrnehmung schleichend beeinträchtigt wurde, bis man irgendwann den Verstand verlor.

Aber was konnte er jetzt tun? Wie konnte er verhindern, dass sich seine Leute gegenseitig die Schädel einschlugen? Es war ein Wunder, dass es noch nicht geschehen war, doch dann erkannte er, dass ihre Bewegungen fahrig waren und sie mit ihren Messern zwar herumfuchtelten, dabei aber ihr Ziel verfehlten. Sie standen zwar dicht beieinander, führten aber Luftkämpfe. Ab und zu rempelten sie sich bei einer heftigen Bewegung an, oder ein fuchtelnder Arm traf den anderen, doch sie schienen das Äußere nicht mehr wahrzunehmen, sondern kämpften gegen innere Dämonen.

Außerdem konnte er ihre beginnende Schwäche spüren.

Orloff zog sich an der Wand hoch und tastete sich an ihr entlang auf den Kristall zu. Gestern hatte er einiges von dem Onyx gelernt, und auch wenn er selbst kein Psioniker war, so konnte er doch seinen Willen einsetzen und dem Kristall die psionische Ausführung überlassen. Er musste es gezielt tun, ohne sich ablenken zu lassen, genau wie gestern auch.

Ihm war übel und schwindlig von den starken, wechselwirkenden Medikamenten, die er seinem Körper zugemutet hatte, doch es war die einzige Möglichkeit gewesen, wieder zu Verstand zu kommen. Seine Schwäche nahm ebenfalls zu, aber er musste durchhalten.

Schwerfällig näherte er sich dem Kristall, der ihm nun ganz gezielt ablehnende Impulse schickte, ihn aber nicht mehr derart beeinflussen konnte, dass er die Richtung änderte. Einige neuronale Leitungen in seinem Gehirn waren wahrscheinlich unterbrochen worden, die diese Impulse nicht mehr weitergeben konnten.

Schließlich hatte er das dunkle, im diffusen Phosphorlicht sanft glitzernde Gebilde erreicht und berührte es.

Die Flut, ein wahrer Tsunami an Reizen, überwältigte ihn, und er schrie auf. Ob laut oder nur in Gedanken, wusste er nicht. Er wusste nur, dass es der schlimmste Schmerz seines Lebens war. Es war zu viel, diesmal wurde sein Gehirn gegrillt, er konnte es fühlen. Ihm blieben nicht mehr als ein paar Sekunden.

Er nahm seine verbliebene Kraft zusammen und schickte ein einziges Bild aus, zielte auf die luftkämpfenden Betas. Einen weiß leuchtenden Blitz mit dem Befehl, sofort in Schlaf zu fallen. Wie ein Lähmschuss, genauso stellte er es sich vor.

Orloff schickte das Bild mit der größten Intensität, zu der er noch in der Lage war. Wenn seine Annahme richtig war, vervielfachte der Kristall dieses Bild, verstärkte es und überlagerte alle anderen Halluzinationen.

Als er merkte, dass er jeden Moment das Bewusstsein verlieren würde, zog Orloff die Hand weg und taumelte einige Schritte zurück.

Die vier Betas sackten kurz darauf zusammen und regten sich nicht mehr.

Hoffentlich habe ich sie nicht umgebracht, dachte Orloff. Er hätte sich gern ebenfalls hingelegt und geschlafen, aber er musste zurück, hinaus zu den anderen. Frische Luft, Abstand, ein klarer Kopf. Sie alle brauchten umgehend Hilfe, sonst gesellten sie sich als Mumien zu den anderen, für immer unerreichbar.

Orloff taumelte auf die am Boden liegenden dunklen Haufen zu, machte Malox aus, packte ihn an den Handgelenken und fing an, ihn mit sich zu ziehen. Der Lemuren-Beta war der Kleinste und Leichteste, die anderen konnte Orloff nicht bewältigen, nicht in diesem Zustand. Er schaffte es ja nicht einmal, Malox hochzuheben und zu schultern, was unter normalen Umständen überhaupt kein Problem gewesen wäre.

Der Oberleutnant wusste nicht, wie lange es dauerte, bis er Malox den ganzen Gang entlang mit sich nach draußen geschleift hatte.

»Orloff!«

Eine Stimme, weiblich, überrascht, besorgt.

Ein Glück. Die zwei Stunden waren noch nicht um. Das rettete ihnen allen hoffentlich das Leben.

Er ließ den Beta los und merkte, wie es ihm den Boden unter den Füßen wegzog. Spürte, dass ihn jemand mit kräftigen Händen auffing und behutsam absetzte.

»Scheiße, Orloff, was ist passiert? Du bist ja völlig zugedröhnt!« Pandors raue Bärenstimme.

»Ich habe wohl etwas zu viel erwischt«, hörte er sich von weiter Ferne sagen. Er war nicht mehr in der Lage, die Lider zu heben, die schwarze Finsternis der Bewusstlosigkeit nahte mit aller Macht, fraß sich in seinen Verstand und knipste nacheinander die Lichter aus. Dennoch riss er sich zusammen, noch einmal, nur kurz ...

»Hört mir zu ... da drin ist ein Kristall ...« Er berichtete, bereits leicht lallend und immer wieder den Faden verlierend, was geschehen war, und bat Laury, Pandor irgendwie taub gegen den mentalen Einfluss zu machen, damit er die restlichen Betas herausholen konnte.

»Ich ... bin jetzt weggetreten«, sagte er zum Schluss, dann wurde er ohnmächtig.

17

»Zeit aufzuwachen, alter Mann.« Jemand tätschelte ihm die Wange, und er versuchte vergeblich, die Hand wegzuschlagen.

»Lass mich.«

»Keine Chance. Auf mit dir!«

Ein heftigerer Schlag, Orloff hob die Lider und erkannte Centurions dunkle Augen über sich.

»Er hat euch rausgeholt«, sagte er erleichtert und ließ zu, dass sein Stellvertreter ihm half, sich aufzusetzen.

»Nein, das warst du. Du hast dir dabei beinahe dein Hirn und deine Pumpe gleich mit weggeknallt.«

»Gibt Schlimmeres ...« Beispielsweise den gewaltigen Kater, den er verspürte. Er musste heftig schlucken, um nicht gleich loszukotzen.

»Er ist bei sich!«

Die Betas umringten ihn. Laury drängelte sich zwischen ihnen durch, kniete neben ihm nieder und kontrollierte seine Vitalfunktionen.

Orloff erkannte, dass sie sich ein Stück von der Höhle entfernt befanden, am Rand des zerstörerischen Einflusses. Abgesehen von dem Kater fühlte er sich ganz gut, er schien nicht mehr zu halluzinieren.

Die Betas überfielen ihn mit Fragen, die er in seinem desolaten Zustand kaum erfassen konnte.

»Wie hast du das gemacht, Boss?«

»Es ist doch einfach unmöglich, dass du uns da rausgeholt hast!«

»Ich bin völlig durch den Fleischwolf gedreht, mir ist jetzt noch schlecht.«

»Und dann hat er mich auch noch rausgeschleppt!«

Orloff hob die Hände. »Bitte ... langsam. Mir ist noch ein wenig ... schwindlig.«

»Kein Wunder.« Laury untersuchte seine Augen. »Der Cocktail, den du dir verabreicht hast, hätte einen Drei-Tonnen-Pelasagus umgebracht.«

»Übung macht den Meister«, brummte er selbstironisch. »War die einzige Chance.«

»Du bist haarscharf an einem Herzstillstand vorbeigeschrammt, und dass du keinen Gehirnschlag erlitten hast, kann man nur als unglaubliches Glück bezeichnen.« Laury wagte es offenbar nicht mehr, ihm noch etwas zu geben, sondern beschränkte ihre Behandlung auf Schläfenmassage, die aber guttat.

Orloff sah zu Pandor hoch. »Danke, dass du sie rausgeholt hast.«

»War kein Problem, nachdem wir dank dir wussten, wie wir dagegen angehen müssen«, erwiderte der Bär-Beta. »Laury hatte einige von den Abschirmkristallen dabei, weil sie Angst hatte, dass sie irgendwie abhandenkommen könnten. Weißt ja, wie paranoid sie manchmal ist.«

»Was nicht schadet«, sagte sie und sah ihn mahnend an.

Orloff begriff. Sie hatte Sorge wegen des Verräters.

»Jedenfalls haben die geholfen, den Einfluss zu neutralisieren, und dazu eine Injektion, wie du vorgeschlagen hattest, das hat mich stabilisiert. Hab mich trotzdem beeilt, denn die Strahlung kroch durch Ritzen und Poren in mich rein, hätte mich nach 'ner Weile doch erwischt.«

Orloff fühlte sich wieder einigermaßen fit und stand auf. »Die Kristalle hatte Ellis im Film erwähnt, das ist der herausgeschnittene Teil. Aber von dem Riesending in der Höhle hat er nichts mehr erfahren, und deswegen haben die uns hergeschickt. Sie haben schon etwas in der Art vermutet und gehofft, dass wir es klären.«

»Und was werden wir tun?«, wollte Amrit wissen. »Ich hätte ja gern eine Probe davon, aber da gehe ich nie wieder rein.« Es schüttelte sie. »Was ich gesehen oder vielmehr halluziniert habe, ist unbeschreiblich. Ich hoffe, dass ich die Erinnerung daran jemals wieder aus meinem Kopf bekomme. Ich war überhaupt nicht mehr bei mir.«

»Ich würde diese Höhle am liebsten mit einer Sprengung versiegeln«, antwortete Orloff. »Aber wir wissen nicht, welche Bedeutung sie für die Onyx hat, also unterlassen wir das. Immerhin weiß die Höhle sich selbst zu schützen. Und wir werden das Geheimnis bestimmt nicht verraten.«

Darin stimmten die anderen ihm zu. »Nicht auszudenken, wenn sich ein Kon die Kraft dieses Kristalls zunutze macht«, sagte Laury.

Orloff nickte. »Deswegen werden wir alle aussagen, dass wir nur ein paar Meter reingekommen sind und dann unverrichteter Dinge umkehren mussten, weil der Gang eingestürzt war. Dabei sind weitere Teile herabgefallen und haben uns in Bedrängnis gebracht, was unseren desolaten Zustand erklärt.« *Vor allem meinen*, fügte er in Gedanken hinzu. Ihm war sterbenselend, aber er durfte es sich nicht anmerken lassen und hoffte, dass ihm das gelang. »Wir haben nicht herausgefunden, was geschehen ist, haben die sterblichen Überreste draußen geborgen, aber für die Eingeschlossenen da drin nichts tun können. Das war auch der Grund für Ellis' Panik im Film, er ist gerade noch rausgekommen. Was hier draußen geschehen ist, können wir nicht mehr rekonstruieren, es ist aber anzunehmen, dass die Onyx dafür verantwortlich sind. Womit wir elegant wieder bei der Wahrheit wären.«

»So werden wir es machen«, bestätigte Centurion. »Man hat uns von Anfang an belogen und uns wichtige Informationen vorenthalten, nun setzen wir das nur konsequent fort.«

Orloff aktivierte sein Armband. »Und ich lösche jetzt alle Dateien in diesem Zusammenhang, die Karte und den Filmausschnitt sowie alle Aufzeichnungen, damit der Weg hierher gar nicht erst wiedergefunden werden kann. Ich habe vorsorglich alles nur hier auf einem externen Chip gespeichert.« Und klugerweise hatte er mit niemandem außer den Anwesenden darüber gesprochen, wohin sie fahren würden und wie weit.

Es zeigte sich einmal mehr, dass sie bei dieser Mission gar nicht paranoid genug sein konnten. Orloff musste sehr genau überlegen, wie sie heil aus dieser Sache rauskamen – und dann, als zweite Priorität, nicht ruiniert wurden.

Er wurde das Gefühl nicht los, dass eine zweite Tau-Ceti-Prime-Nemesis immer näher rückte.

»Mit den anderen Kristallen haben wir genug Ausbeute«, fügte er hinzu, »und auch da habe ich schon moralische Bedenken. Ich will mir gar nicht erst ausmalen, was die mit dem Teil hier anstellen würden.«

Erst am späten Nachmittag kehrten sie zurück. Orloff konnte sich kaum mehr auf den Beinen halten, aber er weigerte sich, sich hinzulegen. Zuerst wollte er über alles informiert werden.

Ella und Chuck hatten draußen ein Zeltdach gespannt, Tisch und Stühle darunter gestellt und sorgten dafür, dass sie alle etwas zu essen und zu trinken bekamen. Trotz der Synth-Pampe war es weitaus angenehmer, hier draußen zu sitzen und sich etwas Erholung zu gönnen.

Tritus hörte sich Orloffs Bericht an, ohne sich anmerken zu lassen, ob er dem Glauben schenkte. Er stellte so gut wie keine Fragen.

Die Säcke mit den Knochen wurden in den Frachtraum gebracht und dort zusammen mit den Resten aus dem Camp in einer Kühlkammer gelagert.

Orloff rief derweil die *Universal Pax* an. »Habt ihr da oben so etwas wie ein Shuttle?«

»Eine Landefähre«, antwortete Sennen. »Soll ich Arva und Hugh nach unten schicken? Brauchen Sie noch Techniker? Franka und ich bleiben am besten mit dem Schiff hier oben und überwachen weiter den Raum und eure Lage da unten. So langweilig es auch ist, und wir verpassen den tollen Planeten. Aber wir werden eingreifen, sobald es bei euch brenzlig wird.«

»Nur die beiden«, antwortete Orloff. »Wir haben genug Techniker hier unten – nur keine Technik mehr, mit der sich noch etwas anfangen ließe. Guter Vorschlag, oben zu bleiben, Sennen. Die Situation hier unten kann nach dem bisherigen Stand der Dinge sehr schnell eskalieren.«

»Danke, Sir.« Es klang erfreut.

»Können Sie nicht Ihr Schiff hinaufschicken im Austausch

gegen meins?«, beschwerte sich Tritus. »Wissen Sie, was diese Jacht kostet – und ich habe keine Möglichkeit, sie zu nutzen?«

»Sie haben doch sowieso keinen C dafür hingelegt«, erwiderte Orloff. »Wir können mit der *Gradivus* hier unten besseren Schutz bieten, außerdem haben wir die gesamte Ausrüstung.«

»Wir haben zusammengestellt, was Sie noch benötigen könnten, Sir«, erklang Frankas Stimme. »Marco und ich halten die Stellung und Ihnen den Rücken frei, seien Sie unbesorgt.«

»Aus euch beiden werden am Ende noch richtige Justifiers«, brummte Orloff und beendete die Verbindung, ohne zu ahnen, dass er damit kein größeres Kompliment hätte machen können.

Für einen Moment saß er mit halb geschlossenen Augen still da und rieb sich Stirn und Nasenwurzel. Der Mediator nahm das als Anlass, sich zu entfernen. Laury und Amrit zogen sich ins Labor zurück, um mit den Analysen fortzufahren.

»Brauchst du etwas?«, fragte Ella schließlich.

»Ja, ein Dutzend Kopfschmerztabletten«, murmelte er und hob gleich die Hand. »Vergiss es. Ich habe so viel intus, das reicht vermutlich für ein Jahr.« Er richtete den Blick auf sie. »Was gibt es von euch zu berichten?«

»Das Schiff ist wieder im Top-Zustand«, antwortete Ella. »Uns ist ein bisschen langweilig.«

»Das werde ich gleich ändern. Sobald die Fähre gelandet ist, nehmt ihr sie und schaut euch ein bisschen um. Ihr habt morgen den ganzen Tag. Euer Auftrag lautet: Findet die Onyx!«

»Was denn – wir beide?«, rief Chuck.

»Ja. Aries kann die Wache übernehmen. Wir werden in nächster Zeit sowieso keinen Notstart hinlegen. Außerdem seid ihr gegebenenfalls schnell zurück.«

»Na ja, der Planet ist groß – das kann schon ein paar Stunden dauern.«

»Dann fliege *ich* die Kiste und fange euch unterwegs ein. Wozu bin ich Pilot?«

»Oje ... äh ... ich meine, aye, aye, Kommandant.«

Ella und Chuck gingen begeistert los, um die Fähre zu einem Landeplatz zu dirigieren.

Orloff richtete die Aufmerksamkeit jetzt auf Aries. »Das Portal?«

»Ist einsatzbereit«, antwortete der Widder-Beta prompt. »Wir kämpfen jetzt mit der Blackbox, bisher ohne Ergebnis.«

»Gut, macht damit weiter. Wer nicht gebraucht wird, soll weitere Kristalle aus der Schlucht holen und ein Lager im Frachtraum aufbauen. Centurion, Pandor, ihr geht mit Malox in den Umkreis und macht euch kundig, was es hier sonst noch alles gibt. Flora, Fauna, was ist ess- oder verwertbar, wir müssen Daten sammeln. Und wenn es etwas besonders Köstliches gibt, will ich es auf meinem Teller, gesotten, gebraten oder gegrillt, und gut gewürzt.«

»Werden die Onyx nicht etwas dagegen haben?«

»Scheiß auf die Onyx. Die verarschen uns hier nach Strich und Faden. Wird Zeit, dass wir sie mal ein bisschen aus der Reserve locken.«

»Du bist der Boss.«

»Ein stinkwütender Boss. Heute werdet ihr nicht mehr viel anstellen können, aber ihr könnt schon mal das Gebiet rastern und den Einsatz planen. Ebert und Murani haben heute und morgen hier Wache.«

Orloff saß jetzt allein am Tisch. Die Sonne ging bereits unter; heute flogen Ella und Chuck jedenfalls nicht mehr los, aber morgen war schließlich auch noch ein Tag.

Die Fähre war bereits im Anflug. Damit hatte er Tritus wenigstens vom Hals, der nun seine beiden Angestellten schikanieren würde, aus Rache für die erlittene Ungemach.

Ach ja, sie hatten nur noch eine Gastkabine, wenn er sich recht erinnerte. *Falsch*, korrigierte er sich, *die Unterkunft von Paul Mars ist auch frei geworden. Laury wird sie schon unterbringen.*

Levia Magath näherte sich auf ihre lautlose Weise, doch als sie unmittelbar vor ihm stand, war ihre Präsenz deutlich zu spüren.

»Was ist bei der Höhle wirklich geschehen?«

Richtig, sie war ja Psionikerin. »Lesen Sie doch in meinen Gedanken«, antwortete er müde.

»Sie wissen, dass ich das nicht kann.«

»Richtig, sonst hätten Sie mir schon den Mörder von Mars präsentiert. Oder Sie stecken mit ihm inzwischen unter einer Decke, wer weiß.«

Sie verzichtete auf eine Antwort. »Aber ich kann spüren, dass Sie gelogen haben, und zwar alle miteinander.« Sie setzte sich ihm gegenüber.

Orloff lehnte sich zurück. »Das hat seine Gründe«, entschied er sich zu einer Antwort. »Ebenso, wie ich alle Daten gelöscht habe, die auf den Standort der Höhle hinweisen. Wir haben erlebt, was der Film nicht gezeigt hat, und dabei werden wir es ein für alle Mal belassen.«

»Wie haben Sie überlebt?«

»Ich bin nicht sicher, ob ich das überhaupt habe, oder die anderen. Möglicherweise sind das die letzten Zuckungen meines verschmorten Gehirns, bevor es endgültig abstirbt.«

Sie gab sich noch nicht zufrieden. »Ich könnte es Ihnen befehlen. Die Befugnis dazu habe ich.«

»Sie können mich mal«, erwiderte er. »Die Befugnis dazu kriegen Sie von mir.«

»Ich kann Ihnen bei der Rückkehr Schwierigkeiten mit meinem Bericht bereiten.«

»Was glauben Sie, wie scheißegal mir das ist?«

Sie musterte ihn schweigend. »Ja, das war zu vermuten. Es ist nicht übertrieben, was in Ihrer Akte steht.«

Er lachte trocken. »Das interessiert mich noch weniger.«

»Na schön«, gab sie nach. »Belassen wir es dabei – *vorerst.*«

»Dann stelle ich jetzt mal eine Frage an Sie. Glauben Sie ernsthaft das Gerücht über meinen angeblichen Bruder?«

»Nun, es steht in der Akte ...«

»Da steht viel drin. Haben Sie denn, nachdem Sie sich ohnehin über alles schlaugemacht haben, herausgefunden, wer er ist? Wo er steckt?«

»Nein«, gestand sie.

»Sehen Sie. Genau das ist so eine Akte wert. Eine Mischung aus Wahrheit und Annahme, und Sie müssen herausfinden, was wozu gehört.«

Orloff hob die Hände. »Damals, als der Skandal um meinen Vater begann, erfand ein Medienreferent dieses Gerücht, um der Tragik der Geschichte mehr Tiefe zu verleihen. Er bauschte die Sache auf. Und nichts hält sich hartnäckiger als ein Gerücht, das nicht bewiesen werden kann.«

»Ich verzichte jetzt darauf, in Ihrem Gehirn nachzuforschen, ob das die Wahrheit ist.«

»Tun Sie es doch. Nur zu! Sie werden momentan ohnehin nur gut durchgequirlten Brei darin finden, Übelkeit und Schmerzen.«

Magath seufzte ziemlich menschlich. Vielleicht war sie doch kein Roboter. »Sie sind ...«

»Ersparen Sie es uns beiden.«

»Ich nehme Ihre fortgesetzte Feindseligkeit zur Kenntnis.«

»Gut, dann sind wir hier fertig.« Orloff stand auf. »Lektion beendet. Wir sehen uns morgen.«

Steif und mit letzter Kraft ging er die Rampe hinauf. Morgen würde er wieder fit sein, aber heute konnte er nicht mehr. *Ich bin ein Wrack*, dachte er wütend. *Und viel schlimmer, ich habe es nicht gemerkt. Habe meine Eltern abgeurteilt, und dabei bin ich um keinen Deut besser. Versunken in Selbstmitleid und Selbstaufgabe. Danke, du scheinheiliger Scheißplanet, für diese Lektion.*

Auf dem Weg zu seiner Unterkunft dachte er an Magath. Keine Ahnung, was an dieser Frau dran war, aber er schaffte es einfach nicht, sie als Feind zu betrachten.

In den nächsten beiden Tagen befassten sie sich weiter mit der Erkundung und Katalogisierung des Planeten. Die *Universal Pax* nahm Daten über das gesamte System auf und forschte nach, ob auch die anderen Planeten Lohnenswertes zu bieten hatten.

»Zoldan wird zufrieden sein«, stellte Amrit am nächsten Morgen fest und wirkte zuversichtlich. »Und ... wir haben den Mediator dabei. Da wird er sich doch an sein Wort halten?«

»Tritus wird uns nicht verteidigen«, sagte Orloff. »Er hat keinen Grund dazu.«

»Wir müssen unseren nächsten Einsatz besprechen«, sagte Centurion und bat Orloff, mit ihm zu kommen.

»Auffälliger ging es nicht?«, fragte der Oberleutnant, als sie ein wenig abseits standen.

»Das war beabsichtigt. Jemand funkt da hinaus.« Centurion deutete zum Himmel. »Und nicht etwa zur *Universal Pax*. Ich will, dass sich derjenige Gedanken macht, worüber wir uns gerade unterhalten.«

»Was sagen die beiden Piloten da oben dazu? Sie müssen das Signal doch auffangen.«

»Haben sie. Ich hatte sie beauftragt, darauf zu achten und nur mir zu berichten. Sie suchen gerade, wohin dieses Signal geht; und wie es aussieht, hat jemand eine Hänsel-und-Gretel-Spur auf unserem Anflug hierher gelegt.«

»Warum ist uns das nicht aufgefallen?«

»Weil keiner darauf geachtet hat. Wir hatten anderes zu tun.«

»Also bekommen wir bald Besuch.«

»Sieht so aus. Wir sollten packen und abhauen.«

Orloff dachte nach. Der Kreis um den Mörder und Verräter zog sich enger. Einer der Techniker. Also kamen insgesamt sechs Personen einschließlich Aries infrage.

»Und die Onyx denen überlassen? Ausgeschlossen.«

»Dann schick wenigstens einen durch das TransMatt, um das Schürfrecht eintragen zu lassen.«

»Centurion, wir können das Schürfrecht nicht eintragen lassen, solange wir nicht mit den Onyx geredet haben.«

»Dann geh eben du und sprich mit Zoldan! Fordere Unterstützung an, Orloff! Oder das ganze System wird bald brennen.«

Bevor Orloff antworten konnte, meldete sein Armband einen Anruf von Aries. »Chef, das TransMatt wurde sabotiert. Wir können es reparieren, aber das dauert.«

Orloff presste die Lippen aufeinander. Er stellte auf stumm. »Der Schweinehund ist uns zuvorgekommen«, sagte er leise zu Centurion. »Er erwartet bereits seine Freunde und will verhindern, dass wir verschwinden.«

»Aber wer?«, gab der Stier-Beta ebenso leise zurück.

»Mach dich an die Arbeit, Aries«, gab Orloff über Funk durch. »Irgendeinen Verdacht, wer das war?«

»Könnten die Onyx gewesen sein, die Handschrift ist recht ähnlich.«

»Ich will, dass du alles aufzeichnest und sofort als Kopie auf mein persönliches System überspielst. Den Übertragungscode gebe ich dir durch.«

Und wieder wurde er unterbrochen, bevor er etwas zu Centurion sagen konnte.

Ella schrie aus der Fähre: »Kommandant! Wir sind auf dem Rückweg – wir haben die Onyx gefunden!«

18

Sie nahmen das Shuttle, denn in der Fähre hatten sie nicht alle Platz. Orloff nahm von seinen Leuten Laury, Centurion und Amrit mit, Ella fungierte als Pilotin. Tritus war zusammen mit Arva und Hugh an Bord gegangen, und Levia Magath durfte auch nicht fehlen.

Der Rest blieb in höchster Alarmbereitschaft beim Schiff, und die *Universal Pax* bezog Position über den von Ella genannten Koordinaten.

Das Shuttle flog dicht über dem Blätterdschungel dahin; das Ziel befand sich in etwa zwei Flugstunden Entfernung.

Inmitten eines Felsengebirges ruhte ein ausgedehntes Tal mit weit auseinanderstehenden Bäumen, Flussläufen und blühendem Buschwerk. Eine Idylle im Paradies, tatsächlich eine Steigerung. Hier gab es ähnlich wie in der Schlucht ein großes Mineralvorkommen, aber nicht nur das.

»Was ist das?«, entfuhr es Korben, und seine Augen weiteten sich staunend.

Sie steuerten auf einen riesigen Glaswald zu, mit integrierten Konstruktionen, die nicht natürlichen Ursprungs sein konnten – falls es der Wald überhaupt war.

»Es ist viel faszinierender«, stellte Amrit andächtig fest.

»Das ist ... *Glasmetall*. Und zwar von solcher Dichte und Beschaffenheit, wie ich es noch nie erlebt habe.«

»Sie können es bearbeiten und haben das hier gebaut«, sagte Tritus. »Also doch eine Zivilisation, aber auf einem technischen Standard, der sich in keiner Weise mit unserem vergleichen lässt. Die Kristalle liefern die Energie und was sonst noch. Das Niveau kann man jedoch gut bewerten – es ist hoch.«

»Aber wo sind sie?«, fragte Arva. »Ich sehe keine Lebewesen.«

»Die Vitalspürer zeigen auch nichts an«, meldete Laury, »aber das ist bei der Menge an den diesen Wald umgebenden Kristallen kein Wunder. Wie in aller Welt habt ihr das entdeckt, Ella?«

»Ehrlich gesagt, ich glaube, die haben uns angelockt«, antwortete die Pilotin. »Wir entdeckten beim Überfliegen eine Spiegelung, sind eine Weile gekreist, weil es uns komisch vorkam, und dann identifizierten wir es als Signal, weil es eindeutig rhythmische Zeichengebung war und nicht auf Windverhältnissen beruhte, durch die etwas Spiegelndes bewegt wurde.«

»Die haben sich Zeit gelassen, aber immerhin kommt die Sache endlich in Schwung.« Tritus wirkte angespannt. Kein Wunder, denn jetzt kam es auf ihn an. Gut, dass er Lampenfieber hatte, dann war er nicht zu selbstsicher und mehr gewillt, auf sein Gegenüber einzugehen.

»Da sind regelrechte Kunstwerke darunter«, schwärmte Amrit. »Wundervolle Formen. Die haben einen Sinn fürs Ästhetische.«

»Und alles ist miteinander verbunden und hängt zusammen«, fügte Laury hinzu.

Schätze, wir werden keinen Vertrag schließen können, dachte Orloff resignierend. *Die sind hoch entwickelt ... wenn nicht höher als wir. Die lachen uns doch nur aus. Und da wir sie nicht sehen können, können wir sie nicht einmal abballern. Wir haben nichts in der Hand.*

Das Shuttle landete etwa hundert Meter abseits von der »Kristallstadt«, wie Laury sie bezeichnet hatte, auf einem freien Platz.

Langsam näherte sich die Truppe der gläsern funkelnden Formation, Orloff und Tritus gingen voran. Bisher rührte sich nichts, und sie sahen keine Bewegung, auch nicht die typischen huschenden, sekundenkurzen Schemen.

Am Rand des ersten Glasbaums blieb Tritus stehen. »Wir warten, bis sie auf uns zukommen. Bitte verhaltet euch alle ruhig.«

Orloff merkte, dass sein Armband nicht mehr funktionierte. Auch die anderen meldeten, dass sämtliche technischen Geräte ausgefallen waren. Genau wie bei der Höhle; also gab es hier ähnliche Kristalle, die Störfelder ausstrahlten.

»Einer sollte beim Shuttle Wache halten«, sagte er.

»Ich gehe schon«, erklärte Ella und wollte sich umdrehen, da sagte Tritus: »Besser nicht. Das könnten sie als Aggression werten.«

»Aber wenn die im Lager Schwierigkeiten kriegen, können sie uns nicht erreichen«, erwiderte die Pilotin. Sie ging los und hielt abrupt an. »Sie sind dort. Bei *meinem* Shuttle!« Ein obszöner Fluch folgte.

Orloff drehte sich um und sah ein Flimmern um das Shuttle und kurzzeitig dunkle Schatten. Tritus hatte recht gehabt. Sie konnten jetzt nicht einfach wieder weg.

»Warten wir eben«, sagte er zu Ella. »Die werden deinem Shuttle schon nichts antun.«

»Das hat der Einsatzleiter im Camp bestimmt auch gesagt, bevor alles vernichtet wurde«, versetzte sie spöttisch, fügte sich aber.

»Korben, nun schlägt Ihre große Stunde, nachdem wir keine Aufzeichnung machen können«, sagte der Mediator. »Schaffen Sie das?«

»Ich habe mich vorbereitet, Sir«, antwortete der Protokollar. »Mein organischer Speicher ist aufnahmebereit.«

»Ich ebenfalls«, erklärte die Assistentin.

Und dann kamen sie.

Sehr schlanke, hohe Gestalten von humanoider Form, und wie bei den Strichmännchen in Orloffs Kopf war ihre Haut schwarz und wie glatt poliert, stark glänzend, mit feinen weißen Maserungen.

Sie waren zu acht und bewegten sich anmutig, fast schwebend auf die Wartenden zu. Es waren keine Gesichter erkennbar, die Erscheinungsform insgesamt war völlig konturlos. Und dennoch ... dennoch gewissermaßen vertraut.

»Aha ... wie interessant«, äußerte Tritus, doch er sah keineswegs so gelassen aus, wie er klang.

Orloff fuhr herum. »*Deshalb* also!«, fauchte er. »Ihre Auftraggeber haben es *gewusst!* Sie haben die Onyx *doch* auf dem Film gesehen!«

Levia Magath zeigte wie stets keine Regung. »Ja«, antwortete sie schlicht.

»Sie haben gelogen!«

»Ich habe gesagt, was mir aufgetragen wurde. Dazu muss-

te ich mich verpflichten. Das ist keine persönliche Angelegenheit.«

»Für mich schon! So bin ich noch nie übergangen worden!«, röhrte Tritus. »Die haben Sie also modifiziert, damit
etwas ... Vertrautes mit dabei ist?«

»Sie hätten es mit Ihnen getan, aber Ihre Körperform eig-
nete sich nicht dafür«, erwiderte Magath. »Ich wurde speziell dafür ausgesucht, weil meine Statur einigermaßen
gepasst hat. Mein optisch aufgewerteter Mund dient als
Signalwirkung für unsere Lautsprache. Lediglich meine
Augen und die Haut mussten modifiziert werden. Kein Problem für ...« Sie unterbrach sich.

»Ja? Für wen? Raus damit!«, forderte Orloff sie auf.

»Unwichtig.«

»Sie sagen es jetzt, oder ich vergesse mich.« Langsam zog
er seine Handwaffe.

»Sie ... Sie sind bewaffnet?«, keuchte der Mediator. »Trotz
meiner strikten Anweisung?«

»Ja, und jetzt wissen Sie auch, warum.«

»Sie gefährden alles!«

»Nein, Magath gefährdet alles. Also, Missions-Sonderbeauftragte, suchen Sie es sich aus, Kugel oder Laser, oder bei-
des zusammen.« Der Laser funktionierte vermutlich nicht,
aber die Kugeln schon. Es war immer gut, alle Eventualitä-
ten einzuplanen. Er entsicherte die Waffe und richtete sie
auf Magath. »Für wen arbeiten Sie? Arbeiten *wir*?«, verbesserte er sich.

Sie zögerte.

»Kindchen, reden Sie!«, bat Tritus nervös. »Ich würde Ihnen ja lieber den dürren Hals umdrehen, aber die sind
gleich da, und das wäre ein ganz schlechter Beginn.«

»Sie werden nicht schießen«, sagte Magath zu Orloff.

»Ich würde nicht drauf wetten«, knurrte er. Er bewegte die Hand leicht auf und ab, vom Kopf zur Brust, und nahm deutlich erkennbar Maß.

»Scheiße, Magath, Sie kennen Orloff nicht so gut wie ich, der tut's!«, rief Ella. »Unter dieser weichen Schale steckt ein knallharter, desillusionierter Kerl. Und wenn er so richtig sauer ist, wie Sie ihn gerade gemacht haben, ist ihm alles egal.«

»Es kann nicht Ihre Aufgabe sein, sich erschießen zu lassen, bevor wir mit der Kontaktaufnahme überhaupt begonnen haben«, fuhr der Mediator fort. »Lieber den Auftraggeber verraten, als mit leeren Händen vor ihn zu treten.«

Levia Magath wirkte zum ersten Mal beunruhigt. Sie schien allmählich zu begreifen, dass ihr Leben nur noch an einem seidenen Faden hing. Sie las es in Orloffs Augen, dazu brauchte er keine Worte, das wusste er.

»IJAS«, sagte sie.

Alle schnappten nach Luft.

»Also *doch* der Irak?«, stieß Tritus fassungslos hervor. Bei einer solchen Eröffnung ließ sogar er Professionalität vermissen. »*Nicht SternenReich?*«

Orloff ließ die Waffe sinken. Er hatte das Gefühl, als würde ihm der Boden unter den Füßen weggezogen. »Kein Wunder, dass Zoldan diese Geheimhaltung verlangt. Das ist Hochverrat ... noch dazu in der gegenwärtig angespannten politischen Lage!«

Mit zitternder Hand steckte er die Waffe ein. Ihm war schwindlig. Das hier war das Schlimmste, was jemals passieren konnte, was er trotz pessimistischster Sichtweise nicht vorausgesehen hatte.

Und es bedeutete, dass sie nie wieder zurück auf die Erde durften, weil diese Sache sonst nicht geheim bleiben *konnte*. Spätestens ab dem Moment, wenn IJAS die Schürfrechte beanspruchte und die erste Überweisung an Orloff und sein Team getätigt wurde, flog alles auf.

Und genau deshalb würden sie niemals in den Genuss des Geldes kommen.

Sie waren tot, alle miteinander.

Das hatte Zoldan also geplant. Sie sollten nie zurückkehren! Genau deswegen hatte er der Vereinbarung mit Orloff zugestimmt, weil er wusste, dass die Justifiers sie gar nicht mehr einfordern konnten!

Wahrscheinlich ... wahrscheinlich hatte er sie alle inzwischen auch an *SternenReich* verkauft, um die Anklage des Hochverrats zu vermeiden. Den Soldaten aufgetragen zu warten, bis die Drecksarbeit erledigt war, und sie dann zu beseitigen. Aus diesem Grund hatte er einen von ihnen zum Verräter gemacht, und Mars war ihm draufgekommen und hatte dafür mit dem Leben bezahlt.

Was für ein ... nein, nicht einmal ein Abwasserkanal konnte so viel Schmutz und Dreck mit sich führen.

»*Falls* Zoldan auf eigene Rechnung arbeitet, was ich nicht glaube. Ich denke, die gesamte FEC steckt da sauber mit drin, und er organisiert alles.« Der Diplomat schüttelte resigniert den Kopf. »Und das mir. Ich muss mir inzwischen so viele Feinde gemacht haben, dass sie das als willkommene Gelegenheit genutzt haben, um mich loszuwerden. Genauso wie Sie, mein Freund Orloff.«

Das wäre möglich, denn »der Senator« durfte hierbei nicht vergessen werden. Vielleicht war es nicht Zoldans Initiative gewesen, sondern er war diesmal nur ein Handlanger – Orloff wollte es für ihn hoffen. Denn andernfalls wäre seine letzte Handlung, sollte er die Erde lebend erreichen, Sebastian umzubringen. Und wenn Orloff einen solchen Entschluss gefasst hatte, gab es nichts und niemanden, der ihn daran hindern konnte. Ein einmal angestrebtes Ziel verlor er nie mehr aus den Augen. Und egal, welche Sicherheitsvorkehrungen getroffen wurden, er überwand sie.

Er war von Tau Ceti Prime zurückgekehrt, er würde von Noxus 1 zurückkehren.

Das wusste Zoldan.

Und trotzdem hatte er das getan!

»Das heißt, der Irak ... ist gar nicht der Konkurrent, sondern ... ja, wer ist es denn dann?«, fragte Ella.

»*SternenReich,* wer denn sonst?«, sagte Orloff müde. »Genau wie wir vermutet hatten, nur mit falschen Vorzeichen. Verflucht soll Zoldan sein. Ich hätte mich niemals darauf einlassen dürfen. Ihr wisst, was das bedeutet?«

Er sah den Gesichtern seiner Leute an, dass sie es genauso wie er begriffen hatten.

»Abservierung statt Abfindung«, sagte Centurion nüchtern.

»Aber ... so weit würde Zoldan doch nie ...«, stammelte Laury. »Ich meine, er ist ein Bastard, aber *das* ...«

Orloff zuckte die Achseln. »Vielleicht ist es vordergründig auch gar nicht er, sondern der Senator, den ich damals getroffen hatte. Aber das spielt für uns keine Rolle, das Ergebnis bleibt dasselbe. Die haben uns Alte geschickt, weil man leicht auf uns verzichten kann. Wir sind alle tot. Und niemand wird eine Schweinerei dahinter vermuten, sondern davon ausgehen, dass wir einfach zu alt für den Einsatz gewesen waren. Falls man überhaupt je erfährt, dass wir auf Mission gegangen sind.«

»Augenblick mal, da habe ich noch ein Wörtchen mitzureden«, sagte Tritus. »Mit mir kann man nicht derart umspringen. Ich *werde* uns alle sicher zur Erde bringen – und zwar zur Hauptzentrale der IJAS. Dann laufen wir eben über, was soll's. Denken Sie, ich habe deswegen ein schlechtes Gewissen? Wirklich nicht.«

»Sie wollen *uns* mitnehmen?« Centurion schnaubte ungläubig.

»Ja, mein Bester, denn bisher war ich voll auf euch angewiesen, und ich bin es noch. Erst mal müssen wir heil die Erde erreichen, bevor ich die Sache übernehmen kann, und dafür brauche ich euch. Ich habe mich bisher auf euch verlassen können, und wenn wir die Erde erreichen, werde ich das honorieren. Hätte außerdem nichts dagegen, euch fest als meine Leibgarde zu engagieren. *Und* ich bin stinksauer. Ich werde Zoldan und dem anderen Lackaffen das Genick brechen.«

»Da sind wir mit an Bord«, stieß Ella grimmig hervor »Und wenn der Irak uns weiterhin so gut ausstattet wie bisher, habe ich ebenfalls keinerlei Hemmungen überzulaufen. Bisher sind wir doch jedes Mal nur gefickt worden von diesem aussätzigen Scheißkerl, und das geht jetzt zu weit.«

»Also gut, sie sind da«, sagte Orloff nach einem Blick zu der sich nähernden Gruppe und hob beschwichtigend die Hände. »Machen wir jetzt unseren Job. Sie auch, Magath. Dafür sind Sie schließlich mitgekommen. Zeigen Sie mal, was Sie draufhaben und ob Ihr Aussehen wirklich Eindruck auf die macht.«

»Wir sollten abhauen«, sagte Amrit.

»Nein, wir ziehen das durch«, erwiderte Orloff. Am liebsten hätte er gekotzt. »Die werden uns nicht in Ruhe lassen, sie werden uns suchen und ausknipsen, egal, wo wir hingehen. Deshalb müssen wir unbedingt Erfolg haben mit unserer Mission und so schnell wie möglich einen von uns zur IJAS wegen der Schürfrechte schicken.«

»Kommen Sie«, sagte Magath zu Tritus. »Wir sind dran.«

»Verflucht«, stieß Marco hervor. »Wir bekommen Besuch.«

»Das haben wir doch gewusst«, erwiderte Franka.

»Aber nicht mit *dem* Logo.«

Zwei Schiffe näherten sich ihnen, und Franka wurde blass, sie erkannte sie schon an der Bauform.

»*SternenReich?* Aber ... ich dachte, wir arbeiten für die?«

»Tja, tödlicher Irrtum.« Marco hämmerte auf den Feldern herum. »Ich kriege keine Verbindung zu Holden!«

»Wahrscheinlich die Kristalle da unten. Sollen wir Rauchzeichen geben?«

»Deine Ruhe möchte ich haben!«, schnauzte er.

»Ruf die *Gradivus* und lass uns hier abhauen«, schlug sie weiterhin gelassen vor. »Wir könnten mit unserer Position nicht besser auf die da unten hinweisen.«

»Du hast recht. Nimm Kontakt auf.« Marco beruhigte sich, so wurde man schließlich kein Justifier. Und er wollte sich Holdens Lob nicht verscherzen.

Während Franka die *Gradivus* anrief, nahm die *Universal Pax* Fahrt auf und Kurs auf die andere Seite des Planeten. Gleichzeitig stellte Marco Berechnungen an, wo sie sich verstecken konnten. Landen? In die Nähe der Sonne fliegen? Einen der anderen Planeten als Deckung verwenden?

»Marron hier, was gibt's?«

»Chuck, sie sind da!«

»Tolles Timing.«

»Das ist auch kein Zufall. Und es ist *SternenReich!*«

»Wa... bei allen Schwanzlurchen, das ist schlimmer als alles andere. Die sind uns in jeder Hinsicht haushoch überlegen. Wie viele sind es? Warte, ich sehe es gerade selbst. Zwei. Das geht, ist aber trotzdem zu viel. Reicht, um den ganzen Planeten in die Luft zu jagen. Wir müssen die anderen sofort zurückbeordern!«

»Kein Kontakt. Ich entferne mich gerade von der Position, um nicht mit dem Leuchtpfeil auf sie hinzuweisen.«

»Okay. Ihr werdet nicht nur das tun, sondern euch sofort vom Acker machen.«

»Was soll das heißen?!«

»Ihr unternehmt den LSP und fliegt zur Erde. Sagt Zoldan, was hier läuft.«

Franka lachte laut. »Chuck, entschuldige, ich bewundere dich wirklich sehr, aber bist du ernsthaft so naiv? Der hat uns doch verladen!«

Stille.

»Fuck«, kam es dann. »Klar. Wir können gar nicht mehr zurück, weil sie uns dort genauso alle machen werden. Also dann, versteckt euch irgendwo, und ... na ja, sucht euch einen schönen friedlichen Planeten. War nett mit euch. Lebt wohl!«

»Aber ...«

»Süße, ihr könnt hier nichts mehr ausrichten. Die sind hier, um uns umzubringen. Gibt keinen Grund, dass ihr mit draufgeht, ihr seid nur zufällig da reingeraten.«

Marcos Schiff befand sich jetzt hinter dem Planeten. Mit verbissenem Gesicht setzte er einen Kurs, zunächst aus dem

System raus, irgendwohin in Sicherheit, bevor sie sich neu orientieren würden. Mit dem Schiff standen ihnen alle Möglichkeiten offen.

»Die werden uns verfolgen«, flüsterte Franka.

»Nein. An uns sind die nicht interessiert, wir sind zu kleine Lichter. Die lassen uns gehen.«

»Aber der Mediator sollte doch bei uns ...«

»Franka, jetzt bist du naiv. Wir wurden von einem Mitglied von der *Gradivus* verraten. Die wissen über alles Bescheid.«

Die restlichen vier Besatzungsmitglieder, die weiterhin an Bord geblieben waren, kamen zu ihnen nach vorn. Die Fähre war von Korben gesteuert worden, der gemeint hatte, dass es auch nicht anders sei, als einen Gleiter zu fliegen. Mit Unterstützung von der *Universal Pax* hatte er die Landung auch ordentlich hinbekommen.

»Soll ich euch da unten absetzen?«, fragte Marco. »Vielleicht lassen die Onyx euch in Ruhe, wenn sie merken, dass ihr gestrandet seid. So viel Zeit haben wir noch. Wir sind kleiner und flinker als die.«

»Haben wir schon durchgekaut«, sagte der Wortsprecher. »Ist überall gleich beschissen. Außerdem braucht ihr uns, wohin auch immer es geht.«

»Gut, dann ab mit uns.« Marco ließ das Schiff Fahrt aufnehmen.

Chuck schaltete auf Kom und auf Außenlautsprecher. »Alle Mann sofort an Bord! Wir kriegen Besuch, und keinen, der es gut mit uns meint.«

Sie ließen sofort alles liegen und stehen und rannten auf das Schiff zu.

»Bin fast fertig!«, meldete Aries via Kom, der sich beim TransMatt aufhielt. »Gib mir noch ein paar Minuten.«

Er nickte Lisa Hump zu. »Lauf schon mal los, der Rest hier ist Männersache.«

Sie zeigte ihm den Stinkefinger, grinste aber und machte sich auf den Weg.

»Exaktes Timing, was?«, sagte der Widder-Beta zu John Dogden. »Kaum ist das TransMatt wieder einsatzbereit ... trifft auch schon der Feind ein.«

Dogden zuckte die Achseln. »Dann sollte wohl einer von uns durchgehen und Hilfe holen.«

»Tja, aber dazu müssten wir erst mal wissen, wer es ist. Piraten? Die Iraker? Es gibt jede Menge Möglichkeiten.«

»Spielt das eine Rolle?«

»Ja, für mich schon. Vor allem dann, wenn es sich um *SternenReich* handelt.«

Dogden, der gerade die Verkleidung schloss, sah auf. »Wie kommst du denn darauf?«

»Die Signatur, mit der sie herbeigerufen wurden. Hast du gedacht, ich merke das nicht?«

»Ich verstehe nicht, was du ...«

»Musst du auch nicht.«

Aries zog seinen Handstrahler und erschoss Dogden.

Als wäre nichts geschehen, steckte er den Strahler wieder ein und schloss die Arbeit ab. Dogdens Leiche ließ er genauso liegen, wie sie gefallen war.

»Tut mir leid, Paul«, murmelte er. »Ich hab's tatsächlich erst zu spät gemerkt.«

Genauer gesagt, seit er die Reparatur begonnen hatte. Als er die Art der Beschädigungen gesehen hatte, waren ihm erste Zweifel daran kommen, dass die Onyx dafür verantwortlich waren. Vor allem ergab es keinen Sinn, das Portal wiederum nur leicht zu beschädigen.

Und dann hatte sich Dogden unter dem Vorwand, pinkeln zu müssen, für eine Weile verzogen. Aufgrund einer Mitteilung von Centurion war Aries misstrauisch geworden und hatte unbemerkt von Lisa die Ortung an seinem Armband aktiviert. Und das Signal genau von dort aufgefangen, wohin Dogden verschwunden war.

Es interessierte Aries nicht, zu welchem Preis sich Dogden hatte bestechen lassen. Und selbst wenn es eine tragische Geschichte gewesen wäre – er hatte dafür einen Mord an einem jahrzehntelangen Kameraden begangen, und das war unentschuldbar. Dafür stand ihm nur ein kurzer Prozess zu, und das war ohnehin sein Glück. Es ersparte ihm die Wut der anderen, wäre er vorgeführt worden.

»Freund, die sind schon ziemlich nahe«, meldete sich Chuck.

»Kannst schon mit den Vorbereitungen für den Start beginnen«, sagte Aries. »Bin unterwegs.«

Orloffs Anweisungen vor dem Abflug waren unmissverständlich gewesen. Sollte er nicht informiert werden können, hatten sie sofort zu starten und zu verschwinden. Alle noch auf dem Planeten Befindlichen konnten durch das TransMatt fliehen.

Aries war doppelt so schnell wie jeder Mensch und kam nur wenige Minuten nach Lisas Eintreffen im Schiff an.

»Wo ist Dogden?«, fragte sie.

»Durch das Portal, Hilfe holen«, antwortete er. »Schnallt euch alle an, es geht los.« Er nahm vorn in Ellas Sitz Platz und aktivierte die Kontrollen.

»Hilfe holen?«, hakte Chuck leise nach.

»Ja, in der Hölle«, antwortete Aries ebenso leise. Chuck hatte ein Anrecht darauf, es zu erfahren. Schließlich mussten sie gleich eine wichtige Entscheidung treffen.

Pandor kam nach vorn. »Was ist los?«

Aries wandte sich ihm zu. »Dogden hat uns an *Sternen-Reich* verkauft. Er hat deswegen Paul umgebracht und wollte sich jetzt durch das TransMatt vom Acker machen.«

Pandor stieß einen Fluch aus. »Warum haben wir das nicht gemerkt? Weiß Orloff das?«

»Er wusste logischerweise, dass Paul ermordet worden war, aber er hat nicht herausgefunden, von wem. Deswegen hat er nichts gesagt. Centurion teilte mir kurz vor dem Abflug mit, dass er Signale abgefangen habe. Die wurden gesendet, als du und Ella unterwegs wart, Chuck.«

»Hattest du hier nicht Wache?«

»Musste auch mal raus«, brummte Aries.

»Hast du ihn erledigt?«, wollte Pandor wissen.

»Gnadenschuss.«

»Gut.«

»Moment mal, Mädels ...«, unterbrach Chuck und fluchte. In Abwesenheit von Ella machte er das ganz gut. »Die ... die schleusen zwei Shuttles aus. Wahrscheinlich randvoll mit schwer bewaffneten Soldaten.«

»Ich steige aus«, erklärte Pandor sofort. »Orloff braucht mich.«

»Sehe ich auch so«, sagte Aries. »Was unternimmst du, Chuck?«

»Ich reiße denen den Arsch auf«, zischte der HSP. »Hat Orloff ernsthaft geglaubt, ich werde abhauen?«

»Du weißt, dass du das nicht überlebst?«

»Weiß ich. Ihr müsst eben mit den Shuttles allein fertigwerden. Aber ich werde nicht zulassen, dass die den Planeten in Schutt und Asche legen.« Er drehte den Kopf zu den beiden Betas. »Mal ehrlich, Freunde, hat einer von euch ernsthaft geglaubt, wir kommen aus der Chose raus? Die haben uns doch genommen, um uns bequem abservieren zu können, weil wir aufgrund unseres Alters kein Verlust sind. Von Anfang an sollte nur der Mediator übrig bleiben, und der hat ja das TransMatt zur Verfügung.«

Lisa kam zu ihnen. »Dogden ist tot, stimmt's?« Sie deutete auf die Ortung. »Er gehörte zu denen.«

»Ähm ... ja.«

»Er hat Paul auf dem Gewissen.« Sie fauchte. »Das Dreckschwein. Wisst ihr, weswegen er das getan hat? Spielschulden. Wegen *Spielschulden!* Ich wusste davon, hätte aber nie gerechnet, dass er deswegen alles verrät und einen Freund umbringt ... was ist nur aus ihm geworden in diesen fünf Jahren.« Sie stemmte die Hände in die Seiten. »Wer geht jetzt raus und steht Orloff bei, und wer zieht in die Raumschlacht?«

Aries zögerte. »Ich sollte die Waffen...«

»Negativ, Widderkopf. Ich hab schon mit den anderen gesprochen, wir sind ja nicht blöd. Chuck braucht Unterstützung, aber die können wir ihm geben. Malox ist dabei, wir beide taugen am wenigsten zum Kampf. Ebert und Murani gehen mit euch raus. Überlebt einfach, okay?«

Aries und Pandor nickten. Es war alles gesagt. Das war ihr Job, dafür waren sie Justifiers.

Bald darauf hob die *Gradivus* ab und flog dem Feind entgegen.

Die bis an die Zähne bewaffneten Betas nahmen den Buggy und fuhren zu den Koordinaten des Shuttles.

Sie waren unterwegs zu dem nächsten äußeren Planeten. Marco presste die Lippen zusammen.

»Schöne Justifiers wollen wir sein«, murmelte er zwischen den Zähnen hindurch. »Machen uns bei erstbester Gelegenheit vom Acker. Und lassen auch noch unseren Auftraggeber im Stich.«

Franka sah ihn ernst an und nickte.

Die *Universal Pax* flog eine Schleife und drehte um.

Bei der erneuten Annäherung an Noxus 1 sahen sie, dass gerade zwei Shuttles dabei waren, in der Nähe von dem Standort des Shuttles der *Gradivus* zu landen.

»Da kriegen wir Tritus nicht mehr raus«, stellte Franka nüchtern fest. »Vor allem hätten wir gleich hinunterfliegen sollen und ihn holen.«

»Hätten wir auch nicht mehr geschafft. Die hätten uns eingeholt.« Marco stieß zischend den Atem aus. »Aber wir machen es wieder gut.« Er schaltete auf Bordkom. »Alle herhören. Ihr habt es vermutlich gemerkt, wir haben umgedreht. Wir setzen euch in der Nähe des TransMatt ab, das vermutlich fertig repariert ist. Geht durch und seht zu, dass euch da drüben keiner abballert. Möglicherweise befindet sich die Gegenstation bereits im Besitz von *SternenReich*, aber an euch werden sie eher weniger interessiert sein. Also tut uns einen Gefallen und informiert Sebastian Zoldan. Er soll Hilfe schicken.«

Die vier Techniker erklärten sich bereit dazu. Marco steuerte die Koordinaten des TransMatts an, während sich die Techniker in die Rettungskapsel quetschten, die mit ihren aufblasbaren Wabenkissen auch zur Notlandung auf einem Planeten geeignet war.

Als die Anzeige auf Grün schaltete, stieß Marco die Kapsel ab, und die Techniker rauschten dem Boden entgegen.

Die *Universal Pax* stieg wieder auf und nahm Kurs auf die zwei *SternenReich*-Schiffe, die den Orbit fast erreicht hatten.

»Was tut ihr denn hier?«, erscholl plötzlich Chucks Stimme aus dem Funk.

»Euch beistehen«, antwortete Franka.

»Was für ein bescheuerter Heroismus«, dröhnte der HSP. »Eine dämliche Art, Selbstmord zu begehen.«

»Wir kommen nicht um, wir schaffen das. Wir erledigen sie und hauen unsere Leute raus. Sind doch nur zwei Schiffe.«

»Na schön, dann seid willkommen im Team. Lasst uns mal die Waffen synchronisieren und den Angriff planen.«

19

Die Onyx sprachen. Orloff konnte nicht herausfinden, wie, und vor allem schien es nicht immer derselbe Sprecher zu sein. Sie stellten keinen Anführer oder Vertreter, sondern blieben in der Gruppe beisammen, ununterscheidbar voneinander, und wechselten ständig die Positionen.

Es klang wie nur eine Stimme, und sie war erstaunlich weich und sanft, überaus angenehm, aber nachdrücklich.

Das Faszinierende aber war, dass sie so sprachen, als kämen sie von der Erde, als hätten sie schon seit Jahren unter den Menschen gelebt. Völlig akzentfrei, keine Suche nach Worten, absolut fließend. Es gab nicht die geringste Barriere.

»Wir wissen, weshalb ihr hier seid.«

»Äh ... ja«, sagte Tritus. »Es freut mich sehr, dass ihr euch bereit erklärt habt, mit uns zu sprechen.«

»Wir haben uns darüber beraten, und es schien uns die einzige Möglichkeit zu sein, euch unseren Standpunkt klarzumachen.«

»Nun, wir halten einen konstruktiven Austausch für sehr wichtig. Deshalb würde ich mich gern vorstellen und ...«

»Das ist nicht notwendig. Wir wissen, wer du bist. Man nennt dich Mediator, weil du gut reden und dich in andere einfühlen kannst. Auch die anderen kennen wir, jeden Einzelnen. Wir wissen, wer ihr seid, wir wissen, was ihr tut. Uns ist keine einzige Handlung von jedem von euch entgangen, seit ihr auf unserer Welt gelandet seid.«

Orloff glaubte ihnen. Sie hatten ihre Besucher umfassend studiert, wussten, wie die Menschen lebten, dachten, wie sie schliefen, aßen, verdauten, wie sie miteinander umgingen und auch, wie sie Sex miteinander hatten. Brauchte bloß keiner von seinem Team zu glauben, dass er das nicht wusste. Es war seine Aufgabe als Kommandant, *alles* zu wissen. Ob nun Mensch oder Beta, wie Centurion und Amrit, die nach zwanzig Jahren völlig ineinander vernarrt schienen. Aber solange sie sich diskret verhielten und es keinen Einfluss auf ihre Arbeit hatte, sah er keinen Grund einzuschreiten.

Was sich die Onyx wohl dabei gedacht hatten? Musste wie Unterhaltungs-3D für sie sein.

»Umso besser!«, freute sich Tritus und zeigte ein gewinnendes Lächeln.

Orloff musste zugeben, er war wirklich gut. Er strahlte Optimismus und Freundlichkeit aus, alles an ihm war äußerst positiv und zuvorkommend. Das konnte er anscheinend auf Knopfdruck an- und ausknipsen. Und er wirkte in der Tat unwiderstehlich und anziehend. Sogar auf Orloff, der ja nun schon einige Tage mit ihm reiste und ihn mehr als unsympathisch fand, verfehlte er seine Wirkung nicht.

Er *mochte* den Mediator und wollte gern kooperativ sein, wollte, dass der Mediator *ihn* mochte, ihm seine Aufmerksamkeit schènkte; war schon drauf und dran, ihm unentgeltlich seine Dienste anzubieten.

Aber zum Glück galt Tritus' Aufmerksamkeit nicht ihm.

Wow, dachte Orloff beeindruckt, aber ungehalten, räusperte sich und stellte sich militärisch straff hin.

»Wir haben uns redliche Mühe gegeben, im besten Licht zu erscheinen«, setzte Tritus fort.

»Ja, wir haben euch lange und ausführlich beobachtet, wir haben eure Sprache, eure Denkweise erforscht und gelernt und schon einmal mit euch gesprochen ...« Einer der Onyx wies auf Orloff. »Seither haben wir uns beraten, was die beste und nutzbringendste Strategie sein könnte.«

»Ich bin sicher, wir finden einen Weg zur Verständigung und ...«

»Tullius D. Tritus, du verstehst uns falsch. Wir haben keinerlei Kooperation mit euch vor. Dieses Treffen hat nur den einzigen Sinn und Zweck, euch noch einmal zu verdeutlichen, dass wir eure Anwesenheit auf unserer Welt nicht dulden.«

»Darüber würde ich gern ...«

»Es gibt nichts, was ihr uns anbieten könnt. Wir interessieren uns weder für euch noch für eure Technik oder sonstige Spielereien. All das benötigen wir nicht. Wir haben auf unserer Welt alles, was wir brauchen, wonach wir verlangen. Die Sehnsüchte, die euch Menschen antreiben, kennen wir nicht. Unser Streben ist auf andere Dinge gerichtet.«

Tritus ließ sich nicht aus dem Konzept bringen, Derartiges erlebte er sicher nicht zum ersten Mal.

»Aber vielleicht könnten wir doch einen Kompromiss finden.«

Erneut wurde er unterbrochen.

»Der Kompromiss besteht darin, dass ihr unsere Welt kontaminiert. Ihr wollt unsere Kristalle und das Glasmetall, weil ihr euch davon etwas so Irreales wie Reichtum versprecht, oder auch, was völlig unlogisch ist, Macht. Das alles interessiert uns nicht. Ihr könnt leben, wo und wie ihr wollt – nur nicht hier. Deswegen sprechen wir mit dir, Mediator, denn es ist deine Aufgabe, unsere Wünsche weiterzugeben. Und dafür zu sorgen, dass sie respektiert werden.

Wir haben euch das Sternenportal, das ihr TransMatt nennt, gelassen, damit ihr unbeschadet nach Hause zurückkehren könnt. Eure Schiffe aber und alles, was ihr gesammelt habt, mit Ausnahme der Gebeine eurer Artgenossen, werden hierbleiben. Ihr dürft nichts mitnehmen. Und ihr werdet unsere Welt für immer verlassen. *Sofort.*«

Bevor Tritus etwas entgegnen konnte, erklang eine andere Stimme, die Orloff bekannt vorkam.

»Da haben wir aber etwas dagegen.«

Sie fuhren herum. Aus der Deckung im gesamten Umkreis traten die Soldaten mit dem Emblem von *SternenReich* hinzu, die entsicherten Waffen im Anschlag.

Orloffs Gedanken rasten. Die Abschirmung der Kristalle war so gründlich gewesen, dass sie nichts, aber auch gar nichts von der Annäherung mitbekommen hatten. Sie mussten mit Shuttles gelandet sein und hatten sich herangepirscht!

Wo waren die anderen? Was war mit Chuck und dem Schiff? Der *Universal Pax*? Er konnte nur hoffen, dass sie sich alle an seine Anweisungen gehalten hatten und rechtzeitig geflohen waren. Sie standen hier sowieso auf verlorenem Posten, also sollten diejenigen, die es schafften wegzukommen, wenigstens ihr Leben mitnehmen können.

»Jackson«, sagte er, als eine hünenhafte Gestalt mit ergrauenden dunklen Haaren und eisblauen Augen nach vorn trat.

»*Major* Jackson, wenn ich bitten darf«, sagte er und grinste. Er mochte bereits auf die sechzig zugehen, aber diesen riskanten Einsatz hatte er sich wohl nicht entgehen lassen wollen. Er schien auch körperlich völlig fit zu sein, vielleicht hatte er sich ein bisschen aufpeppen lassen. »Freut mich, Sie wiederzusehen, mein Freund. Lange her. Es hieß ja zwischenzeitlich, Sie wären tot.«

»Die Gerüchte über mich sind wie immer reichlich übertrieben«, versetzte Orloff, hatte aber das dumpfe Gefühl, dass Jackson vorhatte, das Gerücht wahr werden zu lassen.

»Schilde auf dreißig Prozent!«, meldete Marco.

»Sag's nicht mir, tu was dagegen! Du bist gerade der Waffenleitoffizier!«

Franka holte alles aus der *Universal Pax* heraus. Sie war im Vergleich zu den wuchtigen Klotzen *SternenReichs* klein und wendig, und so gelang es der Pilotin, vielen Treffern auszuweichen – aber eben nicht allen.

Gleichzeitig gab Marco alles, was sie an Waffen hatten, und zusammen mit der *Gradivus* gelangen ihnen immer wieder Treffer. Gute Treffer sogar, die die Schutzschirme durchschlugen; auf beiden Schiffen waren bereits einige Feuer ausgebrochen, sie zeigten sich davon aber nicht sonderlich beeindruckt. Kein Wunder, sie konnten jedes Deck und auf jedem Deck jede Sektion sofort abschotten. Antrieb, Steuerung und Kommandodeck waren tief verborgen und so gut geschützt, dass nur ein mindestens ebenbürtiges Schiff eine Chance hätte, da durchzukommen.

Sie jedoch waren Mücken, die versuchten, einen Elefanten aus dem Weg zu schieben, abgewandelt von einem alten Sprichwort der Erde.

Es war zu keinerlei Funkkontakt gekommen, niemand hatte sie aufgefordert, sich zu ergeben. *SternenReich* war nur an ihrem Tod interessiert. Aber damit würden sie es ihnen nicht so leicht machen.

Franka unternahm ein sehr gewagtes Manöver und tauchte zwischen den beiden Schiffen durch, die gerade in einer Kehre steckten, um ihr den Garaus zu machen. Sie schaffte es, eben so durchzukommen, bevor die Jacht zerquetscht wurde. Doch ihr Vorhaben klappte, die beiden Klötze kamen einander zu nah und stießen zusammen.

Nun ja, sie *streiften* sich ein bisschen, aber es genügte, um einigen Schaden anzurichten, und ein Haufen Metallteile flogen in einem Funkenregen davon.

»Und da gehen wieder ein paar Hunderttausend C hin«, frohlockte Chuck drüben auf der *Gradivus* und gab Dauerfeuer auf die Bruchstellen, deren Schutzfeld zusammengebrochen war. Es kam zu weiteren Explosionen, und das kleine Kampfschiff schoss im Schraubenflug daraus hervor. »Jahuuuuu!«

Die beiden kleinen Schiffe schlossen zueinander auf und gingen auf Abstand in Warteposition. Hätten sie noch ausreichend Munition und vor allem stärkere Waffen gehabt, hätten sie nun alles gegeben und draufgehalten. Aber sie hatten mit dem, was ihnen noch verblieben war, keine Chance.

Eine kurze Gefechtspause trat ein, weil sich auch die beiden Raumer neu sortieren mussten und ihre weitere Strategie überlegten.

Chucks Holobild baute sich auf, höchst vergnügt mit einer

qualmenden Zigarre aus Ellas Vorrat im Mundwinkel. »Wie viel habt ihr noch?«

Marco lachte zur Antwort.

»Ah, gut, das habe ich in etwa auch.« Chuck grinste. »Ihr Zivilisten habt euch klasse geschlagen. Aber ich fürchte, jetzt sind wir am Arsch. Die Frage ist: Was machen wir? Wenn wir jetzt abhauen, haben wir eine Chance durchzukommen. Ihr könntet mit zu mir kommen, wir haben für solche wie euch spezielle Lebenskuppeln eingerichtet, bis ihr angepasst seid.«

»Und *SternenReich* das alles hier überlassen?«, rief Franka. »Kommt nicht infrage!«

»Was gäb ich drum, jetzt neben dir zu sitzen, Schätzchen«, schnurrte Chuck verträumt. »Ich würde dich küssen und noch ganz andere Sachen veranstalten, du bist genau mein Typ. Ein bisschen zu dürr, aber das kriegen wir auf meiner Welt schon hin.«

Franka lachte. »Schwerenöter.«

Lisa und Malox schalteten sich zu. »Hört mal, Leute, es ist wirklich ziemlich ernst. Wir haben einen Treffer bei den Triebwerken abgekriegt. Unsere Reise ist zu Ende.«

»Tja«, sagte Franka, »und ich hab vorhin einen Haufen Energie auf die Waffensysteme und die Schutzschirme umgeleitet. Überlicht ist nicht mehr drin. Wir sitzen also ebenfalls fest. Aber danke für dein Angebot, Chuck.«

»Und das andere Angebot?«

»Auch danke, aber nein, danke.« Sie zwinkerte.

»Ach komm, ich bin unwiderstehlich!«

»Leute, die kommen wieder auf Touren«, unterbrach Marco.

Die fünf Menschen sahen sich direkt oder via Holo an.

»Du bist der Boss, Gnom«, forderte Marco eine Entscheidung.

»Tja, wenn das so ist ... worauf warten wir?« Chuck lachte dröhnend. »Spendieren wir uns ein ganz besonderes Feuerwerk!«

Die beiden *SternenReich*-Schiffe schienen sich einig geworden zu sein. Ihre Waffensysteme fuhren auf volle Leistung hoch, und sie nahmen langsam Fahrt auf. Wie die beiden kleinen Schiffe bildeten sie eine geschlossene Formation, Schulter an Schulter. Jetzt ging es um alles.

Franka und Marco nahmen gemeinsame Schaltungen vor. »Selbstzerstörungssequenz einleiten«, sagte Marco und gab seinen Code ein. Franka bestätigte mit ihrem Code.

Auf der *Gradivus* geschah dasselbe.

»War mir 'ne Ehre mit euch«, sagte Chuck zum Abschied. Laute Musik überdröhnte seine Stimme beinahe. »Ihr zwei seid gute Justifiers. Ihr habt kapiert, worauf es ankommt.«

»Danke«, sagte Marco und beendete die Verbindung. Er wandte sich Franka zu. »Hast du Angst?«

Sie zuckte die Achseln. »Eher Lampenfieber.«

»Tja, das wird ein Bombenauftritt. Machen wir es wie Chuck und untermalen mit ein bisschen Musik.«

Die *Universal Pax* und die *Gradivus* beschleunigten mit voller Leistung. Es kam ganz gewiss nicht mehr darauf an, damit die Triebwerke zu überlasten oder gar ausbrennen zu lassen. Auf den beiden entgegenkommenden Raumern würde man zwar schnell begreifen, was sie jetzt vorhatten, aber es war zu spät, um auszuweichen, und als sie feuerten, waren die beiden kleinen »Mücken« schon viel zu nah. Die Schutzschirme würden dafür noch ein paar Sekunden halten, das genügte.

Marco zog Franka zu sich herüber auf seinen Sitz und hielt sie fest im Arm, und sie wiegten sich gemeinsam wie im Tanz zur Musik.

»Lasst sie mir!«, schrie Ella auf, raste los und sprang den Soldaten an, den sie als Ersten erreichen konnte. Mit einem gewaltigen Tritt schlug sie ihn zu Boden, entriss ihm die Waffe und rammte ihm den Kolben gegen die Kehle, dass der Knorpel nach innen getrieben wurde und brach.

Bevor Ella aufspringen konnte, schoss Jackson auf sie, und sie sackte neben dem zuckenden, sterbenden Soldaten zusammen. Orloff konnte aus seiner Position nicht feststellen, ob sie tödlich getroffen war.

»Bitte«, sagte Jackson, »das muss doch nicht sein.« Er gab ein Zeichen, und die Soldaten rückten näher, die aktivierten Waffen auf sie gerichtet. »Waffen wegwerfen, los.«

»Hören Sie, wir sollten verhandeln«, sagte Tritus und trat mit erhobenen Händen nach vorn. »Ich bin ein völlig neutraler Diplomat, und Sie können Unterstützung brauchen.«

»Ja, aber nicht von Ihnen«, erwiderte Jackson und erschoss Tritus.

»Das war unnötig!«, schrie Laury auf.

»Er war überflüssiger Ballast«, versetzte der Major ungerührt. »Ihnen lasse ich das durchgehen, weil wir immer gute Knochenflicker gebrauchen können. Der Mediator aber ist im Grunde die Kugel gar nicht wert. Wir haben euch vorhin zugehört, der bringt gar nichts. Aber bei euch ist das anders. Was haltet ihr davon?« Er wandte sich Orloff zu. »In einem hatte der Fettsack recht, wir können euch brauchen. Wenn ihr bei uns mitmacht, bleibt ihr am Leben.«

»Was habt ihr denn vor?«, wollte Orloff wissen.

»Na, die Einheimischen ausknipsen und dann diesen wundervollen Planeten in Besitz nehmen.« Jackson gab ein Zeichen, und einige Soldaten sammelten die Waffen ein, die Orloff und die anderen abgelegt hatten.

»Welche Einheimischen?«, fragte Orloff und wies um sich.

Die Onyx waren längst verschwunden, hatten sich bereits ab dem Moment des Erscheinens der Soldaten verflüchtigt. Die diplomatischen Beziehungen waren wohl beendet.

»Sie werden damit nicht durchkommen«, sagte Levia Magath langsam und deutlich. »Sie haben keinerlei Vorstellung, wozu dieses Volk hier imstande ist. Die werden uns alle töten, wenn wir nicht freiwillig gehen.«

»Ach, halten Sie den Mund, Sie Missgeburt«, erwiderte Jackson ungehalten. »Ich überlege noch, was ich mit Ihnen anstellen könnte, solange gehen Sie mir nicht auf die Nerven. Also, Orloff, beziehen Sie Stellung! Dabei sein oder sterben, Sie haben die Wahl.«

Orloff musste ihn hinhalten, um die Gelegenheit zum Angriff zu bekommen. Und da kam auch schon ein gutes Argument.

»Schauen Sie mal, Jackson«, sagte er und wies zum Himmel. Weit oben glühte soeben ein großer Stern auf.

»Zum Angriff!«, erscholl gleichzeitig Pandors mächtige Bärenstimme und beantwortete damit Jacksons Frage.

Laury packte Magath am Arm und riss sie mit sich, während sie Fersengeld Richtung Kristallstadt gab. Kugeln und Laserblitze flogen kreuz und quer über die Lichtung, die Betas griffen gesammelt die Soldaten *SternenReichs* an, und in diesem Vernichtungskampf war alles an Einsatz erlaubt.

Orloff duckte sich unter dem Angriff eines herannahenden Soldaten; da der einen Vollschutzhelm trug, konnte er ihm nicht gegen das Kinn schlagen. Er trat mit voller Wucht seitlich gegen das Knie des Soldaten, und zwar gezielt knapp darunter, sodass er den Unterschenkelknochen erwischte – der brach. Aufschreiend ging der Soldat in die Knie, und Orloff entriss ihm das Kombigewehr und erschoss ihn, nahm die Handwaffe an sich und stürmte dann vorwärts, um Jackson zu stellen.

Der nicht mehr da war.

Orloff blieb kurz stehen und sah sich um. Die Lichtung hatte sich zum Schlachtfeld gewandelt. Centurions Hörner waren blutüberströmt; wie ein Berg ragten er und Pandor aus dem Getümmel hervor. Die Soldaten schlugen sich gut, keine Frage, und es war nicht sicher, wer die Oberhand gewinnen würde.

Da sah er die huschenden Schemen – und der erste Soldat fiel schreiend, obwohl er sich gerade nicht im unmittelbaren Kampf befunden hatte.

Die Onyx. Und jetzt machten sie kurzen Prozess.

Sie hatten die Menschen gewarnt – mehrmals und ausdrücklich. Niemand konnte ihnen vorwerfen, zu ungeduldig gewesen zu sein.

Also brachten sie alle um. Sie würden keinen Unterschied zwischen Justifiers und Soldaten machen.

Laury und Magath hatte es garantiert als Erste erwischt, da sie direkt in die Kristallstadt gerannt waren.

Orloff konnte spüren, dass die Onyx die Kristalle zum Einsatz brachten, denn ihn überfiel rasender Kopfschmerz.

»Orloff!«, schrie Centurion über das Getümmel hinweg.

»Da sind noch mehr! Die wollen das TransMatt aktivieren und Nachschub herbeordern!«

Deshalb hatte sich Jackson davongemacht. Orloff fluchte.

»Nimm den Buggy und halte sie auf! Wir erledigen das hier!«, brüllte der Stier-Beta.

Oder die Onyx euch, dachte Orloff, drehte sich um und rannte los.

Er fand den Buggy zweihundert Meter entfernt und war verwundert, dass die Onyx ihn passieren ließen. Aber vielleicht waren sie auch nur wenige vor Ort ... egal, es war müßig, über sie nachzudenken.

Orloff klemmte sich hinters Steuer und raste los. Der Buggy holperte und sprang durch das unwegsame Gelände, und einige Male stand er kurz davor umzukippen. Das kümmerte Orloff nicht – er gab Vollgas, erfasste im Bruchteil von Sekunden die Wegverhältnisse und steuerte in halsbrecherischem Tempo durch Engpässe, über abschüssige Felsen und durch sumpfiges Gelände.

Ihm blieb nicht viel Zeit. Sobald die Verbindung stand, konnten so viele Soldaten hindurchkommen, wie nur nötig waren, um diese Welt in Schutt und Asche zu legen. *Sternen-Reich* kam es nur auf die Ausbeute an, was aus der Welt wurde, war dem Kon herzlich egal. Und Orloff war nicht sicher, ob die Onyx in der Lage waren, mit einer derartigen Übermacht fertigzuwerden.

Drei Stunden später erreichte er vertrautes Gebiet, die Schlucht konnte nicht mehr fern sein. Hoffentlich war es noch nicht zu spät. Er würde das TransMatt zerstören und sie zumindest für eine Weile isolieren. Falls es Chuck gelungen war, alle Schiffe zu zerstören, die hierhergekommen waren, musste *SternenReich* erst mal wieder von vorn anfangen – mit einer Menge Minus auf dem Projektkonto. Wenn sie gute Buchhalter waren, ließen sie es bleiben.

Gleich ist es geschafft, dachte er.

Da traf ihn etwas mit Wucht in die Seite, und er verriss das Steuer, dann erst hörte er den Knall. Der Buggy scherte nach rechts aus, geriet auf eine hochstehende Felsenkante, schoss mit aufheulendem Motor darüber hinweg und kippte dann zur Seite.

Orloff war nicht mehr rechtzeitig herausgekommen, aber der Aufbau hatte die größte Wucht des Aufpralls genommen, und so kam er einigermaßen »sanft« auf.

Schmerzgepeinigt griff er sich an die Seite und sah Blut an der Hand. Treffer. Stöhnend griff er nach dem Gewehr und wollte aus dem Wrack kriechen, duckte sich, als eine Kugel knapp neben seinem Kopf einschlug, und zog sich in Deckung zurück.

Er prüfte die Ladung des Gewehrs und stellte auf Mechanik, das war sicherer, denn hier gab es überall Kristalle. Vorsichtig spähte er über die Metallkante und sah einen Soldaten, der sich langsam, geduckt, immer wieder auf Deckung bedacht, näherte. Anscheinend war es nur einer. Aber genau der hatte ihn erwischt.

»Komm raus!«, sagte der Mann. »Hat doch keinen Sinn mehr, du verblutest da drin nur.«

Orloff gab keine Antwort. Wozu die Worte, der Soldat war nur darauf aus, ihn zu töten.

»Jackson hat gesagt, dass du 'ne Legende bist«, fuhr der Soldat fort. »Man nennt dich den Unsterblichen. Stimmt das?«

»Ja«, sagte Orloff, kam aus seiner Deckung und feuerte.

20

Orloff hielt sich die blutende Seite und taumelte weiter. Es konnte nicht mehr weit sein.

Da entdeckte er die Kante der Schlucht. Er hielt kurz an, nahm den letzten Schluck aus dem kleinen Wasserbeutel, den er genauso wie ein Medopack immer bei sich führte, und warf ihn weg. Mit zitternden Fingern wischte er sich den Schweiß von der Stirn. Hoffentlich schaffte er noch die Kletterpartie. Aries hatte aus gutem Grund keine Strickleiter anbringen lassen, aber jetzt wäre sie sehr hilfreich gewesen.

Er schaute über den Rand. Genau richtig, sein Orientierungssinn war unvermindert phänomenal, dort unten war das Portal.

Ein salziger Schweißtropfen rann ihm ins Auge, und er wischte ihn weg. Dann betrachtete er die vier Leichen, die nicht weit von dem Portal lagen, etwa fünfzig Meter entfernt befand sich die Rettungskapsel von der *Universal Pax*.

»Das hätte es nicht gebraucht«, stieß er hervor.

»Oh, aber sie wollten Hilfe holen. Das musste ich verhindern. Meine Leute waren schon da, als sie runterkamen. Mit dem Fallschirm, bevor wir zu Ihnen weitergeflogen sind. Dummerweise haben diese tückischen Einheimischen meine Soldaten anschließend erledigt, aber dafür werden sie noch bezahlen. Zuerst zu Ihnen.« Major Jackson kam langsam auf ihn zu, das Gewehr im Anschlag.

Es war wie eine Szene aus einem schlechten Film. »Jackson. Warum haben Sie mich jetzt nicht erschossen? Das ist höchst unprofessionell.«

Ein Justifier würde niemals so handeln. Sie befanden sich im Krieg, da war der Feind. Schuss und erledigt. Was sollte dummes Gequatsche vorher noch bringen? Außer, dass man selbst erschossen wurde?

»Sie sind doch sowieso am Ende, Orloff.«

Ach so. Sich im Sieg suhlen und das Opfer dran teilhaben lassen. Der Beute das Horn, das Ohr, den Schwanz abschneiden und sich damit brüsten. Und da niemand sonst dabei war, der das sehen konnte, sollte also die Beute selbst den Ruhm teilen.

Am Ende? Das sah Orloff völlig anders. So wenig am Ende wie jetzt war er in vergleichbaren Situationen selten gewesen. Angeschossen, na und? Sein Körper trug die Narben von einer Menge Schuss- und Stichwunden. Diese Wunde tat scheußlich weh, aber sie war nicht lebensgefährlich, die Kugel hatte kein Organ getroffen. Sie schwächte ihn, aber nicht mehr. Aber er würde Jackson gewiss nicht darüber aufklären.

»Diese Begründung stellt mich nicht zufrieden«, sagte er und hoffte, dass es genauso klang, wie es gemeint war.

»Es ist wegen Ihres Vaters. Schließlich war ich in seiner Einheit, und ich habe ihn sehr geschätzt. Auch Sie habe ich geschätzt. Schweinerei, was da mit Ihrer Familie passiert ist.«

»Ich bin gerührt. Los, beenden Sie es, sonst muss ich es tun.«

»So muss es nicht enden, Orloff.«

»*Oberleutnant Holden*, wenn ich bitten darf.«

»Hören Sie ... *Oberleutnant Holden* ... ich hätte da ein Angebot für Sie. Wir können Sie wirklich brauchen. Es heißt nicht umsonst, Sie seien der Beste.« Jackson wies um sich. »Übrigens, nur noch wir beide sind übrig. Gute Arbeit.«

»Kaum mein Verdienst«, stieß Orloff hervor und taumelte. Der Blutverlust ließ ihn wanken, und die Wunde brannte wie Feuer. »Hauptsächlich waren die Onyx daran beteiligt. Und meine Justifiers, die wahrhaft die Besten waren. Das haben Ihre Schläger nur nicht mitbekommen.«

»Die ... Onyx ... nennen Sie sie so, ja? Die sind kein Problem.«

»Doch, das sind sie. Sie haben es vorhin selbst zugegeben, dass Ihre phänomenalen Männer, die ein paar Unbewaffnete massakriert haben, nun Viehfutter sind. Vergessen Sie diesen Planeten und gehen Sie nach Hause. Sehen Sie zu, dass Sie anderswo einen Orden rausholen. Das ist Ihre letzte Chance.«

Jackson grinste abfällig. »*Ich* bin der mit der Waffe, und Sie bluten wie ein Schwein.«

»Deshalb werdet ihr Blödmänner auch immer verlieren«, knurrte Orloff. »Weil ihr euch für besser als die Justifiers haltet. Fataler Irrtum.«

»Dann ändern wir das. Mit Ihnen als Ausbilder! Sie erhalten den Rang eines Majors, die damit verbundene nicht zu verachtende Besoldung und Privilegien, und wenn Sie doch mal wieder da rauswollen, unternehmen Sie einen Schulflug. Der gute Name Ihrer Familie ist wiederhergestellt, und im Gegenzug lernen wir von Ihnen alles, was wir brauchen. Wenn Sie wollen, können Sie sogar die Leitung für das Projekt Noxus 1 erhalten.«

»Klingt ja wundervoll. Unwiderstehlich geradezu!«

»Ich meine es ernst«, beteuerte Jackson. »Friede?«

»Niemals«, keuchte Orloff. »Frieden hab ich noch im Grab genug.«

Und damit sprang er Jackson an.

Jackson schoss sofort und doch zu langsam, Orloff war längst aus der Ziellinie, der Strahl verfehlte ihn um mehrere Zentimeter. Dann rammte er seinen Kopf in Jacksons Magengrube, und sie stürzten beide.

Orloff kannte die Ausbildung der Soldaten, er war schließlich selbst einer gewesen. Er wusste, wie sie sich zur Wehr setzten; es wurde ihnen so eingedrillt, dass es ihnen in Fleisch und Blut überging und keine Flexibilität mehr zuließ. Die Ausbildung war gut, aber seit Jahrzehnten unverändert, und die Weiterentwicklung zum eigenen Stil war nun einmal besser.

Trotz seiner Verletzung hebelte Orloff den Major aus, als er aufspringen wollte, er wehrte die Schläge ab, noch bevor Jackson sie vollständig ausgeführt hatte, und schlug dort zu, wo es wehtat. Nieren. Kniegelenke. Gegen den Hals. Eigentlich wollte er den Kehlkopf treffen, aber Jackson drehte gerade rechtzeitig den Kopf weg. Doch das nützte ihm nicht viel, denn Orloff setzte die Beinschere ein. Jackson wand sich im Klammergriff, aber Orloff drehte sich mit und ließ nicht locker.

Als Jacksons Gegenwehr erlahmte, löste Orloff blitzschnell die Beine, warf den Major dabei herum, und dann hatte er ihn am Hals. Seine Unterarmmuskeln schwollen an, während er gegen Jacksons Kehle drückte, dann setzte er die linke Hand mit einem sorgfältigen Griff gegen den Kopf ein. Dazu brauchte man gar nicht viel Kraft, es kam nur auf die richtige Technik an.

Es gab ein hässlich knackendes Geräusch, und Jacksons Körper erschlaffte.

Orloff sank über ihm zusammen, für einige Minuten konnte er nur keuchend nach Atem ringen und um sein Bewusstsein kämpfen.

Schwach und zitternd, benommen vom Blutverlust, kroch er schließlich auf die Kante zu.

Er war der letzte Überlebende. Er würde zurückkehren.

Und er würde dafür sorgen, dass nie wieder ein Mensch einen Fuß auf diesen Planeten setzte. Begründen konnte er es leicht: Es endete im finanziellen Desaster. Vier Raumschiffe plus Shuttles plus Rettungskapseln samt technischem Equipment, dazu praktisch Totalverlust von zwei Einsatzkommandos.

Ein einziger Überlebender war eine schlechte Bilanz, vor allem, weil er nichts mitbrachte, dessen Wert und Nutzen analysiert werden konnte. Das klang doch gut.

Durst quälte ihn. Er fand nach einigem Kramen noch irgendwo in einer Tasche ein blutstillendes Wundpflaster und presste es sich auf die Seite. Schmerzmittel hatte er keine mehr.

Also dann.

Orloff spähte den Weg nach unten aus, prägte ihn sich ein und schob sich dann über die Kante. Die ersten Stufen hatte er ziemlich gut im Gedächtnis, dann musste er aber doch nach unten sehen, sich das Bild erneut aufrufen, und erst dann ging es weiter.

Es war ja nicht weit, vielleicht fünfzehn Meter. Das war zu schaffen. Notfalls konnte er auch durchs TransMatt kriechen.

Er hatte etwa drei Meter bewältigt, als er auf die erste Hürde traf. Er musste ein Stück nach links, was er aber durch Strecken und Greifen nicht bewältigen konnte. Ein winziger Sprung war erforderlich.

Allerdings kein schwieriger, denn da drüben war eine breite Kante für die Füße, und oben gab es auch große Vorsprünge, um sich festzuhalten. Im normalen Zustand wäre er schon drüben gewesen und hätte überhaupt nicht darüber nachdenken müssen.

Ich bin der Unsterbliche, dachte er.

Der Spruch stimmte. Schließlich war er der letzte Überlebende. Und er würde es wieder schaffen. Er würde nach Hause zurückkehren.

Und dann würde er Zoldan umbringen.

Orloff atmete mehrmals tief ein und aus und entspannte sich. Sammelte Kräfte. Es war nur eine kleine Hürde. Nicht einmal ein halber Meter, den er überwinden musste. Er hatte schon ganz andere Schwierigkeiten gemeistert. Und er liebte Herausforderungen, die ihn an die Grenze brachten.

Also dann.

Er atmete kräftiger, spannte die Muskeln an, stieß sich ab und sprang auf den Vorsprung neben sich zu.

Ein Bein landete auf dem Vorsprung, das andere traf nur die Luft, eine Hand krallte sich fest, die andere griff daneben.

Orloff schrie auf, als sich das Gewicht auf eine Seite verlagerte und seine Wunde weiter aufriss, und er konnte sich nicht mehr halten, er musste loslassen, versuchte dennoch, nach einem sicheren Halt zu hangeln, auch mit den Beinen ...

Und dann stürzte er ab.

21

Der Fall war nicht tief, aber lang. Immer wieder schlug er gegen Felsgestein, versuchte sich instinktiv festzukrallen, spürte, wie Knochen barsten, glaubte es sogar hören zu können, und weiter ging es hinab.

Orloff blieb die ganze Zeit bei Bewusstsein, bekam mit, wie sich sein Körper in einen Trümmerhaufen verwandelte, eine herabstürzende Lawine aus Knochenstücken, die nur noch von einem Sack aus Haut zusammengehalten wurde.

Dann war er endlich unten, prallte in den Staub des flachen Felsens, schlug sich noch den Hinterkopf an, der bisher verschont geblieben war, und fiel genau so, dass er das TransMatt sah, so nah und doch unerreichbar fern.

Durch den explodierenden Schmerz in seinem Körper spürte Orloff, dass sich jemand näherte. Unmöglich, sich zu bewegen. Er blinzelte den Schleier vor seinen Augen weg und erkannte verschwommen eine schmale schwarzhäutige Gestalt, die sich neben ihm niederließ. Allmählich ließ der Funkenregen in ihm nach, und er war in der Lage, sich zu konzentrieren.

»Wir schicken dich jetzt nach Hause«, sagte Levia Magath. »Ich habe gerade eine vorbereitete Nachricht durch das

TransMatt geschickt, die Zoldan erreichen wird. Er wird dich holen lassen.«

»Wird er nicht ...«

»Doch, wird er. Verlass dich drauf. Ich gehe niemals fehl.«

Sie hob leicht seinen Kopf an und hielt ihm eine Flasche mit dünnem Hals an den Mund. »Trink das, dann wird es leichter.«

Orloff gehorchte. Er hätte alles auf sich genommen, nur um den Schmerz einzudämmen. Er konnte nicht einmal mehr laut schreien, obwohl ihm mehr als danach war.

»Du ... du bist also eine von ihnen«, flüsterte er krächzend, nachdem er mühsam geschluckt hatte. Jedes Wort tat weh. Atmen tat weh. Aber er musste sich zusammenreißen. »Du hast dich nicht *ihnen* angepasst, sondern uns.«

»Ja.«

»Warum ... kam mir nie der Verdacht? Warum habe ich dir das Märchen mit der Veränderung abgenommen? Und ... Laury hat dich als hundertprozentigen Menschen identifiziert .. «

Sie hielt einen funkelnden kleinen Kristall hoch. »Du kennst ihn. Er stammt aus der Höhle. Er hat meine Suggestionen verstärkt. Ich habe sie sehr behutsam eingesetzt, damit du möglichst frei in deinen Handlungen geblieben bist. Er hilft auch dabei, meine organischen Strukturen so anzuordnen, dass sie einen Menschen aus mir machen, sodass eure Geräte mich für einen von euch halten. Wie du in der Höhle festgestellt hast, können wir auch Geräte beeinflussen. So können kleine Mängel unsichtbar gemacht werden. Ich bin ein guter Gestaltwandler, der beste meines Volkes, aber ich kann natürlich nicht zu hundert Prozent einen Menschen geben.«

»Fuck«, stöhnte er. »Du hättest ruhig ein wenig hübscher sein können, ganz ehrlich.«

»Ich wollte vermeiden, dass einer von euch Gefühle für mich entwickelt. Mein Äußeres sollte eher abstoßend wirken.«

»Hervorragende Arbeit. Wie sehe *ich* eigentlich aus?«

»Nicht gut«, antwortete sie. »Haufenweise gebrochene Knochen, offene Wunden, innere Verletzungen. Nur dein Rückgrat ist in Ordnung. Du hast demnach gerade noch Glück gehabt – und ich auch, sonst wäre mein ganzer schöner Plan dahin gewesen, und ich hätte möglicherweise von vorn anfangen müssen.«

»Alles ... geplant?« Allmählich wich der Schmerz etwas Stärkerem, das ihn niederdrückte. Er blieb, im Hintergrund lauernd, doch es wurde erträglicher. Sein Körper wurde taub, die Blutungen hörten auf, nur sein Verstand blieb klar und scharf.

»Ihr seid unser Erstkontakt. Wir wussten natürlich immer, dass da draußen noch mehr intelligentes Leben existieren muss. Es war zwar nicht unbedingt damit zu rechnen, dass uns jemand findet, aber wir wollten dennoch nicht unvorbereitet sein.«

»Hat es lange gedauert?«

»Sehr lange. Und da wart *ihr* dann. Es war schnell abzusehen, dass wir diese erste Mission von euch hier nicht dulden konnten, ihr wart schwer bewaffnet und aggressiv. Doch uns war ebenso klar, nachdem wir euch beobachtet hatten und allmählich anfingen, eure Sprache und damit eure Gedanken zu begreifen, dass es nicht damit getan war, euch nur zu töten. Da würden mehr von euch kommen und nachsehen, wo ihre Artgenossen abgeblieben sind. Also planten wir, die Kontrolle darüber zu übernehmen und es selbst zu initiieren.«

»Schöne Scheiße ...«, stieß er hervor. »Wenn Zoldan jemals herauskriegt, dass du ihn manipuliert hast, vernichtet er das gesamte System ...«

»Genau darum ging es«, erwiderte sie. »Wir wollten herausfinden, wer ihr seid. Inwieweit ihr uns gefährlich werden könnt. Ich nahm die Gestalt von einem von euch an, den wir getötet hatten, und ging durch das TransMatt, bevor meine Leute es deaktivierten. Wir haben es absichtlich nicht zerstört, damit ... tja, *du* hindurchgehen kannst, um die Lektion zu beenden.«

»Und wenn ich bei dem Sturz draufgegangen wäre? Oder vorher schon?«

»Wir hätten dich wiederbelebt. Für kurze Zeit bekommen wir das schon hin.«

»Na bravo. Orloff, der Zombie. Das hätte mich aber glücklich gemacht.«

»Du wärst trotzdem gestorben, nur eben etwas später, nach Beendigung deines Auftrags.«

Dazu konnte es immer noch kommen, denn es ging ihm ganz und gar nicht gut. »Wie lange ist die erste Landung eigentlich her ... auf dem Film gab es keinen Hinweis eines Datums ... und Zoldan hat es auch nie gesagt.«

»Insgesamt zwei Jahre.«

»So lange hat Zoldan nach dem Film gesucht?«

»Richtig. Ich bewegte mich in der Zeit überall auf der Erde, um zu lernen. Als ersichtlich wurde, dass kein Weg daran vorbeiführen würde, eine weitere Mission nach Noxus 1 zu entsenden, setzte ich jene Dinge in Gang, die euch letztendlich hierher brachten. Und mich wieder nach Hause.«

Sie wies auf sich. »Außerdem lief meine Zeit ab. Irgendwann hätte ich nicht mehr gestaltwandeln können, denn wir leben in enger Symbiose mit unserer Welt und benötigen die besonderen Energien der Kristalle, um *perfekt* zu sein. Das war der hauptsächliche Grund meiner Veränderung in diese Gestalt; ich konnte keine andere mehr für längere Zeit aufrechterhalten. Und ich musste wie gesagt verhindern, dass ihr mir zu nahe kommt. Der Kristall bewahrte mich immerhin davor, als Außerirdischer erkannt zu werden. Aber meine Erkundungen waren ohnehin beendet, es wurde Zeit, in Phase 2 einzutreten und den tatsächlichen Plan voranzutreiben.«

»Und warum ... schickst du jetzt ... mich ... nach Hause ...«
Eine neue Schmerzenswelle überflutete und schüttelte ihn.

Levia gab ihm etwas zu trinken, daraufhin wurde es besser. Er hätte jetzt alles für ein Rillo gegeben, dreifach gerollt. Und zwei Dutzend Spritzen und Tabletten, völlig egal, welche.

»Meine Studien haben bestätigt, was wir schon seit eurer ersten Mission vermutet hatten. Wir sind daher zu dem Entschluss gekommen, dass wir nicht das Geringste mit euch zu tun haben wollen. Ihr seid zerstörerisch expansiv und aggressiv. Ihr würdet unsere Welt genauso ruinieren wie eure. Das lassen wir nicht zu.«

»Die werden das ... nicht auf sich sitzen lassen. Zoldan wird ... er wird sich rächen.«

»Mach dich nicht lächerlich. Ihr seid für uns so gefährlich wie eines unserer Raubtiere, mehr nicht. Nur durch die Relikte anderer seid ihr so weit hinaus ins All gekommen. Die TransMatt-Technologie ist zwar euer größter Triumph, aber trotzdem auf minimalen Erfolg beschränkt, bedenkt man die extreme Beeinträchtigung der Größe. Ihr seid uns weit unterlegen, und dabei haben wir euch noch nicht einmal alle unsere Fähigkeiten vorgeführt. Wir verfügen zwar nicht über Raumfahrt, weil wir wegen unserer symbiotischen Verbindung daran nicht interessiert sind, aber wir können unseren Planeten verteidigen.«

»Auch gegen Neutronenbomben?«, flüsterte er.

Verschwommen sah er, wie sich ihre leuchtend roten Lippen zu einem menschlichen Lächeln verzogen. Es war sehr freundlich von ihr, dass sie die Gestalt für ihn immer noch beibehielt. »Probiert es doch aus.«

Das würden die Kons nicht tun, das wusste Orloff. Das Glasmetall wäre futsch, die psionischen Kristalle ebenfalls, die Affäre würde einen gigantischen Haufen C kosten, aber keine Rendite bringen. Reiner Verlust. Kein Kon konnte sich das leisten, weil es seine Wettbewerbsfähigkeit gegenüber den anderen in Gefahr brachte.

Die Erde war heute anders, Nationalstolz und Rachemotive nur noch vergessene Relikte. Erst recht bei dem aktuell schwelenden Konflikt zwischen *SternenReich* und *IJAS*. Nicht einmal Zoldan würde sich in seinem Zorn dazu hinreißen lassen. Vor allem – zu wem wollte er gehen und um Unterstützung betteln, nach diesen grandiosen Verlusten, die auf sein Konto gingen?

Orloff machte unwillkürlich eine Bewegung und schrie auf. Dann schrie er noch einmal auf, als sein Körper die unbedachte Bewegung mit einem Muskelkrampf im rechten Oberschenkel quittierte. Diesmal schob Levia ihm etwas zwischen die Zähne, was trocken und bröselig war, mit der Anweisung, es mit der Zunge zu zerdrücken und dann hinunterzuschlucken.

»Was ... verlangt ihr von uns?«, brachte er hervor, als der Krampf endlich nachließ.

»Ihr werdet das Gebiet hier zur Sperrzone erklären – endgültig und für jeden. Ihr vergesst uns, und wir vergessen euch. Sobald du fort bist, werden wir das TransMatt zerstören. Du wirst deinen Leuten klarmachen, dass ihr hier nie wieder etwas verloren habt, dass es nichts zu finden gibt außer dem Tod. Das werden wir noch ein bisschen unterstreichen. Sobald deine Leute dich abholen, werden wir wie immer unerkannt mit unseren Kristallen da sein und ihnen vorgaukeln, dass dies ein wenig lebenswerter Planet ist. Sie werden dich nehmen und sich hektisch sofort wieder verziehen, sei dessen versichert. Sie werden deine Aussage unterstützen, dass hier das Grauen vorherrscht und es nichts zu holen gibt.«

»Ich will es dir glauben, in eurem eigenen Interesse.«

»Außerdem werde ich dir diesen Kristall mitgeben, der deine Überzeugungskraft stärken wird. Es ist mir egal, wie du ihn dann weiter verwendest, denn ich weiß, du wirst dich an dein Wort halten, ihn niemals gegen uns einzusetzen. Ich habe dich lange genug beobachtet und für diese Aufgabe gezielt auserwählt. Im Gegenzug werden deine Kameraden hier glücklich bis an ihr natürliches Ende leben. Sie dürfen sich sogar fortpflanzen, wenn sie das wollen, es ist genug Platz da.«

»*Was?* M… meine Kameraden?«, stieß Orloff hervor. »Wer … wer lebt denn noch?«

»Centurion, Amrit, Pandor, Aries, Laury und Ella. Hugh und Arva leben auch noch, aber ich weiß nicht, ob sie es schaffen werden, sich anzupassen.«

»Verdammt … gibst du mir dein Wort, dass sie es gut haben werden?«

»Ich gebe dir mein Wort, dass sie es *sehr* gut haben werden, wenn du mir *dein* Wort gibst.«

»Das hast du. Nichts lieber als das, Levia. Und ... es tut mir leid um eure Stadt.«

»Dazu besteht keine Veranlassung. Mal gewinnt man, mal verliert man. So sagt man doch bei euch, nicht wahr?«

Levia Magath blieb bei ihm, bis sich das TransMatt aktivierte.

Orloff verbrachte die meiste Zeit im Dämmerschlaf. Ab und zu, wenn ihn der Schmerz zu sehr durchschüttelte, gab die Onyx ihm wieder das Mittel, das ein wenig nach Holunderbanane schmeckte.

»Warum bleibst du?«, fragte er.

»Ich muss dich am Leben erhalten. Wir haben eine Vereinbarung. Mein Plan hat nur dann überzeugende Wirkung, wenn *du* der Überbringer der Botschaft bist.«

»Du traust mir eine Menge zu, Kristall hin oder her ...«

»Ich weiß, wie du zu Sebastian Zoldan stehst. Er wird *dir* zuhören, auch ohne Kristall.«

»Woher ...«

»*Orloff.* Ich habe mich kundig gemacht. Du unterschätzt die Onyx immer noch. Nur weil wir nicht über hochtechnisierte Städte oder Raumfahrt verfügen, heißt das nicht, dass wir primitiv sind. Ich habe nie den von mir markierten Film aus den Augen verloren und seinen Weg verfolgt. Alles geschah, weil ich es so wollte. Abgesehen von dem Verrat von Zoldan und/oder des Senators, den ich nicht mit eingeplant hatte.«

»Tut mir leid.« Er wiederholte sich.

»Orloff.« Sie wiederholte sich ebenfalls. »Das war nicht unsere Stadt.«

»... nicht?«

»Es war ein Kunstwerk, nicht mehr. Eine Spielerei, eine von vielen. Wir leben ganz woanders.«

Eine neue Schmerzenswelle überflutete ihn, er knirschte mit den Zähnen und konnte nicht verhindern, dass es ihm die Tränen aus den Augen presste. Levia gab ihm mehr zu trinken, und er war froh, als die Wirkung wenige Minuten später einsetzte. Dankbar fühlte er die feuchte Kühle auf seinem Gesicht, während Levia es behutsam abtupfte. »Ehrlich gesagt wäre ich momentan lieber tot ...«

»Nein, du sollst leben.« Nach kurzem Zögern fügte sie hinzu: »Du hast es dir verdient.«

»Höre ich da etwa so etwas wie ... Sympathie aus deiner Stimme?«

»Ich habe mich an dich gewöhnt, Orloff. Wenn es eine andere Lösung gegeben hätte, hätten wir dir wie den anderen Asyl gewährt. Aber du hast eben das Pech, dass nur du für unsere Botschaft infrage kommst. Und ich glaube außerdem, dass du auf der Erde noch etwas Persönliches zu erledigen hast.«

»Ich bin gerührt.« Es sollte ironisch klingen, tat es aber nicht. Orloff war hin- und hergerissen. Die Onyx hatten so viele Leute auf dem Gewissen, aber die anderen ... die hatten sie aufgenommen. Obwohl sie keinen Grund dazu gehabt hatten. Ja, er respektierte das Volk, und er war fasziniert von Levia Magath. Noch nie hatte ihn jemand derart aufs Kreuz gelegt wie sie. Aber sie hatte ihm auch das Leben gerettet.

»Was hätte ich schon zu erledigen?«, fuhr er fort.

»Ich denke, es gibt da jemanden, der auf dich wartet.«

Wusste sie tatsächlich alles über ihn? Meinte sie etwa Carmelie? Nein. Das hatte er so gründlich verbockt ... Sie war eine intelligente und attraktive Frau; warum sie überhaupt mit ihm hatte leben wollen ... er würde es nie begreifen. Doch er hatte ihr allzu deutlich gemacht, dass er nicht so war, wie sie ihn sich vorgestellt hatte.

Nun weinte er wirklich, zermürbt und am Ende, wie er war. Das erste Mal seit ... er wusste es nicht mehr. Und es gefiel ihm nicht. »Ich hab mich so beschissen benommen«, flüsterte er. »Dem einzigen Menschen gegenüber, der mich jemals geliebt hat ...«

»Sie hat dir doch schon lange verziehen«, erwiderte sie. »Sie wartet vielmehr darauf, dass du dir verzeihst.«

»Woher willst du das wissen?«

»Ich habe euch Menschen studiert, das sagte ich doch. Dich ganz besonders, und dementsprechend dein Umfeld. Das schließt deine Vergangenheit ein.«

Orloff sah zu der Onyx auf. »Wie soll eine Versöhnung möglich sein? Nach all dem?«

»Du bist ein Dummkopf, Orloff, und dein Verhalten ist irrational. Denk einfach mal darüber nach, während du in der Rekonvaleszenz bist. Dann hast du genug Zeit und keine Ablenkung.«

Da kam das Signal. »Es ist so weit«, sagte Levia.

Orloff nickte; das war eine der wenigen Bewegungen, die er noch ausführen konnte, ohne vor Schmerz zu schreien. »Sebastian, du Bastard«, murmelte er. »Doch zu feige, mich sterben zu lassen.«

Epilog

Am 1. Dezember kehrte Oberleutnant a.D. Orloff Holden in sein kleines Heim zurück. In der Umgebung hatte sich nichts verändert; so lange war er ja auch nicht fort gewesen, obwohl es ihm wie ein Leben vorkam. Sehr echt aussehende Palmen, ein künstlicher Rasen, und dazwischen einige Töpfe mit sehr zähen außerirdischen Pflanzen, denen weder Luftverschmutzung noch Trockenheit etwas ausmachte. Dünne, in sich verflochtene Gewächse, die unablässig blühten. Und dann waren da die übrigen Häuschen, dem seinen ganz ähnlich, ein paar Geschäfte, der Pub, die kleine Amüsiermeile. Ein »Vorstadt-Getto«, das etwas auf sich hielt. Nicht einmal die Schatten der Türme konnten es so wirklich erreichen.

Hoch oben in einem anderen Getto, in einer Turmstadt der Reichen, war Orloff einst geboren worden und aufgewachsen. Um nichts in der Welt hätte er wieder damit tauschen mögen. Genau hier unten gehörte er hin und fühlte sich wohl.

Vor allem nach den kleinen Verbesserungen, die er hatte vornehmen lassen.

Er wusste, was ihn erwartete, als er die nach wie vor nicht automatisierte Tür aufsperrte.

Zoldan hatte sich nicht nur seinen Bericht angehört und die richtigen Konsequenzen daraus gezogen, er hatte auch Wort gehalten, was die Abrechnung betraf. Nun, das konnte er leicht, er hatte ja nur *eine* Auszahlung vorzunehmen, nachdem Orloff als Einziger zurückgekehrt war.

Dadurch konnte auch *SternenReich* Zoldan nicht angreifen und des Hochverrats bezichtigen. Orloff wusste offiziell nichts, er hatte für *Capella Mining* gearbeitet, und mehr würde er niemals aussagen. Niemand konnte ihm nachweisen, dass er mehr herausgefunden hatte.

Zoldan hatte es wieder einmal geschafft, sich herauszuwinden – allerdings gelang es ihm diesmal nur, seine Haut zu retten, ohne weiteren Gewinn. Aber das konnte einen wie ihn kaum aus der Bahn werfen. Der Senator hatte vermutlich weniger Glück gehabt.

Eine kleine Abfindung hatte sich Orloff trotzdem zusätzlich gegönnt, deswegen war sein Konto prall gefüllt und alle Schulden beglichen, völlig ohne Murren oder gar Verzögerung. Orloff dankte dem kleinen Kristall, den Levia Magath ihm zum Abschied wie versprochen geschenkt hatte. Er konnte keinen sonderlich weitreichenden Einfluss ausüben, aber für Zoldan und seine Zahlungsbewilligung hatte es genügt, und mehr wollte Orloff nicht.

Diesmal war er nicht gelinkt worden, sondern alles war korrekt abgelaufen.

Sein Entlassungsgesuch war sofort angenommen worden, und das war kein Wunder. Er würde für den Rest seines Lebens, da er nun einmal ein hundertprozentiger Mensch bleiben wollte, ein paar leichte Behinderungen zurückbehalten, und auch die inneren Verletzungen hatten Narben hinterlassen, die einen weiteren Einsatz unmöglich machten.

Ab jetzt war er wirklich im Ruhestand, und er würde ihn genießen.

Der Anfang dazu war schon getan.

Von außen immer noch unverändert bescheiden wirkend, war sein Haus innen nun strahlend hell und modern, freundlich eingerichtet, vor allem bequem. Er hatte sogar einen Haushaltsrob, der ihn hinten und vorne bedienen sollte und das Haus in Ordnung hielt. Das hatte er sich gegönnt. Das und eine regelmäßige Lieferung an kulinarischen Köstlichkeiten von einem gewissen kleinen Planeten, angefangen bei echten Säften, die er ohnehin für seine Gesundheit brauchte. Auf Derivate würde er so weit als möglich verzichten.

Er brauchte nunmehr weder Rillos noch Alkohol noch Drogen, wenn er sich so gut versorgen konnte. Und das konnte er für immer, solange er nicht über die Stränge schlug, was er nicht vorhatte. Mit seinem Abovertrag als »schon lange Zeit treuer und wertgeschätzter Kunde« hatte er überdies gute Konditionen erhalten. Auf diese Weise kam er bis ans Lebensende durch.

Klar, eines Tages würde Zoldan drauf kommen, dass er etwa doppelt so viel wie vereinbart gezahlt hatte, und möglicherweise Rechenschaft fordern. Aber mehr als Worte ausstoßen konnte er nicht. Abgesehen davon brauchte er nur in seine Nähe zu kommen, und Orloff würde den Kristall wieder zum Einsatz bringen. Nur dafür würde er ihn verwenden, das hatte er sich geschworen.

Ab und zu dachte Orloff an die Onyx, und vor allem an *die eine*. Levia Magath. Gern hätte er mehr über dieses einzigartige Volk erfahren, das Wälder aus Glasmetall und Kristallen baute. Aber Levia hatte ihm deutlich gemacht, dass ihr

Volk das nicht wünschte. Er erfuhr lediglich, dass sie Aggressivität aufgrund der räuberischen Tierwelt kannten, aber selbst niemals territoriale Kämpfe oder gar Kriege geführt hatten.

»Wir sind ganz anders als ihr und wünschen keine Teilung mit euch, und erst recht nicht, dass ihr irgendwelches Wissen mitnehmt. Ich werde eine Weile brauchen, bis ich mich von euch befreit habe und nicht mehr kontaminiert bin. Aber das werde ich durchstehen. Ich habe gewusst, auf welche Risiken ich mich einlasse.«

»Und du willst mir nicht einmal etwas über euren Lebenszyklus verraten? Oder wenigstens, wie ihr wirklich ausseht?«

»Nein. Gib dich damit zufrieden, Orloff. Ich schätze dich aufrichtig, doch ich werde dir keinen weiteren Schritt entgegenkommen.«

»Aber du könntest mir stattdessen wieder ein Schmerzmittel geben ...«

Orloff hatte viel erlebt in seinem langen Dasein als Justifier, aber das war doch irgendwie ein krönender Abschluss gewesen. Und Levias letzte Worte, mit dem sich selbst verzeihen und so weiter, hatte er beherzigt und während seiner Genesungsphase lange nachgedacht.

Während er in dem Regenerierungstank lag, den die meisten *Heilsarg* nannten, hatte er es zugelassen, sich ausgiebig mit sich und seinem Leben zu beschäftigen.

Und nach einem unangenehmen Anfang – wie es eben so ist, wenn man nach einer schlechten Nacht morgens vor den Spiegel tritt – wurde es nach und nach immer besser, was sich auch positiv auf den Heilungsprozess in seinem Körper auswirkte.

Die Mediziner waren erstaunt und gratulierten ihm. Sie waren davon ausgegangen, dass er ohne technisches Equipment nie mehr auf die Beine kommen würde. Nun schaffte er es von allein.

Es war gar nicht so schlimm, dass er allein war, denn er schloss die Vergangenheit sowieso gerade ab und ließ sie hinter sich. Konzentrierte sich von nun an auf das Jetzt und Hier und nahm sich die Zeit, die er brauchte.

Wäre ich dort geblieben, wenn sie es mir angeboten hätten?

Diese Frage stellte er sich manchmal, doch er überlegte sich nie eine Antwort darauf. Er war auf der Erde und würde es bleiben, für immer. Das All dort draußen brauchte ihn nicht mehr.

Manchmal dachte er auch an die Überlebenden seines Teams. Offiziell galten sie alle als im Einsatz vermisst und waren juristisch für tot erklärt worden. Die Wahrheit würde also nie ans Licht kommen.

Und damit hatte Orloff seinen unerreichten Rekord gebrochen und zum ersten und letzten Mal in seiner gesamten Karriere einen hundertprozentigen Verlust zu verzeichnen, und zwar mit Pauken und Trompeten. Denn er hatte zudem nicht nur sein eigenes, sondern auch das Schiff, das er beschützen sollte, samt Mannschaft und Mediator, verloren.

Nur würde das nie einer erfahren. Orloff würde für die Justifiers und das Militär, auch für viele Zivilpiloten und andere berufliche Raumfahrer, weiterhin »der Unsterbliche« bleiben und als Legende in die Annalen eingehen. Was ihm durchaus schmeichelte. So hinterließ er also einen kleinen Fußabdruck – das war amüsant. Insofern hatte er den Ruf seines Vaters irgendwie doch wieder reingewaschen.

Diesmal würde ihm kein Prozess gemacht werden, vielmehr waren Zoldan und alle anderen sehr bemüht darum, die ganze Sache ganz schnell unter den Teppich zu kehren und dort zu vergessen. Nachdem die gesamte Mission geheim geblieben war, sickerte auch jetzt nichts durch.

Orloff war froh, dass das Geheimnis gewahrt blieb, und er war sicher, dass es seinen Freunden gut ging, vor allem den Betas. Wahrscheinlich waren sie die Ersten ihrer Art, die *wirklich* frei waren.

Orloff gab eine Rückkehrparty und fand in sein altes Leben zurück, mit ein paar Verbesserungen zwar, aber ansonsten änderte er nichts.

Was er tatsächlich für immer geändert hatte, war sein Drogenkonsum, sowohl was Medikamente betraf, als auch die Rillos. Und den Alkohol sowieso. Mit all dem war er durch, ein für alle Mal.

Ihm war ein zweites Leben geschenkt worden, und er würde es nutzen. Er konnte sich frische und gesunde Lebensmittel leisten, er brauchte nichts mehr, um sich zu betäuben. Den Schmerz, den ihm sein heilender Körper bescherte, hieß er willkommen. Er zeigte ihm, dass er immer noch er selbst war, ein Mann aus Fleisch und Blut. Nie wieder wollte er die Kontrolle verlieren.

Einmal brachte er den Mut auf, Carmelie anzurufen, war froh, dass er sie nicht erreichte, und hinterließ ihr einen kurzen Gruß. Zumindest hatte er das vorgehabt, aber es wurde dann doch eine längere Rede daraus, die sich um Entschuldigung und sein neues Leben drehte. Und am Ende fragte er zaghaft an, ob sie sich vielleicht Weihnachten einmal treffen wollten. Vorher könne er nicht, weil er noch zu angeschlagen sei, aber er werde sich Mühe geben, zu Weihnachten einigermaßen passabel beieinander zu sein, und sie könnten sich zwanglos irgendwo treffen.

Es war wichtig für ihn, sich zu diesem Termin, so ungewiss er auch sein mochte, selbst anzuspornen und nicht hängen zu lassen. Seine überlebenden Freunde hatten ein neues Leben begonnen, wieso nicht auch er? So blieb ihm wenigstens noch diese Herausforderung. Und so ganz ohne war sie gar nicht.

Orloff machte intensiv und voller Elan seine Übungen, und mit dem Bein ging es so gut voran, dass er jetzt schon ab und zu ein paar Schritte ohne Stock schaffen konnte. Der Gedanke an Carmelie trieb ihn voran. Vielleicht würde sie anrufen. Sich mit ihm treffen wollen. Dann musste er bereit sein! Keinesfalls würde er ihr als Krüppel entgegentreten.

Und wenn sie sich nicht meldete ... dann musste er eben für etwas anderes bereit sein. Ein Freund schlug vor, gemeinsam ein Fitnessstudio zu eröffnen, und sie lachten herzlich darüber.

Aber der Gedanke ging Orloff seither nicht mehr aus dem Kopf. Es gab, wenn er es recht bedachte, durchaus noch einiges für ihn zu tun. Er stand im neunundvierzigsten Lebensjahr, war ein Veteran mit einer Menge Lebenserfahrung. Und Erinnerungen. Aber auch neuem Lebensmut. Warum sollte er das nicht weitergeben? Kaum einer lebte freiwillig auf der Erde, weil sie abgewrackt und abgefuckt war. Aber konnte man das nicht verbessern? Warum den Leuten, die hier sein *mussten* und nicht zu den Privilegierten gehörten, nicht in einem Freizeitzentrum eine kleine Erholung bieten? Mit echten Pflanzen statt 3D-Holos? Darum wollte er sich im neuen Jahr kümmern.

Cut – und Neubeginn.

Als wäre es ein Stichwort gewesen, stand Zoldan plötzlich vor seiner Tür, um acht Uhr abends.

Er läutete artig und war verblüfft, als der Rob aufmachte.

»Lass ihn rein«, sagte Orloff, der gemütlich im Wohnzimmer saß und sich einen restaurierten Filmklassiker reinzog. Er machte keinerlei Anstalten, aufzustehen. Für einen Gast hätte er das natürlich getan, aber das war Zoldan nun einmal nicht. »Wo ist denn Karl?«

»Es ist Heiligabend, Orloff.«

»Und?«

»Ich wollte sehen, wie es dir geht.« Zoldan sah sich um, während er hereinkam. »Nett hast du es hier.«

»Überrascht?«

»Ja. Als wärst du ein anderer Mensch.«

»Ein *neuer*, Sebastian. Ich bin ein neuer Mensch. Und das habe ich ganz ohne kybernetische Ersatzteile geschafft.«

»Freut mich zu hören.«

Für einen kurzen Moment trat Stille ein. Orloff merkte, dass Zoldan ihn langweilte, und dessen Anwesenheit verbreitete eine unangenehme Atmosphäre in seinem gemütlichen Heim.

»Tja. Du bist gekommen, du hast gesehen, nun kannst du gehen. Die Tür findest du da, wo du sie zuletzt zurückgelassen hast.«

»Musst du immer provozieren?«, fragte Zoldan gereizt.

»Was soll das, Sebastian?«, erwiderte er ungerührt. »Wir

haben uns das letzte Mal gesehen, als ich dem Tode nah auf der Bahre lag und du mich dafür in die Mangel genommen hast, was auf Noxus 1 geschehen ist.«

Am Ende hatte er hinzugefügt: *Sie sind alle tot, Sebastian, auch Jack, und nur wegen dieses verdammten Planeten. Du hast gewusst, dass Jack tot ist, und es mir nicht gesagt! Warum nur? Um mich weiterhin deiner Dienste zu versichern?* Und dann hatte er noch etwas gesagt, um Zoldan deutlich zu machen, dass er sich besser an die Abmachung halten sollte: *Ich hab's herausgefunden. Ich weiß, wer unser Auftraggeber war.* Erst danach hatte er sich gestattet, bewusstlos zu werden.

Er war allein in der Medostation aufgewacht und allein geblieben. Sie beide hatten lediglich einmal kurz vor Orloffs Entlassung Kontakt gehabt, in einem Büro des Klinikgebäudes, wegen der Abrechnung. Orloff wertete das nicht als Besuch, nicht einmal als Begegnung. Zoldan konnte sich wegen des Kristalls vermutlich ohnehin nicht mehr an viel erinnern. Und dann war da natürlich noch das Druckmittel der Wahrheit gewesen. Normalerweise hätte Orloff mit dieser Drohung bei jedem anderen sein Todesurteil unterschrieben, aber nicht Zoldan gegenüber. Der hatte ganz im Gegenteil dafür gesorgt, dass Orloff beste Betreuung erhielt – und das ohne Kristalleinfluss. So war es beabsichtigt gewesen. Endlich einmal, nach all diesen Jahren, hatte Orloff mit Zins und Zinseszins etwas zurückbekommen.

»Hast du mich je im Heilsarg besucht?«, fuhr er fort. »Ich lag da immerhin einige Wochen drin. Und seit dem ersten Dezember bin ich wieder zu Hause. Du brauchst bis *Heiligabend*, um vorbeizukommen?«

Der Regierungssprecher wich seinem Blick aus. »Ja«, sagte er nur, und das war wohl die Antwort auf alles.

Eine Weile schwiegen sie. Dann fragte Zoldan: »Bietest du mir keinen Platz an?«

»Nein.«

»Nun, also ... fehlt dir etwas?«

»Nein.«

Zoldan hob die Hände. »Verdammt, Orloff, mach es mir nicht so schwer!«

Orloff deaktivierte den 3DCube, er hatte vorher lediglich auf stumm geschaltet. Nachdenklich blickte er auf den schlanken Mann im maßgeschneiderten Anzug. »Was gibt's?«

»Wir haben da neue Erkenntnisse gewonnen bezüglich der Collectors.«

»Hm?«

»Weißt schon. Die Collies.«

»Coll... was? Ich kenne nur den Hund. Beliebte Hunderasse von der guten alten Erde, als sie noch grün und beschissen war und nicht grau und beschissen. Mutter hat mir mal davon erzählt, hatte ja als Paläozoologin damit zu tun. Lange ausgestorben, wie alles andere halt auch.« Er zuckte die Achseln.

»Stell dich nicht absichtlich blöd!« Zoldan runzelte verärgert die Stirn. Langsam kam er wieder in Fahrt.

»Keine Ahnung, wovon du redest.« Orloff wies erneut zur Tür. »Ich bin müde, Sebastian, und ich befinde mich immer noch in der Rekonvaleszenz. Außerdem bin ich im endgültigen Ruhestand, das habe ich sogar schriftlich hier bei mir, gut verwahrt. Gute Nacht.«

Und da machte Zoldan den unverzeihlichen Fehler, obwohl er es besser hätte wissen müssen – aber er konnte eben nicht aus seiner Haut. Er hätte viel von Tullius D. Tritus lernen können. »Ich habe dich da rausgeholt, entgegen aller Anweisungen. Und du ... du bist überreichlich versorgt. Du schuldest mir was!«

Das war es. Darauf hatte Orloff nur gewartet, zwar immer noch in der leisen Hoffnung, dass seine Annahme nicht zutreffen würde, aber trotzdem war er vorbereitet. Damit besiegelte Zoldan sein Schicksal.

Orloff fuhr hoch, mit erstaunlicher Geschwindigkeit, gemessen an den kaum überstandenen Verletzungen, und packte den erschrockenen Zoldan vorn am Kragen. Vom Schwung getragen schob er den jüngeren und größeren Mann mühelos durch die Küche hinaus Richtung Tür.

Zoldan war immer noch zu überrascht, um sich zu wehren oder dagegenzustemmen. Es ging ohnehin viel zu schnell für einen Sesselfurzer wie ihn, und Orloff war zwar kleiner, aber schwerer und muskulöser, selbst jetzt noch.

Außerdem, trotz allem, was zwischen ihnen stand ... oder *gerade* deswegen ... er hätte es denn doch nicht gewagt, die Hand gegen Orloff zu erheben. *Diese* Hemmschwelle könnte er niemals überwinden. Orloff hingegen hatte damit nicht die geringsten Probleme. *Jetzt* nicht mehr.

»*Ich*«, zischte Orloff; heiser vor Zorn, »schulde dir *gar* nichts. Wir sind quitt, ein für alle Mal. Hast du verstanden, Arschgesicht? Das war unsere letzte Begegnung, ich will *nie wieder* etwas von dir hören oder sehen. Ab diesem Moment kennen wir beide uns nicht mehr, du bist gelöscht und getilgt aus meinem Gedächtnis. Und jetzt *raus hier!*« Die letzten Worte brüllte er.

Er stieß Zoldan von sich, riss die Tür auf und wies ihn wortlos, aber in aller Deutlichkeit hinaus. Ohne ein weiteres Wort zu sagen, drehte sich der Regierungssprecher um und ging.

Orloff warf die Tür schwungvoll hinter ihm zu.

»Collectors, pah!«, murmelte er, während er leicht hinkend ins Wohnzimmer zurückging, leise ächzend in den Sessel sank und sich seinen *Lieblingsdrink*, wie er ihn nannte, eingoss. Er nahm einen tiefen Zug von der selig machenden und dennoch gänzlich alkoholfreien Mischung aus natürlichen Säften. Mit der anderen Hand rieb er sein nach diesem Auftritt höllisch schmerzendes Bein; aber das war es wert gewesen.

Langsam, fast verwundert schüttelte er den Kopf. »Ich habe genug von all dem Scheiß. Trottel! Wie oft habe ich dich gewarnt! Habe euch allen vorhergesagt, dass wir denen nicht gewachsen sind, dass uns eine dunkle Zukunft bevorstehen wird, wenn wir nicht augenblicklich reagieren und gegensteuern, oder wenigstens präventiv an einer Strategie für den Ernstfall arbeiten. Aber nein, Geschäfte und Profit waren ja wichtiger, was sind schon ein paar Welten da draußen. Und was weiß überhaupt ein altes Frontschwein wie ich von solchen weittragenden Dingen!«

Er stieß einen trockenen Laut aus. »Die Kacke ist also am Dampfen? Tja nun – *dein* Ressort, *deine* Angelegenheit, Sebastian. Das heißt, falls sie dich lassen. Würde mich nicht wundern, wenn deine Tage nach deiner letzten Eskapade gezählt sind. Andererseits, was zählt noch ein Länderkonflikt, wenn die Bedrohung von außen kommt. Ach was, mir egal.«

Er hob das Glas Richtung Tür und nickte zum Abschiedsgruß. »Leb wohl, kleiner Bruder! Das war es mit uns. Keine Familienzusammengehörigkeit mehr. Wir haben ja nicht einmal mehr den Namen gemeinsam. Du hast es so gewollt! Und nun will ich nicht mehr. Wir sind fertig miteinander, du und ich. Ende *unserer* Geschichte. Auf mein neues, freies Leben!«

Er trank aus. Und fühlte sich endlich besser. Um nicht zu sagen erleichtert. Und ... *versöhnt.*

Kurz darauf rief Carmelie an.

DIE JUSTIFIERS KEHREN
ZURÜCK IN:

MARKUS HEITZ
COLLECTOR
OPERATION *VADE RETRO*

MARKUS HEITZ

OPERATION
VADE RETRO
IV

Innocent White starrte auf die Mündung des *UI Mark VII*, eine Pistole, die ohne Rückstoß arbeitete und ihre Geschosse mit elektromagnetischer Beschleunigung verschoss. Im Magazin befand sich die passende Batterie, sodass die Energie nicht im Kampf zu Ende ging. Die Mündung war auf seinen Kopf gerichtet.

Innocent ließ die *Thorn II* sofort fallen. »Halt! Ich dachte, Sie sind ...«

Ihm gegenüber krachte es mehrmals laut.

Innocent spürte die Einschläge, die aus Civer Blacks schwerer *Thorn* stammten, an Schulter und Brust. Als der in den Rücken getroffene Justifier gegen ihn prallte, ging der Preacher unter dem Gewicht zu Boden. *Er hat einfach geschossen! Obwohl ich da stand!*

Er wurde unter dem Mann begraben und konnte ihn nur mit Mühe von sich herabrollen; dabei nutzte Innocent die Gelegenheit, sich seine *Thorn II* wieder zu greifen, während das anhaltende Knallen und die Detonationen von Granaten zu einem alternierenden Dröhnen verschmolzen. Ohne seinen Helm wäre Innocent sicherlich taub geworden.

Er sah Black neben dem Schottrahmen knien und Salven aus eroberten Sturmgewehren in den Raum feuern, aus dem lediglich sporadische Gegenwehr erfolgte.

Wie hat er das angestellt? Sollte der Schutz des HERRN tatsächlich auf ihm ruhen? Innocent weigerte sich, dieses Wunder hinzunehmen, da es seine Glaubensgrundsätze dezent erschüttern könnte. Civer Black gehörte nicht zu den Wesen, deren Reinheit ein göttliches Mirakel erlaubte. *Es wird eine andere Erklärung geben,* hoffte er inständig.

Black warf die Gewehre weg, zog seine beiden *Thorn* und sah zu Innocent. Er setzte zum Sturm an. »Ah, wieder aufgestanden, Preacher? Wie schön.«

»Du hast auf mich geschossen!«, antwortete er zornig und betastete die schmerzende Stelle. Das Blut des Getöteten klebte an ihm, die Kugel steckte fühlbar deformiert in der Weste.

»Nein. Die Kugeln gingen durch das arme Schwein und prallten gegen dich«, verbesserte Black und zog den Kopf zurück, als hektische Schüsse abgegeben wurden. »Hätte ich dich getroffen, wärst du so tot wie der Justifier.«

»Ihr Wichser!«, schrie jemand wütend aus dem Raum, in dem der ReRouter stand; der Stimme nach war der Sprecher ein Mann und hatte seinen Helm geöffnet oder abgezogen.

»Ihr habt zuerst geschossen!«, rief Black zurück und grinste grimmig. »Wie viele stehen noch?«

»Wüsstest du wohl gern, was?«, kam es von drin.

»Also bist du allein.« Der Nuntius überlegte. »Machen wir einen Deal?«

»Verpiss dich mit deinem Deal! Du hast mein Team umgelegt!«, brüllte der Unbekannte. »Ich jage eher den Kahn in die Luft, als mit dir ins Geschäft zu kommen.«

»Und was machst du dann?« Black rieb sich mit dem Ärmel unter der Nase entlang und warf Innocent, der abwartend dastand, einen kurzen Blick zu. »Es hat etwas mit Erlösung zu tun.«

»Erlösung?«, erwiderte er.

»Dein tätowierter Spruch. Es geht um Erlösung. Und er steht in der reformierten Bibel nach Ministrator Lux.« Black bewegte die Schultern, um sich zu lockern.

Wie kann er daran denken? Innocent bemerkte die Einschusslöcher im Mantel des Nuntius und die kleinen roten Rinnsale. Ganz ohne Verletzung war er aus dem Kampf nicht herausgekommen, was den Preacher erleichterte, ohne es böse zu meinen. Es raubte dem Mann den aufkommenden Hauch von Unfehlbarkeit oder Unverwundbarkeit.

»Damit ihr es wisst: Ich drücke jetzt auf ein paar Tasten an dieser Maschine. Mal sehen, was passiert«, verkündete der Justifier.

»Und wenn du als Held zu *United Industries* zurückkehren könntest?«, rief Black. »Hast du eine Ahnung, vor was du stehst, du Anfänger?«

»Woher weißt du, dass es ein Anfänger ist?«, raunte Innocent.

»Ein Profi hätte schon lange mit den Verhandlungen begonnen. Die Lage ist aussichtslos, und doch hat er die besseren Karten. Der ReRouter ist unbezahlbar. Das müsste er wissen. So ahnungslos kann keiner sein, der länger dabei ist.« Black sah auf die Munitionsanzeige seiner *Thorns*. »Wir gehen gleich rein. Ich lasse dir den Vortritt. Für mein Alter habe ich heute genug Kugeln eingesteckt.« Er nickte entschlossen, der Ausdruck in den Augen vernichtete jede Weigerung in Innocents Verstand. »Ich zähle rückwärts, und bei NULL stürmen wir.«

»Ich ... ich«, stammelte der Justifier aus dem Raum verunsichert.

»*Wo* hättest du Schlaumeier mit deinen Leuten rauskommen sollen, und *wo* seid ihr tatsächlich gelandet? Wie soll das möglich gewesen sein? Denk nach!«, antwortete Black.

»Das ist nicht möglich! Niemand kann einen TransMatt-Sprung abfangen!«, hallte es aus der Kammer.

»Der ReRouter hat euch aus Versehen angesaugt und bei uns ausgespuckt. Angedacht war, dass wir die Lohnlieferung bekommen. Mit euch hat keiner gerechnet.« Der Nuntius machte keine Anstalten, mit dem Zählen zu beginnen.

Innocent sah auf die vier Leichen im Gang und in der Schottöffnung. Blacks Treffer wiesen eine ungewöhnlich hohe Akkuratheit auf, von der er weit entfernt war.

»Ja, scheiße. Wir sollten wo ganz anders ankommen.« Der Justifier zog laut die Nase hoch. »Dieser ReRouter ist scheißviele Tois wert. Und da du mir den Deal anbietest, gehört diese Maschine entweder nicht dir, oder du willst mich verarschen«, lautete seine Schlussfolgerung. »Ich mache jetzt Folgendes: Ich setze Sprengladungen an verschiedene Vorrichtungen hier drin und komme dann raus, den Sender in der Hand. Er hat eine Totmannschaltung, also keine Scheiße bauen, okay? Dann reden wir.«

»Okay. Wir warten.« Black senkte die Waffen, legte den Kopf in den Nacken. »Null, Preacher.«

»Was? Aber er sagte ...«

»Null!«, wiederholte er harsch und sah auf das Schott. »Ich wette, er rechnet nicht damit.«

Ich auch nicht. Innocent atmete aus und stürmte durch die Öffnung, die *Thorn II* im Anschlag und sich umblickend.

Rechts von ihm lagen zwei weitere Erschossene, darunter auch der Träger der *Gatling-MarkIX*, die den Gang zerfetzt hatte.

Doch vom letzten Justifier entdeckte er nichts.

Wo steckt er? Weiter hinten? Behutsam ging er voran. Munitionshülsen rollten leise klirrend davon, unter seinen Stiefeln verwandelten sie sich in gefährliche kleine Lager, die ihn zum Schwanken brachten.

Und genau in der Sekunde der Unsicherheit poppte der Justifier hinter der Bedienkonsole in die Höhe, ohne besonders überrascht zu wirken. In der Linken hielt er einen Funkauslöser, in der Rechten ein kurzläufiges Gewehr, das seine Kugeln gegen den Preacher schleuderte.

Die Projektile durchdrangen zwar nicht die Panzerung, aber die Einschläge schmerzten und würden noch mehr Blutergüsse hinterlassen.

Geistesgegenwärtig erwiderte Innocent das Feuer und zwang den Mann zurück in seine Deckung.

»Ihr seid ja scheiß Kreuze!«, rief er überrascht hinter dem Schutz heraus. »Was habt ihr denn hier zu suchen?«

»Das geht dich ...« Die übrigen Worte vergaß Innocent, weil eine Granate von hinten zwischen seinen Beinen hindurchrollte und neben der Konsole zum Liegen kam.

Der Justifier warf sich mit einem Sprung zur Seite, um der drohenden Detonation zu entgehen. Dabei schoss er im Flug, dieses Mal aber nicht nach Innocent. Die Garbe jagte an dem Preacher vorbei.

Black gab einen erstickten Laut von sich. Gleich darauf sackte er neben Innocent zusammen und hielt sich den Unterleib. Das heraussprudelnde Blut ließ darauf schließen, dass eine Ader verletzt worden war.

Die Granate explodierte nicht.

»Ha!«, rief der Justifier und erhob sich schwankend, immer noch den Sender in der Hand. »Blindgänger. Wie ihr beide.« Er richtete die Mündung der Maschinenpistole auf Innocent. »Ich denke, die Verhandlungen haben sich damit erledigt. Ich kann in aller Ruhe mit *UI* Kontakt aufnehmen, während ich eure beiden toten Körper dem Weltraum überlasse.«

Innocent erfasste unbewusst, wo sich der Mann befand. Ein spontaner Plan entspann sich. *Es könnte klappen. Er wird weder mir noch dem Nuntius viel Zeit lassen.* »Lass uns darüber noch mal reden«, sagte er und hob die Arme, tat so, als wollte er sich ergeben. Die Finger öffneten sich dabei und gaben die *Thorn II* frei.

Die Vollautomatik flog.

»Du solltest lieber beten.«

Zuerst dachte sich der Justifier nichts dabei. Aber als der Parabelflug auf der Bedienkonsole des ReRouters endete, weiteten sich die Augen des Mannes.

Summend sprang der Energiebogen an, die *Interception* jagte die erzeugte Leistung des Zusatztriebwerks durch die dicken Kabel.

In Sekundenbruchteilen baute sich das Feld auf und erfasste den Justifier, der sich unmittelbar in dem kleinen TransMatt-Bogen befunden hatte.

Die Vorrichtung zerlegte ihn in seine Moleküle, und das gleiche Schicksal erlitt der Sender für die Sprengladungen.

Mit einem Flirren und Knistern verschwand der Mann und würde an einem zufällig ermittelten Punkt in der Galaxis rematerialisieren. Ohne Helm.

Innocent wartete dennoch mehrere Sekunden, ob sich die Detonation nicht trotzdem ereignete.

Kein Knall.

»Herr, ich danke dir!«, sagte er laut und inbrünstig.

Erst dann kniete sich Innocent neben den ohnmächtigen Nuntius, nahm ihm die Panzerung ab, öffnete die Kleidung und versorgte rasch die Blutung. Er säuberte die Stelle, verklebte die angerissene Ader mit Spezialmittel und vernähte das Loch. Danach gab er einen Stoß K-Spray darauf – fertig.

Als er sicher war, dass seine Maßnahmen griffen, erlaubte er sich, mit dem Rücken gegen die Konsole zu sinken; dabei behielt er das Schott und den zersiebten Korridor im Auge.

Plötzlich stand es für ihn und seine Mission recht gut, obwohl seine Finger zitterten und ihm alles wehtat.

Aber der Nuntius lebte noch – sie hatten den ReRouter erobert, und mit der Captaine würden sie sich einigen. Daran zweifelte Innocent nicht mehr.

Er setzte Black eine Aufputschspritze, die den Mann innerhalb weniger Minuten sehr aufgekratzt und lebendig machen würde.

Innocent bekreuzigte sich und erhob sich ungelenk, rutschte auf den allgegenwärtigen Patronenhülsen aus und kam umständlich auf die Beine. »Bringen wir dem Ministrator sein Geschenk«, sagte er.

REIHENVERZEICHNIS

ALLE ROMANE AUS
MARKUS HEITZ' SPACE-FICTION-UNIVERSUM
BEI HEYNE

www.justifiers.de

Markus Heitz
COLLECTOR
Wir schreiben das Jahr 3042. Die Menschheit ist ins Weltall aufgebrochen, und große, multinationale Konzerne treiben mit Macht und viel Geld die Eroberung der Galaxis voran – bis man auf eine geheimnisvolle außerirdische Spezies trifft: die Collectors. Eine Spezies, der selbst die härteste Spezialeinheit der Konzerne, die Justifiers, scheinbar machtlos gegenübersteht ...

Markus Heitz
COLLECTOR – Operation *Vade Retro*
Die Zukunft – unsere Zukunft. Wir schreiben das Jahr 3043, das Weltall ist erobert, die Galaxis erforscht. Nachdem bereits zahlreiche Planeten von den feindlichen Collectors in ihre »Obhut« genommen wurden, fassen die interstellaren Staaten und Konzerne endlich den Mut und greifen an. Drei Menschen geraten in den Strudel der Ereignisse und müssen feststellen, dass die ihnen so fremde wie unheimliche Zivilisation der Collectors in sich gespalten ist. Gemeinsam finden sie auf abenteuerlichen Wegen zu der Lösung, die zum Neubeginn der Galaxis führen könnte: eine Geheimoperation namens »Vade Retro«.

Markus Heitz wurde 1971 in Homburg geboren, studierte an der Universität des Saarlands, arbeitete lange Jahre als Journalist und ist heute einer der erfolgreichsten deutschen Phantastik-Autoren. Seine Romane standen monatelang auf den Bestsellerlisten. Mit »Collector« hat Markus Heitz das Tor zu seinem JUSTIFIERS-Universum geöffnet.

Christoph Hardebusch
MISSING IN ACTION

Sein erster Auftrag führt Leutnant Owens und sein Justifiers-Team auf einen neuen Planeten, wo es zur Katastrophe kommt. Ein Justifier nach dem anderen verschwindet auf mysteriöse Weise. Sind es intelligente Aliens, die ihnen so feindlich gesinnt sind, oder verbirgt sich hinter den Angriffen eine noch schrecklichere Wahrheit?

Christoph Hardebusch, geboren 1974 in Lüdenscheid, studierte Anglistik und Medienwissenschaft in Marburg und arbeitete anschließend als Texter bei einer Werbeagentur. Seit »Die Trolle« und »Sturmwelten« ist er als freischaffender Autor tätig. Er lebt und arbeitet in Heidelberg.

Lena Falkenhagen
UNDERCOVER

Wenn eine ganz gewöhnliche Mission schiefgeht, wenn Freunde zu Feinden werden, wenn eine interplanetare Verschwörung deine Existenz bedroht – wird es Zeit, zu drastischen Mitteln zu greifen! Justifier Eliza muss ihr Leben mehr als einmal aufs Spiel setzen, um korrupten Konzernen das Handwerk zu legen und die Zukunft des Planeten zu sichern.

Lena Falkenhagen, geboren 1973, gestaltet seit über einem Jahrzehnt als Redakteurin Aventuriens die größte phantastische Rollenspielwelt Deutschlands mit. Daneben schreibt Lena Falkenhagen historische und phantastische Romane und Kurzgeschichten. Die Autorin lebt in Hannover.

JUSTIFIERS®

Thomas Finn
MIND CONTROL

In der Welt der Justifiers ist das Reisen mit Überlichtgeschwindigkeit mit vielen Gefahren verbunden. Für manche Menschen haben die Sprünge durch Raum und Zeit jedoch ganz besondere Konsequenzen – sie erlangen besondere psionische Kräfte und werden zur Zielscheibe von Anschlägen und Intrigen. Und die Justifiers haben mal wieder alle Hände voll zu tun ...

Thomas Finn, 1967 in Evanston/Chicago geboren, wuchs in Deutschland auf. Die Fantasy hat ihn zum Schreiben gebracht – zunächst als Autor von Fantasy-Rollenspielpublikationen, später kamen auch Theaterstücke, Drehbücher sowie ein gutes Dutzend phantastische Romane hinzu. Thomas Finn lebt und arbeitet in Hamburg.

Nicole Schuhmacher
ZERO GRAVITY

Auf das Team der Justifiers wartet einer ihrer bis dahin gefährlichsten Aufträge. Sie sollen auf einem einsamen Vorposten eines Konzerns nach dem Rechten sehen, denn die Station hat jeden Kontakt eingestellt. Zwar sind sie bereits auf einiges gefasst – aber was den Justifiers auf Holloway II tatsächlich begegnet, übertrifft ihre schlimmsten Albträume ...

Nicole Schuhmacher, Jahrgang 1966, ist Diplomsoziologin mit Interessenschwerpunkt Militärsoziologie und seit ihrer Kindheit angetan von phantastischer Literatur. Beim gemeinsamen Fabulieren mit Markus Heitz hat sie das Schreiben entdeckt. Sie lebt und arbeitet im Saarland.

Boris Koch
SABOTAGE

Der Forschungsbeauftragte eines Großkonzerns verschwindet scheinbar spurlos und mit ihm ein mysteriöser, schwarzer Koffer. Es beginnt ein Wettrennen zwischen den Mächtigen, jeder will der Erste sein, der den Verschwundenen aufspürt. Schließlich werden die Justifiers eingeschaltet, um das Problem zu lösen, doch die finden sich plötzlich auf einem abgelegenen Planeten wieder, wo sie es mit äußerst aggressivem Grünzeug, Mafiakillern und einem Verräter in den eigenen Reihen zu tun bekommen ...

Boris Koch, Jahrgang 1973, studierte Alte Geschichte und Neuere Deutsche Literatur in München und lebt heute als freier Autor in Berlin. Zu seinen Veröffentlichungen gehören der mit dem Hansjörg-Martin-Preis ausgezeichnete Jugendkrimi »Feuer im Blut« sowie die »Drachenflüsterer«-Trilogie.

Daniela Knor
OUTCAST

Noch ahnt an Bord niemand, dass die Besatzung von Weltraumpiraten infiltriert wurde, die nur ein Ziel verfolgen: eine Meuterei. Als der Transporter dann auch noch von feindlichen Kampfverbänden gejagt wird, kommt es tatsächlich zum Aufstand, und das Raumschiff landet auf einem abgelegenen Planeten. Doch die anfängliche Freude der Rebellen verwandelt sich bald in Furcht, denn statt der ersehnten Freiheit erwarten sie auf dem Planeten die Justifiers ...

Daniela Knor, geboren 1972 in Mainz, studierte Geschichte, Psychologie und Literaturwissenschaft und hat bereits mehrere phantastische Romane unter anderem für das Rollenspieluniversum Das Schwarze Auge veröffentlicht. Sie arbeitet als freiberufliche Autorin und lebt mit ihrem Mann und ihrem Hund in Mainz.

JUSTIFIERS®

Thomas Plischke
AUTOPILOT
Überall in der Galaxis hat sich die Menschheit ausgebreitet. Es gibt allerdings einen Ort, der selbst für die Reichen und Schönen des Universums scheinbar unerreichbar ist: das Luxusresort At Lantis. Doch dann erschüttert eine Mordserie die Idylle, die einen Meisterdetektiv, Terroristen und jede Menge Ärger auf den Plan ruft, und die Justifiers haben wieder alle Hände voll zu tun ...

Thomas Plischke hat sich in der deutschen Phantastik bereits mit der Saga Die Zerrissenen Reiche *sowie mit* Die Zombies *einen Namen gemacht, bevor er in die entfernten Sternsysteme des Justifiers-Universums aufbrach. Thomas Plischke lebt in Hamburg.*

Maike Hallmann
HARD TO KILL
Argon, seines Zeichens Ex-Justifier und nun Schmuggler, lebt den Traum vieler ehemaliger Kollegen: Der Captain der *Virago* ist sein eigener Herr. Mehr oder weniger jedenfalls, wäre da nicht sein ehemaliges Justifiers-Team, das mit ihm noch eine Rechnung offen hat. Doch als die *Virago* abstürzt, haben Crew und Justifiers auf einmal ganz andere Probleme. Das Einzige, was die Bewohner des namenlosen Planeten kennen, ist Hunger, und auf einmal geht es nicht mehr um Rache oder Freiheit, sondern ums nackte Überleben ...

Maike Hallmann wurde 1979 in Hamburg geboren. Sie studierte Germanistik und begann nach ihrem Abschluss als freie Autorin in ihrer Geburtsstadt Hamburg zu arbeiten. Sie hat u. a. einen Jugendkrimi, diverse Kurzgeschichten und mehrere Shadowrun-Romane veröffentlicht, bevor sie mit »Die Feen« ihr erstes großes Fantasy-Epos schrieb. Die Autorin lebt mit ihrer Familie in Hamburg.

JUSTIFIERS®

Christian von Aster
ROBOLUTION

Der Planet Coppola II ist eigentlich ein vom Rest der Galaxis unbeachteter Hightech-Schrottplatz. Doch im Geheimen werden hier mit Billigung des mächtigen Order of Technology illegale Experimente mit Robotern und künstlichen Intelligenzen gemacht. Und nun verlangen diese Maschinen ihr Recht auf Freiheit – notfalls mit Gewalt.

Christian von Aster, Jahrgang 1973, hat Germanistik und Kunst studiert. Bereits früh hat er mit dem Schreiben und der Veröffentlichung von zahlreichen phantastischen Kurzgeschichten und Romanen begonnen. Zusammen mit Boris Koch und Markolf Hoffmann veranstaltet Christian von Aster die Phantastik-Lesereihe Stirnhirnhinterzimmer *in Berlin.*

Susan Schwartz
UNUSUAL SUSPECTS

Sergeant Orloff Holden und seine Justifiers sind ein eingeschworenes Team. Ihre Spezialität ist die Installation von TransMatt-Portalen überall in der Galaxis. Umso überraschter sind sie, als sie plötzlich Babysitter für die Raumbarke eines Botschafters spielen sollen. Doch kaum sind sie auf dem fremden Planeten angekommen, fangen die Probleme erst an – denn sowohl die Bewohner als auch der Botschafter verfolgen ganz eigene, verdächtige Pläne ...

Susan Schwartz, 1961 in München geboren, hat bereits für Das Schwarze Auge *und* Perry Rhodan *geschrieben und zahlreiche Fantasy- und Science-Fiction-Romane veröffentlicht. Sie lebt und arbeitet in Markt Rettenbach.*

John Scalzi

Ausgezeichnet als bester
Science-Fiction-Autor des Jahres

In ferner Zukunft wird der interstellare Krieg mit scheinbar
bizarren Mitteln geführt: Für die Verteidigung der Kolonien weit
draußen im All werden nur alte, betagte Menschen rekrutiert.
Menschen wie John Perry, der mit fünfundsiebzig noch einmal
einen neuen Anfang machen will – und nicht ahnt, dass das
größte Abenteuer seines Lebens auf ihn wartet ...

978-3-453-52267-1

Krieg der Klone
978-3-453-52267-1

Geisterbrigaden
978-3-453-52268-8

Die letzte Kolonie
978-3-453-52442-2

Zwischen den Sternen
978-3-453-52561-0

Der wilde Planet
978-3-453-53399-8